樂律

法醫檔案

終結之語

Final words

另類天使，死者通信！

法醫從業者的半寫實懸疑小說

西—著

章桐經常搞不清楚自己究竟是屬於哪一類人，
看不見出生，卻只看得見死亡。

有人說醫生是天使，
但是她更願意相信同樣身穿白袍的自己是一個送信的「使者」，
因為法醫的工作其實就是傳達逝者的死亡訊息——
怎麼死的？又是為了什麼而死？

目錄

目 錄

故事一

Story One

楔子

山頂的背面是一片寬闊的綠地。

綠地北邊的斜坡上矗立著一棵黑色的橡樹，瘦骨嶙峋的樹枝伸向月色瀰漫的蒼穹。這是一棵古老的樹，枝葉茂盛，但樹葉醜陋，葉片厚而窄，葉子兩邊長滿了尖銳的毛刺。粗壯的樹幹呈暗灰色，上面有規律地分布著幾條長長的突起，使得整個樹幹看起來就像是很久之前被潮水沖到這裡的一塊化石。樹根部附近的樹皮已經有些脫落，露出了裡面褐黃色的木頭，湊近了可以聞到一種苦澀難聞的氣味。

但這股氣味卻並不屬於眼前的這棵孤零零的黑橡樹。每逢溫暖的夜晚，當清冷的月色籠罩萬籟俱寂的大地時，橡樹下便會瀰漫出一股特殊的氣味。和樹枝上的樹葉以及土壤裡的樹根一樣，這種氣味已經成為這棵孤樹的一部分。那是混雜著汽油、燒焦的人肉、人的糞便、燒煳的毛髮、熔化的膠皮和燃燒的棉織品的氣味。這種氣味背後似乎隱藏著痛苦的死亡，隱藏著圍觀者的嘲笑，也隱藏著臨近死亡時極度的恐懼和絕望。

走近大樹，就會發現接近地面的樹枝已經被徹底燻黑，樹幹上有一個深深的凹槽，風吹日晒，凹槽變得有些模糊不清，但那卻是一個人在這世界上留下的最後的痕跡。沒有人會願意去切身體會死者臨終前到底經歷了何等的痛苦，除了這棵樹——樹幹上被生生地蹬掉了一塊皮，而留下的凹槽也永遠都無法被自我修復。

這處凹槽是見證死亡的唯一紀念物。除此之外，周遭一切的證據似乎都已經蕩然無存。

夜深了，曠野裡的風吹過樹枝，暗影綽綽，樹葉沙沙作響。

山下，燈火輝煌。

＊　＊　＊

他獨自佇立在這棵橡樹下已經有很長的一段時間了，長得足夠讓他能夠忘記自己的存在，又或者說他的靈魂早已經與身邊這棵漆黑的死亡之樹融為一體。

他忘不了那個女人即將被燒死的一刻，女人被剝掉臉皮，渾身塗滿油脂，頭上和臉上布滿血跡，身體蜷縮著，卻依舊在徒勞地掙扎，儘管已經什麼聲音都發不出來了。大火最終燃起的那刻，他聽到了火中女人迸發出的尖叫聲和蹬踏樹幹時沉悶的聲響。

這是自己的錯覺嗎？

不，絕對不是！

也不知過了多久，樹下灰飛煙滅，一切又復歸平靜，只是氣味愈發難聞。

自始至終，他都不用擔心周圍會有人經過，哪怕是大白天，哪怕山下就是那寧靜的小城，因為這裡就像是另外一個世界。站在這個位置，山腳下沉睡的小城就像是一個孩子的塗鴉，不受任何想像力的約束，橙色的街燈就像殘留在棒棒糖上的揉皺的糖紙，而參差不齊的房屋則可以被認為是一定角度擺放的火柴盒，彩筆描繪的門窗，精緻的塑膠街心花園……幾乎應有盡有。

城裡沒有人會抬頭往上看，因為他們已經習慣了自己身邊的平靜和安逸。

他把手插在口袋裡，然後向前一步，離開樹下的陰影，俯瞰遠處山腳下的城市。風在自己耳邊不停地吹著，似乎在努力吹散他在這個世界上所留下的一切痕跡。

故事一　Story One

第一章　迷局

第一節　樓頂的屍體

1.

又失眠了，應該是餓的。

一陣重重的嘆息，章桐無奈地睜開雙眼，瞬間便被滿屋子的焦煳味給燻得頭痛。

開了一晚上的廚房排氣扇，鍋底被燒煳的氣味依舊沒有散去的跡象。

昨晚臨睡前才想起自己還沒吃晚飯，便去廚房打開冰箱，在一堆過期食品中勉強找出了最後一個還能吃的雞蛋，別的都被順手丟進了垃圾桶。家裡泡麵倒是現成的，保固期也長得足夠讓人放心。她俐落地撕開包裝，將涼水灌滿整個燉鍋後，就一股腦在水裡丟下雞蛋、麵條和一堆調料，在等水燒開的工夫，便走回臥室繼續閱讀那篇還沒來得及校對完的屍檢報告。

對於一個餓急了的法醫來說，食物的美味與否是次要的。那一刻，章桐的要求並不高，也什麼都考慮到了，卻偏偏忘了時間，最終，面對一片狼藉的廚房，除了慶幸沒有著火之外，便只能悻悻然爬上床睡覺了。

發了一會呆，章桐的目光掃了眼書桌上的夜光鬧鐘。現在是早上4：03，窗外昏黃的路燈光隔著厚厚的窗簾，在臥室的牆上留下了怪異的光暈。

安靜，真的是太安靜了！總覺得會發生點什麼，卻又說不出是哪裡不對勁。

正在這時，樓下突然傳來了一個男人沙啞的嗓音，在這清冷的早晨聽

來顯得尤其刺耳突兀。

「章醫生……出診啦！……章桐，章醫生……」或許怕沒人聽到，緊接著便是兩聲刺耳的喇叭。

她聽出了這個熟悉的聲音，旋即臉漲得通紅，順勢滑下床，光著腳撲到窗邊，探身壓低嗓門對下面吼了句：「見鬼，別叫啦！」

倚靠在警車門上的童小川見狀嘿嘿一笑，聳聳肩，做了個無奈的手勢。

章桐換好衣服，拿著挎包走到門口時，這才看見自己養的金毛「饅頭」正可憐兮兮地趴在門邊上，她輕輕嘆了口氣，便狠心關上房門，小跑著衝下樓去。

大樓外飄著零星的雨點，看見章桐就像一頭憤怒的母獅般從漆黑的門洞裡向自己衝過來，童小川趕緊轉身鑽進駕駛室。車一直都沒熄火，車頂的警燈在細雨中無聲地閃爍著。章桐鑽進後排座位，用力關上車門的剎那，警車便滑出便道，順著社區的花壇向外開去。

「你這是擾民！我會被鄰居罵死的。」章桐嘀咕了句，聲音中充滿了強烈的不滿。

童小川瞥了眼後視鏡，輕輕笑了笑：「先別忙著發火，看看妳的手機再說！」

章桐手忙腳亂地從大挎包裡摸出手機後，看著漆黑的螢幕，她這才意識到不知什麼時候手機因為沒電而自動關機了。

「我本來想按門鈴應答機的，誰想到一點反應都沒有，情急之下就只能用這最原始的方法了。」也不知道抽了多少菸，童小川說話的聲音顯得很沙啞。他把車開上了環城高架，窗外尚未熄滅的路燈光在他臉上不斷跳躍著。

「這……社區裡有新規定，晚上 0 點到早上 6 點，應答機是統一關閉的。」自知理虧，章桐小聲嘀咕，見對方沒有反應，免得自討沒趣，便轉了個話題，「童隊，今天怎麼你當司機？」

「他們都不順路。」童小川的目光中閃過一絲陰影，「現場在城北的映秀社區……這次的現場，和以往有些不同。」

「不同？」章桐有些意外。

本以為童小川會接著說下去，誰知他卻就此閉上了嘴，章桐也只能作罷。

窗外，晨霧朦朧，凌晨 4 點後的街面上依舊空蕩蕩的，黃色路燈下，一切都宛若夢境般悄然無聲。

＊　＊　＊

十多分鐘後，一個漂亮的漂移，童小川開著的警車穩穩地停在了映秀社區門口的路邊上。此時，社區外的街面早就已經停了好幾輛警車。因為是凌晨，又下著雨，所以圍觀的人並不多。門口臺階上坐著的保全臉色灰白，在細雨中本能地雙手抱著肩膀微微顫抖。

「這個時候，來的人還真不少呢。」章桐說著，伸手拉開車門鑽了出來。而童小川也拉上警車手剎，俐落地鎖門，接著便緊跟在她的身後朝社區裡面走去。

法醫現場勘察車緊挨著出事樓棟口停放著，方方正正的車屁股正對著樓棟，這樣也方便等會的屍體轉運。

章桐探頭看了下車窗，駕駛座上空蕩蕩的，助手顧瑜並不在裡面，想必這時候應該已經入現場了。她便在車邊停下了腳步，見童小川還悶聲不響地跟著自己：「沒你的事了，童隊，我要準備換衣服。」

「妳知道屍體在哪嗎？」童小川伸手撓了撓頭，走上臺階沒幾步，伸手向上一指，低聲道：「樓頂，帶上妳那個抓魚的褲子。還有啊，提醒妳一下，妳不能走電梯。」話音未落，便頭也不回地走進了大樓。

章桐呆了呆，所謂「抓魚的褲子」，其實就是下水褲。一年之中，章桐總要穿上幾次，目標就是水中的浮屍，因為浮屍的屍表非常脆弱，有時候為了避免打撈器械對其二次傷害，法醫就不得不徒手下去撈屍。時間久了，下水褲便成了法醫現場勘察車上經濟實惠的必備用品。

也就是說在 23 樓樓頂，有一具水中浮屍。

映秀社區在市內算得上是最早期的上等社區，樓體高 23 層。章桐抬頭掃了一眼在晨霧中若隱若現的樓頂，想了想，便拖著工具箱和裝有下水褲的背包，隨著現場勘驗組的人一起走上了臺階。

進了大樓後她才恍然大悟，弄懂了剛才童小川沒頭沒腦的那兩句話到底是什麼意思 —— 此刻，痕跡鑑定師歐陽力腳上穿著鞋套，花白的頭髮一絲不苟地被塞進了手術帽裡，整個人就像一隻處於高度警惕狀態的老貓，撅著屁股緊貼著地板，右手提著指紋腳印勘查燈，在一寸一寸地辨別著電梯廂地面上那層層疊疊的腳印。在他身旁，徒弟小九大氣都不敢出，雙眼同樣緊盯著電梯廂地板，只要歐陽招呼一聲有異常發現，便迅速上前探身放下指示牌。

看來電梯是真的指望不上了。

「該死！」章桐暗暗咒罵了一句。因為飢腸轆轆，手中的工具箱頓時顯得重若千斤。

2.

23 樓樓頂是個寬敞的大平臺，平臺的正中央矗立著一個直徑不超過 3 公尺，高 7 公尺左右的圓柱形水塔，水塔的外層被銀灰色的不鏽鋼隔熱材質保護著，而環繞著水塔外部表面直至頂端的部位，則裝上了一圈僅能容納一個人通過的鐵質扶梯。

這個水塔是整棟大樓樓頂唯一的附帶設施。而此刻的樓頂雖然站了好幾個人，卻只聽到呼呼的風聲。

明晃晃的應急燈照射下，章桐感覺自己腳下就好像踩著厚厚的棉花墊，身體有些輕微搖晃。她皺眉看著水塔，顧瑜坐在鐵質扶梯上衝她點點頭，臉上露出了無奈的神情。

來到近前，穿好下水褲，章桐問：「屍體在裡面？」

「是的，主任。」顧瑜答，「還沒有挪動過。」

「有通道可以下到底部？」章桐用力扣上了褲管上的防水皮扣，抓緊活動了一下有些僵硬的四肢。

「塔頂連著一個維修工專用的梯子，可以直達水塔底部。」顧瑜伸手指了指水塔上的鐵質扶梯，「應該是清洗水塔的時候用的。我剛才看過了，裡面的水現在還有一公尺多深。」

說話間，章桐笨重地邁步爬上了扶梯，耳畔的風聲愈發猛烈，雖然已是初春，風颳在臉上還是有著一絲疼痛。

水塔頂部的蓋子是打開的，藉著強光手電，水塔內部的情形一覽無遺。渾濁不堪的水中漂浮著一個粉紅色物體，那是死者所穿的上衣，隱約可見穿著褲子的雙腿，卻因為水質的緣故而看不清楚褲子布料的顏色。死者一頭長髮靜靜地浮在水面上，呈現出極為放鬆的仰臥位。在強光手電的照射下，死者腫脹的臉部變得接近於紫黑色，五官扭曲變形，無法辨別其本來的面貌。

不得不承認水塔的內部密封效能非常好，此刻塔中的空氣已經渾濁得讓人近乎窒息。章桐小心翼翼地放下扶梯直至塔底，接著仰頭深吸了一口冷風中新鮮的空氣，這才果斷拉上口罩，帶上防水相機，開始順著扶梯緩緩走向水面。

很快，單調的相機咔嚓聲在水塔內部不斷響起。

假設說一個人活著的時候，體重 100 斤，那麼溺死後的浮屍體重就有可能達到 200，甚至更重，而皮膚會變得薄脆不堪，任何尖銳的物體都有可能讓局面變得愈發不可收拾。

雖然有衣服的保護，不至於那麼快就受到外部的破壞，但是屍體一旦離開水面後，留給法醫尋找真相的時間就已經開始倒數了。章桐不能冒這個險，她必須盡快而又完好無損地把屍體帶離現場，用繩索往上牽引是不可能的，那會對屍體造成死後創傷。

章桐沒再猶豫，她回到塔頂，把相機遞給小顧後，接過裝屍袋和特製的帆布綁帶，重新又鑽進了水塔。

「她到底想幹嘛？」童小川見狀，抬頭大聲地問守在扶梯頂端的顧瑜，「沒帶繩子怎麼把屍體吊上來？」

「不，她要把屍體背上來。」顧瑜憂心忡忡地看著水面，高舉起手中的強光手電。

「背？」童小川呆了呆。

3.

汗水溼透了內衣，臉上早就已經分辨不出到底是汗水還是水塔裡的汙水。爬上最後一級臺階，跨出水塔，又小心翼翼地下到樓頂，雙腳接觸地面的剎那，章桐一把拽掉了自己的口罩，幾近虛脫，忙不迭地大口呼吸新鮮空氣。

顧瑜慌忙幫她解開綁帶，卸下了肩膀上黃色的防水裝屍袋。藉著朦朧的晨光，她注意到章桐臉色慘白，嘴唇微微有些發紫，便關心地問：「主任，妳沒事吧？」

穩住身形後，章桐搖搖頭，苦笑：「我沒吃飯，有些低血糖，回頭填飽肚子就好了。」說著，她抬頭看了眼童小川，「死者是年輕女性，具體情況得解剖完才知道。我中午給你報告。」

「她在裡面多久了？」童小川伸手指了指地上的屍體。

「現在不好說，應該有一陣子了。」章桐幫著顧瑜把屍體搬上簡易擔架，想了想，便又回頭嘀咕了句，「給個忠告，叫樓裡三層以上的住戶去檢查下身體吧，以防萬一。」

「三層？」童小川不解。

身邊的痕檢技術員崔正國嘿嘿一笑：「童隊，這是基本常識，我們市裡自來水公司的管道只能提供到樓層三層以下，包括三層在內。至於說三層以上的嘛，水壓的緣故，就望塵莫及了，只能靠水塔進行儲水供給，不然的話，你說那水塔建那麼大幹嘛？只是……」

「只是什麼……」童小川順著小崔的目光看了過去，晨光中，樓頂高大的水塔顯得愈發詭異。

「死在這種地方的人，自殺的機率就相當低了。」崔正國輕輕嘆了口氣。

＊　＊　＊

在回警局的路上，看著窗外逐漸變得透亮的天空，章桐伸了個懶腰：「小顧，歐陽他們查電梯廂做什麼？死者在水塔裡至少待了三天以上了。」

顧瑜聳了聳肩，表示也無可奈何：「我來的時候聽說有一段監控是被網監大隊的隊長找到的，我想，痕檢那邊應該就是衝著那段監控去的，不然的話過了這麼久再查，證據的有效性就不能保證了。」

電梯廂是整棟建築中人流量最多的地方，進進出出就像個開在鬧市區的雜貨舖。不過，章桐思索著老歐陽是個性子沉穩的人，應該不會去做沒把握的事，便也放心了。

「主任，下午 1 點市中院的開庭，妳可別忘了。」顧瑜雙眼緊盯著車前方的路面，因為剛下過雨，路面有些溼滑，而法醫現場勘驗車又是個極笨重的傢伙，顧瑜不得不小心翼翼地駕駛著。

「開庭？」章桐腦海中頓時電光火石般記起了一週前的那通特殊電話，「哎呀，看我這記性，謝謝提醒。不過這麼一來，我們手頭的工作就得加快進度了。」

顧瑜聽了，便用眼角餘光瞥了她一眼：「主任啊，只是一次旁聽而已，妳又不必上庭作證……」

「妳不明白的。」章桐略微遲疑，她不知道該如何向顧瑜解釋這件曾經讓很多人感到困惑的案子，有時候犯罪嫌疑人被捕也並不意味著案子的徹底了結，更何況這案子本身就牽涉了那麼多人。

＊　＊　＊

一週前的下午，接到那個特殊電話的時候章桐感到有些意外。電話是一個叫趙志忠的男人打來的，對方在S市警局技術部門工作，也算是自己的同行。章桐在出差的時候曾經因為工作關係而見過他幾次，卻並未留下很深的印象，只知道是一個沉默內向的人，似乎總是心事重重，所以對於趙志忠突然來電讓自己去旁聽一次審判而感到很是詫異。緊接著，當對方在電話中提到「呂曉華」的名字時，她便立刻沉默了。

誰都知道呂曉華，卻沒有多少人會願意提起這個名字。呂曉華被捕後，因為本身案情重大，為了防止意外事件的發生，後續的案件審理工作便從S市移交到了本市。

趙志忠說自己之所以會打電話給章桐，是因為三年前的仲夏，市裡一個剛結婚沒多久的年輕女記者秦玉珠在下班途中突然失蹤，屍體至今下落不明，而她的失蹤和S市發生的連環失蹤案作案手法非常相似。

章桐對那個案子是有耳聞的。而趙志忠，就是那位女記者的新婚丈夫。

「章醫生，呂曉華案被移交到本市審理，我想這是天意。再說，我也已經沒有勇氣去和這個混蛋再待在同一個房間裡了……我怕我控制不住自己，見到他後，不知道會做出什麼可怕的事情來。」說著，趙志忠輕輕嘆了口氣。

「那你主管知道你妻子失蹤這件事嗎？」章桐問道。

「我和他說過，或許為了避嫌吧，案子移交後，他就給我下了死命令，不允許我去你們那邊的中院旁聽，就連離開這裡一步都不行。」電話那頭的趙志忠聲音中充滿了無奈，「章醫生，妳沒有和呂曉華當面交談過，對嗎？」

「這不是我的案子，我不能隨便見他。」章桐的聲音輕得如同耳語。

「那請幫我聽一聽，從妳的專業角度或許能發現什麼……」

「可是，趙工程師，我只是法醫，」章桐微微皺眉，「而且呂曉華案的證據都已經確定了，在我們市，他根本就沒有活動的時間線。所以，他不一定和你妻子的失蹤案有關。你要有這個心理準備……該放手的時候還是放手吧。」

電話那頭又是一陣沉默，半晌，趙志忠沙啞的嗓音微微顫抖：「我明白。這次我請妳去聽，只是想讓妳憑直覺在法庭論證環節中從專業的角度去尋找蛛絲馬跡，因為我確信在這個案子上，他肯定還有什麼沒有說出來的，我知道你雖然沒有經手 S 市的案子，但是一直都在關注著案情與受害者，而阿珠的失蹤案，又是發生在你們市。總之，章醫生，求妳了，幫幫我，我只想讓阿珠回家……」

聽到這裡，章桐明知道「拒絕」是自己此刻唯一正確的選擇，但是她卻放棄了，發自內心。

所以，今天下午的庭審會，她無論如何都不會缺席。

4.

因為一夜未眠，童小川愈發感到飢腸轆轆，剛想打發人去社區門口早餐攤隨便買點東西墊墊肚子，可是看著眼前監控室的值班保全那張幾乎發綠的臉，生怕他聽到「吃」這個字時又吐了，話到嘴邊就只能硬生生地嚥了回去，勉強打起精神，問：「你再說說，到底是什麼時候發現的屍體？」

值班保全本能地嚥了口唾沫，結結巴巴地回答：「如果，如果只是說水質問題的話，物業那邊在一週前就開始接到投訴了，但是你也知道，我們市的飲用水質本來就不好……」

「別廢話那麼多，你們到底什麼時候上去的？」童小川終於失去了耐心，他伸手朝天花板的方向指了指，冷不丁吼了句。

旁邊的矮個子值班人員趕緊回答：「昨天晚上，8點半左右。」

童小川的臉色立刻沉了下來：「為什麼不及時報警？我們這邊接到出警通知是今天3點2分，足足拖了7個鐘頭，你們到底做什麼去了？難道說有人動過屍體？」

連珠炮般的追問讓監控室裡的氣氛頓時緊張了起來，兩個值班保全不由得面面相覷，高個子那個幾乎哭了出來：「我們錯了，我們真沒想到裡面竟然會有死人！」

童小川剛要發火，就在這時，痕檢的小九探頭進來，他先是愣了一下，隨即大聲招呼：「童隊，我師父叫你來一趟。」

童小川這才悻悻然地走出了值班室，嘴裡嘀咕：「這幫傢伙，直到瞞不過去了才想到找警察。」

小九長嘆一聲：「很好理解，這樓裡的住戶要是知道這幾天發生了什麼事的話，不炸鍋才怪。所以物業這邊才會覺得封鎖消息比尋找死亡真相要更重要一些吧。」

此刻，歐陽工程師站在電梯邊，護目鏡推到頭頂，花白的頭髮豎立著，神情凝重。直到兩人走到近前，這才伸手指著電梯廂內的一側扶手：「小童，你注意看這邊的指紋。」

童小川應聲蹲了下去，順手接過小九遞過來的放大鏡，卻只是看到了模糊的一片，他站起身，茫然地搖搖頭：「老歐陽，這裡什麼都看不清楚。」

歐陽力一臉的恨鐵不成鋼：「這不是專業的果然不行，你看著。」他探身指點了一下，「注意到這個沒有？我們平常人坐電梯，再怎麼擁擠，都不會用這種姿勢抓著電梯廂的扶手，除非……」

「什麼意思？」

小九回答：「除了兩種情況，其一，電梯急速下墜，出於本能，乘坐人員會背靠電梯廂，雙手反抓扶手來固定住身體，這一點是可以馬上排除的，因為根據申報紀錄，這部電梯一個月以來根本就沒有發生過任何故障。其二，則是出於乘坐人員自身的恐懼。」

「恐懼？」童小川腦海中立刻出現了監控影片裡那空蕩蕩的電梯廂，不禁皺眉，「我可記得當時電梯廂中除了死者以外，明明是沒有別人的。」

小九和歐陽不禁面面相覷。

「小童啊，我只是告訴你我們看到的，別的就不是我們的工作範圍了。」歐陽力伸手指了指自己的腦袋，慢悠悠地摘下了護目鏡。

童小川當然明白這個道理，趁師徒倆收拾工具的時候便緩步退出電梯廂，抬頭看向大廳天花板，遲疑片刻，陷入了沉思。

鄭文龍穿著作訓服，背著電腦包走出了監控室，見童小川還沒走，便走上前，順手拍了拍他的肩膀：「童隊，發什麼呆呢？」

如果不是鄭文龍，這段時長為 1 分 27 秒的樓層電梯廂監控錄影根本就發現不了。

「龍哥，」童小川皺眉看著他，「那監控錄影不能再放大一點了嗎？」

鄭文龍微微一怔：「你想幹嘛？雖然兩個人穿的衣服顏色相同，但是這電腦在人像庫裡搜尋具體的身分資料也是需要時間的，那畢竟是機器，又不是什麼大羅神仙。」

童小川搖搖頭：「我可不是為了那檔子事。只是想確認一下當時她臉上的表情而已。」

「表情……」

童小川伸手指了指擦肩而過的小九師徒倆的背影：「剛才老歐陽說了，那女孩在電梯廂中時是處於一種極度恐懼的狀態。我想知道當時是不是有什麼東西被我們遺漏了。」

鄭文龍臉上的笑容漸漸凝固住了，半晌，他嘀咕道：「說老實話，童隊，我到現在還沒法確定鏡頭裡的是不是同一個人。至於說監控探頭吧，也是有視野死角的……總之，資料我已經傳回主機了，一切都等電腦出了結果再說吧。」

童小川點點頭，兩人並肩走出了一樓過道。

在開車回警局的路上，鄭文龍隨口問：「你知道呂曉華的案子嗎？」

童小川瞥了他一眼：「當然知道，把那邊搞得人仰馬翻的。結案的時候，重案大隊的老安還給累進了 ICU。」

兩個城市相鄰，作為同行，童小川自然也很關心這個撲朔迷離的案子。

「那下午的旁聽，你會去嗎？」

「會吧，如果有時間的話。」看著車窗外蒼白的天空中一閃而過的飛鳥，童小川的臉上露出了凝重的神情。

第二節　如影隨形

1.

想必她活著的時候應該是個漂亮的女孩吧？

章桐伸手拿起工作臺上那套剝脫下來的紫紅色內衣。被水浸泡多日，衣服已經髒得幾乎面目全非了，但是尺碼標籤還在。她微微皺眉，把衣服放下後，視線便轉回到眼前冰冷的解剖臺上，屍體雖然已經經過了簡單的屍表處理，發黑腫脹和腐爛的程度卻依舊很嚴重。

屍僵已經完全緩解，這也就是說，不排除死者在水中所停留的時間為三到七天。本市這幾天的溫度雖然在 3 到 15 攝氏度徘徊，但是水塔內部的環境溫度至少比外面高了 5 攝氏度以上，再加上水塔內部的水是經過專門處理的，自然也就無法和野外池塘中的水溫相比較。照這麼推算的話，死者溺水的時間有可能更早。

在助手顧瑜的幫助下，章桐把屍體翻了過來，伸出右手手指在死者的腰部按壓了幾下後，看著暗紫紅色的片狀融合屍斑並未有顏色減退的跡象，她便衝著顧瑜點點頭，示意做下記錄，復又放平屍體。

這時候，章桐的目光被死者微微外露的牙齒吸引住了，她伸手掰開了死者的口腔：「玫瑰齒？」

顧瑜聽了，趕緊湊上前看了看，隨即點頭：「沒錯，主任，難道說她死於窒息？」

「現在下這個結論還為時過早。」在檢查完死者的眼穹窿部結膜後，章桐戴上護目鏡，拉上口罩，右手從工作托盤中取出鋒利的解剖刀，果斷地分別從屍體的左右乳突向下切至肩部，再向前內側切開至胸骨切跡處匯合，胸腹部切口向上，接著把解剖刀丟回托盤，騰出雙手剝離頜下及胸前皮膚，將皮瓣上翻蓋於顏面部，暴露頸前器官。

這一切猶如行雲流水般一氣呵成，把一旁站著的小九看呆了。他放下手中的相機，湊到顧瑜身旁，小聲嘀咕：「說實話，我們老家鎮上殺豬的也沒這麼俐落。」

顧瑜狠狠瞪了他一眼：「你第一次來輪值，我就不教育你了。但請記住這是人，不是豬，兩者不是一回事。」

小九頓時臉紅了，趕緊擺手辯解：「我知道，別誤會，我只是想說章主任的手法也實在是太快了，這得練多久啊？」

章桐頭也不抬，應聲說：「確實挺久的。以前醫學院裡供體不充足的時候，我們就是在豬身上練習解剖。我們這一行，嚴格意義上來說，性質和屠夫多少掛點鉤。」接著，她轉而對顧瑜吩咐，「記下。第一，死者上呼吸道出現明顯白色泡沫。第二，呼吸輔助肌有出血跡象。第三，肺氣腫，水性。」

「那就是說死者入水時還是活著的？」顧瑜有些驚愕。

「只能說有這個可能。」章桐左手提起心臟，使心尖向上，在心包髒層與壁層折轉處依次剪斷上、下腔靜脈和肺靜脈、肺動脈，最後是主動脈，使心臟與肺臟分離。接著把心臟按照正常位置平放在墊板上後，取下樣本，小心翼翼地封裝好遞給顧瑜，「我需要盡快知道左右心血紅蛋白含量。」

顧瑜點頭，放下記錄本，匆匆走向後面的實驗室。

見小九一臉茫然地看著自己，章桐咧嘴一笑：「正常的排除程序而已，左心血紅蛋白含量低於右心的話，就表明死者是在淡水中溺死的。」

「這周圍……好像沒有海。」

章桐臉上的笑容消失了：「上個月江濱花園溺死案，案發現場魚缸裡的水，就是海水。雖然矽藻類浮游生物也是溺水死亡者的一個判斷標準，可是在遇到乾性溺死的時候，檢測不到矽藻類浮游生物，肺部也沒有明顯的積水，這時候檢查血紅蛋白含量比在確定案發現場的時間上就會變得更有效一些。」

小九臉色微變：「我知道乾性溺死……那章主任，我們這個案件裡的死者是什麼情況？是不是自殺？」

「邏輯上說的話，不可能。」章桐果斷地搖頭，「我剖驗過的溺死案屍體中，在這樣的現場中發現的，迄今為止還是第一起。屍表上也沒有明顯傷痕，屍斑也顯示水塔是第一案發現場。死亡發生後，屍體本身並沒有被移動過。所以，目前來看不排除他殺和自己失足落水導致的意外死亡兩個選項，畢竟塔底到塔頂還是有一段距離的，光線不足的情況下，扶梯也不是很明顯。」

「她到那裡面去做什麼？」小九脫口而出。

正在這時，童小川推門走了進來，他晃了晃手中放大的監控相片，指著相片中那張驚恐的臉疑惑不解地問：「你們看看這死者是不是見鬼了！」

章桐看也不看就否決了：「這世界上根本就沒有鬼。」

童小川尷尬地笑了笑：「我也知道沒有鬼，大科學家，但是你又怎麼解釋她臉上的表情？要知道那時候樓道裡可是沒有人的，更不用說電梯廂裡。」

這確實無法解釋，章桐一時語塞，無奈勉強掃了一眼：「這是她最後的影像畫面嗎？」

童小川點點頭：「後面的監控錄影，包括大樓外的都被龍哥給翻了個遍。這女孩再沒出現過，也就是說，她就消失在樓頂了。對了，她的死因出來了沒有？」

章桐摘下手套和護目鏡，伸手接過顧瑜遞給自己的結論報告，想了想，肯定地說：「溺水死亡。」

「不，妳沒明白我的意思。」

童小川剛想解釋，章桐卻擺手打斷了他：「屍表沒有明顯的外傷，尤其是抵抗傷，雙手十指指甲縫隙內也沒有明顯的殘留物，體內臟器所呈現出的指標與溺水死亡的特徵相吻合……」

童小川臉上露出了苦惱的神情：「難道說真的是自殺？這也未免太缺德了吧。一棟樓的住戶……」

「不能這麼草率，鑑於你剛才的論述，我還需要做一份詳細的毒物檢驗才能最終確定。」章桐伸手指了指童小川手中的相片，「這個世界上本就沒有鬼，真非得要說有鬼的話，我看，那就是人心裡的鬼了！」

童小川尷尬地清了清嗓門：「看來是一個裝神弄鬼的凶手啊。」他轉身走到門口的時候，突然停下了腳步，「呂曉華的庭審妳去不去？」

「我當然會去。」章桐回答。

「聽說，阿忠打電話給妳了？」童小川皺眉看著章桐，欲言又止。

「沒錯。」

「他找妳做什麼？」童小川不解。

「邀請我去旁聽。」

童小川還想再繼續問下去，但很快便打消了念頭，一聲不吭地走了。

小九若有所思地看著章桐，半晌，輕聲問：「主任，那個……」

章桐平靜地點頭：「趙志忠工程師的妻子阿珠失蹤三年了，他懷疑妻子已經遇害，凶手就是呂曉華，只是沒有證據，因為到現在屍體都沒有被找到。」

顧瑜不安地問：「主任，光是旁聽，沒多大作用吧？」

章桐想了想，嘴角溢位一絲苦笑：「我也是這麼認為，但是他一再要求我去，而刑事案件庭審過程中都會有一個質證物證的環節，怎麼說呢，機會難得，聽聽也好。」其實章桐的內心是很渴望去旁聽庭審過程的，因為她對這個案子一直隱隱感到不安。

2.

午後，微弱的陽光早早地縮回了雲層的後面，天空灰濛濛的，愈發給人一種已經是傍晚的錯覺。風越吹越猛，行人匆匆，街頭的樹葉被吹得漫天飛舞。雖說已經過了春分，但似乎春天還是非常遙遠。

中級法院的門口圍了很多人，其中不乏扛著攝影機、手執麥克風的記者和說著各種外地口音的陌生面孔。

下午的庭審馬上就要開始了，圍觀的人越聚越多，而呂曉華的名字卻始終都諱莫如深，被以「那個人」代替。

章桐不喜歡擁擠的感覺，站在人群中，聽著耳畔嗡嗡的議論聲，她感覺耐心正在一點一點地從自己的體內被剝離。顧瑜曾經說過，在安靜的法醫解剖室待久了，外面街頭最正常的說話聲和汽車喇叭聲都會變得異常嘈雜，讓人無法忍受。

她不斷地低頭看著手機螢幕上的時間，不明白 1 點開庭的，為何都 1 點半了，法院依舊大門緊閉沒有絲毫動靜。也難怪守在外面的人群中開始有了一些壓抑的騷動。

「應該是路上塞車了吧，畢竟是這麼重要的大人物呢。」身旁站著的中年男人低聲喃喃自語。章桐下意識地掃了他一眼，對方穿著一件洗得發白的米黃色外套、藏青色的褲子、廉價的黑色皮鞋，雙手環抱在胸前，形容憔悴。在他的懷裡是一個 12 吋的相框，相框上蒙著一塊黑布。

章桐心中不禁微微一顫。她剛欲出言安慰，身後的人群中便傳來了一陣互相提醒：「來了，來了！車隊馬上就到！……聽說過橋時出了點小事故，耽擱了一下，還好沒出什麼大事……」遠處，警笛聲響起，兩輛警用摩托開道，一輛黑色的依維柯在前後警車的護送下出現在寧中路盡頭的地平線上。

這時候，身後的大門開了。章桐便跟隨著人流進入法院安檢區，在出示工作證後，她順利通過了安檢，接著就按照大廳 LED 大螢幕上的指示，向二樓一號庭走去。

這是整個法院裡最大的審判庭，能容納 100 個座位，因為是對外公開審理，所以很快便會座無虛席。章桐粗略環顧了一眼，在靠後門邊找了個位置坐下來，雖說因為視野的關係看不清楚整個審判區域，但是右手邊有個 14 吋的高畫質實時投影螢幕，這樣也就沒有什麼大的影響。她注意到方才自己身邊站著的那個中年男人坐在了第三排，正對著被告席的後方，雙手抱著相框，頭低垂著一聲不吭。章桐輕輕嘆了口氣，在這之前，她早就已經猜出了這個中年男人的真實身分，不禁對他產生了一點同情。

在所有工作人員都到齊後，法庭裡瞬間安靜了下來。法官宣讀了法庭紀律，緊接著，一個身材中等，身穿囚服的中年男人便隨著法警出現在審判區的入口處，旁觀席上頓時一片議論紛紛。

章桐是見過卷宗裡呂曉華的相片的，也知道他的落網全都是因為一次偶然。在過去的整整十年時間裡，S 市共發生了十一起女性人員失蹤案，因為線索匱乏，警方始終毫無頭緒。直到去年 5 月分的時候，房東因為房租問題與租客呂曉華發生爭執，動靜挺大的，鄰居報了警。轄區警員接警後到場處理，本想調解了事，結果房東死活都不再願意接納這個「古怪」的房客了。警員無奈，便幫助呂曉華搬家，誰知在搬家過程中，無意中在呂曉華的行李裡發現了疑似人腿骨的東西，警員當即便扣留了呂曉華並把他移交給了市局刑警隊。

電話中趙志忠說得沒錯，章桐確實一直都在關注這個案件的調查程序。雖然她並不方便表述自己的意見和建議，但是心中的疑慮卻是始終都無法消退的。呂曉華被捕後，便竹筒倒豆子一般把所有的案件都認了，審訊過程非常順利，也指認了綁架受害者的大概位置，至於屍體下落，說是大部分都被海水沖走了。S 市就在海邊，當地居民大部分都是靠養殖海鮮過日子，所以駕船出海丟個東西啥的，確實是很方便的，也不容易被人發現。

而對於那根腿骨，呂曉華則解釋說是留作紀念，至於是屬於哪個受害者的，他已經記不清了。腿骨因為經過了特殊處理，所以已經無法提取到有效的 DNA，而這根唯一的人骨，恰恰就是章桐內心一直忐忑不安的原因所在。

庭審的過程是異常枯燥的，機械般的一問一答幾乎讓人昏昏欲睡。正在胡思亂想之際，耳畔突然傳來的一句話卻彷彿晴天霹靂一般，重重地擊打著章桐的胸口，她驚愕地抬起了頭，目光看向前方的審判區域。

法官問：「呂曉華，你確定自己曾經所做的供述都不是出自你的本意？」

一陣幾乎讓在場所有人都感到窒息的沉默過後，呂曉華點點頭，朗聲回答：「沒錯，我是被人冤枉的，我並沒有殺人。」

「被告，你對自己曾經做出的口供是全盤否認嗎？」法官晃了晃手中的口供報告，皺眉追問。

3.

「報告法官，我否認所有供述。因為我根本就沒有殺人，這些口供都是對我的栽贓陷害。」呂曉華振振有詞的回答瞬間打亂了整個旁聽席上的秩序。尤其是坐在第三排的那個中年男人，情緒愈發激動了起來，他一把扯掉手中的黑色相框蓋布，高舉著相框，大聲吼了起來：「呂曉華，你看看啊！回頭看看！看看這張臉，你敢親口告訴她你不是殺害她的凶手？」

此刻，章桐注意到呂曉華的背影竟然紋絲不動，就好像根本沒有聽到中年男人的斥責，心中不禁感到不安。被告人當庭翻供並不是一件稀奇的事，但此刻的呂曉華卻分明是底氣十足，難道說 S 市那邊調查過程真的是出了問題？

中年男人的舉動受到了法官的警告。就在這個時候，庭上的主檢察官伸手接過了同事遞過來的證據袋，神情嚴肅地說：「法官，我現在申請出示證據，編號 S 檢 A25874。」在得到允許後，便轉頭看向被告席上的呂曉華，「被告呂曉華，證據袋中的這根骨頭是你行李中發現的，發現過程 S 市警方做了相應的現場錄影紀錄，你也認可了這是你的東西，對此你又做何解釋？」

等看清楚檢察官手中證據袋裡的東西後，旁聽席上的章桐頓時心中一沉。當初她就害怕這個證據站不住腳，如今卻真的成了審判過程中最致命的一環，不禁暗暗叫苦。

果不其然，呂曉華不慌不忙地回答：「報告檢察官，這個確實是人骨，但這是我在老家村裡的墳堆中挖出來的，不信你們可以去查。要是我沒記錯的話，那墳就在碾子村三組的村東頭，裡面埋的可是個百歲老太太……」

一聽這話，檢察官的臉色頓時變得難看了起來，他放下手中的證據袋，遲疑片刻後，說：「被告，那你告訴我，你挖人家墳做什麼？這骨頭對你來說有什麼重要意義嗎？」

呂曉華的回答又一次出乎意料：「百歲老人的東西拿了，那是可以為人帶來好運的，她生前用過的所有東西可都是搶手貨呢。」說著，他聳聳肩，做出一副無奈的樣子，「我沒趕上她的下葬，那就只能扒墳了，雖然這麼做有些缺德，最後我可都把土填回去了，你們不信可以去看……」

呂曉華的公派律師不禁被庭上這突發的一幕驚得目瞪口呆。

旁觀席上的章桐站起身，向法庭門外快步走去。

來到樓梯口，她立刻就撥通了趙志忠的手機：「他翻供了！」

電話那頭一陣沉默。

章桐口氣冰冷：「你是不是早就已經知道會有這樣的結果？」

「我只是覺得他在審訊時承認得太過於順利。」

「那根人骨，你們後來就沒有再做進一步的檢驗？」章桐急了，她右手緊緊地抓著手機，回想起剛才庭上的那一幕，她感到自己被徹底愚弄了，便壓低嗓門語速飛快地斥責道，「趙工程師，你是 S 市局唯一一個負責 DNA 檢驗的。你知道走正常途徑是走不通的，我不能越權干涉，而你早就料到呂曉華會在庭上翻供，但是你卻並沒有提醒身邊的同事，因為只有這樣才能讓這個案件順利到我的手裡，你……你實話告訴我，叫我來旁聽，是不是就想讓我介入這個案子？你為什麼要這麼做？」

本市的許可權遠大於S市，所以但凡有重大案子的時候，只要本市局按照程序接手，S市局就必須移交。作為法醫，章桐比誰都要清楚這條規定。而此刻的她終於明白，自從接了趙志忠那個電話以後，自己就再也沒有了退路。

一聲重重的嘆息過後，電話那頭的嗓音變得愈發沙啞了起來：「章醫生，阿珠的下落對我真的很重要，活要見人死要見屍，而呂曉華是我唯一的線索。對不起！」

周圍瞬間變得悄然無聲，章桐默默地結束通話了電話。走出法院大門的時候，刺眼的陽光晃得她幾乎睜不開雙眼。

4.

本市警局會議室裡鴉雀無聲，政委李峰心事重重地坐在桌邊，時不時地掃一眼牆上的掛鐘。很快，走廊上便傳來了雜亂的腳步聲。臨時召集的會議，在局裡留守的人員陸續都到齊了。

副局長張浩一進門便衝著李峰點點頭：「政委，消息確定嗎？」

「是的，」李峰長嘆一聲，「我剛接到法院魏法官打來的電話，他說我們只有十天的時間。」

「十天？這麼短？」剛坐下的歐陽力吃驚地看著他們，「老李，時間不一定夠啊，這案子牽涉的物證太多了。」

「不夠也沒辦法，大家加班吧。法院那邊說了，如果我們沒有辦法在這十天時間內找出足夠有力的證據的話，那麼他們就不得不考慮當庭釋放呂曉華。」略微停頓後，李峰緊鎖雙眉，接著說，「S 市那邊，都鬧翻天了。」

「鬧？」鄭文龍不解地問，「難道說那十一個被害者家屬已經得到消息了？」

「據說有被害者家屬去旁聽了中院的庭審，出來後就把這事情放到了網路上，現在消息鋪天蓋地，輿論已經失控了。」李峰默默地搖了搖頭，滿臉無奈，「我們市因為沒有受害者家屬，所以目前來說局面還算比較平靜。我跟 S 市局的老丁通過電話了，他們現在開始起不能再插手這個案子，所以，」說著，他神情凝重地環顧四周，「接下來就要靠大家的共同努力了。……等等，小章呢？她怎麼沒來開會？」

童小川回答：「下午的時候章主任去法院旁聽了，現在這個時間應該就在回來的路上。」

「旁聽？什麼案子？」一旁的張浩忍不住開口問，「最近我們這邊沒有需要法醫專家出庭的案子啊。」

童小川尷尬地點點頭：「是的，張局。章主任去法院旁聽的，就是呂曉華的案子。」

張浩聽了，不禁與李峰面面相覷，回頭接著問：「她什麼時候也開始關心起這個案子來了？我怎麼一點印象都沒有。」

「據我所知，章主任接到了 S 市局趙志忠工程師的一個電話，對方請求她在今天去幫忙旁聽一下，」面對張浩臉上逐漸露出恍然大悟的神情，童小川長長地出了口氣，繼續說道，「沒錯，趙志忠就是三年前失蹤的記者秦玉珠的新婚丈夫。」

正在這時，童小川的手機發出了輕微的震動，他瞄了一眼，隨即點開螢幕，快速看完後，抬頭說：「派去走訪的人回覆說，今天早上在映秀社區水塔中發現的女屍身分已經被確定，是我市南江中學國中部的英語老師金玉蘭，22 歲，本市人，入職剛滿一年。她失蹤的時間是上週五的晚上，據說去學生家家訪後，就一直沒回家，也沒跟家裡人聯繫，電話始終都處於關機狀態。家屬在第二天一早就去當地派出所報了案，但是查看社區附近以及她回家必經之路上的監控錄影後，卻並沒有發現她的蹤跡。」

「社會關係怎麼樣？」張浩問。

「正在徹查。」童小川想了想，接著說，「張局，我還需要一份法醫處出具的毒物檢驗報告，才能最終為這個案子定性，最快明天早上報告就會出來。對了，張局，為什麼呂曉華的案子我們才只有短短十天的時間來進行補充調查？ S 市那邊都弄了好幾年了。」

李峰平靜地看了他一眼：「一審雖然判處呂曉華死刑，但是他當庭提出了無罪上訴，十天時間是二審法院考慮是否受理的期限。目前狀況來看，依法受理是肯定的，因為一審證據的缺陷事實存在，所以如果沒有新的證據出現，這個案子，那十一條人命，或許就永遠都看不到真相了。」

聽到這裡，童小川心中不由得一沉。

第二章　魅影

第一節　那是誰？

1.

法醫辦公室裡，章桐伸手接過了顧瑜遞給自己的毒物檢驗報告，看了一遍又一遍，嘴裡始終都沒有說一個字。

「主任……」顧瑜感到了些許不安，卻又不知道自己該如何開口。

半晌，章桐這才點點頭，拿起筆在報告上簽過字後，復又遞給她，低聲說了句：「謝謝，歸檔吧。」

「可是，主任，這樣一來，我們又怎麼解釋死者在監控影片中那詭異的舉動？」

顧瑜的質疑是有理由的，屍檢工作結束後，章桐反覆查看過那段影片。影片中，電梯停留在案發現場大樓的第 23 層，死者金玉蘭不斷按下多個樓層的按鈕，但奇怪的是電梯卻並未馬上關閉，死者接著把頭伸出電梯查看，來回進出電梯，可電梯依舊停留在原處一動不動。接下來，死者衝回電梯，躲在監控死角，中間有個下蹲的趨勢，似乎在躲避著什麼，隨後幾分鐘內，她又再次走出電梯，在外面停留了不到 30 秒鐘的時間，從監控中可以很清晰地看到死者朝著一個方向做出了許多古怪的動作，雙手比劃，似乎在和誰激烈地辯駁著什麼。這是她生前最後一次出現在監控影片鏡頭中的影像，因為接下來她就離開了監控範圍，電梯門也在幾分鐘後自動緩緩關閉。

監控影片所顯示的時間，正是死者金玉蘭失蹤當晚的凌晨時分，而隨後所有的影片資料中便再也找不到死者的身影了。這一點與屍檢死亡時間的推斷完全吻合，死者的胃內容物也顯示她的最後一餐時間是在死前的四小時以上，也就是說，這與死者飯後前去家訪，隨後失蹤，最終離奇死在水塔中這個事實也是基本吻合的。

想到這裡，章桐掏出手機撥通了童小川的電話：「童隊，我需要知道映秀社區死者最近的精神狀況以及她的家族精神病史。」

「沒問題。」電話那頭傳來了童小川沙啞的嗓音，「我正在李醫生這，等下就去查。」

結束通話電話後，章桐一臉狐疑地轉身看著顧瑜：「他上班時間跑去見心理醫生做什麼？」

2.

本市第一醫院心理診室，陽光暖暖地灑在窗玻璃上。童小川在沙發床上翻來覆去了好幾遍後，舒服地伸了個懶腰，這才依依不捨地坐起身，看著面對自己坐著的李曉偉，皺眉嘀咕了句：「你笑什麼？」

「我勸你還是去掛個號吧，錢不夠的話，我叫護理師幫你打八折。」李曉偉笑眯眯地說。

「瞎胡扯，我缺那幾個錢？」他站起身，心有不甘地走到外屋，一屁股在辦公桌邊坐了下來，對跟出來的李曉偉說，「我說李醫生，談正經事，最近怎麼不見你去我們局裡了？」

李曉偉微微一怔，不免有些尷尬：「我有點忙。」

「拉倒吧，」童小川雙手抱著肩膀，滿臉不客氣地瞪著他，「你雖然是心理醫生，但我可是邏輯專家，半斤對八兩，你那點小肚雞腸瞞不過我的。」

憋了一會兒，李曉偉哭笑不得地舉起雙手：「好吧好吧，其實也沒什麼，我這麼做是尊重章醫生的意願，暫時分開幾天。」想了想，他又補充，「但是只要她需要，隨時一個電話給我就行了。」

「難道就為了這？」童小川有些吃驚。

李曉偉忍不住一聲長嘆，臉上露出了沮喪的神情：「都怪我不好，最近這段時間見她有些焦慮的跡象，我就好意勸她來我這裡進行正式諮詢，誰知她卻拒絕了，並且非常生氣，和我大吵了一頓。」

「章主任可沒病。」童小川皺眉，「但是也不至於反應這麼激烈啊。」

李曉偉聽了，欲言又止，他擔心的是章桐的母親患有嚴重的精神分裂，如今因為工作的壓力，章桐的身上也出現了讓人不安的焦慮症狀，這可並不是什麼好的兆頭。但是這些，李曉偉是不方便告訴童小川的，打定主意後便只是聳聳肩，故作輕鬆地岔開了話題：「女人嘛，情緒波動很正常，別在意。對了，童隊，你今天來找我做什麼？」

「我？當然是請你幫忙了，公事！」童小川臉上的神情變得凝重了起來。

「公事？什麼案子，說說看。」

童小川一聲長嘆：「你應該有所耳聞了，就是呂曉華的案子！不過，現在這案子已經歸我們管了，並且，」說著，他低頭掃了眼手機螢幕，「確切點說，還有九天二十一個小時。」

「原來網上的傳言都是真的？」李曉偉驚愕無比。

「沒錯，如果我們再找不出新的證據，那麼這傢伙在九天二十一個小時後或許就能徹底自由了！」童小川的語氣中充滿了諷刺。

診室裡突然安靜了下來，半晌，李曉偉啞聲問道：「童隊，你有沒有想過我幫你們，但是九天後的結果或許和今天是一模一樣的？」

「我當然想過。」童小川果斷地站起身，整了整身上的外套，平靜地說，「別想太多，九天後，不管什麼樣的結果在那裡等著，我們都只要盡力還原真相就好。」

李曉偉默默點頭：「既然這樣，那好，我會全力幫你們。」

童小川環顧了一下診室，臉上不由得露出了笑容：「走吧，李醫生，反正你這一畝三分地本就是鳥不拉屎的地方，不如陪我順道走訪個死者家屬。」

「去 S 市？」李曉偉有些意外。

「不，胡埭鎮金老師父母家。」臨出門的時候，童小川又補充了句，「章醫生剛才電話裡吩咐的。」

李曉偉開始還是一副懶洋洋的樣子，聽童小川這麼說，便小跑跟了上去。

3.

本市警局檔案室裡，靠牆擺放的灰色的檔案桌有半個桌球臺那麼大。面對摞起來幾乎有一人多高的卷宗，章桐和痕跡檢驗工程師歐陽力面面相覷，不由得一聲長嘆，兩人各自拿了卷宗在桌邊坐下。

十年，十一起詭異的失蹤案，沒有屍體。章桐感到有些束手無策。雖然在這之前，自己對這個系列案子也多少有些了解，可是如今親自查看這些卷宗的時候，卻還是感到無從下手。想到這裡，她便轉頭問一旁忙著做清點紀錄的專案內勤于博文：「小于，到底是什麼時候開始確認這些不是失蹤案而是命案的？」

「稍等。」作為移交卷宗的負責人，于博文馬不停蹄地剛從 S 市局了解情況回來，他探身找出第五本卷宗，查看過編號後，把它交給章桐，「就是這個，第五起失蹤案。失蹤者名叫孫月娥，21 歲，身高 160 公分，體重 52 公斤，未婚，失蹤前的職業是 S 市交通電臺的主持人，專門主持一檔心靈訪談類節目，時間是每週一、三、五的晚上 9 到 10 點。她最後一次出現的時間是 2008 年的 7 月 2 日晚上，根據她同事講述，10 點下節目後她很快就離開了單位，因為孫月娥唯一健在的母親患了阿茲海默症，情感上對女兒的依賴性也就變得更強，所以她每次下班後總是第一時間就回家照顧母親。但是偏偏當天晚上她卻徹底消失了。」

老歐陽聽了，不由得神情凝重：「所以這是最不可能失蹤的一個人。」

「情況不只如此。」章桐從卷宗中拿出一張現場相片遞給歐陽力，「歐陽，你看看，這種狀態下，人還活著的可能性有多大？」

相片中，大量的噴濺性血跡幾乎布滿了大半個牆壁。歐陽沉吟半晌後，點點頭：「按照質量容積比計算，正常人體的血液總量占到人體自身體重的 6% 到 8%，而根據卷宗紀錄顯示，孫月娥的體重為 52 公斤，那麼血液就在 4 升左右。除去牆面上的噴濺形血跡外，這牆角有好幾處橢圓形血跡，我想，應該就是拳擊或者鈍物重擊的結果，橢圓形越長越窄，襲擊的角度就相對越小，尤其是這攤血跡，像車輪的輪輻一樣擴散，」他用手指指著相片中的一角，「小章，你看，這明顯就是同一個地方血液噴濺數次所留下的痕跡。妳能建個模嗎？」

章桐點頭，她把相片掃描進自己隨身帶的膝上型電腦，在「無須實體線」程式中經過放大處理後，對血跡的幾處撞擊點進行連線繪圖，以最恰當的角度拉出，最後匯聚到一點，然後再根據現場牆上的血跡噴濺模式進行製作，很快一個簡單的 3D 示意模型便出現在電腦螢幕上。因為匯合點接近於地面，也就是說受害者受到襲擊時就不會是站立的姿勢。

「小于，這已經被證實是孫月娥的血跡了嗎？」章桐轉頭看向于博文。因為屍體一直都沒有找到，所以現場血跡的歸屬就顯得非常重要。

于博文點頭：「S 市的紀錄中就是這麼寫的。發現血跡的地方在 S 市廣電大廈旁的小巷子裡，那裡是監控盲點，這條線索差點就被忽視了，剛開始根本就沒有人把這件事和孫月娥的失蹤連繫在一起，只是以為是誰在惡作劇，便通知了居委會準備清理牆面，工作人員到了卻怎麼看怎麼覺得不對勁，隨即便報了警。派出所拍下相片後，就把它交給了市局技術科，趙工程師看到了，出於職業本能，就去現場做了 DNA 提取，結果很快就在庫裡找到了匹配對象。」

章桐心中一動：「你說的是趙志忠工程師，對嗎？」

于博文苦笑：「主任，S 市局的條件你也不是不知道，和我們沒有辦法相比的，趙工一個人不得不身兼數職。」

章桐沒有再多說什麼，她看著螢幕上的 3D 模型，想起了趙志忠在電話中對自己所說的那番話，不禁陷入了沉思。確實，光憑自己手頭的證據，除了知道這是命案以外，是沒有辦法和呂曉華直接連繫起來的。

那麼，呂曉華為什麼要那麼快就主動承認了十一起案件呢？難道說他真的就只是一個知情人而已？看著桌上厚厚的卷宗，章桐不由得倒吸一口冷氣，探身對歐陽力說：「歐陽，看來我們必須盡快和趙志忠工程師談談。」見歐陽力滿臉狐疑的神情，便解釋道，「當初抓捕呂曉華，只是因為他的行李中有人骨，後來之所以會移交檢察院起訴，那都是因為他主動供述並指認出了十一起失蹤案所發生的地點和時間而已，這些全都建立在口供的基礎之上，而物證這一塊是非常薄弱的。我們現在手頭沒有屍體，更沒有案發現場，除了自始至終都跟這個案子的趙工外，我還真想不出問誰最有效了。」

「你說呂曉華只是目擊證人？」歐陽力不解地問，「那他當初承認所有的案子，到底是為了保護誰？現在又為什麼要翻供？」

章桐神情凝重地搖搖頭：「我不知道。」

這時候，一旁的于博文開口了：「對不起，章主任，這個要求猜想有點難度。」

「趙工出什麼事了？」章桐的心頓時一沉。

「我回來的時候，聽小李說，庭審後趙工便直接去了督查大隊，主動承認是自己失職，沒有盡到責任，所以才會導致這次案件審理的受阻。我想，這個時候，他應該不方便再牽涉進來了吧。對了，主任，小李叫我轉告你，說趙工留下話說，他想表達的都在卷宗裡了。」

章桐不由得呆住了，許久，她輕輕嘆了口氣，目光憂鬱：「歐陽，這麼看來，我們要調查的或許就不止這十一個人了。」

「你是說趙工的妻子秦玉珠？」歐陽力吃驚地看著她。

4.

警車開下環城高架的時候，偏偏遇上了塞車高峰期。看著被堵得嚴嚴實實的車道，童小川沮喪地順勢趴在了方向盤上：「兩個車位的距離就能下橋了，難道就不能再朝前擠一擠嗎？」

李曉偉卻不以為然，他全神貫注地在手機上查看著有關下午那場特殊庭審的訊息，隨口問：「既然你都把我拉去胡埭鎮了，那就跟我說說那個金老師的案子吧，不然我等等恐怕幫不了你。」

「金玉蘭，本市南江中學英語教師，」童小川從儀表盤上拿過手機，給李曉偉發了那段監控影片，「這是她臨死前在案發現場附近的最後一段監控影片，地點就在映秀社區7棟的頂樓，時間是凌晨0：30前後。一週後，該棟大樓的住戶不斷反映說日常用水的水壓偏低，並且水有異味，尤其是20層以上的住戶反應更是強烈。物業人員就此前去水塔查看，結果在裡面發現了死者的屍體。」

「那她的死因呢？」看著手機裡的監控影片，李曉偉不免有些吃驚。

「符合溺水身亡的特徵，而且在她身上並沒有發現他殺的跡象，除了……」他應聲用手指了指李曉偉的手機，「除了這段監控影片。在排除了他殺和意外身亡的因素後，我們就只有一個問題需要解決了。」

「我懂了。」李曉偉滿腹心事，目光轉而投向了窗外，「那她的父母報案了嗎？」

「報了，失蹤。第二天早上就報了案，卻始終都找不到金老師的下落。」

就在這個時候，前方的擁堵終於有了些許緩解，童小川趕緊放開煞車，警車便緩緩順坡而下，拐上了出城的車道。二十多分鐘後，順著路牌，警車拐進了胡埭鎮。

天色早已擦黑，胡埭是個外來人口密集的集鎮，雖然與市區有一定的距離，但是因為靠近工業區的緣故，所以一點都沒有郊區小鎮所應有的冷清感。此時，昏黃的路燈光下，街頭人來人往，沿街到處都是正在營業的商舖店面。

教職員宿舍就在鎮中央的開元大道上，離鎮口的路標不到五十公尺的距離。童小川伸手關掉了警車的頂燈標誌，鎖好車後，便和李曉偉並肩穿過大門，走進了教職員宿舍區。

金老師父母家就在最靠外的1號樓。來的路上童小川本打算給他們打個電話，可是很快又覺得電話中也不一定說得清楚，畢竟對方年紀大了，溝通起來會有一些困難，所以在和李曉偉商量後，便決定直接上門。

果然，兩位老人對童小川和李曉偉的突然到訪流露出了明顯的不安情緒，坐在沙發上都好一會兒了，金老師的父親卻還是緊緊地抓著老伴的手，面色慘白，囁嚅著說不出話來。

「你們……你們找到我家蘭子了？」老太太惴惴不安地顫聲問，「她在哪？是不是出事了？」

童小川剛要上前解釋，卻被身邊坐著的李曉偉伸手攔住。後者只是柔聲說道：「阿姨，我們只是來了解一下情況，這是正常的辦案程序，放心吧。」略微停頓過後，他又接著問，「跟我們說說你女兒金老師，好嗎？」

一聽這話，老太太這才長長地出了口氣，臉上的神情也稍微緩和了些，可隨即又面露愁容，搖頭嘆息：「蘭子失蹤整整四天了，我怎麼打她電話都沒有人接，學校那邊也快急死了。」

「那她以前有過這樣的情形嗎？」李曉偉若有所思地看著兩位老人。

老太太又搖搖頭，苦笑：「蘭子哪有時間啊，她因為要上班，便住在市裡，工作忙，一週才回來一次。但是每天都會和我通兩次電話，這是雷打不動的，早飯前和晚飯前，我這不剛動過肺癌手術麼，肺腺癌晚期，都已經轉移到了腦子裡，也就沒有救的必要了。蘭子孝順吶，知道我們就她一個女兒，她放心不下我們兩個老的，又要忙工作，唉，兩頭忙，也就只能每週末回來看我們。你說，她怎麼可能會平白無故丟下我們兩個？」

老頭在旁邊聽了，焦急地湊上前，哆嗦著說道：「對，對，我們之所以報警，就是因為蘭子從不會不打電話給我們，也從不會不接我們電話。

她是個很乖的孩子，非常聽話的。所以在打她電話打不通後，我，我就堅決要求報警，我知道蘭子肯定出事了，她肯定出事了……」

「老頭子，你冷靜些……」老太太緊緊抓住自己老伴的手，低聲安慰。

李曉偉想了想，接著問：「阿姨，金老師有沒有可能跟男朋友出去玩了？她是一個人住的嗎？」

「蘭子還沒有男朋友。」老太太果斷地說道，「她一直都一個人住。兩個月前我在市裡動手術，老頭子就暫住在蘭子的家，要是她交了男朋友的話，老頭子不會不知道的。我家蘭子是個體面的姑娘，不然也當不了英語老師，你說對不對？」

話音未落，身旁金老師父親的聲音突然響了起來，並且逐漸大聲，他目光呆滯，身體前後搖晃，嘴裡不斷地重複一句話：「蘭子肯定出事了，蘭子肯定出事了……」

李曉偉心中一沉，正欲開口，老太太卻擺了擺手：「你們走吧，我累了，要休息了。改天我和老頭子去警局找你們就是。」

＊　＊　＊

走出金家，直到開車回城的路上，李曉偉一直緊鎖著雙眉沒有說話。童小川瞥了他一眼，忍不住用右手臂輕輕碰了碰他：「李大神醫，怎麼了？」

李曉偉卻反問他：「剛才在金老師父母家，你看出什麼來沒有？」

童小川想了想：「那老爺子好像……怎麼說呢，是不是精神不太正常？」

李曉偉搖搖頭：「他得的是阿茲海默症，一種由於蛋白質在腦部沉積而造成腦神經細胞死亡的神經退化性疾病，這種病在 65 歲老年人身上發病機率在 70% 左右，金老爺子現在是處於第一期和第二期之間，失語特徵很明顯。雖然這種病有遺傳的可能，但是在金老師那樣年紀發生的可能性是不存在的，至少目前為止。」

「那，不就是沒有精神方面的家族遺傳史了？」

「嚴格意義上來講是如此。」李曉偉沒有再接著說下去，回想起方才那段監控影片中的詭異場面，他內心的狐疑始終都無法解開。

＊　＊　＊

警車無聲地駛入了城區，剛下過一場勢頭不小的陣雨，馬路兩旁來往行人並不多。路面上出現了幾個不小的積水坑，警車開過，車輪濺起了陣陣水花，很快便又恢復平靜，前面不遠處就是市局大院。

警車開進大院，飢腸轆轆的兩人剛想鎖了車門去食堂填飽肚子，一眼就看見了快步向他們跑來的小九，身後臺階上，痕跡工程師歐陽力花白的頭髮在風中不斷飛舞著，他朝著兩人用力揮了揮手，身邊的章桐默不作聲地站著，臉上神情凝重。

小九穿著警服，拎著沉重的工具箱，剛到近前便伸手想打開車門，嘴裡咕噥著：「搭個便車，童隊，今晚要去兩個地方，趕緊的，我們時間不多了。」

童小川迅速開了車門，剛鑽進去，回頭攔住了李曉偉：「你就別去了，這不是你該幹的活。」

小九則幾乎癱坐在後座的椅子上，剛才走得匆忙，工具箱狠狠地磕了膝蓋，當時沒覺得什麼，現在感覺上來了，疼得倒吸一口冷氣：「童隊，老歐陽的指示，咱先去金玉蘭最後出現的地方，希望還來得及。」

警車箭一般地開出了警局大院，在拐出大院的那一刻，童小川順手從儀表盤上方取出警燈，交到左手，按在了車頂上，打開開關的剎那，刺耳的警笛聲便撕破了寧靜的雨後夜空。

＊　＊　＊

「你怎麼來了？」身後傳來了章桐的聲音，李曉偉趕緊轉身看去，不知何時，歐陽力已經不在了，樓前的大理石臺階上，章桐的身形愈發顯得消瘦單薄。

「童小川找我去了。」李曉偉尷尬地笑了笑，「他想請我參與這個案子，呂曉華的。」

「童隊工作的時候一直都是這麼拚的。」章桐若有所思地說道。稍過片刻後，她點點頭：「走吧，吃晚飯去，對面的黃魚麵館這個時候應該還開著。」

李曉偉聽了，心中一暖，嘴角便不自主地揚起了笑意，他知道這就意味著章桐早已經不生自己的氣了，此時此刻，他竟然開心得像個孩子。

第二節　幻覺

1.

夜深了，一輪圓月高掛天空。

透過看守所冰冷的不鏽鋼防護欄，呂曉華的目光落在漆黑的夜空中，久久沒有捨得闔上雙眼。因為是臨時關押的重刑犯，所以呂曉華所待的號房屬於單人配置，不只是24小時監控，門外的走廊上更是每隔半小時就響起查房獄警的腳步聲。

過了今晚，想想剩下的九個晚上，自己都必須這麼度過。呂曉華不禁輕輕嘆了口氣，翻了個身，緊接著便面朝著牆，閉上雙眼陷入了沉思。

下午庭審結束後，雖然對死刑的結果早就有所預料，但是他的心裡多少還是有那麼些恐懼的，畢竟，這是自己這一輩子真正與死亡近距離接觸的時候。當庭提起上訴後，前幾日壓在心頭的鬱悶與糾結感再次浮現了出來，壓得他幾乎喘不過氣，從法院出來的那一刻，他便眼前一黑暈倒在了地上。

醒來時已經是在看守所的醫院裡了，呂曉華讀懂了白口罩上那雙眼睛所流露出的厭惡之情。不過，他只是平靜地接受這一切，從那雙冰冷而又不情願的手中接過了藥片，就著水，仰頭吞了下去。

晚飯後見了律師，對於上訴的審理，因為有了下午的經歷，律師自然是信心十足滔滔不絕，他卻還是什麼都沒有說。約見時間一結束，呂曉華便被押進了這個單人號房。

＊　＊　＊

時間在慢慢流逝，耳畔靜悄悄的，腳步聲在走廊上又一次響起，和前兩次相比，似乎這一次的聲音有些許輕微的異樣。不過此時的呂曉華已經有了濃濃的睡意，就連在門口停下的腳步聲都沒有讓他睜開雙眼。沒多久，號房裡便響起了沉沉的鼾聲。

凌晨 3 點的時候，先是不鏽鋼杯砸落在大理石地面上所發出的清脆的碰撞聲，緊接著，急促的兩聲痛苦而又淒厲的叫喊便陡然在看守所的監舍裡響起。值班的獄警迅速順著聲音來源找到了呂曉華號房的門外，隔著窺視孔朝裡一看，頓時緊張了起來，忙不迭地跑回不遠處的辦公室抓起鑰匙回來打開門，同時用肩頭的步話機呼喚同班值班的同事。

而此時的呂曉華已然面色發青，嘴唇發紫，渾身僵硬地倒在地板上不省人事。十多分鐘後，看守所醫院的救護車便拉著昏迷不醒的呂曉華開往醫療設備最好的第一醫院。

＊　＊　＊

章桐幾乎在同時接到了看守所打來的電話，她伸手揉了揉發酸的眼角，隨即站起身，匆匆向辦公室外走去，同時果斷地吩咐顧瑜：「快去車庫，我們要去一趟市第一醫院急救中心。」

「出了命案？」顧瑜感到有些詫異，因為通知出警的紅色電話機今晚並沒有響起過。

「不，」章桐迅速回頭看了她一眼，「是呂曉華，他現在生命垂危。」

拎著工具箱走出辦公室的時候，章桐突然想到了什麼，她略微沉思過後，便把箱子交到右手，掏出手機，邊走邊給歐陽力打了個電話，臉上神情凝重：「歐陽，我是章桐，我需要你馬上去看守所呂曉華的號房，我要排除他是被人下毒的可能……沒錯，他現在被送去了急救中心，突然送去的，事前一點徵兆都沒有……」

儘管很疲憊，但是章桐此刻卻一絲睡意都沒有。

2.

映秀社區 7 棟 23 層頂樓，小九已經在高大的銀色水塔裡待了足足兩個小時，雖然說水塔裡的水早就已經被排放乾淨，底層水垢和雜質還是有的。童小川有些擔心這個比自己年輕五六歲的小兄弟，一時卻又幫不上忙，他就像隻熱鍋上的螞蟻一般焦急地繞著水塔轉圈，時不時地抬頭看向塔頂。而在他右手邊不遠處，是物業臨時搭建起來的簡易蓄水池。每隔半個小時，蓄水池便會在柴油發動機的運作下發出嗡嗡的聲音，進行日常的抽水蓄水。

童小川根本就聞不慣這讓人作嘔的柴油味，但是水塔裡又遲遲沒有動靜，正著急的時候，身後頭頂方向終於傳來了小九興奮的叫聲：「童隊，終於找到了！」

「什麼？」童小川激動地幾步跨上了鐵扶梯，來到小九身邊的時候，才終於看清楚他手中竟然是一截髒兮兮的樹枝和一個黑色的無線耳機。在看過無線耳機後，他沒吱聲，又拿過樹枝來對著手中的警用手電筒，皺眉看了半天，小聲嘀咕：「這是什麼？一截樹枝？」

小九順手抹了一把臉上的汗水，笑嘻嘻地說道：「沒錯，就是樹枝。」看他的神情，耳機和樹枝之間，他明顯對後者更為看重。

「這水塔裡混進雜質飄個樹葉子啥的都很正常，你怎麼偏偏就像撿了個大寶貝一樣？」童小川滿臉狐疑，「它有這麼重要嗎？」

「這是橡樹的樹枝，樹葉發黃，代表掉落時已經是深秋，這還不是最主要的，」小九跨出水塔，從身上摸出兩個塑膠證據袋，先放好了黑色無線耳機，接著便又小心翼翼地把樹枝放了進去，「根據我們的紀錄，我們市裡林業規劃方面，從來都沒有人種植過橡樹，這是其一。其二，在來這裡之前，章主任和物業通過電話，詢問了他們清掃水塔的方法和所使用的工具，雖然是人工作業，但是卻穿了連體隔離衣和水質過濾網，而水塔的網孔是根本通不過這段樹枝的，也就是說，他們再怎麼偷懶，也不可能把這麼一段奇怪的樹枝給落在水塔裡。」

話已經說得非常明白了，能把這段樹枝帶進水塔的，就只有死者金玉蘭老師了。

童小川轉頭問小九：「這樹枝，是正常脫落的嗎？」

小九搖搖頭：「我剛才看了，橫切面有兩公分左右，正常來說是一棵有年分的樹，並且是樹枝偏中段的地方，也就是說，是人為用鋒利的工具取下來的。」說著，他用力闔上工具箱，嘿嘿一笑，信心十足，「走吧，童隊，還有下一個點，回來時正好順道在臧書羊肉館吃個宵夜。」

這一提醒，童小川才記起自己也沒有吃晚飯，不禁飢腸轆轆，便狠狠地嚥下了一口唾沫。兩人爬下鐵扶梯，快步向樓梯口走去。

童小川並沒有再提起耳機的事，相反，那截看似再平常不過的樹枝，卻總是在他的腦海裡打轉。

＊　＊　＊

（市第一醫院急救中心）

加護病房門口，當班的主治醫師一臉愁容地看著章桐，果斷地搖搖頭：「妳現在不能進去，我們剛為他上了 ECMO，最終他能不能活下來還是一個未知數。」

章桐怔住了：「怎麼變化這麼快？」

「是的，剛入院搶救的時候，病人最初的症狀還只是顯現出疑似創傷性窒息。我們剛對他進行手術插管，病情就急轉直下，他出現了噴射性嘔吐，同時心跳呼吸都瞬間停止了，我們雖然盡力把他救了回來，但是病人在呼吸方面卻始終都無法做到自主，而且隨時都可能引起心肺功能衰竭，尤其是血氧飽和度，都已經低於四十了。」說到這裡，他不由得一聲長嘆，「總之，在徹底弄清楚病因之前，我們只能為他臨時上了 ECMO，別的不管，先保住命再說。」

章桐聽了，不禁神情凝重，她透過玻璃窗看了看病房內，已經無法分辨出病床上的人到底是誰了，回想起下午法庭上那一幕，心中難免五味雜陳。

「主任，我們下一步該怎麼辦？」顧瑜在一旁小聲提醒。

章桐瞥了一眼主治醫師的胸牌：「趙醫生，我要打包帶走病人到你們醫院後的所有衣物和嘔吐物。」

主治醫師點點頭：「這沒問題，我懂規矩的。」他伸手指了指對面的護理師站，「都在那裡，我已經安排人用專門的醫用廢棄物袋子裝著，包括他的鞋子在內，一樣都沒少，就等你們來了。」

3.

快到凌晨 4 點半的時候，童小川把警車停在了一處廢棄的拆遷工地旁。天空中淅淅瀝瀝地下起了小雨，空氣中充滿了潮溼的泥土味，遠處的霓虹燈在晨霧中若隱若現。

「就這邊？」童小川轉頭問副駕駛座上的小九。

「沒錯，安貞路 38 號院。」剛才已經昏昏欲睡的小九朝窗外瞥了一眼，瞬間便來了精神，騰出手拉開車門鑽了出去。

「你慢著點，這邊到處都是建築垃圾。」童小川緊跟在小九的身後也下了車。或許是雨天的緣故，此刻的拆遷工地上安靜極了，只有遠處時不時地傳來一兩聲狗吠，很快便又消失得無影無蹤。

深一腳淺一腳地在一片狼藉的拆遷工地上穿行，或許是值錢的東西都沒有了吧，工地上自然也就沒有人看守了。

「小九，你都沒說我們為什麼要來這個鬼地方。」童小川一邊用強光手電照射著前面的路，小心前行，一邊嘴裡嘀咕，「再說現在的視覺條件也不夠啊。」

小九聽了，不由得一聲長嘆：「沒辦法，章主任和歐陽老大在檔案室蹲了整整一下午，才終於找到這條線索，就怕耽誤久了，證據會滅失。」說著，他停下腳步，打開手電朝四周仔細掃視了一眼，隨即便伸手一指，「就是前面了，那棟二層小樓。」

順著小九手指的方向，童小川把手電光投射了過去，那個位置非常偏僻，在整個拆遷工地的最後方，雖然正門已經損壞，但是包括屋頂在內，整體建築竟然還基本保持原狀。

兩人小心翼翼地穿過工地，來到獨立的小樓門前，小九上下打量了一番庫房後，便在門前的草地上放下了工具箱，取出防水相機和魯米諾燈頭背上，又抽出一罐魯米諾噴劑別在背心胸口，這才衝著童小川點點頭：「38號院總共四棟住宅樓，隸屬於我們市的廣電部門，而這裡是單獨的招待所，秦玉珠失蹤當晚的手機訊號最後就出現在這裡。」

雨漸漸地越下越大，童小川順手抹了一把臉上的雨水，沉聲說：「那個案子雖然不歸我們重案組管，但是我知道這事，治安大隊當時把這裡翻了個底朝天，卻一點線索都沒有。」

小九若有所思地看了他一眼：「你說的是屍體吧？」

童小川點頭。這是命案的唯一立案標準，除非能有像孫月娥失蹤現場的血跡分布狀態來佐證，否則，就只能以「失蹤」來做出結論了。而呂曉華的案件中，連一具屍體都沒見過。

「都已經過了三年了，還能有證據留下嗎？」

小九輕輕嘆了口氣：「死馬當活馬醫吧。」說著，他便直接走上了長滿雜草的臺階，「其實呢，童隊，我還挺相信命數的。」

「為什麼？」童小川聽了，感到有些意外。不過他很快就領悟了過來，順勢仰頭看了眼這破舊的危房，「是啊，都三年了，還好沒被拆除。」

（法醫辦公室）

老歐陽畢竟上了點年紀，不能再像年輕人那樣熬夜，所以一絲倦容明顯地留在了他臉上。他推門進來後，便直接把手中有關看守所號房的檢驗報告遞給了章桐，然後伸手拽過一張板凳，坐在了李曉偉的面前，笑瞇瞇地說：「年輕人，我們局裡可沒有錢付加班費給你啊。」

李曉偉頓時漲紅了臉，他偷偷瞥了眼章桐，見她依舊神情專注地低頭看著報告，便輕輕鬆了口氣：「歐陽大叔，你就別開玩笑了，我在這工作可是一分錢都不拿的，純屬……」

「奉獻？你拉倒吧。」歐陽笑了，「醉翁之意不在酒，你的心思我可明白的。好了好了，我逗你玩呢，看你急的。」說著，他壓低嗓門湊近李曉偉：「怎麼樣？坐一晚上冷板凳了？」

李曉偉尷尬地笑了笑，他很清楚章桐的心結不是一時半會兒就能打開的。

「一點異樣都沒有？」章桐皺眉抬頭問歐陽力。

歐陽力點點頭：「沒錯，號房裡乾乾淨淨的，包括口杯和毛巾，枕巾以及房間裡的空氣取樣，就差沒挖地三尺了，最終的結論還是一樣的。」

「房間裡有嘔吐物嗎？」章桐追問。

「沒有。」

「那就怪了，從醫院的最終報告來看，他明明所顯示的症狀是病因不明的中毒性休克，難道說還沒進看守所，呂曉華已經中毒了？是誰冒這麼大的風險一心就想要殺了他？」章桐的目光看向了李曉偉，「這不符合常理啊，呂曉華的案子，檢察院的都說了，毫無懸念就是衝著死刑去起訴的，而且所有證據也支持這點，但是現在看來，有人就是想要他死，而且是死在自己手裡。這分明就是復仇。」

此刻，也說不清到底是什麼原因，章桐的腦海中突然閃過了那個在自己面前抱著黑相框的男人，尤其是法庭上那聲低沉的怒吼，猶在耳邊。雖然在法庭外，對方極力克制著內心的痛苦，但他的眼神卻是異常冰冷而游移的。

仔細想來，這分明就不是一個憤怒的人所應該擁有的平靜。

就在這時，歐陽的手機響了起來，他趕忙接起電話，簡單聊了幾句後，便神色嚴峻地結束通話電話，手一揮：「走吧，小九那邊發現了線索，安貞路 38 號院，童隊也在那裡，我們馬上坐重案組的車過去。」

「我也去！」李曉偉果斷地站起身說道。

＊　＊　＊

三排座警車開出公安局大院的時候，已經是凌晨 5 點，雨停了，天空也逐漸變得明亮了起來。

「歐陽工程師，你是說秦玉珠的案子真有線索了？」後座上的李曉偉吃了一驚。

身旁的歐陽並沒有直接回答他，只是看著車窗外，臉上露出了無奈的神情：「這個凶手太狡猾了，他吃準了我們找不到屍體就無法立案。」

章桐一直依靠在中間排的座椅上，沉默許久都沒有說話。

警車飛速穿過尚未完全褪去夜色的街頭，消失在朦朧的晨霧中。

第三節　我是誰

1.

（兩小時前）

大巴車的座位狹小而又擁擠，所以在大巴車廂裡無論發生什麼都很難逃過周圍乘客的眼睛。大巴車廂幾乎密不透風，尤其是剛下過一陣雨，車廂裡便更是顯得悶熱而充滿了各種讓人作嘔的異味。

他蜷縮在座位上，藉著窗外時不時閃過的路燈光，終於看清了那塊藍底白字的路牌 —— 市區，40 公里。

就要到了呢。他扭動了一下自己的屁股，試圖換個姿勢，因為自己已經蜷縮著過了整整三個小時，一動不動，就像個死人一樣。

對，死人，自己其實已經是個死人了。他不無沮喪地品味著這揪心的兩個字。突然，他迅速伸手從前座椅背上掏出一個暈車袋，然後緊緊地捂住嘴，從肺部深處咳嗽，把某些東西嘔進口袋，口袋應聲漸漸鼓了起來。這樣的一幕，在這種大巴上是隨處可見的，再加上車廂裡本就沒有多少人，所以，他的身邊自然也就少了不滿的目光。

他環顧四周，嘴唇沾著混有黑色斑塊的紅色黏液，就好像在咀嚼咖啡渣。他的臉上毫無表情，只是茶色鏡片背後的雙眼紅得可怕。他伸手摸了摸右手手腕處的那塊紅色凸起，是星星狀的，很快，這種美麗的斑點就會遍布全身，而斑點下便是大塊的紫色斑塊。

他病了，病得快死了。但是在這之前，他還有事要做。

大巴車駛過高速收費口的時候停了下來，等待刷卡過關。他打開了手機螢幕，現在是凌晨 4 點 8 分，這麼看來，5 點就可以到市區了。他閉上雙眼，輕輕靠在後面堅硬無比的椅背上。這個椅背磕得他脊椎骨幾乎都快斷了，但是此刻，再多的疼痛與即將到來的那件事相比，都已經不值一提了。

人活著，有時候只是為了享受，而更多的時候，卻是為了一個信念。他又一次打開了暈車袋，咳得幾乎窒息。

大巴車繼續在凌晨的街頭行駛著，無聲無息，像極了一個遠方而來的靈魂。最終，在公車總站門口停了下來。

這一趟大巴上的乘客到終點站的人本就不多，所以司機把車熄火後，直接拔了車鑰匙就去換班了。周圍瞬間安靜了下來，他慢吞吞地最後一個下車，手裡的塑膠提袋中裝著一路上所使用過的暈車袋，右手拉著個小行李箱。在公車總站外，他把手中的暈車袋小心翼翼地用密封袋裝好，以防裡面的嘔吐物漏出來，最後一併裝進行李箱，這才拉上拉鍊，緊走幾步鑽進了一輛等候在路邊的計程車：「麻煩去第一醫院急診中心。」

這時候的他似乎已經耗盡了身上所有的力氣。他感覺自己整個人都硬邦邦的，像是動一動就會扯斷體內的什麼東西。這種症狀表明自己體內的血液正在緩慢凝結，要不了多久，自己的肝臟、腎臟、肺部、雙手和雙腳，以及大腦內就會塞滿凝固的血塊，整個人就像是一個中風晚期患者。想到這裡，他不由得一陣哆嗦。誰都怕死，但是死其實並不可怕，可怕的是在等待死亡來臨的這段時間。

扳著手指數自己死亡的日子，真的是一種最痛苦的煎熬。

＊　＊　＊

（安貞路 38 號院廢棄招待所內，早上 6 點）

因為已經是早上，又是個難得的好天氣，所以當警戒線在安貞路 38 號院廢棄招待所外被拉起來的時候，很快便在圈子外聚集了一些圍觀的群眾。

嚴格意義上來講，整個 38 號院其實不能被稱作「院」，因為它並沒有完整的圍牆，而曾經的圍牆所在地已經被稀稀拉拉的一些拆遷廣告標語所替代。只要站在外面的馬路上，就能一覽無遺。至於說拆遷為何不進行下去，以及工地上的工人到底是何時撤走的，沒人知道，也沒有人關心。如今，這片廢棄工地上只留下了兩棟建築，而那個招待所則是其中之一。

招待所除了前後門窗以及一樓的玻璃不見了蹤影外，還不能被當作是危樓，因為裡面的房間格局依舊存在。此刻，市警局的警察們在裡面忙碌地進進出出。二樓最東頭的房間門外，章桐卻似乎變得清閒了起來，她雙手抱著肩膀，神情嚴峻地盯著房間內。

房間裡只有小九一個人，歐陽力看著自己的徒弟忙得滿頭大汗，不由得一聲長嘆，臉上充滿了愧疚：「早知道現在，當初我就該查到這個地方來，說不準……」

童小川聽了，順手搭在了歐陽力的肩膀上：「老歐陽，你不是先知，這個世界上有些東西不是你想就能改變得了的，更何況從這個現場來看，不管受害者是誰，她當時能存活下來的可能性都已經是零了。」

「那能確定這是秦玉珠的血嗎？」李曉偉憂心忡忡地看著眼前的牆壁，上面用標尺註明了血跡的所在點，而這樣的血跡幾乎遍布了這個二樓最東頭的整個房間。

章桐搖搖頭：「很難，三年了，希望還能提取到有用的 DNA 樣本。」

「沒錯，」童小川轉頭看著李曉偉，臉上的笑容消失了，「我們當初只知道秦玉珠的手機訊號最後消失的地方就在這個院落的外面，派出所也來這裡面走訪過，幾乎敲遍了每一扇門，但是人就這麼消失了。」

突然，他想到了什麼，便伸手在口袋裡摸了一圈，取出兩個塑膠證據袋交給章桐：「這是在水塔裡發現的，你們還真料事如神了。」

章桐晃了晃裝有無線耳機的證據袋：「這個可以理解，我在死者隨身衣物中並沒有發現手機，所以我建議小九去尋找一下，回頭交給大龍處理就可以了。至於說這個，」她的目光落在了證據袋中的那截樹枝上，「這倒確實是意外的收穫。」

「哦？」童小川笑了，「你也看出來了？」

章桐看著他的眼神中充滿了同情：「這是橡樹枝，學過生物的人都知道，而我們這裡沒有這玩意兒。」

李曉偉點點頭：「橡樹一般生長於北方和西南部區域，它在這裡出現，而且是出現在一個案發現場，就有點讓人無法理解了。」

童小川聽了，皺眉說：「如果金老師是生物老師的話，也還能解釋，她偏偏是教英語的。」回想起在電梯中那詭異的一幕，他不由得心中一緊，「回頭看看大龍那邊有沒有什麼收穫。」

「對了，你們去查了金老師家，她的父母兄弟有沒有精神病史？」章桐問。

李曉偉果斷地搖頭：「她父親是阿茲海默症，別的都很正常。」

「那也就是說金老師是自己下到水塔裡淹死的，這是個意外。」說歸這麼說，但是童小川心中很清楚，一個正常人是絕對不會用這種方式把自己活活淹死的。

正在這時，章桐的手機響了起來。她看了一眼螢幕顯示，又下意識地看向小九工具箱中那小山一般的證據袋，心中不由得一陣酸楚 —— 電話是 S 市的區號。

沒有不透風的牆！

2.

(早上7點8分，市警局重案組)

從S市區到本市，直線距離78公里，正常車程來算，路上開得再快也需要將近一個半小時的時間，可是心急如焚的趙志忠卻在一個小時後便匆匆趕到了市警局重案組。

他沒有穿警服，身上的灰色襯衫皺巴巴的，加上滿臉的鬍渣和紅腫的雙眼，明顯可以看出這個男人已經到了精神崩潰的邊緣。他快步走進了童小川的辦公室，嗓音沙啞，直接問道：「童隊，找到我妻子的下落了嗎？她是不是就在裡面？我來的時候特地繞過去看了，那邊不讓我進去……」

童小川微微皺眉，他示意對面坐著的大龍關上辦公室門，房間裡便只剩下他們三個人，屋外時不時地傳來急促的電話鈴和雜亂的腳步聲。

「現場已經封鎖了，我們剛從現場撤回來沒多久，本以為你今天下午才到。」童小川若有所思地看著他，「你跟你們主管打招呼了嗎？」

趙志忠搖搖頭：「他還沒上班，我在他辦公室桌上留下了一張紙條。」

趙志忠焦急的心情，童小川是完全能夠理解的，目光也隨即變得柔和了許多：「其實你真的不必親自趕過來，因為目前我們還沒有什麼有效的進展。」

「不，我要來，三年了，我必須知道阿珠的下落。」趙志忠深吸一口氣，試圖讓自己平靜下來，「所以，當我從章醫生的電話中確定了這件事後，我就連一分鐘都不能再等了。」

沉思片刻，童小川輕輕點頭：「好吧，我正好也有一些事情要問你。」說著，他打開了面前的工作筆記，「你妻子秦玉珠平時從事什麼工作？」

誰想趙志忠並未直接回答童小川的問題，相反卻追問：「童隊，你們怎麼會想到去安貞路 38 號裡的招待所尋找線索的？阿珠又怎麼會在那裡？」

童小川看了他一眼，慢吞吞地說：「我記得我還從沒在你面前正式確認過安貞路 38 號院廢棄招待所房間內的疑似受害人就是你的妻子秦玉珠。」

聽了這話，趙志忠不由得怔住了，漸漸地，他的目光中充滿了陰鬱，小聲說了句：「對不起。」

「阿珠在市裡的電視臺工作，具體是哪個專案，我不清楚，反正是社會民生一類的。我們之間聚少離多，應該是怕我擔心吧，所以她從不跟我說起她的工作內容。在她失蹤當晚，我跟她通過電話，時間大約是晚上 9 點剛過，我正準備從單位回宿舍。她在電話中告訴我說不久就可以休假了，會去 S 市看我……對了，我們每天都通電話的，雖然沒有固定時間，但都是約在下班後。」趙志忠的聲音中充滿了苦澀，「所以，第二天直到晚上 10 點，她都不接我電話，我才確信她出了事。」

「在本市有秦玉珠的親人嗎？」童小川問。

「只有一個 92 歲的外婆，在養老院住，阿珠每週去看她一次。她的父母早年就離婚了，各自去了外地，據說也都成了家，互相之間現在都斷了聯繫。」

「最後一個問題，」童小川抬頭看著趙志忠，「安貞路 38 號院是她每天上下班的必經之處嗎？」

「不，雖然那個院落裡分布的都是廣電部門的家屬樓，但是我們的房子在城市的另一頭，海濱區，她完全沒有必要去。尤其是下班後那麼晚的時間點上。」趙志忠果斷地回答。

「那她有沒有理由臨時趕去 38 號院招待所？比方說有認識的朋友之類或者……」童小川「線人」兩個字沒有說出口。

趙志忠搖搖頭：「她去哪，都會跟我說的。而她只有一個閨密，住在海濱區的月至橋，和安貞路隔著半個城的距離。所以，她沒有理由在那裡出現。」

童小川看著自己工作筆記本上那行小字備註，不禁雙眉緊鎖 —— 時間 23 點 33 分，地點 —— 安貞路 38 號院。

一分鐘後，秦玉珠的手機訊號便徹底消失了。

「她用的是什麼手機？」

趙志忠沒明白童小川話裡的意思。

「我說的是手機牌子。」

「Nokia，我們辦婚禮之前，特地在東方百貨買的。」趙志忠回答。

東方百貨是本市級別最高的購物娛樂場所，東西雖然貴一點，卻從不用擔心品質和真假。童小川合上工作筆記，上身後仰靠在了椅背上：「趙工程師，那你為何會認定你妻子秦玉珠就是死在呂曉華之手？」

「直覺！因為我們 S 市失蹤的幾個都是單身女性，而且都是在下班途中消失。」趙志忠喃喃地說道。

一旁的大龍聽了，忍不住問：「趙工程師，你和你妻子平時除了電話，還有什麼聯繫方式？你知道她的社交帳號和密碼嗎？」

趙志忠想了想，便探身從辦公桌上拿過拍紙簿，寫下了幾行字，然後撕下來遞給大龍：「這是我所知道的她的 SNS 帳號，至於說密碼……」

看著紙上的帳號，大龍咧嘴輕輕一笑：「沒事沒事，有這些就足夠了。」

臨走的時候，趙志忠有些猶豫，半天才說：「請問章醫生在嗎？」

「她不在，出警去了。」童小川冷冷地回答。

趙志忠不禁感到一絲失落。

聽著腳步聲在走廊上逐漸消失，鄭文龍探身問：「童哥，你懷疑是他幹的？」

「我想不通他為什麼那麼堅信就是呂曉華殺害了他的妻子，真的就只是直覺？你可別忘了他是技術出身的，這種人腦子都比較理性，重證據，想像力不會很豐富的。」童小川臉上的神情愈發顯得嚴肅了起來，「而且他身為警隊技術人員，這次明知故犯坑了整個警隊同事兄弟不說，更是把章醫生給直接拖下了水，我總感覺他的動機不純。……哎，大龍，你有沒有聽我說話，你在發什麼呆呢？」

童小川說話時，鄭文龍一直都在低頭注意自己面前的電腦螢幕，沒過多久，他突然尖聲叫了起來：「不對啊，他昨天就離職了。S 市那邊都已經把他的名字上報了，按照程序，一個月後正式生效，他剛才在這時為什麼不說呢？」

驚愕之情在臉上轉瞬即逝，童小川沒有說話，他默默地伸手從檔案欄中翻出了那份三年前的秦玉珠失蹤調查報告，這份報告屬於常規性的調查報告，只有薄薄的兩頁紙，拿在手裡輕飄飄的。看完報告後，他撥通了歐陽力辦公室的電話。

「老歐陽，問個事，你們是怎麼想到說要去招待所查的？這機率也太低了吧？」

電話那頭的歐陽力嘿嘿一笑：「其實我們也只是用的排除法。三年前，秦玉珠在和自己丈夫趙工通過電話後，便和一個陌生號碼通了電話，時長是 38 分鐘 21 秒，在這過後一個小時不到的時間，她的手機就關機了，最後出現地點就是 38 號院招待所附近，這些是推理的結果，而另一半嘛，那就是運氣了。」

「運氣？」

「當然咯，你想啊，要是招待所被徹底拆除的話，證據可真的沒地方去找了。」歐陽工程師的嗓音中充滿了得意，「而且，我現在可以透露一點消息給你，那間客房裡消失的人不是秦玉珠。」

「不是？」童小川驚得目瞪口呆，「那是誰？」

「我們的第七號失蹤者，王蓉，她最後出現的地方便是 S 市淮東大廈。」歐陽力沉聲說道，「兩者血樣 DNA 完全匹配。」略微停頓後，他又說道：「這還不是最主要的，大龍現在在你身邊吧？」

「是的。」童小川點頭。

「我剛把那段她失蹤前的監控錄影發給他，因為時間已經過去幾年了，當年的設備也不是很好，所以需要他幫忙解析復原一下。」

話音未落，鄭文龍的電腦便發出了新郵件的提示音。

＊　＊　＊

（市第一醫院急診中心，早上 7 點 10 分）

章桐一臉凝重地匆匆推門走進了急診中心，來到護理師站：「我是警局的法醫，請問你們值班的醫師在嗎？」

「你是說趙醫師？」護理師甜甜地一笑，竭力掩飾住眉宇間的疲憊，「他現在應該在查房，請稍等，我這就通知他過來。」

章桐點點頭，便退到一旁，找了個椅子坐下。

早晨的急診中心經過了一晚上的忙碌，總算是能夠清淨一會兒。大廳等候區三三兩兩坐著幾個家屬，臉上無不透露著濃濃的倦容。

很快，值班的趙醫師匆匆走了出來，他抬頭一眼就看見了坐在護理師臺旁椅子上的章桐，便迎了上去：「章醫生，有什麼事嗎？」

「病人昨天晚上怎麼樣了？」章桐問。

「穩定了許多。今天上午就可以考慮移除 ECMO。」

「我需要你給我拍一組他身上的相片，」章桐皺眉說，「你知道我現在進不去。」

「是什麼樣的相片？」

「全身，我要看到他的皮膚組織，每個部位都不能遺漏。」章桐把手中的一份毒物檢驗報告遞給趙醫師，「我在他的嘔吐物中查出了大劑量的興奮劑，我也查過他的病史，他患有先天性心臟室間隔缺損症，這種病症平時並無症狀，但是在大劑量的興奮劑作用下，初期會出現氣促、呼吸困難、多汗和乏力等症狀，緊接著便是胃腸功能紊亂，刺激性噴射狀嘔吐，心力衰竭，並伴有明顯肺動脈高壓的症狀出現。」

趙醫師神情凝重地點頭：「沒錯，我們就是在他身上發現了肺動脈高壓的症狀，但是因為當時太危險，不上 ECMO 的話，他的命就完了。」

「我仔細查過他的衣物，上面沒有異常的反應，所以，我懷疑有人對他使用了皮膚給藥。」

一聽這話，趙醫師的臉色頓時變了。他剛把手中的檢驗報告遞給章桐，左手方向便傳來了一聲重重的人體倒地的聲音——就在等候區，一個男人雙手雙腳不停地抽搐著，而嘴裡正在不停地往外吐血。在他身旁的病人和病人家屬們慌忙起身，想盡辦法避開地上的男人，同時嘴裡大聲呼叫著醫生。

章桐記得很清楚，自己進來的時候，這個男人就已經坐在等候椅上了，看不清臉上的容貌，因為他躲在陰影裡，一動不動，就好像一尊沒有生命的雕像。

最初的驚慌過去後，護理師和護工跑出來，推著簡易輪床，他們將地上的男人抬上輪床，飛奔著推進了後面的重症監護病房。同時，廣播裡開始了召喚醫生的通知 —— 急診中心 ICU 病房來了一名患者，流血不止。趙醫師匆匆和章桐打了聲招呼，便緊跟著追了進去，而身後不斷有腳步聲響起，一個個年輕的醫生衝進病房。走廊上延伸過來的是一條明顯的水滴狀血跡，在病人被抬上輪床的時候，章桐注意到了他的臉，那是一張毫無血色的灰色的臉。她下意識地咬住了自己的下嘴唇，心中一絲不安的感覺油然而生。

很快，她看見一個年輕小護理師手裡拿著個相機快步走了出來，便迎上前去：「是不是趙醫師給我的？」

小護理師點點頭，隨即從相機中拔出了一張記憶卡塞給章桐。

「謝謝！」章桐轉身匆匆離開了急救中心，走過剛才那個男人曾經坐過的地方，她注意到了一個古怪的 20 吋旅行箱，便示意保全把它收好。

站在急救中心外，章桐仰頭看向天空，那是一望無邊的蔚藍。

3.

(上午 9 點 10 分，市警局)

案情分析室裡擠滿了人，和第一次開會時不同的是，除了暫時離不開的，整個警局幾乎所有的人員都被動員過來了。不過雖然人多，但是房間裡卻鴉雀無聲。

李峰神情嚴肅地掃視了大家一眼：「還有整整八天八小時五十分，大家可以跟我對下錶。總之，留給我們的時間已經越來越少了。我知道此刻大家都很疲憊，但是對於這個案子，我們在這個有限的時間裡，既要給死者一個公道，也要給犯人呂曉華一個明明白白的結果。這樣，才對起群眾對我們的信任！」說著，他看向一邊坐著的童小川。

「根據法院提供給我們的資料來看，呂曉華，男，41 歲，S 市人，醫學博士，曾經在 S 大學醫學院病毒研究室工作過八年時間，職務是副研究員。後因作風問題被學院解聘開除，從此不知去向。而在他被解聘前後，S 市發生了一系列年輕女性失蹤案，人數達到十一人之多。警方歷經多年調查卻始終毫無頭緒，直到一年前，當地警方在一次例行檢查過程中，無意中在呂曉華的隨行行李裡發現了疑似來歷不明的人體骨骼，便當即把他扣留。他一到派出所，便把這十一樁失蹤案全都認了下來，並且表示說屍體都被他丟到海裡了。」說到這裡，童小川長長地出了口氣，話鋒一轉，「但是，就在昨天的法庭上，呂曉華全盤推翻了自己曾經的口供，說凶手並不是自己，可是，還未容我們進一步詢問，他就突發疾病入院搶救了……」

話音未落，坐在對面的顧瑜突然把電腦螢幕轉過來面對大家，同時放大了音量。章桐沒有辦法離開實驗室，所以她吩咐顧瑜打開了影片鏡頭。

此時，她身穿實驗室專用白袍，推開隔門往外走，邊走邊果斷地說道：「呂曉華不是突發急病，他被人用了藥，這種藥裡含有超高劑量的迷幻製劑，也就是我們通常所說的興奮劑，我在他的嘔吐物裡檢出了亞甲基二氧甲基苯丙胺，也就是我們通常所說的非常純淨的 MDMA。」

來到辦公桌前，章桐打開了電腦，接著說道：「我已經排除了注射和口服兩種方式，他是被人貼了一張『郵票』！位置就在這！」說著，她點開第四張相片，那是人體後腦靠近頸部的位置，「這個幾乎可以完全被忽視的白點只要 72 小時，就可以在人體表面完全消失，而這，就是『郵票』所留下的唯一痕跡。一般人如果使用了『郵票』，只會產生迷幻的作用，但是他不一樣，他患有嚴重的先天性心臟室間隔缺損病症，這種病症最怕的就是過度亢奮。」

童小川突然想起了什麼，便轉身對一旁做記錄的于博文吩咐：「小于，你立刻帶人去 S 大學，落實清楚當年呂曉華被解聘的真正原因，如果真的是傳聞中所說的作風問題，你也要親眼見到對方。明白嗎？」

于博文點頭，起身離去。

副局張浩問童小川：「童隊，難道說你懷疑所謂的作風問題就只是一個藉口？」

童小川緊鎖雙眉：「是的，張局，我在禁毒大隊待了這麼多年，對無論哪個類別的品種都很熟悉，包括他們的銷售方式和大約價錢。而這種所謂的『郵票』既然純度這麼高，那麼，價格也必定不菲，這不是一般人能弄得到的，而且也根本不會有人傻到用它來做下命案。因為這個太好查了，只要知道大概純度，就能找到相應的銷售區域和渠道。所以，我覺得這不像是一起簡單的濫用藥物所致的死亡事件，更有可能是有人處心積慮要除掉呂曉華。」

第三章　記憶

第一節　怨恨

1.

(上午 11 點 32 分)

到了中午休息時間，章桐卻半點食慾都沒有，案發至今已接近 24 個小時沒有睡覺了。她感覺渾身的骨頭就像散了架一般，腦子裡卻格外清醒，右太陽穴愈發痛得就像針扎一樣。這可不是什麼好事，自己是醫生，多少懂得一些這方面的理論的，再這樣下去的話，自己可能離猝死也就不遠了。

章桐胡思亂想著，伸手在辦公桌抽屜裡來回掏了一下，果然什麼都沒有，包括那該死的散利痛。想到這裡，她便站起身，對顧瑜說：「我出去一趟，吃點東西。」

顧瑜頭也不抬地擺了擺手，表示一切都有自己守著，放心就是，然後繼續專心致志地研究小九剛送來的那幾張現場血跡分布圖。她跟章桐說了，案子結束後，自己打算考研，在職的那種。

匆匆走出一樓大廳，章桐心事重重地來到大門口，對面的商業街上依舊是人群摩肩接踵。沒辦法，市警局所在的位置是整個市中心，要想鬧中取靜是幾乎不可能的。就在這時，手機響了起來，章桐一邊過馬路，一邊拿起手機放在耳邊接聽。

電話是李曉偉打來的，章桐並不感到意外，眼看著綠燈亮起，她便匆匆穿過馬路，同時問：「有什麼事嗎？」

「也沒什麼，中午了，提醒妳吃飯。」無論何時，電話那頭李曉偉的聲音永遠都是那麼輕柔體貼，章桐稍微遲愣了那麼一會兒，甚至還有些微微的耳根子發熱，但是很快便被眼前別的事給沖淡了。

「你好，章醫生。」眼前這個男人滿臉的憔悴，但是卻無法掩蓋住他眼神中的亮光。

「你……」章桐感到自己腦子裡一片空白，她本能地放下手機，確信自己認識對方，卻又一下子想不起來，直到他開口的時候才恍然大悟，「你是趙工程師？」

瞬間，熱鬧的大街似乎變得鴉雀無聲。

「你找我有事？」章桐問。

趙志忠點點頭，嘴角露出一絲苦笑：「我知道呂曉華住院了……」

「你消息很靈通嘛。」章桐說。

「而且知道他的身體正在恢復中。」趙志忠平靜地看著章桐，「妳能讓我見見他嗎？」

「這不可能。」章桐果斷地拒絕，「現在他還處於羈押過程中，除了相關法院的人，誰都沒有辦法和他見面。」

趙志忠的目光中閃過一絲失落，他默默地低下了頭。

「其實呢，你也不用太擔心，回去好好工作。聽我一句勸，這個案子，你離得越遠越好。」章桐不免動了惻隱之心，她竭力尋找著語句來安慰眼前這個男人。

「謝謝妳……」趙志忠的嗓音愈發顯得沙啞，他喃喃說道，「我不會放棄的，我一定要找到阿珠。」

＊　＊　＊

看著趙志忠的背影慢慢消失在街道轉角處，章桐不由得雙眉緊鎖，廢棄招待所房間內發現的血跡 DNA 與第七個受害者王蓉相匹配，也就是說秦玉珠依舊杳無音訊，而在 S 市失蹤的王蓉又為何會在本市的一家招待所裡出現，並且生死未卜？一個大活人不可能就這麼憑空消失，難道說秦玉珠真的如她丈夫趙志忠所言 —— 她的失蹤和呂曉華有關？

「章醫生，這個傢伙找妳有什麼事嗎？」身後有人突然來了一嗓子，雖然聲音並不大，但是章桐也著實吃了一驚，她轉身看去，面前站著童小川和鄭文龍，兩人手裡正各提著一袋包子和半隻鹹水鴨、半隻燒雞。小巷子的盡頭新開了一家農林大的滷味店，因為口味正宗，門前就從未斷過顧客。

「你們條件不錯嘛！」章桐伸手指了指，「大中午的打牙祭。」

大龍馬上給自己換上了一臉愁容：「食堂換了師傅，我吃不慣。」

童小川聞聲便瞪了他一眼：「拉倒吧，反正不是吃你的，你就從沒跟我客氣過。」接著，他臉上的神情變得凝重起來，壓低嗓門對章桐說：「趙志忠已經離職了，他沒跟你說吧？」

章桐一愣，搖了搖頭。

「果然！」童小川和鄭文龍對視了一眼，輕輕嘆了口氣，「本來呢，他妻子失蹤了，影響工作出岔子，我們也是能理解，畢竟我們警察也是人。但是，這也抵不上往死裡坑自己的同事啊，說正式一點，那叫同事，說通俗一點，那就是咱的兄弟手足，你說對不對？」

章桐無奈地點點頭，表示認可。

「他找你做什麼？」

「他想透過我與呂曉華見面。」

「不行！這是違反規定的事！」童小川斬釘截鐵地說道。

話音未落，一陣奇怪的滴滴聲響起，鄭文龍頓時面露喜色，揮揮手：「趕快走，馬上回辦公室，那段監控影片，老歐陽塞給我的那個，電腦終於辨識完了！」

三人便匆忙穿過馬路，向警局大院裡走去。

剛才這一幕，被右手邊一家小菸酒店門口站著的中年男人看得一清二楚。因為過於出神，他甚至於都忘了去接老闆娘找給他的零錢，經過提醒才猛地回過神來，便匆匆地接過菸盒和打火機，快步走向不遠處的公車站臺。

＊　＊　＊

（中午 11 點 30 分）

市第一醫院急救中心 ICU 病房內，他甦醒了過來，耳畔靜悄悄的，除了心肺檢測儀所發出的滴滴聲。他嘗試著動了動自己的右手，奇怪的是，他感覺不到任何疼痛，這可不是麻藥的作用，相反，這是一個極壞的徵兆，因為這就意味著自己正在經歷一個可怕的「人格解體」過程，大腦內堆積的血液凝塊正在緩慢地阻斷腦部供血，不久腦損傷便會毫不客氣地抹除掉他原有的人格，生命活力和性格特質漸漸消失，那時候的自己便會最終變成一個「機器人」，一個沒有情感、沒有任何感覺的麻木不仁的「機器人」！而這樣的過程是絕對不可被逆轉的。也就是說，自己正在逐步走向死亡。

研究報告上寫得很清楚，大腦裡的分割槽組織會先逐步液化，意識的高級功能首先被磨滅，只剩下腦幹深處區域——那叫什麼來著？原始的鼠腦？——還有活力，它仍會工作下去，但是那時候的自己，靈魂是沒有了的，只是身體還活著罷了。

說實在的，十年前的自己還真沒想過就這麼離開人世，本以為自己會安詳地在睡夢中結束生命。如果真要是那樣的話，現在想來，可就是一種莫大的福分了。

他轉動目光，終於在牆角的那張床旁看見了自己想要找的人。他渾身上下被各式各樣的管子包圍著，他身邊站著的人目光警惕、身材健碩。那絕對不是護理師！那是法警！

腳步聲響起，那是軟底鞋摩擦膠質地板所發出的特有的沙沙聲，他聽得很清楚，都是因為自己的病，他身體越來越糟糕，但是聽覺卻愈發靈敏了起來，難道說自己接下去就會瞎了嗎？

來的是護理師和當班醫生，他們圍在那張特殊的病床旁，議論了一番後，便關閉了 ECMO，然後開始很耐心地逐步拆除這個巨大的怪物。這也就意味著，那傢伙的病情已經逐漸好轉了。

這真是諷刺啊，自己卻快要死了！

他深吸了一口氣，回憶著自己最初患病的時候，他從未對疼痛的感覺那麼靈敏，一次小小的扎針竟讓他痛得發出一聲慘叫，那聲慘叫驚住了房間裡所有的人。那時候的他還以為自己只是得了普通的感染，但這種疼痛逐漸瀰漫全身的時候，他開始吐血。

那時候，他才知道自己病了，這種病症他只在一本實驗報告中見過。而那個寫下實驗報告的人，此刻就躺在自己的對面床上，這短短的兩三公尺距離，卻彷彿橫跨了整個地球。

2.

（中午 12 點 03 分）

剛才還是陽光耀眼的天氣，轉瞬間便是烏雲密布，眼看著一場大雨就要到來。街面上的風呼呼地吹著，裹挾著泥土與雨水的腥味，落葉在空中飛舞，行人紛紛加快了腳步。

「啪——」一聲猛烈的撞擊，重案組的窗臺上頓時落滿了碎玻璃，顯然，老舊的木框玻璃窗已經無法承受住這多變的風向，掛鉤鬆脫，在用力撞向窗臺邊的水泥牆的同時，便四散碎裂了。

童小川神情陰鬱，他抬頭看向窗臺，重重地嘆了口氣，身後的電腦螢幕上正在不斷地重複播放著兩段幾乎一模一樣的監控影片紀錄。

監控影片中，失蹤者王蓉在重複著金老師出現在映秀社區影片中的動作——按電梯按鈕，驚恐，躲藏，發抖，憤怒……有那麼一瞬間，童小川幾乎就認定了這是金老師的那段監控影片。眼前這兩段相隔了三年以上時間的監控影片，為何會這麼高度相似？而金老師的屍體找到了，那王蓉的屍體又去哪裡了？他站起身走到辦公室的門邊，伸手打開門，朝外面大辦公室叫了聲：「小于，于博文在嗎？」

聽到童小川的招呼，于博文便趕緊來到近前：「童隊，你找我？」

「王蓉失蹤的地址是 S 市新野區淮東大廈，對不對？」童小川問。

于博文點頭：「沒錯。」

「那棟大樓到底是什麼性質的？商住還是民用？樓頂或者大樓裡有這種類似於映秀社區案發現場的水塔嗎？」

「那是商住樓，最高 18 層，使用的是直供水，樓頂和樓內沒有水塔和水箱之類的東西。」于博文語速飛快地回答著。

「她失蹤當晚，周圍沒有人發現什麼異樣嗎？」童小川不甘心地追問道。

「沒有，雖然淮東大廈屬於商住樓，也是在鬧市區，但是那麼晚，樓裡的商家都下班了，保全說也不知道王蓉是怎麼進去的，又是怎麼消失的……」

身旁的鄭文龍突然抬頭問道：「王蓉的職業是什麼？」

于博文想了想，果斷地回答：「S 大學的在讀研究生。」

這話一出，童小川不由得看了一眼鄭文龍：「你能拿到當時淮東大廈的所有商家名單嗎？」

這大半夜的，單身女性跑到一棟陌生的樓裡去做什麼？金老師案件中已經證實映秀社區案發現場大樓裡的住戶中並沒有和受害者直接或者間接產生關聯的人，那麼，如果這淮東大廈裡的情況也如出一轍的話，兩個案件之間的關聯度就更高了，只是金老師的屍體被找到，但是王蓉卻至今下落不明。

于博文走後，童小川回到辦公桌前坐下。他看著鄭文龍，沉吟半天，說：「S 市警方當時並沒有懷疑上呂曉華，呂曉華在被傳喚後卻反而主動承認了這十一件失蹤案，而這個王蓉又是 S 大學的在讀研究生，看樣子我得親自跑一趟才行。」

鄭文龍聽了，不由得嘿嘿一笑：「童哥，你找李醫生，那『李大仙』看人可準，沒人能在他面前撒謊。」說著，他頭也不抬地伸手抓過桌上塑膠袋裡剩下的一個包子，用力咬了下去。

＊　＊　＊

法醫辦公室裡靜悄悄的，章桐沒有買到散利痛，便不得不自己煮了杯咖啡，趁熱喝了下去。黑咖啡能擴張自己腦部的血管，加速血液的流通，希望能藉此減少一些太陽穴的刺痛感。

「主任，我有些問題想不通。」顧瑜小聲嘀咕，這兩天外出的任務減少，顧瑜就多了些在辦公桌前看檔案的時間。

「哦？說來聽聽看。」章桐抬頭看向她。

「我們見過單一的凶殺命案現場的血跡分布，那是有一定規律的，並且能夠從血跡分布的形狀和規律中盡量還原出當時的命案發生經過。」

章桐點點頭：「沒錯。」

「雖然說那個廢棄招待所屬於一個被破壞的案發現場，但是，這些血跡的形狀也不應該是潑灑型的啊，妳說是不是？而且是遍布整個房間。」說著，她遞給章桐一張經過自己分類標註的血跡分布圖，「就好像是一個人站在房間中間，然後手裡拿著一盆血，就這麼往牆壁上潑灑……主任，這分明就是一個被偽裝過的現場，妳說呢？」

此刻的章桐已經全然感覺不到太陽穴中的刺痛了。

「除了這張以外，妳能找齊所有十一個案發現場的血跡分布圖嗎？」

顧瑜點頭：「沒問題，我這就去痕檢找小九，結果出來後立刻通知妳。」

顧瑜走出辦公室的時候，正好和專案內勤于博文擦肩而過，他給章桐送來了兩份實驗室的檢驗報告：「我正好經過那，章主任，就順道拿過來給妳了。現在他們那邊都忙翻天了，小九給他們的那些樣本，足夠他們三天三夜查個不停。」

章桐點頭苦笑，這是規定，所有命案現場的採集樣本都必須經過逐一比對落實，從而排除有第二個受害者存在的可能，哪怕到頭來什麼結果都沒有。

「那個無線耳機的報告出來了嗎？」章桐隨口問道。

于博文搖搖頭：「水裡泡得太久了，已經沒有辦法再提取任何 DNA 線索，歐陽工程師說正在聯繫廠家，拿到原始編碼後透過銷售紀錄確定是哪一部耳機，鄭工那邊才能做下一步工作。」

于博文離開後，章桐的目光便落在了那份橡樹枝的報告上 —— 不排除被酸性物質腐蝕過。章桐心中一動，略微思索後，便把報告塞在口袋裡，站起身，走出辦公室，緊走幾步推開了隔壁法醫解剖室的活動門，穿過冷得刺骨的解剖室，經過一道狹窄的走廊，直接來到後面的冷庫。

她從靠牆的工作臺上取出一副乳膠手套戴上，然後拉開其中一個櫃子的櫃門，一股寒氣撲面而來。拖出活動輪床，接著便是揭開蓋在屍體身上的白布，看著金老師灰色的臉頰，章桐想了想，隨即從另一個口袋裡摸出一把強光小手電，打開，對著死者的口腔開始仔細查詢起來，突然，她呆住了，一個可怕的真相就擺在自己面前 —— 死者金玉蘭的口腔雙側頰黏膜以及舌根和軟顎部分遍布黑褐色的惡性腫瘤，死者很有可能患上了嚴重的鱗狀口腔細胞癌。她趕緊摸出手機，撥通了李曉偉的電話：「能不能麻煩你和童隊再去一趟金老師的父母那裡，她女兒在去世前有可能患上了嚴重的口腔惡性腫瘤，我想知道他們是否知情，如果有病歷檔案就更好了。」

李曉偉一口答應了下來：「這沒問題，對了，妳為何會懷疑到這點？」

「那段樹枝！」章桐皺眉，輕輕嘆了口氣，「老歐陽在上面找出了疑似人類牙齒留下的痕跡，我的老家是北部地區的，我曾經聽我母親說過的一個民間土辦法 —— 咀嚼橡樹樹枝的汁液能抗癌。」

「那是瞎扯！」李曉偉脫口而出。

「但是有人就是信了！」章桐冷冷地回答。

第二節　當年的祕密

1.

（午後 1 點 17 分）

警車通過高速收費站，終於進入了 S 市區。午後的陽光並不是很好，很快就被天空中越聚越多的烏雲給遮蓋住了。

「這該死的天氣！」童小川咒罵了一聲。

「童隊，你到底有多久沒睡覺了？」李曉偉皺眉問。

童小川沒吱聲，這是個不需要回答的問題。

警車開過 S 市區那代表性的雙拱門高樓後，便看見了不遠處的 S 大學校門。S 市並不大，僅僅一個大學城就幾乎占據了市區的五分之一。門衛見是安字號開頭的警車，便也沒有阻攔，提前就打開了安全閘。警車順利進入校園。

「醫學院就在這棟紅色的主體建築樓後面，」李曉偉一邊查看著手機上的實時地圖，一邊嘀咕，「你開慢一點，這裡畢竟是學校。」

童小川撇了撇嘴，他實在不習慣李曉偉用這種口吻和自己說話，便小聲抱怨：「婆婆媽媽！」

很快，警車便在醫學院教工樓門口停了下來。一位四十出頭的中年男人站在樓洞口等著他們，下車後寒暄了幾句，隨即就把他們帶進了教工樓。

「我們院長在辦公室等你們。」中年男人邊走邊說，「我是後勤處的石老師，有什麼問題可以隨時找我。」

因為在來之前就已經和醫學院的陳院長電話溝通過，所以一切都還算順利。來到院長室門口，石老師敲了敲門，在得到回應後便轉身離去。

童小川沒想到S大學的醫學院院長室竟然如此寒酸。一張普通的辦公桌，一張靠背椅，還是上世紀的那種棕紅色人造革皮面。地板是木質的，斑駁不齊的表面勉強能看出它本來的顏色是咖啡色，踩上去吱吱嘎嘎響個不停。房間內的牆壁刷著綠色的普通牆漆，老舊的書櫥裡堆滿了書。不只如此，整個辦公室裡幾乎到處都是書，靠牆整齊地壘得高高的，都快到天花板了，而唯一能突顯出整個房間特殊性的便是辦公桌上的那塊金屬銘牌——院長。

辦公桌的後面坐著一位年過五旬的老者，頭髮花白，戴著厚厚的眼鏡片，身上穿的是那種再普通不過的灰色老頭襯衫。

看到這些，童小川不由得和李曉偉對視了一眼。

「坐吧，你們大老遠地來，我也沒什麼好招待的。」陳院長邊說著邊摘下自己的眼鏡，揉了揉發酸的鼻梁，「年紀大了，別介意。現在但凡幹一點活，眼睛就受不了，落下病根了。」見童小川一臉尷尬，便隨意地笑了笑，算是緩和下氣氛，「你們是不是覺得我不像個院長？」

李曉偉搖搖頭：「陳院長是做學問出身的吧？不像是行政的。」

「是的，我以前在病毒研究所工作，後來身體不是很好，便離開了一線，到這算是養老吧，反正也清閒。」說著，他復又戴上眼鏡，環顧了一下自己的辦公室，目光中滿是留戀，「在這幹了一輩子了，看什麼都有感情。」

童小川從自己的公文包中取出呂曉華的相片，輕輕放在辦公桌上，然後用一根手指點著，慢慢推到陳院長的面前：「陳院長，你應該對他還有印象吧？」

老人點點頭，卻僵直著上身，始終都沒有用手去拿起那張相片，半晌，他輕聲說道：「他是個人才，只可惜……浪費了。」

「浪費？」童小川聽出了老人話語中的難言之隱，「為何會說是浪費？」

老人的目光一直都沒有離開過那張相片，他似乎已經陷入了回憶：「作為南方地區唯一一個在大學醫學院創立的 BSL-4 等級的實驗室，我們無論是安防措施還是設備的引進，都是國內一流的。他作為一名研究員，本來可以做出更有益於人類的科學研究事業，可惜的是，他放棄了。這對他，甚至於對我們整個學院和學術研究界來說，都是一個很大的損失。」

「陳院長，方便告訴我當年他到底是怎麼離開學院的嗎？」童小川問。

「年輕人嘛，作風問題，他，他自己離職的。」老人果斷地回答。

再問下去是問不出什麼來了，童小川整理了一下公文包，站起身。見老人的臉上閃過一絲如釋重負的神情，他突然隨口說道：「陳院長，你知道你們 S 大學前幾年有一個女研究生失蹤的事嗎？」

陳院長一愣，脫口而出：「知道，家屬都找到學校了，叫王蓉，是我們醫學院的研究生。」說著，他重重地嘆了口氣，「這年頭，年輕人一點都不知道自重自愛。」

一聽這話，童小川就像個洩了氣的皮球，滿心都是沮喪。

＊　＊　＊

走出教工樓，兩人剛上車，李曉偉便問：「童隊，你知道什麼是 BSL-4 級別的實驗室嗎？」

童小川搖搖頭，老實說：「我不懂。」

李曉偉神情凝重：「這種實驗室不僅會用電腦控制各個出入口，而且所有廢氣和廢水的排放，都會經過嚴格的消毒和處理，不會隨意流向實驗室外，同時還會配備最高規格的防範措施，能夠摧毀所有的生物危害的痕跡。目前世界上僅有五個這種同等級別的實驗室。你說，做學問的人圖個啥？」

「圖啥？」童小川很是疑惑。

李曉偉皺了皺眉，「做學問的人，尤其是搞這種研究的人，是擠破腦袋都想進這種實驗室工作，因為成名會相對容易很多。一個博士念出來已經非常難了，又能夠有機會來這裡工作，這種人必定自制力極強，智商高情商也不低。他會輕易放棄這一切，甚至於冒著身敗名裂的危險，去玩什麼作風問題嗎？」

這回，童小川算是聽明白了，他果斷地搖頭：「陳院長在糊弄我們。」

李曉偉聳了聳肩：「他至少還是說了實話的。」

「你的意思是……」童小川放下手剎，將車緩緩開出教工樓前的空地。

「很簡單。其一，當年呂曉華離職必定是出了什麼事，但絕對不會是什麼所謂的『作風問題』，那件事是學院不願意對外說起的一個祕密，而當初的呂曉華應該是認了的。其二，就是王蓉的失蹤，與呂曉華也有關係。第三，那十一件失蹤案……」

童小川的臉色頓時陰沉了下來：「我明白了，他之所以能如數家珍地咬出那十一件失蹤案，要麼是他幹的，要麼他就是一個知情者，真正的凶手另有其人！」

「照你這麼說，他為何要承認得這麼快，在法庭上卻又立刻翻供，說自己是被人冤枉的？」李曉偉感到有些不解，「難道說有什麼事情讓他在很短的時間內改變了主意？」

童小川沒有吱聲，他看著車前的方向，目光猶如錐子一般 —— 應該說是「有什麼人」。

2.

（午後2點）

市警局一樓痕跡鑑定辦公室的門被用力撞開了，隨即顧瑜急匆匆地跑了出來，手裡抓著一沓剛列印出來的現場血跡分布標識圖，紙張上的溫熱還沒有散去。顧瑜雙眉緊鎖，邊跑邊緊張地掃一眼手中的列印紙，生怕自己不小心會遺漏一兩張。小九從身後的門洞裡探出頭，焦急地高聲招呼：「你跑那麼急做什麼？」話音未落，顧瑜早就跑沒影了。

小九呆呆地看著顧瑜離開的方向，無奈地搖搖頭，縮回了辦公室。

這一幕，被恰好路過的鄭文龍看見，他忍不住推門問小九：「出什麼事了，惹得人家火急火燎地跑了？」

小九抬頭，見是鄭文龍，便苦笑：「龍哥，其實也沒啥，就是那十一個現場的血跡分布圖，我們總算做完了分類標記。」

「這不是好事嗎？怎麼看小顧臉上陰沉著，就好像禍事臨頭一樣？」鄭文龍斜靠在門框上，笑嘻嘻地說。

小九搖搖頭：「龍哥，這回你猜錯了，根本就不是什麼好事。」

鄭文龍一愣，笑容頓時在臉上凝固住了：「你……你說什麼？」

「因為這十一個現場血跡分布圖中，和命案有關的，我們只標識出了一張，也就是2008年7月1日晚失蹤的孫月娥現場，別的十個失蹤現場的血跡，都和那個廢棄招待所牆上的一模一樣，也就是說，都是人為造成的假現場……」說到這裡，小九略微停頓了一下，聲音也變得沉重了起來，「但是那些血跡卻都是人血，這點確鑿無疑。」

鄭文龍驚得目瞪口呆，小聲嘀咕道：「你不會告訴我說這些血跡都是那些失蹤者留下的吧？」

答案已經寫在了小九的臉上，他無奈地點點頭：「案件最初都是以失蹤案上報的，自然家屬就會留下 DNA 入庫以供比對，這是失蹤案處理的標準程序……所以，包括這次的王蓉，我也是透過庫裡的樣本比對上她的。」

「那得趕緊通知童隊，」鄭文龍焦急地看了看自己的手機螢幕，語速飛快地說道，「他應該就快回來了……等等，說真的，小九，這麼一來，案件的整個方向都變了。」

＊　＊　＊

（市第一醫院急救中心，午後 2 點 12 分）

要想在 ICU 病房裡動手有些不太可能，因為不只有法警 24 小時守護在身邊，醫生和護理師更是從未間斷過。他不得不耐心地等著，他很清楚屬於自己的機會只有一次，所以，他必須珍惜。

或許是自己的虔誠打動了老天爺，也或許是因為抗生素治療的緣故，他感覺自己好多了，至少，渾身的痛感不是那麼明顯了。雖然這些都只是假象，就像人臨死之前的「迴光返照」，但是至少，他能有足夠的機會去完成那件事。

人的一生就是如此奇特，他知道自己生病這個消息只用了短短一分鐘的時間，但是證實這就是那個可怕的病卻用了他生命中漫長的三年。三年，他拚命用盡生平所學去挽救自己，就像一個生命的賭徒，守在開獎機邊，籌碼就是自己的命，一次次下賭注，一次次輸。最終，當他意識到自己的生命很快就要耗盡的時候，他終於放棄了掙扎。但是在永久解脫之前，他還有一件事要去做。

還好，機會來了。

在離開 ICU 病房後，他被推進了急救中心的普通觀察病房。

午後的觀察病房裡安靜極了，雖然一牆之隔的走廊裡似乎從沒有停止過哀號聲和怒罵聲，但是這裡卻只有一臺心肺功能監測儀。護理師也是要你按鈴了，她才會出現。

他知道那個自己最關注的人被推到了隔壁的病房，現在和自己雖然隔著一堵牆，卻明顯比在 ICU 中拉近了很多距離。

這個病房比較小，只有兩張病床，靠牆壁擺放著帶軟墊子的綠色長椅。清澈的陽光穿透一排窗戶，落在靠窗的小茶几上，將方形亮斑投在灰色的仿大理石地面上，房間裡瀰漫著消毒水的味道，卻絲毫無法掩蓋住自己身上濃烈的血腥臭味。他知道，平靜都是表面的，內在的自己正在一點點地消失。

終於，他清楚地看見法警走過了門口，而走廊的那個方向是洗手間。他下意識地深吸了一口氣，儘管喉嚨口的血腥味讓他作嘔，但他忍住了。護理師給自己的點滴藥物中含有兒茶酚胺類激素，這個會讓自己感覺更像是個正常人。

其實，在踏進這個城市的那一刻，因為自己的病，他也曾經有過擔憂，但是很快，他就把這個懦弱的念頭拋到了九霄雲外，因為「怨恨」這種東西，他可不想帶著下地獄去。

就在這時，他聽到門口走廊上由遠至近傳來了一陣緩緩的腳步聲。和周圍的嘈雜和不安相比，這個腳步聲非常沉著。

病房的門開著，他想看看那是誰。

3.

（午後 3 點 30 分）

市警局地下一樓，章桐推門從解剖室裡走了出來，迎面便看見了一臉憔悴的童小川斜靠在長椅上，正習慣性地伸手去摸口袋裡的菸盒，目光交會之際，他本能地一哆嗦，趕緊把右手收了回來，假意撓了撓頭髮。

「童隊，你找我？」章桐左右看了看，長長的走廊裡除了他們倆外，並沒有別人。

童小川神色凝重地點點頭：「是的，我想和妳單獨談談。」

章桐略微遲疑了一下，隨即答應道：「你說吧。」

「我希望妳不要再單獨和趙志忠見面了，如果他打電話給妳，妳一定要立刻通知我。」童小川壓低嗓門說。

章桐愣住了：「出什麼事了？」

「我擔心……」童小川張了張嘴，他搜腸刮肚地尋找著合適的字眼，努力了一番後，卻還是不得不放棄了這個念頭，一聲輕輕的嘆息後，便直截了當地說，「我懷疑他和呂曉華之間有關聯。」

章桐看著童小川的目光瞬間變得複雜了起來，她知道童小川和李曉偉下午去了 S 大學，便追問道：「是不是 S 大學那邊的事？」

「呂曉華的背景並不一般，他是個醫學博士，而且又在條件非常優越的實驗室裡工作。」說著，童小川看了看章桐，緩緩說道，「他和妳一樣，是個做學問的人。一個能取得如此大成績，並且前途無量的人，卻突然因為所謂的『作風問題』而毀了這一切，妳說，這符合常理嗎？」

「還有就是，在被捕前，S 市警方並沒有真正鎖定呂曉華，而他一被捕，就立刻全盤托出，並且準確無誤地說出了那十一個失蹤案的時間和人物，你說，這是不是來得太容易了？」

章桐依舊默不作聲地聽著。

「其三，」童小川伸了伸懶腰，「我們剛開始的時候認為呂曉華在庭上翻供，那只是他怕死，或者說別的什麼原因，因為他根本就沒有必要把自己送進去，又設套把自己弄出來。除非，除非有什麼事情突然改變了他的想法，讓他覺得那種犧牲不值得。你說，有什麼樣的人能夠在呂曉華被捕後，卻又能夠隨時見他呢？答案很簡單，那就是我們系統裡的人，S 市的人！」

章桐覺得難以置信，她搖搖頭：「如果真是他，那他這麼做的目的到底是什麼？」

童小川若有所思地看著她：「那就要妳告訴我了，我相信在那十一起失蹤案中，必定就有這傢伙的影子，他可絕對不是在呂曉華被捕後才介入的。」

章桐心中閃過一個名字，不禁脫口而出：「秦玉珠？」

「妳仔細想想，是誰一直在對妳說秦玉珠是被呂曉華綁架並殺害了？而法庭上的事情發生的同時，那傢伙就自動離職了。他可不是一個動機單純的人。」說到這裡，童小川站起身，向樓道口走去。

「你去哪兒？」

「我在辦公室瞇十分鐘，反正妳的電話隨時能找到我，別擔心。那該死的李大仙說我再這麼下去的話，案子還沒破，我就先完蛋了。還有啊，妳也要注意休息，別太玩命了。」說著，他頭也不回地衝著章桐揮揮手，趿拉著步伐走了。

「看來真是一物降一物啊！」她話音未落，顧瑜突然在辦公室裡探出頭，焦急地對章桐說：「主任，快，第一醫院急救中心發生異常狀況，他們來電話請求我們立刻過去支援。」

「支援？我們是法醫，他們怎麼會想到找我們？」章桐感到一頭霧水。

「是呂曉華，呂曉華被人挾持了！」

「不是有法警在嗎……」章桐腦中猛地一沉，從離職到正式離開有一個月的時間，而這段時間對於他來說，已經足夠了。她瞬間感到一陣徹骨的寒意。

4.

（午後3點）

呂曉華緩緩睜開雙眼，他是被疼醒的，胸管拔出後，裹著紗布的傷口就像被插進了一把刀子，疼得他幾乎叫出聲來。這時候的他突然感覺自己的周圍安靜得可怕，雖然隱隱約約會聽到救護車的聲音，還有人的叫喊和說話聲，但是卻都離自己很遠，時斷時續。

午後的陽光慵懶地灑在自己房間的病床上，這讓他感到了一絲燥熱。

呂曉華環顧了一下整個病房，房間裡就一張病床，這裡的空間雖然狹小，卻並不讓人感覺有多討厭，畢竟這裡是活人待的地方。病床旁有一張椅子，靠牆放著，那種墨綠色的醜陋的鐵椅子，上面放了塊軟墊，椅子上現在空著。不過，從椅子上擺著的那本半合著的書來看，自己並不是這個狹小病房裡唯一的人，因為那本書是書脊朝上的。

呂曉華突然明白了那裡坐著的人的身分，他下意識地挪動了一下身體，一陣清脆的金屬撞擊聲隨即響了起來。他這才恍然大悟，怪不得法警並不擔心自己會逃走，因為自己的右手和金屬床架上正連著一副鋥亮的手銬。

剎那間，他清醒了過來，不由得苦笑，剛閉上雙眼休息，耳畔卻傳來了腳步聲，那腳步聲是朝著自己這個方向而來的，因為他在門口的時候並沒有猶豫，直接就走進了自己所在的這間病房。

事後呂曉華回憶時才想起，當時自己之所以沒有懷疑，那是因為那個腳步聲太沉著冷靜了，他也就順理成章地認為是法警而已。

對方在自己床前停了下來，沒有再挪動腳步，確切點說就站在自己面前。呂曉華的嗅覺非常靈敏，他聞到了一股熟悉的氣味，便猛地睜開雙眼，他先是看見了穿著和自己一樣條紋病號服的人影，緊接著，他看清楚了對方那雙通紅的眼睛，不由得倒吸了一口冷氣 —— 那張臉，已經因為痛苦和激動而變得嚴重扭曲。可是儘管如此，他還是認出了眼前這個人的身分 —— 自己曾經的研究室同事，醫學博士官月平。

「你……你怎麼會在這裡……」心跳加速，呂曉華能感覺到腎上腺素瞬間充盈了自己的全身，他憋住呼吸，本能地雙手緊緊抓住病床圍欄，身子向後退去，試圖把自己的身體塞進病床深處。

「你怕了？」沙啞的嗓音帶著明顯的嘲諷。雖然已經病入膏肓，但是官月平的目光中卻活力充沛。

「你病了！你，你需要治療！」呂曉華聲音微微發顫。

「治療？別逗了！」官月平冷冷地說道，「我五年前就已經是一個死人了。」

＊　＊　＊

「不，不，不，你胡說些什麼呢？」呂曉華一邊徒勞地向後縮著，一邊不停地竭力想把自己的右手從手銬中掙脫出來。刺痛感隨著每一次掙扎的動作而不斷地湧現，再加上身體虛弱，他很快便滿頭大汗。面對著逐步靠近自己的官月平，呂曉華緊張地嚥了口唾沫，目光時不時地看向他身後敞開的病房門。

他不敢呼救。

官月平當然明白呂曉華的顧慮，他先是一怔，隨即哈哈大笑了起來，笑聲中充滿了鄙視和嘲諷，一縷殷紅的血液順著嘴角滾落，他笑得聲嘶力竭，最後幾乎耗盡了他身上所有的力氣，整個身體搖搖欲墜。

就在這時，急促的腳步聲由遠至近，在病房門口停了下來，氣喘吁吁的法警出現在打開的房門邊，眼前這一幕讓他驚呆了，在確認病床上的呂曉華手上的手銬完好無損後，正欲撲上前抓住官月平的病號服將其帶離，耳畔卻傳來呂曉華竭盡全力的一聲嘶吼：「別，別碰他！馬上隔離病房！他，他的病會傳染！」

法警驚呆了，這時候，他也聞到了一股濃烈的腥臭味從眼前這個怪異的病人身上散發出來，而病床上呂曉華雖然面色慘白，但是卻一點都沒有開玩笑的意思。略微遲疑過後，法警便迅速退出了病房，但是他沒有馬上走開，只是在病房對面的走廊上撥打電話請求支援。

很快，得到消息的急救中心護理師和值班醫生跑了過來，而此時，病房門已經被官月平關上了，他背對著外面，身體完全遮住了病床。

「是他？」在簡單地聽法警敘述方才病房中的一幕後，值班醫生認出了這個奇怪的病人，回想起搶救這個病人時那詭異的一幕，不禁面如死灰，嘴裡喃喃說道，「難道說他真的患有血液方面的傳染病？……天吶，這可怎麼辦……」

＊　＊　＊

急救中心外的停車場上，尖銳的警笛聲由遠至近，一輛警車和法醫現場勘察車一前一後開了過來，停下後，章桐一把拽下耳機塞在口袋裡，語速飛快地對身邊的顧瑜吩咐：「剛接到通知，一級暴露，已經通知疾控中心。」

「那我們怎麼辦？」顧瑜感到有些錯愕，畢竟從未真正面對過一級暴露的威脅。

「我們是法醫，不是疾控中心的，我們做好自己的分內工作就可以了。」章桐平靜地看著車窗前方。

「可是……」

話音未落，章桐一眼就看見了正匆匆走出急救中心大門的趙志忠，不禁屏住了呼吸，腦海中響起了童小川的提醒，便果斷地吩咐顧瑜：「待在車上別動，立刻打電話給童隊，就說我看見趙志忠了，把時間、地點都告訴他。」說著，便拉開副駕駛座邊上的門鑽了出去，同時打手勢制止住了警車裡的人，示意他們在車上待命，自己則快步跟了上去。

＊　＊　＊

趙志忠低著頭，腳步飛快，眼見到就要走出急救中心外的院門柵欄，這時身後傳來了章桐的聲音：「等等，趙工程師！」

趙志忠停下了腳步，略微遲疑過後，他轉身看向章桐，臉上露出了恍然大悟的神情：「哦，是妳啊，章醫生，有事嗎？」說著，他順勢掃了一眼急救中心入口處，「妳也是來看病的？」

章桐知道自己現在沒有證據，也就不能阻攔他，想了想，便問：「趙工程師，你還想見呂曉華嗎？」

「這個……不必了，你不是說我沒有這個資格嗎？」趙志忠的目光中閃過一絲迷茫，轉而便衝著章桐點點頭，「我要去趕車回 S 市，我們下次有機會再詳細聊吧。再見！」

站在人行道上，看著趙志忠迅速遠去的背影，章桐的心中有著一種說不出的滋味。

天空中，接近傍晚的陽光依舊是那麼刺眼，此刻，雖然還沒有到真正的夏季，但是灼熱的空氣卻讓章桐感覺幾乎喘不過氣來。

很快，一輛警車迅速開進了急救中心大院，車還沒停穩，童小川便拉開車門跳了下來：「情況怎麼樣了？趙志忠人呢？」

「他走了，說是要趕車回 S 市。」章桐站在法醫勘察車的後門邊上，伸手接過顧瑜遞來的防護服，「我沒有證據，所以也不能對他做什麼。」

童小川張了張嘴，硬生生地把一句抱怨給吞回了肚子：「他有沒有再說別的？」

「有。他很奇怪，提到說目前不打算再見呂曉華了，說什麼資格不夠之類，而在這之前，他是堅決要求見他的。」章桐想了想，說，「而且，他沒有提到自己失蹤的妻子秦玉珠。」

童小川看著隨後開進大院的疾控中心標記車輛，臉上的神情愈發顯得凝重了起來：「我在來這裡的路上和急救中心的主任通了電話，他們說是一個特殊的不知姓名的病人，今天早上剛住進去，還沒來得及考核身分，所表現的症狀只是失血過多。他們起初是懷疑病人的凝血功能出了問題，所以是按照一般的急救程序處理的，以止血為主要目的，顯然也是有作用的。在病人止血後，便把他送進了觀察病房。而呂曉華也因為病情好轉，意識恢復，被送進了同一個病區。」

「該死！那個區域我知道，急救中心本就人手不夠。」章桐用力抖開了防護服，「那是誰通知醫院的？」

「法警。」童小川尷尬地清了清喉嚨，「一個剛下單位的年輕人，沒什麼經驗，不過病人 24 小時戴著手銬，一般情況下也不會出什麼問題……」

章桐冷冷地看了他一眼：「接著說下去。」

「那法警說，自己去上洗手間的工夫，那個奇怪的病人就去了呂曉華的房間，他剛要進去阻攔，卻被呂曉華制止了，還說什麼對方患的是傳染病，必須隔離處理。」

章桐一個不留神，沒接住顧瑜遞給自己的工具箱，隨即耳畔便傳來了工具箱狠狠砸在地面上的聲音，她不禁皺眉，頭也不抬地對問童小川：「醫院搶救的時候沒做病理分析？」

「做了，但是前面需要分析的樣本實在太多，所以，結果還沒出來。」看著章桐臉上愈發嚴肅的表情，童小川心中一沉，不禁倒吸了一口冷氣。

第四章　欺騙

第一節　救贖

1.

（下午 4 點 52 分）

除了不得不留在急救中心的病人外，很多病人家屬和觀察病區內病情較輕的病人都被迅速轉移到了第一醫院別的樓層，大廳裡頓時空蕩了許多。一條藍白相間的警戒帶把兩個病區隔離開，年輕法警獨自一人坐在外面的候診區，臉上露出焦急不安的神情。

此時，疾控中心的工作人員已經撤了出來，他們鑽出隔離帶，摘下口罩和頭套，這才長長地出了口氣，關掉了手中的空氣取樣檢測儀。看見走進大廳的章桐和顧瑜，知道是警局的法醫，便點點頭，大聲招呼：「你們可以進去了，人很虛弱，這時候也應該差不多了。還有啊，我們檢查過，空氣是正常的，但是你們還是要戴上口罩，以防萬一。」

「裡面還有誰？」顧瑜問。

「就只有那個病人和病床上銬著的。」矮個子工作人員皺眉想了想，補充說，「對了，說到那病人，似乎他還挺懂我們手裡的儀器的，專門告訴我們說不用太擔心，他不會害別人。」

也就是說他的目標只是呂曉華，章桐心裡有了底，便伸手攔住正欲朝裡走的童小川：「你還是別進去了，沒有多餘的防護服，還是留點精力對付外面快要來的媒體吧，裡面有我和小顧就行了。」

童小川頓時臉漲得通紅，卻也只能眼睜睜地看著章桐和顧瑜彎腰鑽進了隔離帶。

「童隊，還有件事，我記得那天有個特殊的行李箱，不是很大，銀灰色的，20吋左右，應該是被保全收起來了，你們請疾控中心的幫忙查一下，小心一點，是那個患者的。」章桐叮囑完後，便戴上帽子和口罩，頭也不回地提著工具箱走進了通往觀察病房的走廊。箱子裡因為被塞進了特殊的雙層裹屍袋，所以拎在手裡顯得格外沉重。雙層隔離鞋套在寂靜的走廊裡發出沙沙的聲響，直至逐漸消失。

＊　＊　＊

病房內，官月平布滿斑點的雙手已經放在了呂曉華的脖子上，可惜的是，此刻的他已經再沒有多餘的力氣按下去了。而病床上的呂曉華因為過於恐懼導致嚴重缺氧，嘴唇發紫，意識正在逐漸消失。

眼前的一切都緩緩地變成了血紅色，官月平知道，此刻自己的大腦中正在不停地出血，手上的大片斑點則是破裂的皮下微血管。自己苟延殘喘的生命終於進入了倒計時，但是心中的怨恨卻根本無法被消除，難道就這麼放棄？官月平不由得流下淚來，鮮紅的淚水滴落在呂曉華的胸口，突然，他心中一喜，趕緊騰出右手抹了一把臉上的淚水，然後輕輕地抹在呂曉華的嘴唇上，這一刻，他完全能夠感受到對方所流露出的幾近崩潰的恐懼。

「放開他！」身後傳來了章桐的怒斥。

官月平聽了，身體微微一震，隨即緩緩轉身，面帶笑容順著病床無力地跌坐在地板上，看著章桐和顧瑜，他輕輕嘆了口氣：「你們來遲了。他現在和我一樣了。」

「你對他做了什麼？」章桐趕緊來到病床前，掏出強光手電查看呂曉華的雙眼。

「你放心，他還活著，至少目前是，這個病的潛伏期是三到五年，沒藥可治！」官月平本想笑，一陣劇烈的咳嗽襲來，他便大口大口地吐起了血，見顧瑜想要上來幫自己，他連忙擺手制止，虛弱地在地上躺了下來，「我，我不行了，你們不要碰我，馬上聯繫 S 大學醫學院病毒實驗室，他們會知道怎麼處理我的屍體的，這個病，他們知道……」

話沒說完，一股黑色的血便從口中噴了出來，官月平不再動彈了。顧瑜不由得和章桐面面相覷。此時，病床上的呂曉華發出了微弱的呼救聲：「救救我，救救我……」

2.

(傍晚 7 點)

由於急救中心死亡事件的特殊性，層層包裹的官月平的屍體被直接拉到了火葬場。此刻，市警局唯一的一輛法醫驗屍車正靜靜地停在火葬場後院，這裡靜悄悄的，平時很少有人來，除了呼呼的山風。

夜幕中，章桐從車窗裡看到一輛白色的依維柯順著山道緩緩開了過來，便打開車門走下車，靜靜地站在車頭的燈光中。

依維柯停下後，從車上下來了三個人。前面兩個是童隊和重案組的于博文，最後面下來的是個年過五旬的老人，臉色煞白，神情沮喪。

來的正是 S 大學醫學院的陳院長，同時也是病毒實驗室的負責人之一。只是老頭此刻的臉上已經全然沒有了上次的矜持。

一見面，還未等自我介紹，他便打開手中的公文包，找出一份實驗報告遞給了章桐：「章醫生，這是妳電話中要的病毒株報告。」

章桐接過後，打開，目光急切地在報告上來回搜尋著，很快便合上報告，皺眉看著陳院長：「非洲登革熱？我記得登革熱患者的出血狀況不會這麼嚴重的，而且患者的年齡大都在 15 歲以下，難道說出現了病毒的變異？」

陳院長聽了，欲言又止，臉上的神情愈發顯得尷尬了起來。

「我是親眼看著那個病人死去的，他此刻就躺在我身後的車裡，他死亡時的樣子和登革熱病人完全不同。」

章桐突然明白了，她有些憤怒：「死者在臨死前拚著最後一點力氣警告我無論如何都不能碰屍體，還說這個病的潛伏期是三到五年。一般的登革熱潛伏期最多只有八到十四天，哪怕是原始的非洲登革熱病毒，也絕對不可能有三到五年的潛伏期，而且出血情況這麼嚴重！出現現在這種糟糕的局面只有一種可能可以用來解釋，那就是你們病毒實驗室裡面的人人為改寫了病毒株的遺傳編碼！我不知道他的出發點到底是什麼，但是你們這麼做分明就是借科學之名，行殺人之實！急救中心搶救室的那些醫護人員怎麼辦？那些病人怎麼辦？你們考慮過他們的生命嗎？」

陳院長在章桐的怒斥聲中不禁跪地痛哭失聲，嘴裡喃喃說道：「對不起，對不起……」

一旁的童小川不禁呆住了，他沒有想到眼前這個身材嬌小的女人竟然能爆發出如此巨大的憤怒。

說完這些話後，章桐便果斷地轉身走進了法醫驗屍車，用力關上車門，把三個人就這麼丟在了車外。

看著依舊跪在地上抽泣不止的老人，童小川心中五味雜陳，于博文把老人扶了起來。童小川伸手一指後面的依維柯：「你先帶他回警局做筆錄，事情沒那麼簡單。」

老人突然意識到了什麼，急切地順勢抓住了于博文的手臂：「她們，她們在解剖是不是？」

于博文點點頭：「怎麼了？」

「我擔心……」

于博文沒好氣地瞪了他一眼：「不用你操心，這車有專門的防護功能，不輸於你們的實驗室。」

老人微微一怔，臉上露出尷尬的神情，隨即又追問：「那，呂曉華是不是還活著？」

「你那麼關心他做什麼？」于博文不解地問。

「我……這個病毒株，是他編寫的。你聽我說，他可不能死啊！」因為過於激動，老人的右手在山風中不停地顫抖著。

3.

(晚上 7 點 15 分)

所有的現場準備工作都已經做好。

打開燈，小小的工作間裡頓時亮如白晝。緊接著便是穿上兩套防護服，防護服的接口處都用密封膠帶嚴嚴實實地封死，戴上三層口罩、防護鏡片、防護面具，最後戴上三副手套，而每副手套手腕處同樣用膠帶把接口給密封。等這一切都穿戴好，最後再接上氧氣瓶。氧氣的含量只夠自己工作 80 分鐘，打開開關的剎那，章桐差點暈了過去，她不得不強迫自己大口呼吸，去習慣那股發霉的甜味。

幫章桐穿戴好後，顧瑜小心翼翼地退出了工作間，來到外面的觀察室，那裡有一塊特製玻璃和一個擴音喇叭，只要保持足夠大的音量，房間內外就都能聽得一清二楚。而喇叭上是三層專業的過濾網，一點都不用擔心工作間內的細菌病毒會順著喇叭擴散出去。這本就是一輛專門為特殊情況下的解剖工作而設計的車輛。

工作間內有專門的高畫質錄音錄影設備，靠牆是一個不鏽鋼抽屜式冷櫃，體積能裝下一整具成年男性的遺體，冷櫃內常年保持足夠的低溫，以防止意外情況的發生。而冷櫃下便是活動的輪床，遺體可以被毫無障礙地轉移到輪床上，工作臺就在右手能夠碰到的地方，非常方便。

章桐用力拖出裝有官月平遺體的裹屍袋，把它平放在輪床上，接著便關上櫃門，然後拿起相機，開始對裹屍袋錶面進行拍照取證，單調的相機快門咔嚓聲在小小的工作間裡四處迴盪著。接著，放下相機，開始逐層打開裹屍袋，而牆角的鏡頭則如實地記錄著眼前所發生的這一切。

在開始前，章桐已經研究過幾次官月平入院後的病歷報告，雖然只有短短的兩頁紙，但是對於病症的描述是很準確的——莫名原因大出血，疑似膽結石急性發作所導致的凝血功能障礙。所以，她把切口放在肝臟上方，拉開所有組織脂肪層，最後見到的一幕讓她不禁有些吃驚，同時又感到說不出的憤怒：肝臟腫脹發紅，呈現出典型的病態，腔內充滿積血。雖然官月平已經死去了幾個小時，血液卻根本無法凝結。也就是說，改變後的病毒株能夠成功摧毀人體的凝血功能。現在看來，腎臟已經衰竭，不只如此，所有的器官無一例外都呈現出了嚴重的衰竭現象，而如此程度的衰竭不是一天兩天就能形成的。毫不誇張地說，官月平來到醫院的那一刻，就已經是個徹頭徹尾的死人了。而他之所以能夠堅持下來，完全是靠著對呂曉華刻骨的怨恨。

章桐取過針管，仔細地抽取了一管血液樣本，密封好後，想了想，又在死者的眼部抽取了一管房水。這種本來無色透明的水狀物，此刻已經變成了淡紅色。顯然，死者的出血狀態是全身性的。

收好這兩管樣本後，章桐便接著開始尋找下去。很快防護服裡的衣服已經被汗水牢牢黏在了一起，汗水流淌進雙眼，讓她感到刺痛難耐，不得不頻繁地用眨眼來讓自己感覺好受一些。

死者的臉部毫無表情，渾身布滿了紅疹和瘀斑，這些都是因為出血而造成的。打開腦部，看著同樣殷紅的一片，章桐的雙手不由得微微顫抖了起來，她還從未見過能夠侵襲腦部到如此程度的登革熱變種病毒。她已經分不清楚大腦的中央前回和後回的分界線到底在哪裡，更不用提小葉的形狀了，整個腦部就像被狠狠地丟進了一個粉碎機，搞得一塌糊塗。

她呆呆地看著眼前的這一幕，腦海中出現了一個可怕的名詞。正在這時，耳畔傳來了顧瑜焦急的聲音：「主任，時間快到了，妳的氧氣快不夠用了，需要我幫忙嗎？」

章桐騰出右手，攤開手掌朝著觀察窗的位置擺了擺，示意不需要，接著便埋頭迅速對各個部位取樣做稱重登記，時不時地還進行近距離拍照留存證據。

時間在一分一秒地過去，最終，在還有不到五分鐘的時候，章桐把遺體推了進去，用力關上了冷櫃門，這才長長地出了口氣，而每走一步，自己襪子裡的汗水都會發出輕微的聲響，這種感覺簡直糟透了。

俐落地脫下防護服，一併胡亂地塞進特製垃圾桶，最後脫掉帽子和口罩，章桐走出工作間，直接打開車門。她一屁股坐在了臺階上，深深地吸了一口充滿了野外氣息的山風，頓時，肺裡感覺好受多了。

「主任，累壞了吧？」顧瑜在她身邊坐了下來。

「還行。」章桐若有所思地說。火葬場就建在城外的這座小山上，遠離熱鬧的城區，也遠離活著的人。對面是成片的墓地，右手邊是山，山上樹影綽綽，隨著陣陣山風，樹葉的沙沙聲在這寧靜的野外聽來，顯得尤為清晰。章桐抬頭看向山頂，那裡樹木少了許多，光禿禿的，就只有一棵大樹。

「那是什麼樹？」章桐順手一指，「山頂的那棵，應該有些年頭了吧？感覺和別的樹不太一樣。」

「不知道，這麼晚也看不太清楚。」顧瑜聳了聳肩，「我們現在回去嗎？」

章桐聽了點頭，隨即站起身鑽進了副駕駛座：「你開車吧，我太累了。」

在回城的路上，章桐看著窗外不斷閃過的路燈，半晌，輕聲說道：「我經手的至少有一千件案子了，還從沒見過這麼慘不忍睹的人腦。」

「是什麼時候惡化成這樣的？」

「有一段時間了。我想，完全是一種可怕的信念的支撐，才能驅使他不顧病痛，長途跋涉來到這裡，找到呂曉華算帳。」章桐想了想，皺眉問，「小顧，死者官月平從進入本市到最終死去，根據現有紀錄顯示，前後不超過二十四小時。也就是說他必定是得到了確切的消息後，才會直接去了第一醫院急救中心，因為他知道呂曉華在那裡，他確信無疑，所以他寧可用自己最後的一天生命來做籌碼！難道真的是他幹的？他通知了遠在 S 市，已經病入膏肓的官月平？」

顧瑜無聲地點點頭。

趙志忠是 S 市人，而且手中掌握著有效居民資訊，他找到官月平一點都不難，對他的事情肯定也是瞭如指掌的，而自己在下午的時候在急救中心門口又看到了趙志忠。官月平為了復仇願意付出一切代價，而趙志忠為了能讓呂曉華閉嘴，顯然也是費盡了心機。

想到這裡，章桐默默地拿過手機，同時把藍牙耳機塞進了耳朵，本想聽聽音樂，平和一下焦躁不安的心情，突然，她看到了李曉偉的頭像，心中一暖，便順勢在聊天室中打了句話：「休息了嗎？我想找你聊聊。」

幾乎在訊息發出的同時，李曉偉就發來了回覆：「我現在正在妳的辦公室門外走廊等妳。」

第二節　執念

1.

（晚上 9 點 03 分）

章桐走在警局負一樓的走廊裡，碩大的玻璃窗外，是幾乎與地面平行的花壇，月光透過窗口靜靜地灑在走廊的地磚上，無聲無息。

聽到熟悉的軟底鞋腳步聲由遠至近，李曉偉便從綠色長凳上站了起來，他感到些許莫名的激動，腦子裡不斷猜測著章桐找自己的目的到底是什麼。

「你來了？」章桐平靜地說著，因為走廊裡的燈壞了，所以李曉偉無法看清楚她臉上此刻的表情。章桐雙手插在口袋裡，順勢在他的身邊坐了下來，緊接著便是一聲輕輕的嘆息。

「出什麼事了？」李曉偉心中一動。

章桐昂起頭：「我想問你，如果一個人知道自己快要死了，究竟是什麼樣的意志力能夠驅使他不惜冒著死在半路上的風險，放棄親人陪伴在自己身邊的最後機會，而大老遠去了另外一個陌生的城市？去……殺一個人？」

「心結！」李曉偉吐出了兩個字。

「心結？」章桐不解。

「或者說執念，有的人是為了見自己愛人最後一面，而有的人則是想在自己死之前解開心結，不留遺憾地離開這個人世間。我想，你所說的應該就是這後面一種吧，對嗎？」李曉偉側臉看著她，卻依舊看不清楚她臉上的表情，因為始終都有一片陰影遮擋住了她的臉，心中不免有一絲遺憾。

「今天有人就死在我面前，」章桐小聲說道，「我剛結束他的遺體檢驗工作，我還從沒見過如此糟糕的大腦，簡直都被融化了一般。」

李曉偉聽了，不禁倒吸一口冷氣，他知道章桐作為法醫見過很多死亡後悲慘的場景，久而久之，她已經學會了在腦海中隔離這種糟糕的感官衝擊，但是今天，她卻明顯無法釋懷。

「那是怎麼形成的？」李曉偉小心翼翼地問道。

「病毒感染。」章桐突然把臉扭向了他，這一回，她臉上的神情在月光下完全展現了出來，尤其是眼神中，那是一種說不出的恐懼。她一把抓住李曉偉的手臂，聲音堅定卻又微微有些發顫，「真沒想到這個世界上居然有人會擅自改變病毒株的遺傳基因鏈，而不惜讓身邊的人感染上這種可怕的病毒。這個世界上，我們離人的惡念到底有多遠的距離？」

李曉偉不由得呆住了，張了張嘴，半天才問道：「妳，妳說什麼？」他突然想起了下午的時候，自己與童小川去了 S 大學醫學院，便忍不住脫口而出，「難道是 S 大學出事了？」

章桐搖搖頭：「你們第一醫院急救中心，下午的時候有個病人死了。」

「難怪了，我們醫院群裡都說急救中心出了事，我下午沒去上班。」李曉偉皺眉想了想，「我那時候還奇怪說急救中心那裡也是經常有病人因為病情過於嚴重而去世，為什麼這次大家的反應會那麼特別？」

章桐看了他一眼：「一個病人在醫院被另一個病人劫持，而後者所感染的是前者所親手設計的病毒株。這樣的事情也不是天天能發生的。」

「那遺體呢？」李曉偉不安地問道。

「我處理過了，你不用擔心，單獨存放的，就等著案子結束後火化。」章桐想了想，奇怪地問，「你為什麼會立刻想到 S 大學出事？」

李曉偉聳聳肩：「沒什麼，直覺吧，現在看來我的直覺也是錯的。對了，有個報告給妳。」他從身旁椅子上的公文袋裡取出兩張列印紙和三張腦部的螺旋 CT 掃描片，遞給章桐，「下午我剛從 S 大學回來，就接到了金玉蘭老師母親的電話，我就開車去了趟胡埭鎮。」

這是一份市第二醫院出具的正規檢驗報告，章桐不由得心中一沉，她緊走幾步，伸手推開解剖室的門，來到燈箱旁，然後分別把三張掃描片夾在燈箱架子上，這才打開開關，她皺眉逐幀仔細查看著，半晌，一臉驚訝地轉頭看向身邊站著的李曉偉：「我說她為什麼會產生幻覺呢，原來如此！」

「你是說她有可能得了星形細胞瘤？」李曉偉感到有些意外，在來這裡之前，因為心緒煩亂，他並沒有認真閱讀過那份檢驗報告和 CT 掃描片。

章桐點點頭：「這種腫瘤主要位於腦白質內，呈現出浸潤性生長，與周圍的腦組織無明顯界限區別，而且多數不限於一個腦葉上生長，範圍非常散，而它的生長可侵及皮質，向內可破壞深部結構，甚至可以經過相應的部位越過中線最後直達對側大腦半球。正常人尚且容易在早期被忽視，而死者被發現前在水裡已經浸泡了很長的一段時間，所以遺體檢驗的時候，就更加難區分開來，更不用說這種腫瘤的發現機率相當程度上是需要藉助於專業的 CT 掃描機的。」說到這裡，她伸手關了燈箱，「為什麼在這個節骨眼上，他們家屬會想到向你提供自己女兒的病史檢驗報告？」

「既然已經排除了他們家族的精神病史，我就想人之所以會產生幻覺，要麼是毒品，要麼就是腦瘤了。金老師吸毒的可能性不大，你提到說遺體發現的地方有橡樹枝，並且懷疑被咀嚼過，而傳說中橡樹枝葉是治療癌症的偏方，所以我才給金老師的母親打去了電話，直截了當問她金老師的病史。」說到這裡，他不由得一聲長嘆，「這麼年輕，真是可惜了。」

章桐的臉上卻依然神情凝重，她逐一閱讀著病歷上的每一個字，包括所使用的藥物。許久後，說：「等等，水塔上的那個鐵梯子我爬過，非常陡，像金老師這樣處於二期的腦瘤患者，是根本無法一個人單手打開那個特製的蓋子的，她必須穩住自己的身形，鐵梯離地面非常高，有將近兩公尺到兩百五十公分。你別忘了，她的體型非常瘦，身高和我差不多。那麼沉重的蓋子需要一個成年男人才能用力把它挪開，她是怎麼順利進去的？又是怎麼一個人把梯子放下去的？如果說幻覺的話，在她觸到冷水的時候，就會立刻清醒過來，如果現場真的自始至終都只是她一個人，那她為什麼不爬上來呼救？」

「難道說現場真的有第二個人？」李曉偉是親眼見過那兩段監控影片的，他實在難以相信這種特殊的情況下居然還有第二個人存在。

章桐若有所思地看著他：「不知道老歐陽他們在那個黑色耳機上有沒有找到新的線索。」

李曉偉果斷地搖搖頭：「我見過聲音催眠，但是正如妳所說，只要觸碰到水塔裡的冷水，死者必定就會醒過來，她又是如何心甘情願地讓自己被一整座塔裡的水給活活淹死而不呼救？」

章桐突然回過神來，她俐落地從口袋裡摸出手機，撥通了童小川的電話：「我需要知道一個問題，最初到達現場時，現場那個水塔蓋子到底是誰打開的？」

「是映秀社區的保全和物業，因為業主投訴，他們要查看水塔的問題，這才發現了死者。」電話那頭，童小川的辦公室裡一片嘈雜聲，使得他不得不提高了說話的音量。

這回答顯然是在情理之中的，章桐看了李曉偉一眼，接著又說道：「童隊，建議你派人查一下死者金老師來往S市的交通紀錄以及銀行往來紀錄，我懷疑她在向人私下購買治療癌症的非法藥物。」

「這沒問題。」

章桐掃了一眼手中的病歷本：「具體時間是去年8月23號過後，到她今年去世為止。」

「我馬上派人去處理，還有什麼需要我做的嗎？」童小川問。

「我現在懷疑金老師出事的現場有第二個人存在，尤其是最後蓋上那個水塔蓋子的人，你能找到相應的監控紀錄進行考核嗎？」

「離案發現場直線距離不到八十公尺的地方就是酒店，我去那裡碰碰運氣。」說著，他便結束通話了電話。

2.

（晚上9點17分）

童小川把警車開出了飛機的速度，只用了不到十分鐘的時間，便順利穿過市中心嘈雜的中山路，轉過解放南路的岔道口，開上寧崇路。車前方兩百公尺左右便是案發所在地映秀社區，而社區對面那棟 30 層樓高的錐體形建築的頂上，酒店的霓虹燈招牌異常醒目。顯然，這間酒店的級別並不低。

隨著一陣刺耳的輪胎摩擦地面的聲音響起，警車穩穩地停在酒店門口。副駕駛座上的小九長長地出了口氣，臉上露出了劫後餘生的表情。他匆忙解開安全帶，鑽出警車，跟在童小川的身後快步走上了臺階。

對於童小川的要求，酒店大堂經理略微思考以後，隨即便面露難色：「我們非常想協助你們工作，但是對於酒店外，除了街面，對面的映秀社區居民住宅樓，按照派出所規定，我們是不能夠安裝監控的，這涉及個人隱私方面的問題。」

「我要的是對面社區樓頂的情況。」童小川有點不甘心，他不想空手而歸，「麻煩你再仔細想想，就是對面 23 號樓，社區入口處的那棟。」

大堂經理尷尬地點頭：「我知道那棟樓，聽說了上面死人的事，水臭得要命。」

小九感到有些意外：「你怎麼知道……」

大堂經理聽了，不禁嘿嘿一笑：「這早就不是什麼祕密了，在你們去之前三四天的樣子，大樓裡就已經陸續有住戶來我們酒店登記入住，提到說水質突然莫名變差，還有股說不出的異味，物業方面卻總是拖著不處理。你們也知道的，那棟大樓裡住著的可都是有身分的人，進出 BMW 賓士是標配，自然對自己的生活品質是要求不低的。」

正說著，一個行李服務生打扮的年輕人湊了過來，衝著大堂經理的耳邊小聲嘀咕：「經理，那個 18 樓的客人不還住著嗎？」

大堂經理一愣：「你說那個成天盯著要物業賠錢賣房的？」

童小川察覺到了異樣，便一把推開攔在中間的大堂經理，急切地追問道：「快說，那個客人到底怎麼了？」

行李員咧嘴：「挺怪的一個人，有點神經兮兮，喜歡自拍，還特別迷信……」

「說詳細點！什麼時候入住的？」童小川問。

大堂經理顯得有些委屈：「就是映秀社區你們警車出現之前三天的凌晨，3 點左右登記入住的，還非得叫我們服務員寸步不離地陪著她。看她情緒那麼不穩定，我們本來是不想接受她的入住要求的，但是經不住她鬧騰啊。她是最早來的，而且登記入住的時間非常古怪，別人都是大白天，或者傍晚什麼的。現在可好，還說什麼物業不幫她把房子賣了並且賠償她的損失的話，她就不走了。」

小九和童小川面面相覷，隨即問：「多大年紀的人？」

「37 歲，獨居女人，叫楊秀麗，就住映秀社區 23 棟 21 樓 202，」說著，大堂經理忍不住一聲長嘆，搖搖頭，「現在是我們酒店唯一一個還賴著不走的人了。」

小九笑了：「愁什麼？給錢的話，誰不是住？」

大堂經理白了他一眼：「她自始至終就沒給過一分錢，說這錢得物業給，輪不著她來發善心。」

童小川想了想，問：「現在她回酒店了嗎？」

行李員點頭：「大約兩個小時前，我送她上去的，買了好多東西。」

「那晚和這位住戶一起來酒店登記入住的，共有幾個是映秀社區的客人？」童小川嚴肅地看著大堂經理。

「那天凌晨就她一個。」大堂經理果斷地回答。

「房號告訴我。」童小川頭也不回地向電梯口走去，「你們就不必跟著了，我和我的人上去就行了。」

「1802。」行李員直著嗓子叫了一聲，隨即便被大堂經理不滿地瞪了一眼。

＊　＊　＊

走進電梯，童小川對小九說：「你還記得映秀社區案發現場有多少層樓嗎？」

「22 層，23 樓是頂樓，直通樓頂平臺，並沒有人居住。」小九回答。

「我安排人去走訪的時候，因為這個 21 樓的住戶沒有在家，所以當時沒有被及時走訪到，」童小川說，「21 樓和 23 樓之間只隔了一道樓層，也就是 22 樓，23 樓電梯口出來就是一個小樓梯間，面積不超過 1.5 平方公尺，是否可以這樣推論 —— 住在 21 樓的這位奇怪住戶在那天晚上無意中看到了什麼，因為過於驚慌，所以當天晚上沒過多久便離開家來住賓館了。」

「小九，你說，一個人如果看見了讓自己感到害怕的東西，本能的念頭是什麼？」走出電梯口的時候，童小川隨口問。

「當然是逃跑，不過我只會想想罷了，可不會真的那麼做。」小九不滿地嘀咕。

童小川的腦海裡又一次浮現出了監控影片中金老師那驚恐的神情。那晚，她究竟看到了什麼？

＊　＊　＊

敲開酒店 1802 號房的門並不是一件難事，尤其是小九身上穿了一套剛漿洗過的警服。相反，眼前站著的這位素顏朝天的女人可讓他們倆怔住了。倒不是她長得有多奇怪，全是因為她的眼神，平靜之下竟然夾雜著一種莫名的痴迷。

「你們是哪裡來的？」女人一手撐著門框，毫不客氣地問。

「市局的。」童小川和小九出示了工作證，「楊秀麗對嗎？我們想找妳了解下映秀社區的情況。」

「我還沒告他們，物業竟然反咬一口先把我給告了？」楊秀麗滿臉的驚愕，說話聲也同時高了八度，震得身後酒店安靜的走廊裡嗡嗡作響。

童小川耐著性子解釋：「不是物業，我們有別的事想向妳了解下情況，方便讓我們進去談嗎？」

「當然可以。」楊秀麗氣沖沖地轉身走進了房間。

第三節　不該存在的人

1.

(晚上 9 點 30 分)

章桐的手機響了，是疾控中心打來的。自從第一醫院急診中心出事後，呂曉華便被轉送到了疾控中心進行專門的隔離治療，而急診中心所有的醫生護理師都被要求進行了相關的血液抽檢，以防萬一。

「呂曉華醒了。」章桐看著坐在自己對面的李曉偉，「他們說他想見我，有話要和我說。」

「現在？」李曉偉的目光中閃過一絲擔憂。

章桐點點頭。

「我和妳一起去，我也是醫生。」李曉偉的聲音顯得理直氣壯。

章桐笑了：「你只是個顧問，關鍵時刻怎麼可以讓你承擔風險？再說了，他只是有話和我說，我想，只要做好防護，就沒什麼好擔心的。何況人都到了這個時候，他還有什麼可以隱瞞的？」

「妳一個人去太危險。」李曉偉不安地看著她，「這麼晚了，我開車送妳去。」

見李曉偉態度依然這麼堅決，章桐便不再阻攔，吩咐過顧瑜，隨即就走出辦公室，向車庫走去。路上給于博文打了電話，童小川不在，于博文作為專案內勤是必須到場的。

警車在夜幕中無聲地行駛在街頭。

回想起最後在病房中的那一幕，章桐皺眉：「我和官月平說話的時候，呂曉華應該還有意識。剛才電話中，疾控中心的趙主任跟我說對方醒過來後第一句話就是要找病房裡阻止官月平行凶的那個人，在得知我的身分後，呂曉華猶豫了一段時間，最終還是要求和我見面，說有重要事情要告訴我。我想，他應該是念著我救了他吧。」

坐在副駕駛座上的于博文可不這麼認為：「那可不一定，章主任。我剛整理完 S 大學醫學院陳院長的詢問筆錄，在他看來，呂曉華可不是一盞省油的燈。這人不只是智商高，情商也不低，整個病毒研究所還就只有他會編寫病毒株的 DNA。那陳院長說，本指望有了呂曉華，自己的病毒實驗室能夠創下奇蹟得個醫學獎啥的，結果到頭來還是竹籃打水一場空。」

李曉偉樂了：「這智商高，情商也高的人，怎麼就反而搞得一團糟了？」

「物極必反嘛。」于博文長嘆一聲，「照理說，這搞學問的人，情商方面會相對弱一點，尤其是個人感情問題。你看我們章主任，不也是到現在還孤家寡人一個？」

一聽這話，章桐頓時漲紅了臉，緊緊咬著嘴唇，把目光轉向了車窗外。

于博文卻依舊滔滔不絕：「陳院長說，這個呂曉華不只是在學術方面數一數二，個人生活作風也是挺讓人頭痛的。據說還和一個有夫之婦搞得不清不楚，就因為這個，最終逼得呂曉華不得不辭職離開了學院。」

李曉偉心中一動：「生活作風問題？」

「是的，」于博文點頭，「起初，大家還只是當玩笑，畢竟呂曉華性格外向，在業務上也確實是優秀，而坊間的流言蜚語也沒有什麼實質性的東西，大家說過也就算了。直到後來，呂曉華的身邊出現了一個有夫之婦，據說長得還挺漂亮的，呂曉華對她動了真感情，甚至還偷偷摸摸地把那個女的帶到學院實驗室。陳院長見到過好幾次，用他的原話就是 —— 屢教不改。後來，這事被實驗室的同事舉報了，而這個女人的丈夫也鬧到了學院，這樣一來，陳院長再怎麼愛才都不行了，他只能勸呂曉華主動辭職。」

說到這裡，章桐突然倒吸一口冷氣：「那個同事，是不是官月平？」

「沒錯，就是他，呂曉華辭職後，官月平就接替了他的位置，當上了病毒實驗室的研究員。」于博文回答，「所以這次官月平出事，陳院長才會這麼激動。看來，他五年前離職時就已經埋下了病毒株的種子，這樣後面的官月平一旦接觸他移交下來的工作，自然就逃脫不掉被感染而死的風險。這人太可怕了。」

李曉偉突然問：「第一個失蹤案發生的時間是什麼時候？」

「2008 年。」

「他什麼時候辭職的？」

「2014 年 9 月分。我查過學校的人事登記檔案。」于博文回答。

章桐恍然大悟：「最後一個失蹤案，秦玉珠的案子，失蹤時間是 2016 年。所有的失蹤者都沒有找到屍體，而根據現場血量來看，她們存活的可能性為零。這麼看來，如果真是呂曉華所為的話，那他的辭職，不只是因為所謂的作風問題，或許還受到了一些別的因素影響，逼迫他不得不放棄職業生涯，離開學院。」

李曉偉沉聲說道：「我也是這麼覺得，他肯定受到了什麼威脅。也就是說，第一，他即使不是凶手，也是這系列殺人案的知情人；第二，他有把柄落在別人手裡。他今天的遭遇，我覺得，官月平實質上只是一個被人利用的工具而已。有人就是要置他於死地，不惜一切代價。因為只有死人的嘴，才是最嚴實的。」

章桐沒有說話，她感到心裡沉甸甸的。

＊　＊　＊

（與此同時）

酒店 1802 號客房裡，空氣中瀰漫著一種尷尬的氣氛。

楊秀麗雙手抱著肩膀，瞪著童小川和小九，滿臉的怒氣：「有什麼好說的，他們物業什麼時候解決問題，我什麼搬走就是。」

童小川微微皺眉：「再跟妳說一遍，楊女士，妳的問題屬於民事糾紛，我們管不了，建議妳直接去法院起訴。」

「那你們今天來找我做什麼？」楊秀麗問，「別的，我又幫不上你們什麼，我每天除了上班就是待在房間裡不出去……」

童小川可沒時間繼續和眼前這個女人耗下去，乾脆單刀直入說道：「跟我們說說案發那天，妳到底看到了什麼？」

「案，案發？」楊秀麗一怔，目光變得複雜起來，「我不懂你的意思。」

「就是妳在這家酒店登記入住的當天淩晨，妳在映秀社區的家中，到底聽到了什麼？」小九不滿地重複了一遍童小川的問題，並語速飛快地追問道，「我們知道妳獨居，也知道那天早晨，妳是匆匆忙忙來到這個酒店的，登記入住後竟然還要服務員寸步不離。妳說，妳到底怕什麼？」

一聽這話，楊秀麗的臉色頓時煞白，她迅速盤起雙腿，整個人擺出一副防禦的姿勢，說道：「我……誰，誰說我怕了？你們別胡說八道！」

童小川突然笑了，他伸手一指楊秀麗的背後，咕噥了句：「看，她就在你身後站著呢，那個穿著紫紅色外衣的年輕女人。」

話音未落，楊秀麗一聲慘叫，像一頭鴕鳥一般把頭鑽進了沙發，渾身發起抖來，嘴裡連連討饒：「別過來！別過來！……」

這場面把小九驚得目瞪口呆，半天才回過神來，他小聲嘀咕：「童隊，你這招也太狠了點吧。」

童小川一咧嘴，嘿嘿笑道：「這叫一物降一物，沒辦法，誰叫她不說實話，她心裡有鬼，我可沒時間陪她耗！」

2.

(晚上 9 點 58 分)

夜色中的市疾控中心大樓裡燈火通明，警車在前院停下後，章桐一眼就看見了疾控中心趙主任正站在門口焦急地四處張望著，便趕緊下車迎了上去。

「趙主任，情況怎麼樣了？」兩人邊說著邊並肩朝身後的一樓大廳走去。李曉偉和于博文緊跟在他們身後寸步不離。

「病人的情況是相對穩定了些，但是因為病情發展方向不明，所以我們對下一步工作也不能放鬆警惕。」趙主任神色凝重地說道，「不過還好的是，急診中心送來的檢驗樣本中並沒有發現被相同的病毒株所感染的跡象。而呂曉華的樣本還在複核，目前還沒有得到確切結果。」

章桐明顯感覺到了趙主任話音中最後所流露出的一絲不安。

來到隔離病房門口的觀察室，隔著雙層玻璃窗，章桐看著靜靜地躺在病床上的呂曉華，不禁微微皺眉，輕聲說：「我能不能進去？」

「最好不要。」趙主任趕緊制止，他看了章桐一眼，隨即便伸手指了指牆上的通話器，「你可以透過那個和他對話，聲音會放大的，不受任何影響。對了，他特別要求和你單獨談話。」說著，他便率先退了出去，李曉偉和于博文儘管心中不願意，可是礙於趙主任的要求，也還是跟著走了出去。門關上後，兩平方公尺的房間裡就只剩下了章桐一個人。

瞬間安靜下來的觀察室讓章桐感覺有些不習慣，她沉吟了一會兒，便深吸一口氣，伸手按下了通話按鈕：「你能聽得見我說話嗎？」

呂曉華緩緩轉過了頭，目光看向章桐所在的方向，旋即耳畔便傳來了他沙啞的嗓音：「妳好，章醫生，我等妳很久了。」

「等我？我想我應該幫不上你什麼忙。」章桐冷冷地回答，「我只是法醫，嚴格意義上來講，我只會在你死後對你的屍體負責。」

通話器中很快傳來了兩聲乾笑：「說到底，我們兩個人之間其實沒有什麼本質上的區別。唯一不同的是，我把她們切割開的時候，她們還都活著，而你所面對的，就只是死人罷了。」

這話一出，章桐頓時感到自己的後脊背陣陣發涼，雖然她早就知道呂曉華必定與這些命案脫不開關係，但卻還是頭一回從他口中親耳聽到。遲疑片刻後，嗓音愈發顯得冰冷而厭倦：「我今天不是來和你探討這個問題的。你不是說有話要跟我說嗎？如果沒有的話，那我就走了。」

通話器中沒有任何聲響，章桐正要轉身離開，那種讓人聽了頭皮發麻的聲音卻又一次響了起來，但口氣與先前截然不同：「好吧好吧，我……我需要妳的幫助！」

難道呂曉華真的妥協了？章桐不解地問：「幫助？我能幫你什麼？我們素不相識。」

「不，我對你的大名已經早有耳聞。妳要知道，S 市和本市之間離得並不遠。」那乾涸的嗓音猶如在金屬片上不斷地來回滑動，發出刺耳的摩擦聲，「更不用說妳還救了我，如果沒有妳恰好趕到，並且阻止了官月平的話，我早就已經是個死人了。對了，他的屍體，應該已經經過妳的手了，是不是？」

章桐沒有否認。

通話器中傳來一聲長長的嘆息：「真可惜了。」

「為什麼你會覺得可惜？」章桐忍不住反問。

「我還真想看看他的腦子，被類馬爾堡病毒感染過的腦子，可不是那麼容易見到的。」呂曉華的嗓音中充滿了深深的遺憾。

章桐張了張嘴，硬生生地把一句到了嘴邊的咒罵給吞了回去，她感到說不出的噁心，實在厭惡這個與自己一牆之隔的男人，卻又不知道自己該說什麼才好。

「你不是也被感染上了嗎？」章桐反問道，「有什麼好幸災樂禍的。」

「不，使他被感染的病毒株是我自己親自編寫的，所以，我不可能那麼輕易就被感染上，雖然他是那麼想殺了我！」呂曉華陰陰地笑著。

「你……你真惡毒。」章桐終於罵出了口，「難道你就沒有考慮過後果？」

通話器中刺耳的笑聲戛然而止，呂曉華冷冷地說道：「他比我更惡毒。」

「你說的是誰？」

「趙志忠。」

章桐心中一緊：「難怪他總是想見你……」

「我想我在這裡的消息，就是他透露給官月平的，他想借官月平的手讓我永遠閉上嘴。」呂曉華憤憤然說道，「我已經盡力避開他了，他卻還是要我死！」

「難道說你知道什麼？」章桐脫口而出，「對了，秦玉珠，你把秦玉珠的屍體到底藏哪兒了？」

通話器那邊半天都沒有響動。章桐的心頓時懸到了嗓子眼，她焦急地四處張望著，正在這時，耳畔又一次傳來了呂曉華的聲音：「我沒有殺她，妳救救她，這就是我今天找妳的目的，請妳一定要想辦法救救她。那個人也絕對不會放過她的。」

「為什麼是我？」章桐情急之下，雙手撐住了眼前的隔離玻璃窗，「還有，趙工程師為什麼會和這事有關？」

這一次，雖然隔著那麼遠，她竟然看清楚了病床上呂曉華臉上的表情。他笑了，只是笑容中帶著些許絕望：「因為我愛上了他的妻子。」

「難道說，秦玉珠還活著？」

呂曉華並沒有直接回答這個問題，他只是默默地看著章桐：「我不相信別人，我只相信妳，妳一定要救救她！」

「為什麼？你為什麼會相信我？」隔著觀察室厚厚的雙層玻璃，章桐隱約感到了心中的不安，「她在哪？還有那十一具屍體，到底在哪？」

話音未落，呂曉華突然開始全身抽搐起來，那種劇烈的震動使得整個病床都被挪動了，他痛苦地扭曲著自己的脊椎骨，彷彿要撕裂自己一般。心肺檢測儀發出了刺耳的尖叫聲，守候在一旁身穿防護服的看護人員立刻撲了上去，與此同時伸手把病床旁的隔離布用力拉上。

章桐注意到隔離布的顏色是一種讓人看了會感到很不舒服的土黃色。她默默地閉上雙眼，再次睜開時，眼前依舊是那似乎已經被凝固了的土黃色，心中不免感到一種莫名的厭煩。仔細回味呂曉華剛才對自己所說的每一個字，章桐突然意識到呂曉華已經被感染無疑，哪怕是更改了病毒株的基因鏈，但是因為這種病毒的構成非常複雜，集合了狂犬類與登革熱病毒的所有特徵，目前為止，國內是完全沒有有效的藥物能夠預防的。即使有，抗病毒疫苗的有效期限一般也不會超過六個月，而在這之前，呂曉華根本就不知道會與官月平見面，那他又怎麼能夠未卜先知而給自己種下疫苗？他之所以在自己面前撒謊，那是因為官月平曾經說過，這種病的潛伏期是三到五年。呂曉華有著嚴重的心臟病，而他又面臨著死刑判決，所以，他絕對不會讓自己在痛苦中死去，才會想到要自己出面保護秦玉珠。

走出觀察室，章桐一眼就看見了正站在走廊中的李曉偉，他滿臉焦急地迎了上來：「怎麼樣了，妳沒事吧？」

章桐搖搖頭，突然問：「為什麼呂曉華說他只信任我？」

「我想，或許是因為妳的職業吧。」

「不，」章桐神情凝重，「他打過比方，說我跟他其實沒有本質上的區別，唯一不同的就是，他切割開了活人，而我，卻是面對死人。」

李曉偉想了想，嘴角劃過一絲苦笑：「我想我可能明白他的想法了。因為死人不會說話，死人很單純與執著，近朱者赤近墨者黑。所以，他信任妳！」

回想起呂曉華說過的話，章桐突然一把抓住了李曉偉的手，神情嚴肅地說道：「秦玉珠還活著，我們必須盡快找到她。她有生命危險！」

3.

（晚上 10 點）

酒店 1802 號房內，楊秀麗終於從歇斯底里的狀態中清醒過來，她啜泣著在沙發上坐正，目光卻猶如受驚的兔子一般，時不時地流露出驚恐的神情。

「妳還真那麼相信她會來找妳啊？」小九終於憋不住了，「這個世界上根本就沒有鬼，妳懂不懂？」

「我……我……」

眼瞅著楊秀麗又要哭出聲來，童小川終於憋不住了，他長嘆一聲，順手從茶几上拿過紙巾盒，準確無誤地丟到楊秀麗懷裡，這才點點頭：「妳放心，有我們在，妳是安全的。再說了，如果妳不把那天晚上妳看到什麼告訴我們的話，我們怎麼幫妳？難不成妳真的就打算在這酒店長住下去？這樣也不是個辦法吧，妳說對不對？」

「我……我真的看見鬼了！」楊秀麗總算鬆口了。

童小川雙手抱著肩膀，小聲嘟囔：「淨瞎扯，這世界上哪來的鬼，都是人裝的……等等，妳是怎麼看到的？對方長啥樣？」

楊秀麗雙手開始了大致比劃說道：「喏，跟我身高差不多，長髮，渾身溼漉漉的，就跟那電影裡演的水鬼差不多。」

童小川一聽，頓時警覺了起來：「妳在哪裡看到她的？」

「門……我家門口，她經過我家門口。」楊秀麗聲音發顫。

「妳打開門了？」

「沒錯，我，我聽到樓上傳來女人尖叫的聲音，好像就在樓梯口的位置，我怕出事，就，就打開門看了一眼，起先什麼都沒看到，後來，後來就是這個……從我房門前飄過去了，她還回頭看，看，看了我……」楊秀麗拚命擺著手，臉上神情惶恐不安，「那張臉，嚇死我了，分明就是鬼啊！」

小九剛要開口說話，卻被童小川一把摁住了。

「所以妳就連夜搬家了？」童小川慢悠悠地問道。

「是的，是的，我哪還敢在家裡待啊，你說是不是？」

「那好，楊女士，我有三個問題。第一，妳是什麼時候聽到樓上有異常響動的？」

「這我記得很清楚，深夜 12 點左右，好像在吵架，具體講的是什麼，我沒聽清楚。不過警官，你也知道，這大樓早就已經不是當初的樣子了，住了很多出租戶，品質變低了，環境也變得糟透了，所以這大半夜的女孩子尖叫，準沒什麼好事！」楊秀麗悻悻然地抱怨。

童小川微微皺眉：「第二個問題，妳仔細想想，那個人是怎麼走過妳門前的？」

「飄，飄過去的……」

童小川鼻息裡發出一聲重重的嘆息，他耐著性子又問：「我知道是飄，我就想知道她是朝哪個方向走的，在妳門前是從左手到右手，還是方向正好相反？」

身旁的小九頓時明白了童小川的意圖。映秀社區案發現場的樓層雖然很高，但是每一層樓的布局卻很簡單，電梯門出來右手方向依次是 3 單元、2 單元和 1 單元，要想去防火梯就必須經過這三家住戶的門前。所以，住在 2 單元的楊秀麗既然在門口看見那人經過，而社區的監控，包括電梯內的監控中在案發前後又沒有發現異常的人出現，那麼她所逃跑的方向就至關重要。

「往左邊去的！」楊秀麗果斷地回答。

她所說的左邊，也就是電梯口的相反方向，而防火梯則在另一個位置，那裡只有住戶。

童小川臉色一變，略微沉思過後，接著問道：「最後一個問題，她的臉，你看到了什麼特別的地方嗎？」

「她，她披頭散髮的，我怎麼看得清？再說了，她渾身溼漉漉的就像個水鬼一樣，我嚇都快被嚇死了。」楊秀麗仰著脖子，憤怒地回答，「總之，警官，那就是一張死人臉！」

＊　＊　＊

走出酒店大門的時候，時間已經到了晚上 11 點 03 分，眼看著一天又要過去，童小川的心裡愈發感到焦急。拉開車門鑽進車裡，他低頭查看手機，才發現鄭文龍半小時前發過來有關金老師一年內往返於 S 市的交通紀錄和整理過的同樣時間段內的銀行流水紀錄。仔細看去，固定每個月月初的 3 號去一次，而在這之後，雷打不動會劃出三千五百塊錢，接收帳戶的戶名也很熟悉 —— 呂曉華。

「這混蛋！」童小川忍不住暗暗咒罵了一句。

「童隊，我們先回去嗎？」小九問。

「不，」看著不遠處「映秀社區」四個大字，童小川果斷地說道，「我們去查查 21 樓住的到底是誰。」

說著，他便拉開車門，反手關上後，快步向馬路對面的映秀社區走去，小九見狀趕緊跟上。

夜晚的街上行人並不多，三分鐘熱風吹過，空氣中夾雜著雨水和泥土混合後所產生的特有的泥腥味。遠處，樹影綽綽，猶如一個個鬼魅在黑暗中搖擺著。

因為接連工作了兩天兩夜，童小川感到有些頭腦發暈，便隨口找了個話題邊走邊問：「小九，你知道橡樹嗎？」

「當然知道，殼斗科的一個分屬科目，總共 600 個種類，450 種來自櫟亞屬，150 種是青岡亞屬，橡樹主要分布在北半球溫和地區。」小九回答道，「橡樹可是個好東西，渾身都是寶貝呢，可惜我們這邊現在不種這個。不過聽說以前在森林公園那裡種過，一場野火過後就全被燒完了，剩下的也被挖走了。後來就改種了別的樹，因為橡木的成本實在太高，生長速度又太慢⋯⋯」

正走到樓棟下的平地上，童小川的手機響了起來，電話是章桐打來的，通話時間很短。小九看著童小川臉上陰鬱的神情，便關切地問：「童隊，出什麼事了？」

童小川並沒有直接回答，他轉而反問道：「小九，難道說那個楊秀麗在案發當晚所看到的女人是秦玉珠？」

話音未落，一個黑影從樓上摔了下來，小九猛地向前一撲，兩人順勢倒在了臺階旁，磕得腦袋生疼。那個黑影也幾乎在同時被重重地砸在了地面上，瞬間裂了開來。

童小川被徹底摔蒙了，他迅速從地上爬了起來，焦急地上前查看小九的情況，卻見他坐在地上，右手摸著腦袋，臉色灰白，雙眼死死地盯著面前地面上一個長條狀的東西。此刻雖然是深夜，但是身後一樓門廳裡的燈光卻把樓棟前的平地給照得猶如白天一般，童小川看清楚了——那是一隻斷手，不遠處的地上躺著一具屍體。

故事一　Story One

第五章　決斷

第一節　她的抉擇

1.

(晚上 11 點)

工作一旦忙起來，生理時鐘的概念就完全不存在了。或許是因為自己嚴重缺乏睡眠的緣故，章桐總是能夠在不經意之間聽到有人在耳畔輕聲說話。這種感覺讓她感到困惑不已，便把擔憂告訴了身旁坐著的顧瑜，最後，不安地問道：「難道這是幻聽？」

「那身體別的方面呢？有沒有明顯的頭痛頭暈？」顧瑜掃了一眼後視鏡，那輛計程車不緊不慢地跟在自己身後已經有一段時間了，這讓她感覺很不自在，反正快到現場了，見對方依舊沒有要超過去的意思，便騰出手伸出車窗，向前揮了幾下，示意它趕緊走。

「妳在做什麼？」章桐注意到了她的異樣，便也順勢轉過頭去看，這時，那輛計程車竟然在路邊停了下來。很快，法醫現場勘察車開上了高架，計程車消失在茫茫的夜色中。

「我不喜歡被人跟著。」顧瑜小聲咕噥了句。

「他或許是覺得我們是警車，就不打算超吧？」

正說著，前面下了高架便出現了通往映秀社區的指示路牌。穿過岔道，勘察車終於艱難地拐進了社區。

「上次來的時候，是走的另一個方向，所以不會這麼倒楣，我還指望能繞個近路，唉……」顧瑜一邊抱怨一邊把車熄火，拔下鑰匙跳下車。

章桐剛下車，早就等候在一旁的童小川立刻迎了上來，低聲說道：「你們總算來了。」

「屍體在哪？」

童小川伸手指了指自己身後的平臺，那裡正俯臥著一具屍體：「小九他們已經帶人上樓了。」

章桐這才注意到警戒帶內外多了很多制服警：「今天怎麼來了這麼多人？」

「人是當著我的面從樓上下來的，我需要搜查整棟樓。」童小川緊鎖雙眉。

順著他的目光，章桐頓時明白了他的情緒為何如此異樣——屍體身下並沒有滲出殷紅的血跡，取而代之的是大量的水漬，而斷裂的手掌部位則呈現出明顯的灰白色。章桐戴上手套，把手探進屍體的頭髮中，很快又縮回，手套表面布滿了水漬。打開強光手電仔細查看死者的頸部，看著那大片不規則的瘀痕，章桐愈發雙眉緊鎖，她站起身，抬頭看向樓棟高層：「她在掉下來之前，早就已經死了，並且屍體被冷凍過一段時間，所以全身體表的皮膚才會呈現出不正常的黑紫色，斷肢面則是灰白色。」

童小川皺眉看著地上的屍體：「她掉下來的時候，我就感覺不對勁，所以才立刻調人過來搜查整棟樓，凶手應該還沒有離開。只是，一個被凍過的人，應該是很沉的，看她體型又不小，為什麼一個年輕女人能夠搬得動？」

「誰跟你說是一個年輕女人做的？」章桐面露不悅，「死者這樣的身高體重，從被解凍到高處推下樓層的話，整個過程至少要一個身材魁梧的成年男性才能勉強做到，除非，凶手是兩個人。」

童小川碰了個軟釘子，不由得漲紅了臉。

一陣雜亂的腳步聲響起，由遠至近，很快，重案組的兩名實習警員帶了個人出來：「童隊，人找到了，就是這小子幹的！」

童小川一看，隨即愣住了：「怎麼是你？你們哪裡找到他的？」

兩名身材高大的實習警員中間夾著的那個，正是映秀社區物業監控室的矮個子保全，低著頭，哭喪著臉。

「童隊，咱這可是地毯式搜索，逐門逐戶走訪到位。結果就在你所說的 21 樓，這小子正在櫃子裡躲著呢。我們一進去，他就渾身發抖跟通了電一樣，被我們給一把抓出來了。」實習警員說道。

童小川雙手叉腰，瞪眼看著小保全：「你叫什麼名字？哪裡人？」

「方，方文傑，東灣人。」小保全結結巴巴地說道。

「這個人是你推下來的對吧？」童小川沒好氣地問，「其實你也不用回答，一查監控就可以了。不過，我可要提醒你，這是連環命案，法院那邊的話，死刑是逃不了的。」

一聽這話，小保全頓時雙膝一軟，整個人癱坐在地面上，哭出了聲：「不，不，我沒殺人，我真的沒殺人！你們要相信我……」

章桐自始至終都站在一邊冷眼旁觀，她上前一步攔住了童小川，低頭對小保全說：「你站起來。」

見他依舊一臉不知所措的樣子，章桐不禁皺眉：「別浪費我時間，你趕緊站起來給我看看，不然的話我怎麼知道你是不是真的清白？」

小保全惶恐地趕緊站了起來，面對章桐。

「把手舉高！」

他就像個木偶一般趕緊照做。

「兩手前伸，用力！」

章桐語速飛快地說道：「人不是他殺的，但是可以坐實拋屍。」

「我……我，我錯了，我錯了，我不該為了點錢幹這事。」小保全嚇得臉色慘白，跪地求饒。

章桐懶得再搭理他，轉身對童小川說：「我不管活人的事，先走了。」

童小川苦笑著點點頭：「沒問題。」

「對了，你怎麼會知道 21 樓？」章桐記起了什麼，便停下腳步問道。

童小川聳聳肩：「我找到了目擊證人，能夠證明案發當晚有人回到了那個房間，並且那個人有點怪。」

「怪？」章桐突然明白了，「你說的是金老師被害那晚，有人看到凶手了？」

童小川點點頭：「待會兒局裡見！」便轉身走向了一樓門廳。

＊　＊　＊

在回警局的路上，顧瑜忍不住問：「主任，妳剛才是怎麼看出不是那個小保全殺的人？」

章桐靠在副駕駛座上，看著窗外寧靜的城市，昏黃的路燈光不斷在她臉上劃過，聲音中帶著一絲倦意：「死者體長在 173 公分左右，體態中等，體重在 120 斤上下，而這個小保全身高是 165，體態偏瘦，體重不超過 100 斤。死者的頸部有不規則的大量瘀痕存在，痕跡呈現出典型的黑紫色，面部也是這樣的情況，這是人體缺氧所導致的。要是我沒看錯的話，死者的真正死因應該是扼頸所導致的機械性窒息，這就需要行凶者的雙手非常有力。」說到這裡，她伸了個懶腰，重新調整了下坐姿，「而我們的嫌疑人，有著嚴重的營養不良症狀，他的胸骨向前隆起，屬於中度胸廓畸形。除了遺傳外，不排除這種病症是由於反覆慢性呼吸道感染而形成的。我觀察到他的呼吸比一般人要沉重許多，而長期慢性呼吸道感染使得肺組織的順應性減低，呼吸功能減弱，為滿足呼吸需要，人體的膈肌運動就必須加強，牽拉郝氏溝內陷。」章桐伸出雙手，在空中比劃了一番，「我們正常人的手指是有力的，同手掌一樣運動自如，但是患有胸廓畸形的病人，他們的手部功能雖然不受影響，十指卻沒有辦法做到彎曲自如，更不用說使勁掐死一個人了。雖然說做這個動作也是需要手掌的借力，可手指才是關鍵。也就是說，要他活生生掐死一個人，那是不可能的，因為他根本做不到！」

2.

（凌晨 1 點 3 分）

上空不見半點星光，空氣中瀰漫著濃濃的晨霧。遠遠看去，疾控中心高樓上的紅十字霓虹燈標記若隱若現。

大樓裡靜悄悄的，三樓病區值班室的燈光因為有些接觸不良而時不時地跳動一下。

三樓病區本就沒有多少病人，除了那兩個國外回來過海關時被檢測出體溫異常升高的病號外，就只有呂曉華了。他的症狀一直起伏不定，時而大汗淋漓，時而渾身發抖，值班護理師感到很奇怪，因為從各項生命跡象來看，他除了心臟方面的問題，別的都是正常的，所幸的是，從晚上 11 點過後，他就一直都處在昏睡狀態，並沒有再出現白天的症狀。

當值班保全最後一遍巡視過整棟大樓後，他關上了角門，沉悶的關門聲在大樓裡迴盪，久久不能散去。

呂曉華睜開了雙眼，他其實一直都醒著，而此時的他目光中已經全然沒有了虛弱的病態，完全就是一個正常人。他從床上坐了起來，順手拉開了床邊的隔離圍欄，下床，俐落地拔掉了手背上的點滴管，嫻熟地關掉了心肺監測儀。他手上已經沒有了手銬，因為自己身處疾控中心隔離室，症狀不明且又昏睡不醒，所以法警早就已經不需要 24 小時看護，只是白天的時候才會來門口坐著值班。這一切，呂曉華早就已經一清二楚。而他等的，就是這個時候。

因為如果自己不走的話，那麼，所有的期待都將成為泡影，那個人是絕對不會放過自己的。本以為一切都在自己掌控之中，自由也很快就會回到自己身邊，可是，當官月平出現在自己面前的時候，呂曉華瞬間陷入了無比的焦灼之中，再加上一直都沒有阿珠的消息，他不禁心急如焚。難道說，就眼睜睜地看著阿珠去承受那本該自己去面對的懲罰？

黑暗中，呂曉華已經簡單收拾好了一切，他從床墊底下拿起那件偷偷藏好的疾控中心工作服，那是自己在被送去檢查的時候順手從檢察室的牆上偷的，鞋子也是現成的軟底輕便鞋。雖然身體明顯有些虛弱，他還是咬著牙穿戴好，最後，環顧了一眼整個隔離室病房，他便頭也不回地伸手推開門而去。

門外的空氣與隔離室內完全不一樣，那是流動的，帶著些許淡淡的空氣清新劑的味道。呂曉華深吸了一口，肺部隨之而感到隱隱作痛，那是兩次插管後的特殊反應，今天聽查房醫生說自己的肺部還有積水，猜想要半個月才會明顯消退。可是自己已經等不及了，在那張該死的病床上的每一分每一秒對他來說都不亞於一場沉重的煎熬。

他現在必須立刻去找阿珠，只有親眼見到阿珠，並且囑咐她一定要遠遠地離開這裡，他才能夠安心。

約定的地址深深地刻在自己的腦海裡，在最後一次通話中，阿珠說過，自己一定會等他，但是現在看來，活著比一切都重要。

呂曉華頭也不回地走過長長的走廊，他盡量加快自己的腳步，虛弱的身體使他大汗淋漓，但他一點都沒有要停下來休息的打算。終於，他看到了底樓的那道防火門，淡綠色的逃生應急指示燈在門上方顯得格外醒目。呂曉華快步走下樓梯，在最後一級臺階的時候，他腿一軟差點摔倒在地。

心跳得厲害，自己顯然是太大意了，也或許是因為渴望自由的念頭已經讓他忘記了所要面對的風險。雙手用力推開防火門的剎那，呂曉華的心懸到了嗓子眼，呼吸也似乎在這一刻停止了，他幾乎是衝出了大樓，一頭就扎進了凌晨的街頭，踉蹌的身影很快便消失了。

直到早上 6 點，值班護理師在巡查病房時才發現呂曉華的病床空了，屋內的各種儀器上一片漆黑。

＊　＊　＊

（凌晨 1 點 5 分）

滿臉疲憊的小九走出了 21 樓，對站在走廊上的童小川搖搖頭，嘆了口氣。

童小川不由得皺眉：「什麼意思？」

「房間裡我都搜查過了，沒有任何跡象表明這裡曾經住過一個女人。」小九摘下手套揣進警服口袋，「房間裡太乾淨了，連個指紋都沒有。這個小保全的除外，」他伸手指了指蹲在走廊角落裡的小保全，忍不住抱怨道，「全是他的，到處都是，尤其是兩個大衣櫃的門把手上。」

「腳印呢？」童小川有些不甘心。

小九重重地打了個噴嚏：「也是他的，這房間雷根本就沒有第二個人曾經在這裡生活過的跡象。我那幾個兄弟幾乎查遍了房間裡的每個角落，連廁所抽水馬桶的把手都沒有放過，一切都是乾乾淨淨的！毫不誇張地說，跟章主任的法醫解剖室乾淨程度都有的一拚了。」

一聽這話，童小川不禁心中一怔，他把狐疑的目光投向了角落裡蹲著的小保全方文傑，想了想，便走上前，冷冷地問道：「租客身分資訊是假的，對她，你難道真的沒有任何印象了嗎？」

小保全搖搖頭：「時間太久了，我只記得對方是個女的。」

「你確定是女的？」

「當然當然。」小保全點頭猶如雞啄米。

「那你又是如何接受委託去拋屍的？」童小川死死地瞪著他。

「我……我在自己的，自己的更衣室櫃子裡，發現了一個信封，裡面就是，就是錢和一把鑰匙，還有具體的指示。只是，警官，那時候我真的不知道要丟下去的是一具屍體，我真的不知道哇，直到最後打開那個箱子，我才看見，當時我的腿都嚇軟了……」小保全語無倫次地拚命為自己辯解。

「你們這裡的租戶是怎麼付租金的？」

「透過銀行轉帳。」小保全果斷地回答。

「到哪個戶頭？」

「我們物業的，這些房子的房東都是把房產委託給我們進行託管出租的，租金也是我們代為收取，時間是每個月的 8 號。」

「現在大樓裡總共有多少套房在出租？」童小川急切地追問。

小保全伸手一指：「連這套在內，總共四套，畢竟，畢竟這裡有點貴。」

童小川暗暗鬆了口氣，他示意一旁的實習警帶走小保全，隨即下樓。鑽進警車的同時，他撥通了鄭文龍的電話：「大龍，幫我立刻查下映秀社區案發現場所在大樓出租戶交房租的匯款帳戶明細，要精確到姓名，時間是每個月的 8 號。」

幾分鐘後，當電話中傳來「楊秀麗」的名字時，童小川的臉色頓時沉了下來。

他討厭被人愚弄的感覺。

3.

（凌晨 2 點整）

只是靠在走廊的長椅上簡單休息了一會兒，章桐就感到難以忍受的腰痠背疼，睡眠嚴重不足是自己神經衰弱的主要來源，而作為一名醫生，她深知自己這麼死撐下去，幻聽的情況會越來越嚴重。可是，這成堆的工作，自己根本就沒有辦法放手。

窗外，不知何時下起了濛濛細雨。雨水打在窗玻璃上，變成一條條細痕，緩緩滑落，最終匯聚成透明的水珠，消失在顆粒起伏的水泥牆面上。印象中已經有好多天沒有下雨了。章桐站起身，略微活動了下有些僵硬的脖頸，正要向法醫解剖室走去，身後傳來了一陣急促的腳步聲，緊接著耳畔便傳來童小川的聲音：「章主任，等等我。還沒開始，是嗎？」

章桐雙手插在工作服口袋裡，點點頭：「我休息了一下。現場情況怎麼樣？那房間裡住過的是不是失蹤的秦玉珠？」

「不。」童小川看了她一眼，神色凝重，「那房間雷根本就沒住過人，租客身分資訊是假的，真正的租客是住在隔壁棟的楊秀麗，這女人差點把我耍了。如果沒有租金轉帳這條線的話，還真抓不住她的破綻。」

「她不是目擊證人？」章桐心中隱隱感到了不安。

童小川搖搖頭，疲倦的臉上露出一絲苦笑：「她說那晚親眼見到一個白衣女人，披頭散髮，渾身溼透地跑過她門口，她還堅稱自己是看到那張臉的，所以她當晚才會因為害怕而匆忙帶著行李去住酒店。而她事後卻對我們警方隻字不提，現在想來，這本來就不是簡單的『迷信』所能解釋的。」

章桐聳聳肩，顯得很無奈：「原來如此，那她應該說的就是她自己吧。最起碼她提到衣服溼了這一點就是實話，因為案發當晚如果沒有她的幫助，身患重病且神志不清的受害者金老師是絕對不可能自己就這麼爬進水塔，並且最終淹死在裡面的。不過，保險起見，可以和蓋子上的指紋比對下。我賭十塊錢，肯定是她的。」

一聽這話，童小川呆呆地看了她一會兒，長嘆一聲，便伸手從牛仔褲口袋裡摸出一張皺巴巴的十塊錢塞到她手裡，嘴裡咕噥了句：「我本來打算留著去買菸的，這下可真的身無分文了。」

「你們比對過了？」章桐感到有些意外。

「是的，我剛從小九那邊過來，蓋子上的兩枚大拇指印正是楊秀麗的。」童小川說。

「這下你們重案組那邊可要忙了……」

說著，兩人便一前一後走進了解剖室，一陣寒風撲面而來。章桐把頭髮盤起，用夾子固定住，然後穿上圍裙戴上手套，拿過顧瑜早就放在一邊的工作記錄本，仔細核對後，便順手擰開了解剖臺上方的照明燈。

「妳徒弟呢？」童小川窩在水槽邊，遠遠地看著解剖臺。

「我打發她去休息了。」章桐頭也不抬地回答。

童小川愣了半晌，突然問：「妳，喜歡這個工作嗎？」

章桐不解，便抬頭看他：「我不明白你話裡的意思。」

童小川尷尬地笑了笑：「沒事沒事，只是突然想到這個問題，就是覺得這工作，年輕女人做久了，心理壓力能承受得住嗎？畢竟，畢竟妳所面對的，可是各式各樣的死人啊。」

章桐認真地看著他，半晌，輕輕搖頭：「我還是挺羨慕你的。」

「羨慕我？有啥好羨慕的？」

「我羨慕的是你到現在還會有情緒，我是指面對我這房間裡的每一個受害者。」章桐埋頭繼續工作，她做完記錄後，便從工具盤中拿過解剖刀，最後看了一眼死者平靜的面容，若有所思地說道，「無論是憤怒、恐懼，抑或是悲傷，這些情緒，對於我來說，都已經變得很遙遠了，有時候看著那些來局裡認屍的受害者家屬，我每次都不忍心去面對。因為我很難感受到他們身上生離死別時的那種痛苦。不知道哪天我會徹底放棄自己做了十多年的這份職業，但是有一點可以肯定，那就是短期內不會，因為我覺得對這份職業，我有無法推脫的責任與義務。」

聽了章桐這樣的回答，童小川不禁陷入了沉思。

＊　＊　＊

凌晨的街面上靜悄悄的，昏黃的路燈光透過高大的法國梧桐樹投射在馬路上，斑斑點點，使得整個城市與白天截然不同，彷彿就是兩個世界一般。

天空中的細雨不斷地飄落在呂曉華的身上，他的頭髮已經溼透了，但是他一點都不感覺冷，只是一味地低著頭向前走去。他聽到了耳畔呼呼的風聲，甚至還聽到了自己愈發激烈的心跳聲。心慌和頭暈的症狀越來越明顯了，他知道自己此刻就應該坐下休息，身體已經快垮了，但是他的心不能垮。已經將近三個月沒有收到阿珠的消息了，東躲西藏這麼多年，最終本以為已經躲過一劫，可以名正言順地與自己所愛的人生活在陽光下，但現在看來，一切都將成為泡影。

站在雨夜的街頭，身上的白色工作服被雨水打溼，眼前的視線也變得模糊了起來，他下意識地伸手抹了一把臉，抬頭竭力想去看清楚邊上那塊路牌上的字跡。

自己身無分文，手機也沒有，呂曉華暗自懊悔，他不知道自己該如何才能到達姚山澳，但是他清楚自己必須去，因為去晚了，可能就再也見不到活著的阿珠了。

終於，他看清楚了路牌，還相距十公里左右的路程，他全然不顧，低著頭匆匆向姚山澳的方向走去。

如果一個人的一輩子只剩下一個目標的話，那麼，他是絕對不會放棄的，哪怕代價是搭上自己的性命。

在呂曉華身後不遠處，一輛灰色的小車在雨中行駛著，起先它還只是緩緩跟隨，一兩公里後，車內的駕駛座上發出了一聲嘆息，隨即加快了車速，在呂曉華前面十公尺左右停下，沒有熄火，副駕駛一邊的車門打開，靜靜地等待著。

這一幕，讓呂曉華不由得吃了一驚，雨越下越大，猶豫片刻後，他便跟蹌著上前，鑽進車坐下。關上車門的剎那，他終於看清楚了眼前的司機，震驚之餘，不由得脫口而出：「怎麼是你？你怎麼知道我在這？」

「我一直都守在疾控中心的門外。」趙志忠輕聲說道，「我想見你！但是我一直找不到機會。」

灰色轎車在雨中繼續行駛著，開往城外。

呂曉華的心頓時懸了起來，他突然意識到了什麼，聲音變得微微顫抖起來：「你，你不是警……」

話還沒說完，趙志忠笑了，嘴角露出一抹苦澀：「我早就已經辭職了，從我在派出所裡見到你的那一刻開始，我就上交了辭職報告。」

「為什麼？你不是做得好好的嗎？」呂曉華不解地問。此時，他注意到了方向盤上的那雙手，因為過於用力，手指指關節已經有些明顯發白，而趙志忠的臉上卻依舊是平靜如水，呂曉華的心頓時沉了下去：「阿珠是什麼時候被你找到的？」

第二節　斷捨離

1.

（凌晨 3 點 4 分）

安靜的解剖室裡，時不時地傳來金屬工具撞擊托盤和工作臺的聲音。一旁的童小川靠在身後的牆上，早就睡著了。

章桐卻睡意全無，眼前的死者不只是因為扼頸所導致的機械性窒息死亡，她還在死者斷裂的右手腕上發現了一道殘存深約 5 公分的切創。排除心理因素不談，死者生前光靠自己是絕對沒有辦法造成這麼深的切創口的。

工作這麼多年，見過好幾起自殺者身上的切創。自殺切創創口常位於大血管表淺的部位，如頸部、腕部等，創口的方向決定於自殺者握住物品的習慣，多數創口平行排列，多在本人手能達到的位置，損傷部位一般不會超過兩公分，並且常在死者坐位、立位時造成，小部分是仰臥位。另外，自殺者的切創周圍常常存在試切創或者抵抗傷。

因為這是人的求生本能和主觀自殺意識之間最後的博弈。

而他殺切創的存在位置卻並不擁有那麼固定的範圍，位置方向淩亂不說，與受害者本人的用力方向也不同，傷勢較重。眼前死者的右手斷腕上殘存的切創口幾乎切斷了半個手腕，這才導致在屍體下墜過程中，由於猛烈地撞擊地面，手掌與身體離斷。

扼住頸部已經給受害者帶來致命的傷害，為何還要在她失去意識的狀態下割斷她手部的大動脈？

章桐腦子裡飛快搜尋著記憶中的畫面，突然心中一沉，趕緊把屍體頭部轉向一邊，撥開頭髮露出頸後大動脈所在的位置，果然，呈現在自己眼前的是一個非常明顯的銳器創。這個銳器創創面非常古怪，面積並不大，長 1.2 公分左右，創面裂口的皮膚由外向內縮了進去。她迅速從第二層工具盤中找出一根橡皮導管，把導管放在創面處略微比對了一下，結果是完全吻合的，也就是說，受害者在瀕死狀態下便被人幾乎放乾淨了全身的血液。這絕對不是一次簡單的殺戮。

想到這裡，章桐趕緊摘下手套和圍裙，抓過一旁工作臺上的白布給屍體蓋上，隨即衝出了解剖室，來到隔壁的法醫辦公室，一進門便急切地對顧瑜說：「DNA 比對結果出來了沒有？」

「剛出來，」顧瑜指著自己面前的電腦螢幕，「技術室發過來的，小九說與十一名失蹤者中的第十位完全吻合。」

「這是十一位失蹤者中我們目前為止唯一找到的一具屍體，」章桐不甘心地說道，「偏偏還是凶手主動送給我們的。」

「主任，死亡時間能判定嗎？」顧瑜問。

章桐搖搖頭：「被冷凍過，目前還無法做出精確判斷。只是，」她看著顧瑜，雙眉緊鎖，「凶手把死者的血液都放乾淨了，他想做什麼？」

「小九說十一個失蹤現場中，就只有孫月娥的現場是不規則的血跡分布，別的都是被偽造的。」顧瑜說著，伸手從面前的檔案欄中找出了那份痕跡鑑定組送來的報告，遞給章桐，「這是老歐陽他們傍晚的時候送來備份的，我還沒來得及交給你。」

章桐接過鑑定報告，仔細閱讀過後，便在上面簽了字，這才又對顧瑜說：「天亮後聯繫下疾控中心，如果呂曉華醒過來了，讓童隊和他談談，打開缺口，或許就能藉此機會找到那剩下的十具屍體。」

走出辦公室的時候，章桐又一次在耳畔聽到了呂曉華沙啞的嗓音：「……我和你所做的事是一模一樣的，如果非要說區別的話，那就是我把她們切開的時候，她們還活著，而你，面對的卻只是死人罷了……」那陰陰的笑聲使得她不由得倒吸一口冷氣，本能地環顧了一眼走廊，確定沒有別人後，便進了解剖室。

＊　＊　＊

郊外的公路上，雨越下越大，一輛灰色的小車在雨中行駛著，雖然時不時左右搖晃，卻依舊沒有要減速的跡象。

車內，呂曉華一次又一次地試圖搶奪趙志忠手裡的方向盤，卻因為身體虛弱的緣故，被後者很輕易地就推開了。

「你這麼做是沒用的。」趙志忠冷冷地說道，「當初你就該意識到會有如今這樣的局面。」

眼淚瞬間蘊滿了眼眶，呂曉華心如刀割，他顫聲說道：「你殺了我吧，殺了我你就不會這麼怨恨我了，你不是一直想殺我嗎？那就動手吧，我只求你一件事，不要動阿珠，阿珠是無辜的。」

趙志忠看了他一眼：「這個世界上根本就沒有『無辜』這兩個字。」

呂曉華突然緊緊地抱住趙志忠的手臂，淚流滿面，哀求道：「求你了，別殺阿珠，我什麼都聽你的，只要你放了阿珠，我什麼都給你，什麼都聽你的。」

趙志忠的目光裡閃過一絲陰冷，他慢悠悠地說道：「你不是要去檢舉我嗎？你們倆不就是想置我於死地嗎？我現在滿足你們就是。」

一聽這話，呂曉華頓時絕望了，不知哪裡來的力量，他猛地朝趙志忠撲了上去，兩人便在行駛的小車中廝打了起來。

車窗外，伸手不見五指，大雨傾盆的夜空中彷彿無數個靈魂在四處遊蕩哀號。

＊　＊　＊

（早晨 6 點 5 分）

一陣刺耳的電話鈴聲撕破了法醫辦公室的寧靜，顧瑜猛地坐了起來，本能地把手伸向辦公桌上的電話，接起來後，電話那頭一個中年男人驚慌失措的聲音隨即響了起來：「法醫辦公室嗎？章主任在不在？我們疾控中心出事了，出，出大事了！」

「出什麼事了？你慢慢說。」此時，章桐還在隔壁的法醫實驗室裡工作，顧瑜打算把留言記下來，這一大早地打來電話可不是什麼好事。

「呂曉華，就是那個殺人犯，他跑了！他昨天晚上跑了！這可怎麼辦啊……」

深深的絕望從電話那頭猛地撲了過來。

2.

大雨傾盆。

6點10分，揪人心肺的警笛聲響起，四輛警車飛速開出警局大院，直接向疾控中心開去。童小川坐在第一輛警車中，他耳朵上戴著藍牙耳機，一邊開車，一邊保持著和警局情報中心的簡短通話。副駕駛座上的于博文則顯得神情緊張，出於本能，他雙手緊緊地抓住了警車車內的固定扶手，儘管如此，車輛時不時出現的大幅度轉彎和刺耳的煞車聲還是讓他的心被提到了嗓子眼。

車窗外的市街頭在雨霧中若隱若現，猛地看過去，就好像海市蜃樓一般，顯得是那麼不真實。

童小川憂心忡忡，呂曉華會出事，這早就在大家的意料之中，只是沒想到會是現在這個局面。和一般的連環殺手不同，呂曉華似乎急於想進看守所，在證據不足的前提下，他竟然一反常態，慷慨地把一份「大禮」送給了警方。

童小川很清楚呂曉華身上必定有問題，但是破案是要靠證據的，就像在玩一幅複雜的拼圖，現在就差最後一塊 —— 呂曉華既是殺人凶手，同時也是這一連串凶案的真正知情者。

腦海中突然浮現出「秦玉珠」的名字，本以為「秦玉珠」是殺害金老師的凶手，她或許也是呂曉華系列殺人案件的幫凶，但是當自己再次面對楊秀麗那個女人的時候，他吃驚地發現人心的惡原來可以可怕到如此的程度。

凌晨 4 點多的時候，在審訊室裡，與那個小保全不同，楊秀麗還在不停地躲閃，直到看見擺在自己面前的銀行轉帳紀錄、現場水塔蓋子上自己的指紋以及手機中的聯繫紀錄時，她這才不得不承認自己假扮學生家長，透過網路上買來的虛擬電話引誘金老師上門做家訪，然後依照自己事先得到的指示，在金老師的咖啡中加入了過量的異丙安替比林和無水咖啡因混合物。一旁的章桐聽了，終於明白為什麼自己在金老師的體內並沒有查到異樣的藥物。因為這種半衰期在三小時以內的合成藥物能迅速降低腫瘤患者的白血球比例，急速下降的免疫力以及無水咖啡因的聯合作用讓金老師同時產生頭暈和意識混亂的症狀。那一刻，或許是她本能地感覺到了自己所處環境的危險，所以儘管頭暈目眩，卻還是跌跌撞撞地掙扎著跑出了楊秀麗家，她本想按電梯下樓，情況卻越來越嚴重，而楊秀麗卻尾隨而至。現在已經無法知道凌晨的電梯中到底上演了如何可悲的一幕，結果就是金老師被楊秀麗裹挾著，一步步來到水塔邊，緊接著，便被推入了漆黑的水塔。這一切，卻都只是為了區區的五萬塊錢。

正在這時，耳機裡傳來了網安大隊鄭文龍工程師的聲音，打斷了童小川紛亂的思緒：「童隊，楊秀麗供出來了，僱她殺人的犯罪嫌疑人是約她在 S 市見面的，時間是上個月 8 號的晚上，地點是 S 市港區木瀆橋。那裡沒有監控，但是我們透過 GPS 定位到一輛正好經過的水泥罐車，根據車頭的行車儀所記錄的影像資料，證實了當時現場中除了楊秀麗以外的另一個人的身分，他就是趙志忠。」

童小川雙手緊緊地握住方向盤，目光中流露出一絲冰冷：「我早就知道是他幹的，但是一直都沒有證據。」

電話中，鄭文龍輕輕嘆了口氣：「楊秀麗說趙志忠約她見面，就是為了給她錢和藥物，這種藥物在市場上是被嚴格管控的，而錢，我想，對方是怕留下電子證據吧。」稍微停頓一會兒後，鄭文龍又接著說道，「童隊，我們已經查看過全市的所有主幹道和進出市區的入口。現在時間很早，雨這麼大，就只有三輛車還在路面行駛，其中一輛車速極不正常，是輛灰色的雙排座小車，方向是城外的清水山，現在應該已經快到了。」

一聽這話，童小川按下車輛轉向燈，迅速扭轉方向盤，警車在馬路上畫出一個近乎完美的弧度，隨即便向城外的清水山開去。

＊　＊　＊

警局法醫解剖室內，章桐靜靜地站在金老師的遺體旁，屋外的走廊上，斷斷續續地傳來金老師母親啜泣的聲音，而金老師的父親則呆呆地倚靠著牆壁，目光久久地凝固在窗外灰暗的天空中。

兩位老人一接到警局的電話，便立刻聯繫了葬儀社的工作人員，開著葬儀車一路來到警局，準備接女兒回家。

一切準備工作就緒後，章桐便緩步來到解剖室門邊，看著走廊上情緒悲慟的兩位老人，正欲推門召喚他們進來認領女兒的遺體，手搭在門把手上許久，卻只是一聲嘆息。

雖然自己對童小川說起過已經對人的情感變得很麻木，但是真正面對時，心中還是難免會感到一絲傷感與同情。

金老師的母親看見了隔著玻璃窗站著的章桐，便趕緊掏出手帕抹了下眼淚，然後迎了上去，抱歉地招呼道：「給妳添麻煩了，章醫生。」

章桐打開門，輕聲說道：「沒事，這是我的工作，你們這麼早就把遺體帶去火化嗎？」

老太太搖搖頭，聲音中含著濃濃的苦澀：「不，帶回家，得先讓這丫頭回家。」

章桐聽了，便閃到一旁，身後的輪床上蓋著一條長長的白布，白布下正是金老師的遺體。兩位老人謝絕了工作人員的幫忙，自己推著便走出了門。看著他們的背影逐漸消失在走廊裡，章桐忍不住一聲長嘆，轉身回到解剖室，正在整理桌上的交接檔案，一個年輕的葬儀社工作人員跑了過來，遞給章桐一張草草寫就的便條紙，是老太太在葬儀車上寫的——我本以為丫頭的病能被那個傢伙治好，所以我全力支持丫頭去找他，結果，反而害了丫頭，我現在什麼都沒有了，章醫生，只求妳別放過那傢伙，他該受到法律應有的懲罰！章醫生，我替丫頭謝謝妳！

看到這裡，章桐默默地把紙條放在桌上，心中五味雜陳。

「主任，你說只為了五萬塊錢，就忍心去殺人，這簡直……」顧瑜皺眉看著窗外陰鬱的天空。

「人心的惡與貪婪，是你永遠都無法想像的。」章桐輕聲說道。

3.

（早上 6 點 52 分）

大雨滂沱，清水山腳下的道路變得愈發泥濘難行。趙志忠停下車，抬頭看了一眼後視鏡，車後座上的呂曉華一動不動，就像死了一般。

嘴角又一次傳來椎心的疼痛，趙志忠用手背抹了一下，他看到了上面的血痕，便知道剛才那一拳已經打破了自己的嘴角。

「喂，快醒醒，我們到了！」趙志忠粗暴地說著，同時打開車門，來到後座邊上，用力把呂曉華拖下了車，「你不是要見秦玉珠嗎？我這就滿足你！」

漫天的雨水已經把天地都融合在了一起，趙志忠全然不顧自己被淋個溼透，他一把揪住呂曉華的前胸，然後就像拖一個大口袋一般，腳步沉重地向坡上爬去。

而呂曉華則目光呆滯，因為雨太大，他看不清眼前的世界，也同樣看不清趙志忠臉上那近乎扭曲的表情。他已經耗盡了力氣，根本無法反抗。

清水山位於 S 市和本市之間，它的北坡屬於 S 市，而站在南坡上，則可以很清晰地看到整個城區。南坡靠近懸崖邊上有一片寬闊的綠地，綠地北邊的斜坡上矗立著一棵黑色的橡樹，瘦骨嶙峋的樹枝伸向灰色瀰漫的蒼穹。這是一棵古老的樹，枝葉茂盛，但樹葉醜陋，葉片厚而窄，葉子兩邊長滿了尖銳的毛刺。粗壯的樹幹呈暗灰色，上面有規律地分布著幾條長長的突起，使得整個樹幹看起來就像是很久之前被潮水衝到這裡的一塊化石。橡樹根部附近的樹皮已經有些脫落，露出了裡面褐黃色的木頭，湊近了可以聞到一種苦澀難聞的氣味。

這是一棵經歷過大火而倖存下來的樹，它的生命力無疑是頑強的，只是它不再像一棵樹，和山下茂密的樹林相比，更像是一個沒有靈魂的軀殼，站在能夠俯瞰整個市區的地方，在風雨中不斷地搖晃，發出無聲的吶喊。

趙志忠氣喘吁吁地爬上南坡，來到橡樹下，然後用力把呂曉華丟在地上，解開他手上的塑膠手銬，接著伸手一指旁邊那黑黑的樹幹：「你不是要找她嗎？喏，她就在那兒！」

呂曉華本能地回頭，不由得呆住了 —— 那股特殊的氣味，和樹枝上的樹葉以及土壤裡的樹根一樣，已經成為這棵孤樹的一部分。那是混雜著汽油、燒焦的人肉、人的糞便、燒煳的毛髮、熔化的膠皮和燃燒的棉織品的氣味。這種氣味背後似乎隱藏著痛苦的死亡，隱藏著圍觀者的嘲笑，也隱藏著臨近死亡時極度的恐懼和絕望。

因為恐懼，他趕緊坐了起來，發現接近地面的樹幹已經被徹底燻黑，樹幹上有一個深深的凹槽。風吹日晒，凹槽變得有些模糊不清，但那卻是一個人在這世界上留下的最後的痕跡。沒有人會願意去切身體會死者臨終前到底經歷了何等的痛苦，除了這棵樹 —— 樹幹上被生生地蹬掉了一塊皮，而留下的凹槽也永遠都無法被自我修復。

呂曉華臉色煞白，他下意識地俯臥在黑色的泥土裡，是的，他聞到了，那股特殊的氣味。呂曉華心中一涼，他默默地閉上雙眼，任由漫天的雨水打在自己的後背上。他相信趙志忠並沒有騙自己，因為已經整整四個月都沒有收到阿珠的訊息了，他知道阿珠必定已經出事，只是沒想到這一天會來得這麼快。難怪警方始終都找不到阿珠的下落，原來她早就死在趙志忠的手裡，而且死得這麼慘。

一陣椎心的疼痛襲來，趙志忠腳上穿著的那雙黑色皮靴正死死地踩著他的後背，讓他幾乎窒息，耳畔隨即傳來趙志忠的怒吼：「我對你那麼好，我把你當兄弟，你卻背叛了我。她到死都沒有鬆口承認錯誤！她到死都在說愛你。為什麼？為什麼？你配嗎？你就是個殺人犯，那麼多人死在你手裡，除了死刑，你什麼都不會得到，但是她卻寧願為你去死，還求我放過你，就像你求我一樣，為什麼……」漸漸地，趙志忠的聲音變得沙啞了，他抽泣著，最終變成了痛苦的哀號，像極了一頭受傷的野獸。

此時，童小川的警車已經到了趙志忠停車的位置，見灰色的小車前車門和後車門都開著，他便立刻煞車，把警車停在路邊後，語速飛快地對身邊坐著的于博文邊吩咐便做了個合圍包抄的手勢：「時間來不及了，我先過去，你們從山坡的另一面支援我，我們包抄他。」

「放心吧，童隊。」于博文用力點頭。

童小川隨即跳下車，順著路上泥濘的腳印向山坡上追去。很快，登上山坡後，他便看到了那棵孤零零的古怪的橡樹，而橡樹下那個情緒已經崩潰的男人讓童小川心急如焚。此時，耳機中傳來章桐急切的聲音：「童隊，趙志忠有藥學博士學位，他與呂曉華是同學，你要小心！」

「明白。」童小川環顧了一下四周。

「你發現他們了嗎？」

「是的，在那棵橡樹下，我現在就在清水山山頂的南坡。」童小川回答。

章桐心中一動，殯儀館後面的那座山就叫清水山，她回想起了那晚解剖工作完成後，自己所看到的山頂的樹影：「你在周圍看到秦玉珠了嗎？」

「沒有。」童小川果斷地回答，「只有呂曉華，他顯然被控制住了。」

突然，趙志忠從隨身的背包裡取出一根繩子，向地上躺著的呂曉華走去，童小川焦急地說道：「不好，他要下手了。」隨即結束通話電話，收好耳機，然後冒雨躲到樹後，看準機會便向趙志忠撲了過去，兩人頓時扭打在一起。

趙志忠畢竟也是受過專門訓練的人，他拚命還擊著，雨水混合著地上的泥土和雜草四處飛濺。童小川看準機會，狠狠地一拳打在對方臉上，順勢抓住趙志忠的兩條手臂，略微彎腰，用力背摔，把他重重地摔在地上並且牢牢控制住了他的雙手，這才騰出一隻手從腰間摸出手銬，俐落地給趙志忠戴上，順便抹了一把臉上的雨水，沒好氣地抱怨道：「這麼糟糕的天氣，還要逼著我出手，唉……」

童小川目光落在一旁已經翻身坐起來的呂曉華身上，略微遲疑了一下，說道：「我就帶了一副手銬，你等著，後援馬上就到。」

聽了這話，倚靠著樹幹坐著的呂曉華臉上露出了無奈的苦笑。他深知自己已經無法再逃脫，便默默地低下了頭：「放心吧，我不會再逃了，我告訴你們那些屍體在哪裡。」

一聽這話，被控制住的趙志忠掙扎著，憤憤然說道：「不用你說，我知道。就在 S 大學醫學院病毒實驗室下面的廢棄冷庫裡，我早就已經發現了。你當初突然辭職並不是因為愛上了秦玉珠，你是怕這些屍體被人發現。你就是個魔鬼，殺人的魔鬼！阿珠就是中了你的邪，拚命幫你，她根本就聽不進我的勸告！」

童小川低頭看看趙志忠，又看看一旁不吭聲的呂曉華，這才恍然大悟。

此時，于博文帶人已經趕到。童小川便打了個接管的手勢，然後站起身，從褲口袋裡摸出無線藍牙耳機，在自己衣服上擦了擦戴上，撥通了指揮中心的電話，果斷地吩咐道：「呂曉華案中那十具失蹤的屍體就在 S 大學醫學院病毒實驗室地下的廢棄冷庫裡，趕緊帶人去搜……等等，」他轉頭看向呂曉華，「秦玉珠呢？你把她弄到哪兒去了？」

趙志忠冷冷地說道：「她死了。」

第三節　無聲的尖叫

1.

(早上 9 點 32 分，S 大學)

雨停了，天空中雖然還是灰濛濛的一片，但是遠處的天邊已經看到了一些光亮。

S 大學裡出現了好幾輛本市警車，那輛笨拙的廂式車純黑的廂體上寫著四個大字 —— 法醫勘驗。因為專門的運送車輛不夠，還特地調來了當地葬儀社的三輛遺體轉運車。現場有很多人圍觀，看著他們稚嫩的臉龐上寫滿了驚愕的神情，章桐暗暗嘆了口氣，這些都是 S 大學醫學院的學生，他們這輩子裡或許都不會一次性見到這麼多被冷凍的屍體。這場噩夢雖然已經結束了，但是對於那些失蹤者家屬來說，卻一輩子都不會忘記今天的場面。

「主任，你覺得那些受害者家屬，他們會願意看到今天嗎？」顧瑜小聲問道。

章桐搖搖頭。

兩人拎著工具箱，穿著厚厚的工作服拐了幾個彎，下了一層樓面，才終於走進病毒實驗室所在的地下室。地下室的門口掛著「隔離區」的牌子，這裡雖然已經不再被校方使用，但是通風和供電設備依舊完好無損。地下室足足有 100 平方公尺，靠牆擺著一排冰箱，每臺冰箱上都安裝了一個小型的變壓器，這樣能保障冰箱長期供電。打開冰箱，一層冷霧撲面而來，因為長期冷凍而表面發黑的屍體被一層厚厚的冰晶包裹著，猶如一個量身定製的透明玻璃殼。

就是這裡了，章桐衝著身後的小九點點頭，加上已經發現的孫月娥的屍體，總共十一具，數目是吻合的。如果不是趙志忠主動說出來的話，真不知道什麼時候才會發現它們的下落。

「去……去打開……」有人又在自己耳畔低語，這一次總算聽清了，章桐不由得一驚，手中的工具箱失手砸落在地面上。她順勢左右環顧，看到的只是面露驚訝的小九和顧瑜，並沒有人和自己說話，難道說自己的幻聽症狀愈發嚴重了？突然想起母親患病最初也是這樣的症狀，她的心不由得沉了下去。

＊　＊　＊

院長辦公室裡，童小川靜靜地看著陳院長，于博文站在他身邊，陳院長灰頭土臉地坐在椅子上，局促不安地緊握著雙手。窗外的人聲和車門不斷開關的聲音此起彼伏，顯然屍體已經被逐漸運送了出來。

半晌，童小川點頭道：「我很好奇啊，不知道此刻你的學生會怎麼看待你這麼個威望極高的院長。」

老頭啞口無言，臉漲得通紅。

「你早就知道呂曉華的所作所為了，對不對？」

「我……」陳院長欲言又止，沮喪地低下了頭，略微遲疑後，突然又急切地抬頭說道，「我這不也是為了我們實驗室麼，他的研究成果讓我們學院的病毒實驗室在國際上得到了不少殊榮，值得載入史冊的。」

童小川驚得目瞪口呆，他皺眉看著面前的老人，似乎不太敢相信對方的回答。他站起身，來到陳院長的椅子旁，把他從椅子上拽了起來，拖到窗前，伸手指著窗外那不斷往外抬出的裹屍袋，厲聲質問道：「你仔細看看，那些袋子裡的人，這麼多年來，就在這座大樓的下面，她們得到過公道嗎？得到過最起碼的尊重嗎？不錯，呂曉華是個有才能的人，但是，如果你真的可惜這個人才的話，當初他做出那麼可怕的事情的時候，你就不該縱容他繼續下去。任何冠冕堂皇的理由都不是你們能夠用來殺人的藉口！走吧，跟我回去，我想你這輩子都不可能再踏進這所大學一步了，因為你不配！」

這冰冷的話語讓老頭頓時癱軟在地板上。

＊　＊　＊

開車回去的路上，淡淡的陽光已經鑽出了雲層，下過雨的路面猶如被水清洗過一般乾淨。

顧瑜問：「主任，妳說，呂曉華的殺人動機是什麼？這畢竟是十一條人命呢。他怎麼下得了手？」

「還記得那個病毒株嗎？陳院長交給我們的。」

顧瑜點點頭。

「還有官月平的死，表明這傢伙是在做血液方面的病毒研究。」說到這裡，章桐輕輕嘆了口氣，「研究病毒學的人都知道，這個世界上最難尋找的，就是活體血液樣本，有些研究，不得不靠四處重金尋找志工來提供，所以我想，這就是為什麼他會不惜一切代價去綁架別人。不然的話，這麼優秀的病毒株，他是根本就沒有機會去弄出來的。」

顧瑜突然想起了什麼：「哎呀，看我這記性，我都差點忙忘了，今天早上我在食堂聽重案組的馬凱說，那個把呂曉華弄得住院的傢伙來局裡自首了。」

「你是說看守所的那檔子事？」章桐皺眉。

「對，聽說那傢伙挺厲害的，花錢買通了看守所醫院的一名男護理師，然後冒用他的門禁卡對呂曉華下了藥。」顧瑜說。

「他為什麼這麼做？」

「據說那位大叔的妹妹是十一名受害者之一，他去過法院旁聽，或許你們還見過面。」

章桐心中一震，腦海中頓時出現了那個捧著黑紗相框，面容平靜的中年男人。

「自首……唉……」

顧瑜輕輕嘆了口氣，車窗前方已經出現了市局那灰色的大樓。

而此刻的陽光也終於灑滿了天空。

2.（尾聲）

再次見到呂曉華的時候，他的氣色和前幾次相比，明顯好了許多。

看到章桐走進來，呂曉華臉上露出了笑容，只是眼眶依舊紅腫著。護理師剛才在走廊裡已經跟她說過，呂曉華一直都在流淚，看來他對秦玉珠的感情是真的很深。

「我今天來想知道兩件事。」章桐說著，從包裡拿出了兩張相片，分別是兩個案發現場，其中一個被證實是孫月娥當初失蹤時的案發現場，血跡幾乎布滿了整面牆。

「第一，孫月娥的現場為什麼會這麼糟糕？」章桐問。

「她掙扎了，反抗得很厲害。」呂曉華若有所思，彷彿回到了記憶深處的那一幕，「所有的人中，就她這麼做了，我一時失手，割破了她的頸動脈，整個場面徹底失控了。」說著，他把相片還給了章桐，「我不是想殺她，真的不想。我跟她說得很明白，請她做我的志工，我需要志工，要知道那時候的我，時間已經不多了。」

「時間不多了？」章桐不解。

呂曉華點點頭：「就差最後幾個步驟，而我被人逼得不得不辭去職務，只能偷偷進行試驗，隨時都有可能被人趕出去……對了，章醫生，妳找到阿珠的遺骸了嗎？」

章桐看了他一眼，輕輕嘆了口氣：「恐怕已經找不到了，犯罪嫌疑人做了事後的處理。」

眼淚瞬間滾落臉頰，呂曉華輕輕閉上雙眼，擺擺手，啞聲說道：「我不上訴了，人都是我殺的，趕緊執行吧。」

「等等，我最後想問你個問題。秦玉珠是不是也得病了？」章桐認真地問道，「這是不是你要加快試驗的另一個原因？」

呂曉華聽了，不由得一怔，隨即點頭：「是的，她被確診患有珠蛋白生成障礙性貧血。」

「我知道，這是一種分別位於 16 號染色體和 11 號染色體上的珠蛋白基因出現了遺傳方面的問題，導致的血液類疾病。」章桐重重地嘆了口氣，「看來，你是真的愛她，不惜為她付出一切。」

呂曉華看著章桐，嘴角露出一絲微笑：「章醫生，妳戀愛過嗎？」

章桐愣住了，把目光轉向窗外那株無花果樹：「愛過。」

「妳會願意為了救你所愛的人去做違法的事嗎？」呂曉華的目光中充滿了急切的神情。

「不。」章桐果斷地回答，「我絕對不會讓我的感情與正義背道而馳！」說著，她站起身，頭也不回地離開了病房。

＊　＊　＊

臨近傍晚，夕陽灑滿了整個警局大院。二樓重案組辦公室裡靜悄悄的，只剩下為數不多的留守人員。畢竟高強度地工作了這麼幾天，大家都累了，所以童小川便把大部分人都打發回去休息，只留下了自己和于博文。

他剛走進辦案區走廊，一眼便看見了正站在走廊裡發愁的于博文：「怎麼了，小于？一臉的哭喪相。」

于博文伸手指了指後面的詢問室：「說不見到你，他就什麼都不肯說。」

童小川想了想：「那好吧，我來好好和他聊聊。」

于博文點頭，兩人便一前一後走進了詢問室，看著欄杆後的趙志忠，童小川問：「不管怎麼說，我們都曾經是同行，你也應該很熟悉我們的工作程序。」

趙志忠點點頭，被童小川狠狠打了一拳的右眼依舊烏青紅腫著，這讓他臉上的表情顯得有些滑稽。

「那我們就節省時間吧，我想你告訴我，你究竟是什麼時候知道呂曉華殺人的？」童小川問。

「阿珠突然變了，而她那段時間所接觸的人，就只有呂曉華。我去過他的實驗室，看見了我最不想看見的一幕。但是阿珠卻不聽我勸……」趙志忠的話語中充滿了後悔。

童小川看了一眼手中的報告：「秦玉珠得病了是不是？」

「沒錯，血液方面的，所以我們不能有孩子。」趙志忠回答。

「你既然知道呂曉華做出了違法的事情，你為什麼不通報？」

一聽這話，趙志忠便把頭轉向了另一面，嘴裡喃喃說道：「我不能，因為只有他才能治好阿珠的病。得上這種病的人，都活不過四十歲。」

童小川頓時臉色陰沉了下來：「那你後來為什麼忍心活活把她燒死？」

「因為那時候的她已經不再屬於我了，她懷上了那個混蛋的孩子。」

童小川吃驚地看著他：「你說呂曉華竟然治好了她的病？這不是一件值得高興的事嗎？」

趙志忠乾笑了幾聲：「你知道嗎？我倒是寧願阿珠一直病著，這樣，至少她的心裡還有我。只要能夠和她在一起，金錢，孩子，都不重要。」

童小川聽了，不禁一愣，道：「那你為什麼要殺死金老師？」

「她？有一次我陪阿珠去第一醫院複查，和她在候診的時候認識的，阿珠和她一見如故，兩人談了很久，阿珠說自己有個朋友能治這方面的病，那女人還真信了。她要了呂曉華的聯繫方式，然後每個月都會去一趟S市，阿珠被我殺了後，呂曉華又被抓了，我怕她供出我。」趙志忠就像在說別人的故事，臉上絲毫看不出異樣的情緒。

「那你為什麼要把屍體從那麼高的地方丟下來？」于博文忍不住插嘴道。

趙志忠笑了：「我只有用這個辦法，你們才能真正發現呂曉華到底幹了什麼。反正那女人，為了錢什麼都肯幹。」

童小川皺眉看著他，心情久久難以平靜：「當初呂曉華為什麼直接就承認了這十一起凶案？那時候你們可是沒有任何證據的。」

趙志忠的目光中閃過一絲狡黠：「因為他看見了我，他知道我絕對不會放過他。他心中有鬼，便主動鑽進了籠子，希望能來這裡。後來我找到了阿珠，那麼接下來就是他呂曉華了。」

童小川不禁慨然道：「難怪你要利用章醫生來找到接近呂曉華的機會，你不是要找秦玉珠，你真正的目的是要殺了呂曉華，而呂曉華是想利用審訊漏洞徹底換得自由身。」

趙志忠長嘆一聲：「我找到阿珠的時候，她住在一個地下室，潮溼陰暗的地下室裡，條件惡劣到極點，但是她很幸福，很幸福……你懂什麼叫幸福嗎？我到現在都不明白，她為什麼對呂曉華會這麼痴情！」說著說著，他哭出了聲。

看著眼前這個被嫉妒和憤怒所包圍的男人，童小川無奈地搖搖頭，對身邊坐著的于博文說：「叫他簽字吧。」

＊　＊　＊

週末的傍晚，難得的清淨時光，章桐約了李曉偉來到清水山山頂，遠處山腳下是美麗而又安寧的城市。

「我想問你個問題。」

李曉偉點頭：「妳問任何問題，我都會回答你的。」

章桐的目光中閃過一絲暖意，她長長地嘆了口氣，仰頭看向山上那棵孤零零的橡樹：「橡樹，有什麼特別的含義嗎？除了生物學方面的解釋。」

李曉偉聳聳肩：「我記得我的導師曾經說過，在北歐神話中，橡樹是有靈氣的，它能聽見人的心聲，也能守護人的靈魂，使逝者在下一輩子中能夠忘卻這一輩子的痛苦。」

章桐呆呆地看著他，半晌，吐出兩個字：「瞎扯！」

話音未落，微風陣陣，樹影婆娑。

故事二

Story Two

第一章　「孤獨死」

第一節 颱風夜

1.

入夜狂風呼嘯，樹枝拍打著木質窗框，不斷地噼啪作響，門縫裡時不時地傳來尖銳刺耳的風聲，像極了一個個午夜幽靈在門外拚命地跺腳嘶喊。屋內的燈光毫無徵兆地熄滅了兩次，雖然很快又恢復了，但是總讓人感覺到不安。

「……受今年第九號颱風『斑馬』的影響，在未來六小時內，我市將出現嚴重風雨天氣。根據市政府關於切實做好強風暴雨天氣安全生產工作的緊急通知……」電視播報員一如往常那般語速飛快而不帶任何情感。

一下、兩下、三下……單調而又緩慢的重擊，他知道自己在做什麼，也知道這麼做的後果是什麼，但是他臉上的表情平靜極了，哪怕沾滿了血汙，他卻有一種如釋重負的感覺。

身後的牆上，他的影子像是在跳舞，若隱若現，揮舞著手臂，血花四濺。

窗外下起了暴雨，嘩嘩的雨水在狂風中失去了往日的矜持，旋轉著在伸手不見五指的夜空中肆意傾盆而下。

颱風，終於來了。

＊　＊　＊

（一個月後）

酷熱的盛夏是一年中最難熬的時候，早上 7 點剛過，路面的溫度便已經達到了將近 35 攝氏度，一下公車，悶熱的感覺便撲面而來。

章桐順勢抬頭看了眼天空，刺眼的陽光晃得她頭暈。正在這時，警局對面沿街店面傳來了一陣嘈雜的聲響，圍觀的路人越聚越多。

因為上班的時間還早，章桐想著順道去對面小吃街上吃碗早面，便信步穿過馬路，向圍觀的人群方向走去。

事發地是一家五穀膳食養生店的門口，章桐站在一邊聽了一會，便明白了事情的原委 —— 一位 73 歲的老太太在這家養生店接受了店主的針灸和拔罐治療，結果昨天回到家後，晚上便感覺呼吸困難，凌晨的時候老太太沒來得及等到家屬叫救護車就去世了。家屬今天一早便怒氣沖沖地抬著老人的遺體前來養生店討個說法。

章桐一邊給圍觀的路人打招呼，一邊擠進人群：「我是對面警局的法醫，能讓我看看老人的情況嗎？」說著，她伸手指了指地上的擔架，擔架上的老人被從頭到腳蓋了一層白布。

在查看過章桐的工作證後，死者的兒子點頭默許了章桐的請求。一旁站著的店主臉色一變，神情愈發顯得沮喪起來。

圍觀的人群隨著章桐的介入而瞬間安靜下來。章桐在老人身邊單膝跪下，從挎包中取出一副乳膠手套戴上，這才輕輕揭開蓋在死者臉上的白布。

老人的眼瞼上布滿了出血點，嘴唇發青，這是典型的窒息症狀。舌骨正常，屍體還未完全僵硬，只是展現在各大關節處，而頭部屍斑已經融合成片並擴大，呈紫紅色，周界範圍模糊不清，說明去世時間在 6 個小時以內。這些都與死者兒子方才所說完全吻合。

章桐抬頭問道：「她總共做了幾次理療？具體有哪些項目，能演示一下嗎？」

店主一聽便欲上前，結果卻被死者兒子給狠狠瞪了一眼，趕緊縮了回去，說道：「也就昨天一次，我主要是對她進行背部的針灸和拔罐治療，老太太說自己腰背疼得厲害，我就尋思著給她免費治療一次，警官……」

章桐微微皺眉：「警方並沒有正式介入這次事件，你叫我『醫生』吧，我姓章，立早章。」

店主趕緊點頭：「章醫生，妳聽我說，我真的是出於好心才幫她，更何況我一分錢都沒收，純粹只是幫忙。再說了，這麼大年紀的老太太，身上總是有這個那個病的，也保不齊是別的病要了她的命啊，怎麼就偏偏賴上我了呢？」店主可憐巴巴地看著章桐，越說越傷心。

「你能給我比劃下對哪些部位進行了施針嗎？」章桐一邊脫下手套塞進口袋裡，一邊看著店主。等他手忙腳亂地比劃完後，章桐臉上的神情頓時變得凝重了，轉頭對死者兒子說：「這是典型的醫療事故，我現在懷疑他涉嫌無證行醫，你可以去報案了。」

「醫療事故？」

章桐點頭：「目前看來，你母親不排除是由於針灸不當所引發的雙側肺臟破裂繼發雙側氣胸，最終導致呼吸功能障礙死亡，我建議你報案並申請對屍體進行進一步司法檢驗。」

死者兒子愣住了，半晌才回過神來，雙膝一軟跪倒在母親身邊嚎啕大哭起來。而周圍的人群中也瞬間議論紛紛。

這一幕倒是讓章桐感到有些手忙腳亂，她輕輕嘆了口氣，便轉身退出了人群。

剛欲向小吃街走去，身後傳來一個年輕女人的聲音：「章醫生，請留步。」

聲音很陌生，章桐本能地停下了腳步，她轉身，用手擋住刺眼的陽光，這才看清楚是一位與自己年齡相仿的年輕女性，身穿鵝黃色長裙，裙襬上是一道仿古花邊，長髮則盤在腦後，整個人看上去顯得乾淨而不失優雅。

「請問妳是……」

「齊媛媛。我剛才就站在妳身後。」齊媛媛誠懇地說道，「章醫生，妳真的很厲害呢！」

章桐微微皺眉，她著實不喜歡別人當著自己的面恭維自己，便搖搖頭：「這是我的工作，還有別的事嗎？」

齊媛媛略微遲疑了會兒後，見章桐轉身要走，便趕緊攔住她：「等等，章醫生……我，我真的有個問題，想請教妳。」

「說吧。」章桐心裡暗暗尋思著那碗麵是沒時間吃了，只能買個黃橋燒餅墊墊肚子了。而天空灼熱的陽光晒得她愈發感到心煩意亂，卻又只能耐著性子等對方說完，至於說原因，她一時半會兒也說不清楚。

「我……請問，章醫生，如果一個人的他殺被精心偽裝成自殺或者意外事件的話，妳能看出來嗎？」齊媛媛若有所思地說道，她的臉上毫無徵兆地露出了笑容，「還有啊，章醫生，叫我小媛吧，我們現在開始就是朋友了。」

剎那間，章桐覺得整條街上的陽光都變得黯淡了下去，一股寒意油然而生。她呆呆地看著眼前這個舉手投足之間無不流露出優雅姿態的精緻女人，半晌，冷冷地說道：「齊女士，恐怕妳搞錯了，我們之間並不是朋友。至於說妳剛才所提到的問題，因為太過於籠統，我只能這麼回答妳——只要妳做了任何違法的事，就都會受到法律的制裁，只是發現的時間早晚罷了。」說著，章桐禮貌地衝著她點點頭，不等對方再次開口，便快步地穿過馬路，走進了警局大院。

雖然肚子還餓著，但是章桐已經沒有胃口再吃東西了。接下來整整一天的時間裡，齊媛媛那古怪的笑容更是深深地印在章桐的腦海裡，這讓她的心情糟透了。

傍晚的時候，李曉偉來等章桐下班。因為警官學院就在市局不到一站公車的地方，所以李曉偉便經常在這個時候出現在章桐的辦公室門口。

晚餐還是在那家小小的黃魚麵館裡解決，和白天不同，晚上還是很容易找到座位的。在麵條端上來的時候，李曉偉也終於弄明白了章桐的心結，便苦笑著搖搖頭：「別太介意，現在這社會裡，很多人都會多少帶些妄想型人格。」

章桐沒吱聲。

2.

入夜，突然而起的陣風吹散了白天的燥熱。因為離海邊也就是一個小時不到的車程，時不時颳起的海風讓午夜和白天相比，要顯得溫柔許多。

公車在社區門口停了下來，晚飯時在小麵館一時興起喝了幾杯啤酒。章桐本就是個不勝酒力的人，這樣一來就難免感到有些醉意。剛才在市局門口的站臺上，她一口回絕了想送自己回家的李曉偉，堅持一個人搖搖晃晃地上了公車。她需要時間來好好整理一下自己紛亂的思緒。

不管怎麼說，章桐知道自己的腦子自始至終都是很清醒的，只是走路有些不穩罷了。再說了，她此刻的心情出奇地好 —— 因為李曉偉竟然向自己求婚了，雖然頗感意外，並且她也立刻拒絕了，理由是不能在小麵館這個滿屋子油煙味，還人來人往聲音嘈雜的地方決定終身大事，還有呢，就是自己還想再過幾年單身的日子。章桐看到了滿臉通紅的李曉偉目光中所流露出的失落感，卻也只能當作沒看見，畢竟自己有些喝多了。

社區花圃裡成片種植的梔子花開了，香味撲鼻。章桐愈發感到有些疲倦，再加上醉酒頭暈，便在一旁的長凳上坐了下來。

正在這時，她眼前閃過一個似曾相識的身影，匆匆向社區門口的方向走去。她心中不由得一動，站起身快步走出花壇，可是社區岔道上已經不見了剛才那個身影，昏黃的路燈光下，只有一位手裡拎著塑膠袋的老太太緩緩走過。老太太就住在這個社區，章桐和她有過好幾次照面，卻並不相識，她看著老太太拐進了前面的 2 號門。

章桐皺眉想了想，還是難以驅散心中怪異的感覺，追到門口時恰好見到了正在值班室低頭擦桌子的保全老鄭，便打招呼道：「鄭叔，剛才有沒有見到一個年輕女人走出社區，年齡和我差不多，身高比我略微高半個頭，穿著條裙子。」章桐沒說裙子的顏色，因為在那樣的路燈光下，她是不可能看清的，便只是說個大概。

老保全搖搖頭：「沒有啊，就只有住 2 號門的盛老太太剛進去，還跟我打招呼來著。」

章桐頓時感到有些沮喪，在回自己所住樓棟的路上，她摸出挎包裡的手機，撥通了李曉偉的電話：「我剛才在我住的樓棟下好像看見那個齊媛媛了，但是一轉眼她就消失得無影無蹤，難道說她跟蹤我？」

電話那頭的李曉偉先是一愣，隨即尷尬地笑了笑，柔聲說道：「妳應該是看錯了，趕緊回去休息吧，明天還要上班。」

章桐張了張嘴，剛想爭辯，可是很快便打消了這個念頭。結束通話電話後，她走進樓棟，電梯門正好開著，便快步走了進去，按下了 4 樓的按鈕，電梯門緩緩關上，章桐疲憊地倚靠在邊上，腦子裡一片混亂，齊媛媛的身影總是在自己眼前若隱若現。

很快，電梯到了 4 樓，電梯門打開，她走了出去，向左轉，順手拂過牆壁上的感應開關，樓道裡的燈頓時亮了起來，她離自己的家門還有不到 5 公尺遠的距離。

章桐瞬間清醒了過來，自己的門上貼著一張紙條，上面一行娟秀的鋼筆字，那是個地址，除此之外沒有抬頭也沒有落款。她剛準備再次打電話給李曉偉，可是轉念一想，便打消了這個念頭，順手從門上扯下那張紙塞進挎包，這才摸出鑰匙開門進屋。很快，這件事便被她丟到了腦後。

＊　＊　＊

凌晨 4 點剛過，還沒睜開雙眼，章桐便聞到了「饅頭」身上特有的氣味，緊接著便是一陣窸窸窣窣的聲音，沒多久「饅頭」的頭就出現在章桐的眼前，嘴裡哈出的熱氣差點讓她窒息。

章桐趕緊從床上坐了起來，臥室的燈都沒關，自己身上依舊是昨天上班時所穿的那套衣服，頭是不暈了，但是一陣陣的偏頭痛不斷湧來，這讓她又一次感到心煩不安。直到兩粒止痛藥下肚，才長長地出了口氣。

窗外的路燈還亮著，章桐輕輕推開「饅頭」，信步來到窗邊，臉上頓時露出了沮喪的神情。沒錯，那輛緩緩開進社區的正是童小川的警車，黑色的車廂，安在駕駛座的上方的警燈雖然沒有發出聲音，但那不斷閃爍的刺眼的光芒離得老遠都能讓人記住。

這個時候來找自己準沒什麼好事，章桐用眼角的餘光瞥了一眼桌上的手機，想了想，還是搖搖頭拿了起來，撥通了童小川的電話，童小川的聲音裡充斥著驚喜：「喲，我的章大主任，妳在等我？」

「我在窗口看見你了，怎麼，又有案子？我怎麼沒接到電話？」章桐沒好氣地嘀咕，「你老是大半夜出現，真讓人頭痛。」

「說實在的，我也不想這麼招人厭的，真沒辦法。」童小川長嘆一聲，「指揮中心那邊，妳就別指望了，他們不會打電話給妳的，因為我說我順路來接妳去案發現場。」

「真的出事了？」章桐一愣。

「是的，一堆人在現場等著妳去呢，妳趕緊下來吧，我已經到樓下了。」說著，童小川便結束通話了電話。

章桐連忙拿起挎包和手機向外走去，走到門口的時候，想了想，便又折返了回來，輕聲安撫了一下「饅頭」後，這才放心地走出家門。

每次出門的時候，章桐都是不敢回頭看「饅頭」的。雖然知道這忠心耿耿的狗子自打跟了自己後，就沒過上幾天好日子，但是真要放棄「饅頭」，章桐卻又於心不忍，感情這東西，有時候是很自私的。

＊ ＊ ＊

鑽進警車，章桐一邊給自己繫上安全帶，一邊隨口問道：「案發現場在哪？」

童小川掃了一眼警車的自動導航儀，嘀咕：「溪南社區。」

章桐有些吃驚，抬頭看他：「那可是個老社區。」

童小川點點頭：「指揮中心電話中說現場可能有些糟糕，還有就是，目前還不能判定是不是他殺，所以組裡的兄弟我都打發他們回家睡覺去了。」

「溪南社區……」章桐似乎並沒有聽到童小川後面所說的話，只是在嘴裡翻來覆去唸叨著這四個字，直到警車最終在案發現場樓下停下時，章桐透過車窗抬頭看清楚了門牌號，她突然伸手一指，滿臉驚愕地叫了起來：「這個地址……怎麼一模一樣？」

「你說什麼？」童小川狐疑地瞪著她，隨即詫異地問，「妳是不是喝酒了？滿嘴酒味。」

章桐趕緊用手背擦了擦嘴，尷尬地說道：「昨天晚上喝的。」想了想，她又補充了句，「放心吧，不會影響工作的，我現在就是感覺有點頭痛罷了。」

童小川臉上露出了苦笑。

章桐在包裡一陣翻騰，終於找到了那張紙條，遞給童小川：「喏，就是這個，昨晚上有人貼在我門上。」

「溪南社區 3 棟 302。」童小川一個字一個字地讀著，臉上的笑容悄無聲息地消失了。

3.

(半小時前)

房間裡靜悄悄的，身邊的老伴徐老伯早就已經進入了夢鄉，但是張阿姨卻怎麼也睡不著。這眼看著氣溫是逐漸升高，還沒到三伏天，就已經熱得讓人感到心煩意亂。

溪南社區的房子是 20 世紀的產物，設計上有著這樣那樣的缺陷，快三十年了，設備老舊不說，房間格局更是顯得陰暗狹小，天氣一熱就讓人透不過氣來。張阿姨的心臟是老毛病了，她也只能忍耐，畢竟這房子住了幾十年，不是說放棄就能放棄的。張阿姨也就盡量把家裡打掃得窗明几淨，幾乎纖塵不染。

可不知道從什麼時候起，房間裡便多了一股說不出的怪味，尤其是晚上，氣味愈發濃烈，像極了誰家養的小貓死在通風管道裡的感覺，其中似乎還帶著點說不出的臭雞蛋和腐爛的酒糟相混合的氣味，聞多了就想吐。白天的時候，開窗通風，房間裡的味也就淡了，可一到晚上，風溼的老毛病就逼得她不得不關窗開空調，這樣一來，屋裡的氣味又濃烈起來。張阿姨在家裡坐臥不寧，沒幾天，就病了，去醫院住了一個多禮拜。

奇怪的是老伴徐老伯一個人在家的時候卻根本就沒有聞到這股怪味，或許是男人粗枝大葉的本性使然，也或許根本就是張阿姨自己在胡思亂想。為了讓即將出院回家休養的張阿姨打消顧慮，徐老伯甚至還去了社區打聽，結果自然是一無所獲，因為社區裡住了很多短期租戶，根本忙不過來的社區自然也就形同虛設。

今晚，張阿姨毫無懸念地又失眠了。那股怪味讓她頭昏腦脹，便乾脆坐了起來，環顧了一下房間，略微思索後，隨即下床，伸手抓過桌上起夜用的手電筒，順著那股怪味開始找了起來。

沒多久，她驚奇地發現氣味的來源竟然是自己家的大衣櫃所在的方向。可是打開櫃子，並沒有發現什麼異樣，衣服疊放得整整齊齊，過冬的大衣也在原處放著。難道說自己真的像徐老伯所說的那樣是更年期的緣故？張阿姨心頭湧起一絲不快。她轉身剛要離開，可是那股怪味卻還是不依不饒地跟著自己，並且愈發濃烈起來。

不會吧，難道是在大衣櫃後面？

張阿姨心中一緊，便轉到大衣櫃的旁邊，把手電筒抬高，向那道狹小的縫隙照去。

小小的圓滾滾的白色蟲子幾乎擁擠著快要爬滿整面牆了，張阿姨被驚得目瞪口呆。順著手電光往上去，那裡是空調管道的通風口，而蟲子就是順著通風口爬下來的。

那裡不只有蟲子，還有褐色的凝固物。正在這時，有個小小的黑影在張阿姨面前快速飛過，停在了牆上。張阿姨屏住呼吸，把手電對準了黑影所停的位置 —— 竟然是隻大得出奇的蒼蠅。

「老徐！老徐！你快來啊！……」張阿姨驚恐地大聲叫著。

被驚醒的徐老伯看清楚牆面上的蟲子後，頓時睡意全無。家裡雖然曾經因為樓上鄰居裝修時沒做防水層而漏得一塌糊塗，但是卻絕對不會出現眼前這些讓人頭皮發麻的蟲子。

徐老伯跌跌撞撞地跑到洗手間，幾乎把吃下去的晚飯都吐得乾乾淨淨。他不明白為什麼自己竟然聞不出味來，要是能早一點發覺的話，家裡的局面就不會變得如此糟糕了。

樓上到底是怎麼回事？徐老伯的腦子裡飛速尋找著答案。

漸漸地，他的臉色變了。徐老伯是見過樓上的租客的，那是個三十歲上下的單身女人，雖然不知道她叫什麼，但是卻留下了很深刻的印象 —— 不同於一般的租客，她是個很懂禮貌，且舉手投足之間都讓人感覺非常優雅的女人，說起話來輕聲細語，就好像怕自己的嗓門嚇著別人一樣。

只是自己從未見過對方家裡養貓或者養狗，而出現這種情況就只有可能是家裡的貓狗死了沒有及時被清理乾淨，天熱了，自然也就招惹蒼蠅……對了，已經有差不多一個月的時間沒見過樓上的那個女人了吧。是出差了嗎？還是回老家了？

沒錯，從上個月的颱風天過後，徐老伯就再也沒見過那個優雅精緻的年輕女人了。

「老徐，你傻站著做什麼，還不趕緊報警！」張阿姨衝著自己的老伴喊道。

＊　＊　＊

站在溪南社區 3 棟 302 室的門口，還沒進門，章桐就已經聞到了那股熟悉的氣味，從程度上判斷，結合現在的平均氣溫，得出結論已經死亡一週以上。

在門口，章桐穿上防護衣，戴上口罩，把頭髮小心翼翼地塞進無縫帽簷，最後套上長筒靴，這才站起身，衝著身邊跟著的童小川問道：「裡面沒人了吧？」

童小川臉色尷尬地點頭，小聲嘀咕：「沒人能在裡面待上五分鐘，太臭了。」

章桐聳聳肩：「習慣就好，人死後都差不多。」

「我跟妳一起進去。」童小川從旁邊窗臺上拿過一雙鞋套套上後，便跟著章桐一起走進了 302 室。

第二節　她

1.

這是一套小型的一室一廳結構的房子，進門就是玄關，右手邊是簡單的廚房，接著過去是洗手間、客廳和臥室。客廳連線著陽臺，陽臺上還掛著幾件衣服，在凌晨的夜風中緩緩搖晃。臥室的門虛掩著，而那股臭味便是來自臥室的方向。

章桐並不急著進臥室，她先是推開廚房的門，只見灶檯面板被擦得乾乾淨淨，碗筷也被疊放整齊，地面上看不見任何水漬，廚房一角的架子上放著半袋子還沒吃完的米，一旁的果蔬籃裡黃瓜和番茄已經發霉變黑。

章桐輕輕嘆了口氣，隨即關上廚房門。經過客廳的時候，她注意到了通往陽臺的轉角窗臺上放著一束已經乾癟凋謝的花，看不出它本來的顏色，卻可以大致猜出應該是丁香一類，其中還夾著一支天堂鳥。

章桐從工具箱裡摸出個口罩遞給童小川，示意他戴上，這才伸手推開臥室的門。眼前所呈現出的景象，與外面的房間相比，完全是另外一個世界。

迎面而來的不只是難聞的臭味，還有一股陰冷，牆上空調開著，雖然溫度並不太低，維持在 25 度，但是卻足可以在一定程度上延緩屍體的腐敗速度。房間並不大，僅能容下一張雙人床和一個衣櫃，靠牆擺著一張木質沙發，沙發旁是一盞開著的落地燈，這是此刻臥室裡唯一的光線來源。

臥室的窗緊緊地關著，拉著窗簾。

死者仰面躺在那張木質沙發上，穿著一件沾滿汙漬的睡衣，因為過度腐敗而根本辨別不出本來的長相。在她身邊的地板上，是一隻同樣腐爛發臭的死貓，那些白色的蟲子不斷地在死者的全身和貓的屍體上爬來爬去。

章桐微微皺眉，她的目光順著木質沙發看過去，地板的角落裡連通著樓下的通風管道入口處，她伸手指給身旁的童小川看：「就是從那裡漏下去的。」

「這情況應該有好多天了吧？」童小川的臉色有些灰白，因為房間裡的氣味確實難聞。

章桐點頭：「雖說現在天氣炎熱，但是看分解的程度，至少在一週以上。」想了想，她又補充道，「可是這房間的空調一直都在運轉，就不太好說了。」

「會不會是場意外？」

「我不知道，要等送回去解剖，腐敗的情況實在太嚴重了。」章桐低聲回答。

「這死貓怎麼辦？」

「一併帶走。」說著，她環顧了一下臥室，注意到了牆上的空調，便轉頭問，「他們進來的時候房間就是這個樣子？」

童小川走到門口，高聲叫來了最初到達現場的派出所警員：「你們動過臥室的東西嗎？」

警員搖搖頭：「只是在門口看了一眼，就沒再進去過，裡面都保持原樣的。」

「也就是說，死者死亡時，是晚上。」童小川說，「難道是猝死？」

死者的樣子確實顯得很安詳，面部的樣貌雖然已經辨認不出來，但是臉部表情卻是平靜的，就像睡著了一般。

只是地上的貓卻有些怪異。章桐彎腰準備把貓裝進裹屍袋的時候，心中一沉 —— 手中貓的頭部竟然呈現出一個怪異的角度，她抬頭看了一眼童小川，右手順勢輕輕轉動了一下貓的頭部，自己的擔憂很快便被證實了：「這貓的脖子被人扭斷了。」

「什麼意思？」童小川一時沒弄明白。

「有人扭斷了貓的脖子，我想這可能就是牠的死因。」章桐語速飛快地說道。

「會不會是不慎跌落導致的？」

章桐果斷地搖頭，她拉上裹屍袋的拉鍊，然後站起身：「這個世界上最靈活的就是貓，狗會摔斷脖子，但是貓可不會那麼容易摔斷，除非你把牠擰斷，就像這樣。」說著，她俐落地做了個用力擰開瓶蓋的姿勢，「而且力氣要非常大，著力點就是第四節頸椎這裡，360 度。我覺得一般人做不到，」章桐的目光落在了死者的身上，「尤其是女人。」

＊　＊　＊

很快，死者被抬離了房間，章桐跟著下樓的時候，她注意到了兩位神情慌張的老人正站在 202 室的門前，向這邊張望著，時不時還議論幾句。等章桐經過他們身邊時，那位老大爺小聲地叫住了她，神情尷尬地問道：「小姐，妳，妳是跟派出所的人一起的？」

章桐點點頭，她本想說明自己的職務和身分，但是轉念一想，便換了個比較含蓄的方式：「大爺，我是技術人員，醫生那種。」

「好的，好的，我剛才打了報警電話，我姓徐，」徐老伯似乎輕輕鬆了口氣，「上面是不是真的，真的出事了？」

章桐並不否認。

老人顯得有些憂心忡忡，他不安地看了眼身旁站著的張阿姨：「有件奇怪的事啊，妳，妳剛才說妳是醫生，我有個問題，為什麼我家老伴能聞到那股臭鹹魚味，我卻偏偏聞不到呢？」

章桐一愣，隨即明白了什麼，便從自己的工作服口袋裡摸出了隨身帶著的強光手電：「大爺，讓我看看您的鼻腔，好嗎？我就看看，很快的，你只要閉上雙眼就可以了，不要看我的手電筒。」

徐老伯趕緊點頭。

章桐便打開強光手電，檢查完後，她輕聲對徐老伯說：「大爺，您只是鼻子的地方恰好長了點東西，盡快去醫院檢查下，記得讓孩子陪您去啊。就是因為這個，才讓您的鼻子喪失了部分嗅覺。」

徐老伯感激地點點頭：「我明白了，明天就讓我女兒請假陪我去。」說著，便千恩萬謝和張阿姨回了家。

＊　＊　＊

再次下樓，章桐迎面看到了正在樓梯口等自己的童小川，便加快腳步跟了上去。

「怎麼這麼遲？」童小川問。

章桐重重地嘆了口氣：「這案子報案的是個老大爺對吧？住死者家樓下的。」

童小川點頭：「沒錯。」

「你知道那大爺為什麼會聞不到死者的臭味嗎？」章桐憂心忡忡地說道，「我剛才看了他的鼻腔外側壁，有典型的頸淋巴結轉移的跡象。我懷疑他很大機率患上了鼻腔癌，所以才會喪失部分嗅覺功能。」

「那你跟他說明了嗎？」童小川有點錯愕。

章桐搖頭：「他年紀大，而且他老伴也有嚴重的冠心病跡象，所以我不敢說，只是建議他在子女的陪同下去看醫生。」

童小川沉默了會兒，突然問道：「我記得妳跟我說起過那張紙條是被人貼到妳家門上的，對嗎？」

章桐點頭：「你們查明死者身分了嗎？」

「派出所那邊查了租住登記資料，身分證上租客的名字叫齊媛媛……」

一聽這話，章桐的腦子裡頓時炸開了鍋，她衝著童小川擺了擺手，臉上神情痛苦：「頭痛，真是大白天活見鬼了！」

2.

章桐停下手中的解剖刀，抬頭不解地問顧瑜：「看來這死亡時間和臟器的腐敗的速度確實不太對，小九那些樣本檢驗結果出來了沒有？」

顧瑜回頭看了一眼牆角的電腦，驚喜地說：「剛傳過來，稍等。」說著，便湊上前查看，「根據現場所取回的蠅蛆樣本的生長發育程度來看，確定為 3 齡幼蟲。」

影響蠅蛆生長發育的主要因素是溫度、溼度和食物。溫度方面，最適宜的是 34 到 40 攝氏度，發育期為 3 到 3.5 天；溫度為 25 到 30 攝氏度之間時，發育期為 4 到 6 天；溫度為 20 到 25 攝氏度時，發育期為 5 到 9 天；16 攝氏度時，發育期會長達 17 到 19 天；如果低於 12 攝氏度，高於 48 攝氏度，那就完全不能發育。而現場所發現的 3 齡期蛆蟲最適宜的發育溼度為 60% 至 70% 這個程度，但是死者長期處於空調房間裡，是絕對沒有辦法達到這個溼度的，也就是說，屍體被人為延緩了腐敗的時間。

章桐雙眉緊鎖：「小顧，最近的一次颱風天是什麼時候？」

「上個月的 29 號。」顧瑜回答。

「已經整整 31 天了，我們不該見到這麼活躍的蠅蛆的。」

「主任，那妳的意思是……」

章桐伸手一指：「記錄下 —— 加上她顱骨有多處明顯的骨質缺損和骨質壓痕，可以判定這是一起典型的殺人後偽造現場的命案，死亡時間目前推斷是在 15 到 30 天前。死者生前最後的一頓晚餐中含有穀物和蔬菜，根據消化程度來看，是在晚餐後一小時內死亡的。」

「腦組織檢查情況？」章桐問。

顧瑜仔細查看了下托盤上放著的死者大腦：「小腦扁桃體被壓向枕骨大孔，確定有疝性腦挫傷跡象。」說著，她小心翼翼地取出切片，來到工作臺邊的顯微鏡旁，「腦神經軸索節段性可見明顯斷裂，收縮球已經形成。」

「顱骨損傷的打擊方向模擬圖彙總出來了嗎？」

章桐聽了，點點頭，順手摘下了手套，丟進腳邊的廢棄物回收桶：「也就是說，死者的腦部已經產生瀰漫性神經元和軸索損傷，加上硬膜下血腫的產生，可以下結論她是被活活打死的，死因是創傷性休克伴隨嚴重的顱腦損傷。而現場的血跡雖然被清理，但是卻因為清理得並不徹底，加上腐敗的過程，所以才會導致蠅蛆順著痕跡的不正常轉移。小顧，看來，我們得回去一次。」

「回溪南社區現場？」

章桐神情凝重：「我想現場應該會留下一些證據。」

顧瑜點頭：「那我這就去做準備。」

章桐心中一動，她看了眼牆上的掛鐘，便叫住正要出門的顧瑜：「等等，妳不用去了，我叫童隊另外派人陪我去吧。」

顧瑜感到很意外：「主任……」

「快下班了。」章桐指了指掛鐘，咧嘴一笑，「還有一刻鐘，妳收拾一下，今天就按時下班吧。有人跟我說過了，今天是妳的生日，他在等你呢。」

顧瑜臉紅了。

章桐笑瞇瞇地看著她：「小九挺不錯的，好好交往吧。看妳，都來了兩年多了，也該有自己的私生活了，別到頭來像我就好。」

話說出口的剎那，章桐的心裡有一種空落落的感覺。

顧瑜走後，章桐攔住了自己的老搭檔——痕檢室的負責人歐陽工程師，直截了當地說道：「老歐陽，你徒弟帶我的助手去約會了，那你發揚下風格，就和我一起去趟現場吧。」

歐陽工程師一聽就樂了：「哎呀呀，小九那傢伙終於有人要了，真不錯真不錯，不然可把我愁死了。」

「老歐陽，你愁啥？」章桐一邊把車倒出車庫，一邊隨口問道。

歐陽工程師伸了個懶腰，樂呵呵地回答：「章大主任，我一直都把小九當我親兒子，要知道這孩子可聰明了，悟性特別好，又踏實肯做，將來在痕檢這方面肯定會幹出一番成績的。」

章桐聽了，卻笑不出來：「希望他真的能如你所願，不然的話，老歐陽，你該數數，你手下一年中有多少人辭職了。」

被說中了自己的傷心事，歐陽工程師不由得滿臉通紅，乾脆賭氣看著車窗外，不再說話。

車很快便到了溪南社區，因為此刻正是下班高峰，溪南社區的岔路口被來往的車輛堵得嚴嚴實實，根本就找不到能停車的地方。沒有辦法，章桐只能把車直接開進當地的派出所大院，在說明來意後，就下車和歐陽工程師一起步行到案發社區的樓下。

兩人拎著各自的工具箱來到 3 樓，門上貼著封貼，章桐騰出一隻手正要揭去封貼，突然，身後傳來飛快的腳步聲，一個人跑過章桐和歐陽工程師的身邊，直接下樓而去。很快，腳步聲便消失在樓道裡。

老歐陽在章桐身後幽幽地問道：「章主任，剛才妳聽到關門的聲音了嗎？」

「沒有啊。」話音未落，章桐猛地意識到了什麼。

章桐丟下工具箱，快速追下樓道口，站在社區樓下，看著來往的人群和熱鬧的大街，那人早就已經消失得無影無蹤。

3.

傍晚時分，酷熱漸漸散去。如血的夕陽染紅了天空，讓整個城市都蒙上了一層神祕的色彩。

市局副局長辦公室內，童小川一聲不吭地看著坐在辦公桌後的張浩，後者正在仔細閱讀著他剛遞交的案情分析報告。

張局看完了報告，沉吟了一會兒，隨即點頭，果斷地說道：「按照法醫處的報告來看，確實有疑點，那就按照命案走，我批准了。」

童小川趕緊抓過報告，轉身就要離開，想了想，卻又停下了腳步，對張浩說：「張局，這個案子，有點邪門。」

「邪門？」

童小川點頭，他回到辦公桌邊坐了下來，神情嚴肅地把發生在章桐身上的奇怪遭遇說了一遍，最後從自己口袋裡摸出一個小的塑膠證據袋：「這是章主任親手交給我的。天底下沒有這麼大的巧合，而且名字也一模一樣。」

張局臉上的神情頓時凝重了起來，他對章桐做事的嚴謹與細緻程度是深信不疑的，結合屍檢報告來看，事情必定有蹊蹺：「童隊啊，辦這個案子，務必要注意章主任的人身安全。要知道就今年，我們系統內已經有三個法醫在辦案現場殉職了，一個是意外，而另兩個，卻是因為我們一線刑警沒有保護到位，我可不希望這種事情發生在我們局裡，你明白嗎？」

童小川不由得愣住了，回道：「放心吧，張局，這事絕對不會在我們這發生，我一定會保護好章主任的。」

＊　＊　＊

(同時，映秀社區案發現場門口)

樓梯間昏黃的照明燈光下，歐陽工程師雙手抱著手臂，看著章桐一臉沮喪地走上樓，來到近前後，他便問道：「沒追上吧？」

章桐搖搖頭：「沒有，她跑太快了，我下去的時候已經遲了，都怪我，反應太慢。」

歐陽工程師輕輕一笑：「沒事，我們進去吧，這抓人的工作，留給童隊他們去做就行了。」

章桐不甘心地說道：「這裡的社區環境實在太複雜，連個有效的監控都沒有。」她用力推開了302室的房門，穿上鞋套，走了進去，打開了屋裡的照明燈。

「這是出租戶？」歐陽工程師打量了一下客廳，問道，「我還從沒見過把個廚房弄得這麼乾淨的出租戶呢。」

「你的意思是……」章桐感到不解。

老歐陽笑了：「你仔細看看這廚房的灶臺，邊邊角角擦得多乾淨，這地板磚都好像專門用氯水擦過一般，」他一邊說一邊搖搖頭，「太乾淨了，你說誰家會用氯水擦地板磚？難道說屋子主人有潔癖？」

「不可能。」章桐果斷地否決，她的腦海裡又一次出現了自己門上夾著的那張紙條，「潔癖到這種程度的人，強迫症也會達到相應的層面，一般來說出門在外都會手套不離身，盡量不去接觸外面的事物，又怎麼會往人家門上貼紙條？」

「這樣啊，那就怪了。」歐陽工程師聳聳肩，顯得很無奈。

「我們到臥室去看看，我要想辦法重現一下案發當晚的情景。」說著，章桐推門走進臥室，窗開著，房間裡的空氣變得好了許多，屍體已經被搬走了，地面卻基本沒動，本來是打算等明天遠在外地的家人趕到後，陪同葬儀社的人過來清理，現在看來沒有這個必要了。

章桐指著木質沙發上的人形標記：「死者當時就是在這裡被人發現的，在她腳邊有一隻死貓，脖子被人活活扭斷了。看來凶手對房間裡進行過清理，所以表面看不出血跡，我需要用魯米諾對整個房間進行血跡分析。」

老歐陽聽了，點點頭，活動了一下筋骨：「沒問題，好久沒這麼大場面了，那咱開工吧，我去關窗。」

章桐彎腰打開工具箱，從裡面摸出一瓶500毫升裝的魯米諾混合溶液，輕輕搖勻，魯米諾和過氧化氫完全融合後，她戴上手套，開始在房間裡順時針方向噴灑了起來。她做得非常仔細，盡量讓每一塊牆面都被噴灑上，然後她戴上眼鏡，並給了歐陽工程師一副備用的：「準備好了嗎？關燈吧。」

房間裡頓時一片漆黑，可這只是暫時的，瞬間眼前便出現了一個詭異的場景 —— 就在木質沙發後面的牆上，雜亂地分布著一片讓人心悸的藍色螢光，這就意味著那裡曾經有過血跡，並且被精心擦拭過。而蠅蛆雖然對血腥味趨之若鶩，但卻沒有本事爬那麼高，因為藍色螢光最高的位置已經與天花板齊平。

「我看過死者的顱腦損傷情況，」章桐輕聲說道，「至少不下三次重擊，位置與牆上的飛濺血跡完全相符，這麼看來，這個位置就是案發第一現場，死者後來雖然被挪動過，凶手卻還是把她放了回去。」

「出了好多的血。」歐陽工程師說，「她反抗過嗎？」

章桐搖搖頭：「雙手上沒有看到任何抵抗傷的痕跡，應該是第一擊就直接讓她昏迷了。」她伸手打開了臥室的頂燈，皺眉繼續說道，「老歐陽，這個案子有過度殺戮的跡象，難道是仇殺？」

「有這個可能。」此時歐陽工程師的臉上已經沒有了先前的輕鬆，他從口袋裡摸出手機，撥通了痕檢辦公室的值班電話，在報出案發現場的地址後，讓兩個輪班的下屬過來幫忙。

「你們準備加班了？」章桐問。

歐陽工程師苦笑著點點頭。

＊　＊　＊

章桐走出案發現場，抬頭看了看布滿星星的夜空，這時候她才感到肚子裡空空的，猶豫著是不是要就近買點吃的先墊墊肚子。自從有過一次低血糖的經歷後，她對填飽肚子這個事總是很上心。

突然，耳畔三分鐘熱風響，她本能地抬頭一看，一把菜刀正從空中落下，重重地砸落在水泥地面上，激起一串火星。

菜刀幾乎是刀刃擦著自己的鼻子落下的，那一刻，章桐本能地閉上了雙眼。她已經不會跑了，雙腳就像灌了鉛一般，被牢牢地釘在地面上。

第三節　輪到你了

1.

一股濃濃的泡麵味充斥著市局重案組辦公室裡的每個角落。

雖然童小川的鼻子已經習慣了各種味道，但是不知怎的，泡麵卻是他無論如何都無法強迫自己去坦然接受的。

「童隊，我看你是以前吃太多了，所以現在才會這麼牴觸。」專案內勤于博文笑瞇瞇地看著童小川。

童小川皺眉：「你們吃完了沒？吃完了記得開窗通風……對了，齊媛媛的個人情況調查得怎麼樣了？給我看看。」

于博文卻是一副欲言又止的樣子，這讓童小川感到有些意外：「你怎麼了？」

「這個死者的丈夫，和我們系統還曾經有過一些特殊的關係。」于博文有些猶豫，他搜腸刮肚地尋找著合適的字眼。

「我們系統？你是說我們單位？」

于博文趕緊搖頭：「不，不，不，是 G 市，離我們這也不遠，S 市過去就三百多公里。她的丈夫叫黃俊和，曾經是 G 市市局的法醫，但是……

前年殉職了，唉，挺慘的。從那以後，據說死者齊媛媛就搬離了 G 市，獨自一個人來本市居住。」

「她是這裡的人？還是只是想換個環境而已？」童小川的聲音中多了一些同情。

「她的戶籍地是 G 市，在本市舉目無親，至於說為什麼選擇來這裡，應該只是為了工作吧，我查過她申報的暫住證資料，她在溪南社區租住了一年多。」于博文回答，「詢問過房東，得知租房費用是一年一付的。」

「一年一付？這在本市倒是挺少見的。」童小川小聲嘀咕，「那她家裡人呢？」

「她父母早就去世了，就一個姑母，在 S 市居住，她明天上午就會到我們局裡辦理手續認領屍體。」

「唉，她們來了也沒用，案子沒結，這屍體就沒法交接，看來明天又要頭痛了。」童小川隨手敲了敲腦袋，突然想到了什麼，便叫住正要離開的于博文，「等等，于博文，她的工作單位你查到了沒有？社保局那邊沒紀錄嗎？」

于博文雙手一攤，顯得很無奈：「上報的就是自由職業，都左鄰右舍問了一圈了，沒人知道。這年頭，只要大門一關，門外無論發生什麼事都與自己無關。」

童小川心中不由得一動：「那個她的丈夫，殉職的法醫，撫卹金是多少？」

「童隊，這你倒是問到點子上了，我還專門查了下，當年喪葬撫卹和保險總共加起來四十萬，二十萬歸黃法醫的父母，二十萬歸了齊媛媛。」

單純二十萬的話，在本市這個二三線城市裡生活，也能有個最起碼的保障了。想到這裡，童小川臉上的神情變得緩和了些。

于博文卻搖搖頭，他猜到了童小川的想法：「別想得太美了，童隊，齊媛媛名下的銀行帳戶上一分錢都沒有，那二十萬塊錢入帳後沒三天時間，就沒了。」

「沒了？」童小川的嗓音不自覺地提高了八度，「二十萬吶！」

于博文用力點點頭，目光複雜：「她都捐了，一分不留，全都捐給了市局殉職警員家屬安撫委員會。」

每個市局幾乎都有這麼一個特殊的機構存在，而有些痛苦，金錢確實是無法修復的。童小川似乎一下子明白了齊媛媛當初那一刻所流露出的複雜心情，卻又無能為力，他只能輕輕嘆了口氣。失去親人的傷痛，有時候也只有自己才能用時間去癒合。

一個社會關係如此簡單的女人，為何會以這麼一種悽慘的方式孤獨地死去呢？看著桌面上那張死者生前的相片，童小川陷入了苦苦思索之中。

＊　＊　＊

（溪南社區案發現場樓下）

「……哎呀，你沒事吧……」

「樓上丟什麼東西下來啦……」

「……天吶，誰這麼缺德啊，是菜刀……」

……七嘴八舌的議論聲瞬間把章桐淹沒了，她右手緊緊地抓住自己的左手手腕，盡量讓自己站穩而不倒下：「我沒事，我沒事，不要碰那把刀！」

「需要報警嗎，醫生，妳沒事吧？」耳邊傳來急切的問候聲。章桐循聲望去，認出了正是住在死者家樓下的那位徐老伯，妻子張阿姨站在他身邊，兩人顯然剛剛散步回來。

章桐搖搖頭，輕輕一笑：「我沒事。」說著，她便從口袋裡摸出手套戴上，彎腰在地上倒著拿起那把從天而降的菜刀，右手用力抖開一個紙袋子，隨後小心翼翼地把刀尖朝上放了進去。做完這些後，這才得空朝樓上看了一眼，不出所料，樓上並沒有什麼異樣，相反自己身邊圍觀的居民卻越聚越多。可以想像，現在即使通知了派出所，除了手中這把菜刀外，也是查不出任何別的有用線索的。章桐便打消了重新上樓去找歐陽工程師的念頭，只是在開車回到市局後，順帶著給老歐陽打了個電話，提醒他等下收工時注意安全。

＊　＊　＊

（市局）

「竟然有人光天化日之下敢朝妳扔菜刀？這簡直就是謀殺！」老歐陽在電話那頭拚命吼叫的後果就是讓章桐感到了什麼叫震耳欲聾，她不得不把手機朝反方向挪了挪，「我說老歐陽，我這不還活著嗎？我死不了，命硬著呢！你們可得小心就是，因為下次不知道朝下扔什麼了……」不管老歐陽在電話那頭如何抱怨，章桐隨手便結束通話了電話。提著沉重的工具箱拐過走廊的時候，她看見了彎著腰坐在綠色長椅上的童小川，他滿臉愁容，一根接一根地抽著菸。章桐停下腳步，順勢向他頭頂的天花板看去，果真被自己猜中了——那個本來應該是煙霧報警器的地方，現在空蕩蕩的，就留下個連線插頭吊在半空中。

「我說這裡怎麼煙霧騰騰的，」章桐伸手一指，虎著臉說道，「裝上去！」

童小川立刻漲紅了臉，他嘿嘿笑著，從口袋裡摸出那個被拆下的煙霧報警器，想了想，哀求道：「能再給我兩分鐘時間嗎？這丟了的話，多可惜啊！」

「裝上！趕快！」回答不容置疑。

童小川重重地嘆了口氣，沮喪地掐滅菸頭，這才俐落地爬上長凳，踮著腳尖把煙霧報警器擰好，跳下凳子，衝著章桐雙手一攤，用近乎懇求的語氣說道：「行了吧，我的章大主任，別再虎著臉啦。」

章桐無奈地看著他，搖搖頭，口氣緩和了許多：「抽菸真的沒好處，肺癌是現在死亡率最高的癌症，一旦發現就是晚期，沒有救的。」

童小川沒有吱聲。

「好了，你來找我做什麼？」章桐從口袋裡摸出了辦公室鑰匙，打開房門，走了進去，「進來吧，我們坐下說。」

一杯熱茶下肚，童小川這才認真地打量起章桐：「章主任，你臉色這麼差？」

「是嗎？」章桐下意識地用右手緊緊地握住自己的左手手腕，那把菜刀還在自己的工具箱裡鎖著，所以，剛才那一幕絕對不是自己在做夢，「我沒事，只是有人沒有公德心罷了。」

還好童小川並沒有馬上刨根問底，他心事重重地看著章桐：「現場看下來怎麼說？」

「過度殺戮，」章桐的目光中流露出了一絲同情，「案發第一現場就是那張木質沙發，第一下重擊就讓她失去了反抗能力，但是凶手並沒有就此終止，相反，接下來所發生的可以說就是一場屠殺。」

「那死者，是什麼時候死的？可不可能一下就要了她的命？」

「雖然她沒有反抗，但是，」章桐的腦海中又一次出現了案發現場牆上那藍色螢光，「現場牆上有幾處明顯的動脈血噴灑痕跡，所以我只能告訴你，她並沒有馬上死。」

「她為什麼不呼救？」童小川下意識地重重一拳打在辦公桌上，神情激動地說道。

章桐頓感意外，因為在以往的命案調查工作中，從未見過童小川會這麼動容：「你怎麼了？」

「你應該對前年G市市局法醫黃俊和殉職這件事還有印象吧？」童小川幽幽地說道，「齊媛媛是他的妻子。」

聽到這個消息，章桐的心不由得一沉：「我當然記得，因為我當時就在現場。」

2.

那簡直就是一場災難。

現在回想起來，章桐的心中依然是心有餘悸。

前年初夏，靠近海東地區的G市一連出現了好幾起莫名的火災。根據報警群眾反映，火災初發時在現場聽到一兩次明顯的小爆炸聲，隨後，火勢異常猛烈，即使救援人員飛速趕到現場，所能做的也只是盡可能地控制火災範圍，不讓它繼續蔓延，殃及更多無辜。

火災發生的時間是不固定的，地點從最初的廢棄工廠，發展到牲畜養殖場，最後居然到了人口聚集區。大火過後，案發現場就只找到了遇難者的屍體。而監控探頭在火災現場附近除了捕捉到一個模糊的人影外並無所獲，警方就只知道每一次火災的引燃物都是汽油。

最後那場火災發生在下午 1 點多的時候，因為是初夏，正值午休期間，人們昏昏欲睡。烈日曝曬下，G 市 SOHO 區的街面上很少有人經過。就在這個時候，位於盂蘭街口的樓蘭文化傳媒公司一樓臨街窗口突然玻璃碎裂，屋內竄起熊熊的火苗，緊接著便傳來了慘叫聲、雜亂的腳步聲和桌椅被推倒的聲音，隨著兩聲沉悶的爆炸聲響起，火勢變得愈發不能控制，很快便從二樓的窗戶內竄了出來。

這家文化傳媒公司位於一棟三層樓高的獨立建築內，因為整條盂蘭街區都是主打民國風，所以沿街的建築都是清一色的民國小樓，外牆裝飾幾乎都是木質結構，在這麼大的火災面前，根本就是不堪一擊。

事後，根據清點在場的倖存者，得知現場失蹤和死亡人數達到了八名。

而這，還不是最讓人感到揪心的。

當時，章桐接到了支援 G 市的指令，便帶了工具箱火速趕往三百多公里外的案發現場。當她趕到現場的時候，面對的卻是九名死者，第九具屍體是 G 市局法醫黃俊和的。

原來，火災被撲滅後，為了能盡快找到罹難者所處的第一現場，先期趕到的 G 市市局黃俊和法醫就帶著助手進了那棟小樓，他們分頭登記屍體所在的具體位置和呈現出的第一表象，並拍照記錄。助手負責頂層和天臺，而黃俊和法醫則負責剩下的樓層。他無意中發現了小樓中竟然還有個地下室。因為地下室的門是用專門的防火材料做的，所以火勢並沒有蔓延到地下室來。黃俊和打開地下室門，直接走了下去，他擔心還有被遺漏的受害者。

慘劇就是在那個時候發生的，門背後突然跳出了一個黑影，還沒等黃俊和法醫反應過來，對方手中的尖刀便猛地扎了下去，深深地扎在了年輕法醫的頸動脈上，瞬間破裂的動脈血管噴湧出溫熱的鮮血。黃俊和法醫根本就來不及呼救，他本能地伸手要去抓住刀柄，試圖阻止對方拔出凶器，可這是完全不可能的，隨著對方手臂的揚起，帶出的血液幾乎濺滿了身後的整面牆壁。

最初的疼痛和恐懼過後，失血過多的後果便是渾身漸漸冰冷，意識逐漸喪失，周遭的世界也變得安靜了下來，黃俊和法醫倚著牆壁緩緩癱坐在地面上後，生命就定格在了那個悶熱的午後。

凶手後來被抓了，當時是因為來不及逃，報警的群眾已經堵住了門口，面對燃起的熊熊大火，為了不被活活燒死，他才躲進了地下室。

＊　＊　＊

「你知道我是怎麼想的嗎？」章桐給童小川面前的茶杯裡又續上了熱水。

童小川搖搖頭。

「誠然，凶手必須受到法律的嚴懲，可是，如果當時在場的警隊人員能先行確保案發現場的安全性的話，黃俊和法醫就不會死得那麼慘。」章桐的目光中閃過一絲陰鬱，「發現他的時候，他身上的工作服幾乎被血浸透了，右手斷了三根手指，那是被刀刃拉斷的，死因是失血性休克。」

章桐的話語字字句句砸在童小川的胸口上，他啞聲問道：「那，他妻子齊媛媛的死，會不會和這件事有關？」

「我是覺得她故意接近我就有點不對勁，可是，」章桐皺眉，轉而說道，「現場的屍體死亡時間明明是 15 天到 1 個月前，那我前幾天遇到的，還有在我門上貼條子的，到底是誰？」

「你確定看到的就是齊媛媛？」童小川問。

「那張臉，我是不會忘記的，因為她的雙眼視力有些同向性偏盲。」章桐順手抓過自己辦公桌上的人頭部模型，一邊比劃，一邊解釋道，「顳葉腫瘤的早期症狀就是視野改變，當腫瘤位於顳葉深部時，由於影響和破壞視束及視放射，患病初期會出現對側同向性上象限四分之一的視野缺損。隨著腫瘤的增大，象限性缺損就發展成為同向性偏盲。而這個結果，在解剖中得到了證實。」章桐把辦公桌檔案欄裡的那份病理報告遞給了童小川：「傍晚剛出來的。」

「妳是說死者齊媛媛患上了腦部腫瘤？」想起于博文曾經提到過的齊媛媛捐出二十萬元的事，不禁心中五味雜陳。

章桐點頭：「沒錯，並且已經有一段時間了。」

「那有治好的可能嗎？」童小川有些不甘心。

「不可能，已經到了晚期。」

也就是說，無論如何，死者都已經是一個將死之人。突然想起屍體臉上那特殊的平靜表情，章桐似乎明白了什麼。

3.

童小川走後，章桐靠在椅子上休息了會兒，本打算連夜把新的屍檢報告趕出來，這時候她才發覺自己根本就沒有辦法再集中注意力，心慌不說，尤其是右手，總是微微發顫。知道是因為方才在案發現場時那意外的一幕所致，只是沒想到後果會這麼嚴重。目光落在身旁的工具箱上，這才記起那把菜刀還在裡面放著，便彎腰打開工具箱，戴上手套，然後小心翼翼地取出裝有菜刀的紙袋，直接來到刑科所的痕跡鑑定辦公室。

一進門章桐便把紙袋重重地放在桌上，咣噹一聲，把前腳剛從現場趕回來的歐陽工程師嚇一跳，等看清楚了那把菜刀的外形後，他臉上露出了凝重的神情：「小章，你可別跟我說這就是人家朝妳腦袋上丟的那把。」

章桐點點頭：「沒錯，你猜中了，就是那把差點劈開我頭骨的菜刀。老歐陽，麻煩你的小徒弟幫我提取一下上面的指紋，說不定能逮住那傢伙，省得他以後再去禍害別人。」

「沒問題。」歐陽力戴上手套，拿起紙袋遞給了正坐在工作臺邊的徒弟，「結果很快就能出來。」

「多謝，」章桐看了眼牆上的掛鐘，「我回趟家，結果出來後隨時通知我……對了，老歐陽，G 市那個案子你還記得嗎？」

歐陽力愣了一下，隨即點頭：「我當然記得，一個同行還殉職了，你問這個做什麼？」

章桐沒有正面回答：「那你還記得事情後來是怎麼處理的嗎？」

「凶手被判了死刑，一年後執行的。這種在現場直接就抓住的案子，一般都很快。」歐陽工程師想了想，接著說道，「不過，我聽說這事後還起了不小的風波。」

「風波？」章桐不解。

見章桐一臉茫然，歐陽工程師咧嘴笑了笑：「章大主任，我看你是光知道守著妳那一畝三分地，成天兩耳不聞窗外事。」

章桐有些尷尬：「我確實不太喜歡聽這些傳言。」

「殉職法醫的家屬，據說把 G 市市刑警隊重案組告了，理由是他們瀆職，沒有及時清場保障後續技術人員的人身安全，所以才會導致她的丈夫成了該案的連帶受害者。」老歐陽的臉上露出了若有所思的神情。

「那事情最終是怎麼處理的？」

老歐陽擺了擺手，說道：「別提了，撤了中隊長的職，那可是個在基層幹了多年的老刑警了，據說被直接發配到鄉派出所去了，記過一次，一年內不能評功。」說到這裡，他看了章桐一眼，「其實呢，話說回來，這確實是 G 市刑警隊的重大過失。唉，太難了！」

「難怪我們副局一天到晚唸經似的強調『清場安全』、『清場安全』。」說話間，做指紋比對的工作人員把列印出來的報告遞給了歐陽工程師。

老歐陽緊盯著報告：「結果出來了，你猜猜刀柄上都是誰的指紋？」

章桐站起身往外就走，邊走邊說：「省點力氣吧，老歐陽，是死者齊媛媛的指紋。明天見，我下班了。」

歐陽力轉身吃驚地看著身邊的小徒弟，嘀咕道：「我還沒說呢，她又是怎麼猜出來的？」

小徒弟嘿嘿一笑：「老大，這點真的難不倒章主任，和你熟悉的人都知道，你的臉上向來藏不住祕密，心裡想啥直接就往臉上寫了。」

老歐陽聽了，頓時臊得滿臉通紅，連連責怪道：「看這臉丟的，幹嘛不提醒我！」話音未落，腦子裡突然回想起了案發現場那一幕，他呆住了，心中頓時感到了惴惴不安，「不對啊，這把菜刀不就是衝著小章去的嗎？」說著，他便一把抓起桌上的話機，剛要打給章桐，轉念一想，撥通了童小川的電話，「童隊啊，我是歐陽，那把菜刀……對，差點砸死章主任的那把菜刀，就是直接衝著她去的……理由？菜刀搖桿上的指紋是死者齊媛媛的，你說，一把她廚房裡的菜刀，怎麼會不偏不倚就正好在我們的法醫走出樓棟的剎那掉了下去，位置還那麼精準……不，我還沒來得及通知她。」

＊　＊　＊

回家的最後一趟末班車上只有兩三個人，且分散坐在車廂內的各個角落。

章桐斜靠在窗邊，看著掠過眼前的城市夜景，她不由得陷入了沉思。前天早上，齊媛媛出現在自己面前的那一刻又一次浮現了出來——「我……請問，章醫生，如果一個人的他殺被精心偽裝成自殺或者意外事件的話，你能看出來嗎？」

她為什麼問自己這種問題？溪南社區的案發現場，只要是一名合格的法醫，就很容易能看出是他殺，難道這是讓她感到困惑的原因所在？

不，事情顯然沒這麼簡單。老歐陽談起殉職的黃法醫家屬告刑警隊這件事的時候，章桐記得很清楚，老歐陽目光中所流露出來的，是一種自己從未見過的無奈。當初，黃法醫的死已經給當時在場的每一個人心裡都留下了不可磨滅的陰影，接著還要被警隊家屬告，這麼做雖然在理卻也傷情。或許，這是齊媛媛在 G 市無法待下去的原因之一吧。

想到這裡，她掏出手機撥打了 G 市市局陳法醫的電話，黃俊和殉職後，他的工作便被這位陳法醫接手了，章桐在去開會的時候，和陳法醫有過幾次照面。簡單說明了自己心中的疑問後，電話那頭的陳法醫略微遲疑了一會兒，說道：「確實沒那麼簡單。我記得很清楚，當時她先找的是時任刑警隊中隊長老田，兩人據說還激烈地吵過一次，局裡很多人都看到了，影響非常差。我想，老田後來之所以被發配到鄉派出所管戶籍，其中這個原因也是占了很大比例的。至於說刑警隊的人事幾乎被重新洗了一次牌，那是後話了。」

「明白了，謝謝你，再見。」結束通話電話後，眼見到公車正好靠站，車門打開的剎那，章桐趕緊下了車，這並不是她的目的地，之所以臨時起意下車，那只不過是她想趕緊換車回市局。就在她轉身之際，眼角的余光中出現了詭異的一幕 —— 一個人似乎也要下車，對方是緊跟在自己身後的，卻因為時間太短而被關在了車內，可以看到對方惱怒地拍打了一下車門，便悻悻然地走了回去，重新坐下。

章桐無意中看到的這一幕，讓她不免心中開始惴惴不安起來。

就在這個時候，手機響了起來，是童小川打來的。

第二章　吞噬

第一節　謊言堂

1.

章桐不敢再在車站過多停留，結束通話電話後，她就伸手攔了輛計程車，直接回到市局大院。剛下車便看見了童小川。

「妳可回來了，要是再看不見妳，我就直接開車去找妳了。」童小川焦急地說道。

「我沒事，大龍那邊怎麼說？」章桐匆匆走進一樓大廳，下樓梯，向自己的辦公室走去。剛才在電話中，她讓童小川找鄭文龍要那天早晨市局對面的監控影片資料。

童小川點頭：「影片檢索結果出來了，她是跟在你身後去了馬路對面，而在這之前，她一直守在市局外圍的樹蔭下。」

「難道說她一開始就是針對我的？」章桐停下了腳步，回想起剛才公車上那一幕，她感到無法理解，「我與她沒有任何瓜葛，她為什麼要針對我？暫且不說那個時候她是否還活著，當初她丈夫的死也是與我無關的，她這麼做的動機到底是什麼？」

童小川雙眉緊鎖：「我還是無法認同那時候你遇到的就是齊媛媛本人。」

「兩個人臉上不可能有同一種醫學映象特徵，又不是複製人。」章桐說道。

「我已經派人去調妳剛才坐的那趟公車的監控影片了，希望能有所收穫。」童小川輕輕嘆了口氣，把話題扯開了，「妳怎麼突然想到回局裡來？」

章桐停下腳步，轉身認真地看著童小川：「G 市那邊，你有沒有認識的人？」

「你的意思是……」童小川沒明白。

「我總覺得現在這事和黃法醫當初遇害的案子有關，」章桐想了想，說道，「那天，齊媛媛在大街上對我說的原話是 —— 請問，章醫生，如果一個人的他殺被精心偽裝成自殺或者意外事件的話，妳能看出來嗎？」

「你想，她特地來找我，然後就為了這句話，她必定是知道了什麼內情，但是卻不方便說出來。可惜的是，我當時並沒有注意到她這句話裡的真正含義，卻過多地去關注了她後面的突然胡言亂語。」章桐臉上露出了茫然若失的神情，「在車上，我聯繫了 G 市現在的陳法醫，他是接手黃俊和法醫工作的人，他對我說黃俊和的妻子齊媛媛在提出行政訴訟之前，曾經和當時的刑警隊長老田起過爭執，而這直接導致了老田被降職。當時的刑警隊也遭遇了從未有過的人事大洗牌，包括技術中隊的人。」

童小川頓時明白了章桐的意思，臉色瞬間凝重了起來：「這屬於平級調查，確實有些難度，但是事關殉職的警務人員，再難也得試試。」

章桐點點頭：「先幫我把黃法醫的屍檢報告弄過來，他的屍體不是已經火化下葬了嗎？你找檔案室的幫幫忙。」

童小川欲言又止，想了想，有些擔心地說道：「這件事可真得暗地調查，不然的話，可就犯大忌諱了。」

「我想齊媛媛當初離開，應該也是和這個有很大關係，拜託了！我必須排除一切可能。」

「好吧，妳等我消息！」童小川若有所思地看了章桐一眼，轉身便匆匆地離開了底樓走廊。

現在最大的難題就是要確認齊媛媛的準確死亡時間。章桐匆匆給自己換上工作服，戴上手套和口罩，推開解剖室的門，穿過過道，直接來到後面的房間，打開燈的剎那，房間裡冷氣所形成的煙霧在緩緩繚繞。章桐打了個哆嗦，她伸手拿下記錄本，找到屍體編號，仔細核對過後，便拉開櫃門，打開裹屍袋，剛想把活動輪床推出去，轉念一想，便又重新打開旁邊的櫃門，那是個特殊的小裹屍袋，裡面就是那隻死在齊媛媛屍體旁的成年母貓。她先把母貓的屍體搬到外面的解剖臺上，伸手打開上方的照明燈。

章桐記得很清楚，在現場貓的身體是被擺得工工整整的，這完全可以認定為凶手最後重新布置現場時所為。這是一隻懷孕的母貓，她心中不由得一動，要知道懷孕的動物都有一種天生的護犢本能，也會比以往有更大的攻擊性，就連自己的主人不留神的話也會被攻擊。牠在臨死前，出於本能，應該會有攻擊的行為產生。章桐依次剪下了母貓的指甲，最後在查看口腔時，她看到了一絲淡淡的血痕，懸著的心這才終於放了下來。

做完這一切後，章桐正在猶豫要不要先送去痕跡鑑定辦公室那裡，一陣急促的腳步聲響起，解剖室的門應聲推開，小九氣喘吁吁地站在門口：「章主任，我，我回來了。」

「你走錯了吧？」章桐有些錯愕，「出門左轉上樓右手第二個門才是你該去的地方。」

小九伸手撓了撓頭，憨憨地笑了笑：「沒錯沒錯，我剛才打了個電話給師父，問他今晚要不要幫忙，妳也知道，這整個單位的人都在忙，我也不可能閒著，妳說是不是？結果師父說不用，說他看到妳回來了，就打發我過來幫妳。小顧她媽身體不太好，她叫我轉告妳說今晚我替她值班。」

「這樣啊，那我就不客氣了，來。」章桐把手中剛提取的兩個樣本遞給小九，「你盡快給我結果，我要知道上面是不是有人類DNA，如果有的話，是誰的，盡快！」

「沒問題！」小九用力點頭，護著托盤，風一般地跑了。

＊　＊　＊

半個小時後，結果出來了，雖然是在意料之中，章桐卻還是呆住了——樣本DNA與齊媛媛的並不相符。她撥通了童小川的電話：「童隊，現場發現一組DNA，但是卻並沒有能夠在庫裡找到比中對象。」

「這就是說要麼沒被我們處理過，要麼就是從未做過案子。妳是在哪裡找到的？」電話那頭童小川的聲音有些嘶啞，背景象是在嘈雜的馬路上。

「貓的身上。」章桐說，「那隻被擰斷了脖子的貓，牠在死前做過掙扎。」

聽到這裡，童小川一聲嘆息：「我現在開車去G市，有什麼事隨時和我聯繫。還有，我的去向只有副局知道，我不在的時候，妳找他吧。」

「沒問題。」章桐匆匆結束通話電話。她回到工作臺邊，看著顯微鏡下怪異的一幕，不由得雙眉緊鎖。

2.

自從樓上出事後，雖然屍體已經被警方轉移走了，但是徐老伯和老伴平靜的生活卻也就此被打亂，每天晚上總要在床上翻來覆去很多次，甚至到了天亮都不一定能睡著。張阿姨本來身體就不好，這一折騰再也受不了了，乾脆搬去女兒家住，徐老伯卻不願意走，畢竟是自己的家，有了感情，總擔心這一走，就再也沒機會回來了。

這人一旦安靜下來，難免胡思亂想，以前被忽視的或者並不在意的人或者事，就會再次出現在自己的腦海中。

凌晨時分，徐老伯躺在床上，雙眼緊盯著黑漆漆的天花板，陷入了沉思——樓上那死去的女人是一年多前搬來的，應該是夏天吧。記得那天是大中午，天很熱，女人卻穿了一件長袖，還戴著帽子，給人一種弱不禁風的感覺。女人平時很少出門，即使上下樓梯時遇到，點個頭就算打過了招呼，除此之外，就是那兩次自己去過她家抄瓦斯錶。印象中那個女人的家被收拾得乾乾淨淨的，只是那隻灰貓，卻似乎對生人很是警惕，衝著自己不斷炸毛嘶吼。女人見了，便上前趕緊抱起貓並不斷道歉，說那貓是她一個朋友的，受到過虐待，被她救助後就對她產生了很深的依賴，就只認她一個人。

漸漸有些熱了，徐老伯乾脆坐起身，從床頭櫃裡摸出一本書，打開檯燈，戴上老花眼鏡，翻開第一頁的時候，他突然心中一怔——耳根子邊好安靜啊！從上週開始，每天晚上就特別安靜。他記得那隻灰貓有個壞習慣，總是喜歡在凌晨的時候在陽臺上叫，院落裡的野貓就會跟著起鬨，叫得他和老伴心煩意亂，卻又礙於臉面不好意思上門理論，畢竟只是一個單身女人居住，便只能時刻提醒自己，這只不過是一隻被寵壞的貓。

可是，從上次颱風夜開始，他就沒再聽見貓叫，只是有人半夜三更還在房間裡走來走去，而直到上週，腳步聲消失了，貓的叫聲也沒再出現過。

想得煩了，徐老伯便乾脆把書往床上一丟，下了床，在房間裡繞圈踱步。突然，他跑到電話機旁，皺眉想了想，終於打定主意，摘下話筒。

那個長得很漂亮的女醫生說過，如果想起什麼，無論什麼時候，一定要找她，徐老伯不斷地安慰自己。

＊　＊　＊

天亮了，還在睡夢中的歐陽工程師被自己飢腸轆轆的聲音驚醒，他從辦公室的沙發椅上坐了起來，目光便被面前茶几上那張檢驗報告給吸引住了，落款是章桐的簽名，工整有力。他趕緊揉了揉眼睛，仔細地一行行讀下去，很快便睡意全無，抓著報告便匆匆走出了辦公室，一眼就看到了用兩張活動電腦椅拼起來當床睡得正香的小九，想都沒想就一腳踹在了椅子上：「快醒醒，還睡！」

小九睡眼矇矓地從地上爬了起來，委屈地說道：「師父，我才瞇了半個多鐘頭。」

老歐陽愣住了，隨即尷尬地清了清嗓子：「哦，這樣啊，章主任這報告是什麼時候送過來的？」

小九看了眼牆上的掛鐘：「有兩個鐘頭了，章主任說你要是有什麼問題，這個時間她在食堂。」

老歐陽樂了，剛走到門口，想了想，便回頭對小九笑瞇瞇地說：「小傢伙，去我那沙發上睡吧，白天你就不用幹活了，我等下給你在食堂拿點東西回來吃。」

小九咧嘴一笑：「還是師父心疼我。」

＊　＊　＊

歐陽工程師在食堂找到章桐的時候，她正在慢條斯理地喝著白粥，在食堂，章桐只吃白粥白飯，從不吃菜。老歐陽也顧不得別的了，他把檢驗報告放在章桐面前，激動地說道：「這是真的？」

章桐點點頭：「沒錯，我向二院皮膚科的專家做了諮詢，確診這就是貓癬。貓癬極易傳染人，雖然在人身上呈現出的是體癬的特徵，但是這種疾病的感染源卻是犬小孢子菌，屬於真菌的一種，所以感染在人體的皮膚上，和其他皮膚癬的癬菌所造成的結果是非常類似的，主要表現為片狀紅斑，以及紅斑基礎上的鱗片狀皮屑，唯一的不同就是邊界清楚，呈中心自癒的現象。如果不進行積極的抗真菌治療的話，這種病會成片發展得非常迅速。我就是在死者的左手臂內側發現的，而傳染來源就是那隻母貓。」

「照這麼看來，貓在臨死前抓了凶手，也就是說凶手有可能被傳染上貓癬。」老歐陽皺眉說，「但是這極短時間就能傳染上嗎？」

「那是隻長毛貓，只要抱過牠的，時間夠長，加上自身抵抗力弱，那就都有可能被傳染上。」章桐慢吞吞地說道，「那住在樓下的老人家早上打了個電話給我，電話中提到了這隻貓，說牠每天凌晨喜歡叫喚，可是後來，就是那天颱風夜後，貓卻不叫了，晚上只聽到樓上傳來腳步聲，就是在房間裡睡不著踱步的那種，這樣持續到一週前，貓的叫聲沒再出現過，腳步聲也消失了。老歐陽，你告訴我，你推斷出了什麼？」

歐陽工程師雙眉緊鎖：「成年貓狗的習慣一般很難改變，除非遇到了很大的變故。」

「我查看過母貓的胚胎，證實母貓死亡時間確實不超過一週，這和死者是一樣的。而母貓的四肢非常乾淨，也就是說牠幾乎和死者是在同時死亡，所以沒有沾染上死者的血。」章桐輕聲說道，「死者從受到傷害到最終死亡，中間足足相隔了兩週左右的時間。我查看了她的心臟壁，上面有注射過的痕跡，不排除是腎上腺素。而從心肌壞死的程度來看，差不多是一週左右的時間，所以死者真正死亡的時間應該是一週前。顯然我最初的判斷有誤。」

「你是說凶手人為地延續了受害者的生命？」

章桐點點頭：「沒錯，我想，應該是對凶手還有利用價值吧，直到一週前，不知怎的，他就下了毒手，最後打死了受害者，順帶擰斷了貓的脖子，重新布置了現場。凶手和貓以及死者在同一個房間裡待了兩週左右的時間，所以他患上貓癬的可能性非常大。」

「對了，童隊去哪了？我打他電話，他沒接。」歐陽工程師邊說邊又掏出電話準備撥打，「他一定想知道這個訊息。」

「不知道，好像出差了吧。你跟副局彙報就可以了。」章桐喝光了碗裡最後一口白粥，站起身，走出了食堂，遠遠地飄來一句話：「我去辦公室睡一下。」

＊　＊　＊

三百公里外的G市市局門口，童小川把車停在臨時停車位上，抽完了最後一根菸，他順手在車載菸灰缸裡掐滅菸頭，直到看見有人走出警局，向自己這個方向走來時，本來略顯焦躁不安的臉上這才露出了笑容。

3.

江濤是童小川當初在禁毒大隊工作時的搭檔，後來因為工作的緣故被調去了G市，現在已經調離了禁毒大隊，轉去了督察部門工作。

「童哥，怎麼想到來這裡轉轉了？你們現在這麼有空嗎？」一鑽進警車，江濤便笑嘻嘻地說。

「忙著呢。」童小川神情尷尬，「這次我特地來是求你幫個忙，兄弟。」

「幫忙？」江濤臉上的笑容漸漸消失了，「我還以為你不進去找我，是因為我是督察的緣故……童哥，不會是什麼見不得光的事吧，那可是要犯錯誤的。」

「神經病！」童小川狠狠瞪了他一眼，「你是見多了犯錯誤的人，現在看誰都是犯錯誤的了。咱再怎麼說也是做過禁毒的人，死都不怕，多少值錢的玩意兒放在面前更是眼皮子都不會眨一下，還會犯這種錯誤？你也不動動腦子。」

江濤嘿嘿地笑了：「那你幹嘛這麼鬼鬼祟祟地不進去找我？偏要搞得跟地下工作似的，我們督察部門就這麼不招人待見嗎？」

童小川長長地出了口氣，臉上的神情顯得有些沮喪：「我手頭有個案子，目前不方便驚動你們上面，想請兄弟你幫忙複製一下檔案。」

「既然是辦案，為什麼不走正常程序？」江濤敏銳地感覺到了什麼，口氣也凝重了許多，「難道說是我們警隊內部出了內鬼？」

童小川猶豫了會兒後，直截了當地說道：「兄弟，我別的也不求你，當初出任務的時候，我也幫你捱過人家一刀，不看僧面看佛面，你就當還我人情吧。別的，你先別問了，說到底，我也是應人之託，」說到這裡，他略微停頓了下，目光看向車窗外，遠處，G市市局的牌子醒目可見，「我要一份屍檢報告，包括現場的原始相片副本。」

車廂裡的氣氛瞬間變得凝重了起來，江濤壓低嗓門：「什麼案子的？」

「黃俊和法醫。」

又是一陣讓人感覺壓抑的沉默，出乎意料的是，江濤竟然答應了，他伸手拉開車門，鑽出警車，想了想，回頭又叮囑道：「我只有一個要求，案子結果出來後，務必第一個讓我知道。」

童小川突然心頭一震，他看著自己多年的老搭檔，語速飛快地問道：

「難道說，你對這個案子也有疑問？」

「我看過現場，怎麼說呢……不符合邏輯！在這等我。」江濤頭也不回地擺擺手，快步走回了G市市局大院。

邏輯這個東西是很讓人頭痛的，它無影無蹤卻又是必然的存在，並且固執地左右著人的判斷力。

半個小時後，江濤的身形再次出現在市局門口，他透過打開的車窗塞給童小川一個公文袋：「都在裡面了。」

「謝謝，兄弟。」童小川感到鼻子有些莫名的發酸。

江濤輕輕一笑，眉宇間神情卻有些落寞：「我一直以為這件事就這麼過去了，不過現在看來，總算有個結果也未必不是一件好事，儘管這個結果或許是誰都不願意去看到的。」說著，他長嘆一聲，用手掌輕輕拍了拍警車頂部，「走吧走吧，童哥，下次出差去你們那裡，有機會我們再好好聚聚！」

雖然離開禁毒大隊已經有好幾年了，但是內心深處卻怎麼也忘不了當初那驚心動魄的一幕幕場景，還有手足一般的戰友情誼。車都開出去老遠了，後視鏡中卻依然能夠看到江濤站在風中的身影，童小川不禁感慨萬千，眼中竟然有了一些淚光。

＊　＊　＊

李曉偉下午沒課，便興沖沖地跑來市局找章桐，請吃中午飯是假，其實他心裡最大的疙瘩就是前段日子自己求婚被婉拒。那之後的幾天裡，他沮喪極了，想和章桐進一步溝通，她又很忙，連回個電話都有些不太可能，知道依照章桐倔強的個性，自己不能急於求成，便只能像以前那樣螞蟻搬家式地繼續培養感情再說了。

不過還好，對於雪菜黃魚麵，章桐是毫無抵抗力的。一大碗麵條下去後，她一邊掏出手帕擦汗，一邊說道：「無事不登三寶殿，你說吧。」

李曉偉頓時漲紅了臉，面對這個智商高於自己很多倍，情商卻又低得讓人感覺頭痛的女人，有時候他還真的不知道該如何開口：「我……對了，妳幻聽的毛病最近怎麼樣，有沒有減輕一點？」

前段日子因為工作壓力的緣故，章桐確實不止一次向他抱怨說自己有些幻聽。她聳聳肩：「好多了，最近都沒犯了。」

「那就好，那就好。」李曉偉有些詞窮，突然章桐臉上的神情凝重了起來。

「怎麼了？」李曉偉不安地壓低嗓門問道。此刻，小麵館裡的食客已經逐漸散去，周圍的環境也變得安靜許多。

章桐皺眉想了想，說：「那人死了，是他殺。」

「天吶。」

「可是，我總覺得哪裡有些不太對勁。」章桐抬頭認真地看著李曉偉，「你說一個人為什麼能完美複製對方的容貌，包括對方臉上的醫學映象式特徵？」

「我見過我們醫院裡整形科專用的矽膠式面具，確實能夠做到以假亂真的地步，如果不仔細看的話，是完全分辨不出來的，尤其是兩人之間隔著一定的距離。」李曉偉說，「那天，你和她面對面的時候，中間隔著多遠的距離，你還記得嗎？」

章桐皺眉想了想：「等等，那天，她是背光站著的，離開我兩公尺遠左右。」

「這麼看來，確實有可能戴了某種特製面具，要知道連皮膚紋路和血管分布都能做到以假亂真。那天我聽整形科的人說了，這年頭只要有錢就行。」

章桐臉色頓時沉了下來：「那，她所說的話，前半段我還可以理解，那後半段，為什麼要說那麼怪異的話？要知道那時候，真正的受害者已經去世了。」

李曉偉略微斟酌過後，說道：「我個人覺得她是想和妳攀關係。」

「可她後來又想殺我！」再次提到自己在案發現場樓下差點被一把菜刀砸死的經歷，章桐心中仍然有些憤憤不平。

「那是因為妳發現了她不想被人知道的祕密，她想滅口。」李曉偉若有所思地說道，「我曾經遇到過一個病人，對自己的母親非常親近和依賴，可就是因為母親當著別人的面無意中說了一些他不喜歡的話後，當天晚上回家後他就把自己母親給掐死了。那個病人屬於中度殘障，智力只有 7 歲孩子的程度。我舉這個例子就只是想告訴妳，對於某些人來說，一件事情的發生能瞬間改變他最初的決定，包括殺人。」

「我不明白到底是什麼原因能讓他這麼孤注一擲。」章桐小聲嘀咕。就在這時，手機提示欄裡出現了童小川的名字，點開後，是一份掃描的屍檢報告。章桐一聲不吭地看著，許久，她站起身，匆匆對李曉偉說：「我得趕緊回單位去。」

「那……那就下次再約。」李曉偉有些失落，臉上勉強擠出一絲笑容。

＊　＊　＊

章桐快步走出麵館，穿過馬路的時候，她迫不及待地掏出手機撥通了歐陽辦公室的電話：「歐陽，叫上小九，馬上來法醫處的三維成像室，我們要對一具已經被火化的遺體進行模擬屍檢！」

第二節　灰燼裡的答案

1.

模擬屍檢的房間是獨立的，就在法醫處最裡面，是間不足 8 平方公尺的小房間，裡面空蕩蕩的，除了靠牆角的位置擺了個工作臺和一臺電腦外，就是天花板和牆角四面各自對角放置了幾臺成像儀。

章桐拿出三副眼鏡，分別遞給歐陽和小九，然後自己也戴上。伸手按下電腦執行鍵的同時，房間的正中央便出現了一幅三維模型，和正常人一般身高。

「黃俊和法醫身高 175 公分，身體健康狀況良好，沒有其他病症。」章桐解釋道，「根據這份屍檢報告和現場相片來看，黃法醫的致命傷在左面頸動脈處，死因是銳器創所導致的失血性休克，創傷深度將近 4.8 公分，創口邊緣有稜角，不排除為軍刺一類的凶器。這些，我都沒有什麼疑問，只是……」說到這裡，她突然停下了腳步，抬頭對小九說，「小九，你身高多少？」

「172 公分。」

「凶手和你差不了幾公分。」章桐點點頭，伸手一指，「麻煩你站到這邊來，對，就是這個位置，你站著不要動。」說著，她回到牆角工作臺旁，在電腦上敲擊了旋轉的指令，模型便直立了起來。

「好，假設你現在手中就有一把尖刀，你向死者右面頸動脈刺去，要非常準，一擊到位。」章桐認真地說道。

小九依照吩咐做出了動作，只是有些說不出的彆扭。

一旁的歐陽見狀，感到很詫異：「不對啊，能一擊就貫穿頸動脈 4.8

公分的力量，凶手要麼是個左撇子，要麼就必須用很大的力氣才行。不然的話，習慣用右手的人左手是做不到能夠一擊就克制住死者的。」

章桐點點頭，又按下了翻轉指令，模型變為正面面對小九。

「你接著來！重複剛才的動作。」

小九這回是順手多了。但是章桐臉上的神情卻依然很嚴肅，她擷取了兩處受傷的地方進行對比：「歐陽，問題出在這，能造成黃俊和法醫屍體上傷口形狀的人，必須身高在 165 至 168 公分之間，而且是正好面對著黃法醫。」

「當時他是不是有蹲下的動作？」小九問。

「不可能，蹲下的話，所造成的創面角度就更接近於直角垂面對。」章桐回答。

「難道你的意思是凶手另有其人？」歐陽緊鎖雙眉，滿臉疑惑。

「被抓的縱火犯身高在 186 公分，而且，他的右手有殘疾，所以就更不可能一擊致命。黃俊和法醫畢竟也是受過一定訓練的人，」章桐看了歐陽工程師一眼，「我擔心凶手是女人！一個身高 165 至 168 公分之間的女人。」

小九突然想到了什麼，伸手一指面前的模型：「章主任，你是怎麼拿到這份屍檢報告的，這個案子好像不歸我們管吧？」

「沒有歸誰管這個問題，只要有疑點，誰都可以提出來。」歐陽狠狠地給了徒弟肩膀一巴掌，「腦子別那麼軸，好不好？我怎麼就教不會你呢？」

小九滿臉委屈。說歸這麼說，歐陽看向章桐的目光中卻也是充滿了疑慮和關切。

「小九說得對，是我找人要的屍檢報告，因為沒有辦法進行二次屍檢，而我又有疑問，無奈就只能用這個辦法了。這麼看來，凶手果真另有其人。」章桐皺眉說道，「如果真是個女人的話，那齊媛媛死亡現場那段時間裡所出現的情況就完全可以被解釋得通了。」

＊　＊　＊

副局長張浩的辦公室裡，童小川憂心忡忡地說道：「副局，黃俊和法醫當年的助手就是個女的。」

「可是我們不能光憑這點就貿然要求對她進行處理啊，這條證據鏈關聯不起來。隨隨便便就進行調查的話，很容易處於被動地位。」副局果斷地搖頭。

「她的身高也和章主任所得出的結論相吻合。」童小川有些急了，不想看著好不容易得到的線索白白斷了。

「除了進行外圍調查，別的，我沒有辦法批准。」副局嚴肅地看著童小川，「你給我聽好了，不能動她，可以蹲點守，在拿到更直接的證據之前，你們不能動手。」

幾秒鐘的僵持過後，童小川妥協了，他重重地嘆了口氣，沮喪地說道：「好吧。我答應你就是。」

＊　＊　＊

離開副局辦公室，童小川一邊等電梯，一邊撥通了江濤的電話：「兄弟，我還需要你幫個忙。」

電話那頭的江濤嘿嘿一笑：「盡力而為。」

「黃俊和法醫的助手是個女的，叫鄒小琴，對不對？」童小川直截了當地問道。

江濤一愣，隨即點頭：「沒錯，是這個人，但是現在已經不在我們這了，黃法醫殉職後沒多久，警隊那邊便進行了一次很大的調整，我記得我跟你說過的。」

「我知道，幫我找到這個人現在的下落，我這邊不方便查，不在職權管轄範圍內。」

「沒問題。」江濤結束通話了電話。

童小川心事重重地按下了電梯下行鍵，看著螢幕上不斷變化的數字，他皺眉陷入了沉思。

＊　＊　＊

事情的結果永遠都是出人意料的。

夜幕降臨，章桐鎖好辦公室的門，便順著走廊向樓梯口走去，快到轉彎的地方，一個黑影從椅子上站了起來：「妳好，章醫生。」

章桐停下了腳步：「你是……」

因為轉彎處沒有燈，所以章桐並不能看清楚對方的具體長相。

「我來拿一樣東西，我一個朋友留下來的東西。」對方笑盈盈地說道。

「東西？現在是下班時間，認領遺物的話，明天來吧。」章桐剛走出兩步，突然怔住了，轉頭看向對方，「你的聲音好熟，你是誰？」

話音未落，一把形狀怪異的刀便頂在了章桐的腹部，而那張逐漸靠近的臉讓章桐不由得倒吸一口冷氣：「你是鄒小琴？」

對方卻只是默默地搖搖頭，嘴角的笑容顯得格外詭異。

2.

一個死人是不可能活過來的，除非她根本就沒有死。

看著眼前這張毫無表情的臉，章桐可以立刻確認上面絕對沒有被覆蓋任何的矽膠面具，而這雙冰冷的眼睛，讓她恍然大悟，隨即輕輕出了口氣，一字一頓地說道：「妳是齊媛媛，死的是鄒小琴，而妳根本就沒有死。」

對方沒有說話，算是用沉預設可了自己的身分。

章桐的視線順著對方的手臂看過去，這把刀，刀刃長度在 8 公分左右，上面有道細細的凹槽，刀背非常薄，不到 1 公分，所以能夠輕易地就刺透自己的肝臟，雖然外部傷口會非常小，但是自己卻可能會因為大出血而死。確切點說這並不是一把刀，而是一把刺，一把能夠用來殺人的軍刺。

「這就是妳用來殺害黃法醫的凶器，對不對？他可是妳的丈夫，妳怎麼能下得了手？」章桐皺眉看著她，自言自語地說道，「等等，G 市的火災現場那天我也在，妳究竟是什麼時候到的？放火的人並不是妳，難怪他被抓的時候在不斷地說沒有殺人，只是放了火而已。當時，卻並沒有人相信他語無倫次的話，人們都被憤怒的情緒所包圍了……」

「妳錯了，我不是故意要殺他的。」齊媛媛平靜地說道，「事後，我也自責過。」

章桐一陣冷笑：「自責？妳真要是自責，為什麼不投案自首？為什麼還要殺害黃法醫的助手？等等，妳們的病歷，難道是被換過了？死者明明患有腦瘤……」章桐的思緒一片混亂，她不安地看著眼前這個渾身冷冰冰的女人，「妳到底做了什麼？」

「她是個好人。」齊媛媛眼中的淚光轉瞬即逝，「妳既然已經知道了，那就把鄒小琴的東西交給我。只要妳不說出我的事，我就不會傷害妳。」

「她沒有留給我過任何東西，我發現她的時候，她就已經死了一個多禮拜了，一個死人是不可能給我東西的。」章桐果斷地說道。

顯然齊媛媛並不相信她說的話，但是卻找不到任何理由來推翻，便沉聲說道：「妳現在帶我去解剖室，我要看看她的屍體。」

「這不可能！」章桐臉色沉了下來。

正在僵持之際，走廊那頭傳來了腳步聲，齊媛媛皺眉說道：「我還會來找妳的，即使找不到妳，我也會去找李醫生，他可是個很善良的好醫生，從不會讓人失望。」說著，她輕輕一笑，便靈巧地爬上走廊的大玻璃窗，跳窗走了，身影很快便消失在濃濃的夜色中。

出於安全考慮，章桐沒有去追，因為只要位置對了，齊媛媛手中的那把刀子是足可以奪人性命的，所以她不能冒這個險。

很快，腳步聲在離自己不遠處停了下來，是童小川，他看到章桐站在窗口發呆，不禁有些意外：「章主任，妳還沒下班？」

章桐轉頭看著他：「你怎麼來了？」

童小川晃了晃手中的備用鑰匙，那是解剖室所獨有的，他嘿嘿一笑：「我以為妳下班了，就去問保安處要了妳這邊的備用鑰匙，我想再驗證一下。」

「什麼？」章桐心中一緊。

「好吧，我想確認下死者齊媛媛的真實身分。」見章桐依舊沒吭聲，童小川便解釋道，「我下午跟你說的黃俊和法醫的助手叫鄒小琴對不對？」

章桐點頭：「沒錯。」

「她已經失蹤很久了。」童小川緊鎖雙眉，「G 市的朋友通知我說自從黃俊和法醫出事後，鄒小琴的情緒就非常不穩定，很快，她便主動要求調離，去了一家研究機構，可是上班沒幾天，她又離職了，據說也來了我們市。我調看過她來到這裡後的暫住地周圍的監控錄影，看了兩個鐘頭，終於發現了一個人……」

回想起剛才的一幕，章桐輕輕嘆了口氣：「齊媛媛。」

童小川有些吃驚：「你怎麼知道？」

章桐伸手一指窗外漆黑的夜色，無奈地說道：「她剛才就在這裡，她沒死，死的應該是鄒小琴。」

話音未落，童小川急了，就要轉身去追，被章桐一把攔住：「她身上帶了致命的凶器，而且後面的巷子裡老宅子居多，我怕她狗急跳牆。放心吧，她還會來找我的。」

「為什麼？」童小川不解。

「因為她要一件東西，我可以肯定我這邊沒有她要的。也就是說鄒小琴必定留下了很重要的證據，她在凶案現場之所以停留那麼長時間，很有可能是在尋找那件對她來說至關重要的東西。但是齊媛媛最後還是失望了，因為那件東西並不在凶案現場。」章桐轉頭看著童小川，「鄒小琴和齊媛媛都沒有被我們警方處理過，所以我們的資料庫裡不可能有她們留下的 DNA 或者完整的指紋樣本，她們兩人的身高長相年齡都差不多，而案發現場的屍體因為傷在頭部，又過了一段時間才被人發現，以至於面目全非，根本無法辨識，我們一開始的時候就因為對方是死在那個房間就自然而然地認定死者是屋子的住戶，現在看來，是我們大意了。」

童小川點點頭：「我再去案發現場周圍看看，同時找老田聊聊，這邊就拜託你了，確認下死者的真實身分。我總覺得，這個案子沒有我們想像中那麼簡單。」

「我明白。」章桐心中感到了陣陣的不安。

＊　＊　＊

夜深了，徐老伯一個人躺在床上，剛有了些睡意，門口卻傳來了急促的敲門聲。這個時候會有誰來？難道是警察？不會啊，都快凌晨了。徐老伯不由得感到有些生氣，本想不搭理那略顯無禮的敲門聲，可是對方卻敲了一次又一次，根本就沒有停下的打算。

徐老伯從床上坐了起來，還好老伴兒又去了女兒那裡，他下床穿了拖鞋，睡眼矇朧地走過玄關，伸手打開門。

門外站著一位身穿鵝黃色長裙的年輕女人，她笑瞇瞇地對徐老伯說：「老伯，打擾了，我來拿我放在你這裡的東西。」

徐老伯呆呆地看著她，結結巴巴地說道：「妳……妳不是死了嗎？」

年輕女人也不惱，依舊笑瞇瞇地看著老伯：「徐老伯，死人就不能來拿寄放在你這裡的東西嗎？」

徐老伯頓時感到自己心跳得厲害，眼前一黑便向後重重地倒在了地板上。

年輕女人輕輕一聲嘆息，跨過徐老伯的身體，走進了房間，門在她身後被緩緩關上。

3.

凌晨1點多的時候，G市下屬派出所值班室的電話鈴聲響了起來。沒多久，老田的身影便出現在派出所的門口。他衝著童小川的警車招了招手，示意他這就進去，童小川微微一笑。

小派出所值班室的條件當然沒辦法和市局的比，尤其當一牆之隔是菜場殺雞攤位的時候，那撲鼻的異味就更加無法用言語來表述了。

老田已經習慣了，他為童小川沏了壺茶水，話語中充滿了歉意：「童隊啊，你這大老遠地趕來，也沒啥招待的，就將就著喝點茶吧！」

童小川和老田並沒打過多少交道，只是因為工作的緣故見過幾次。兩人脾氣秉性挺投緣，在這特殊的環境下，自然也就無話不說了。

「小黃的脾氣是出了名地好，平日裡叫他加個班啥的，一個電話就來，也從不抱怨什麼。」老田的目光變得有些朦朧，「印象中和我們刑大合作這麼久的，小黃是最認真投入的一個法醫，只是可惜，他走得太早了。」

在警隊工作過的人，幾乎都會忌諱說一個「死」字。

「老田，在來你這之前，我又去看了那個現場，都過了這麼久了，那地方還是老樣子啊，也不知道修修。」

「那場火災中死了那麼多人，那棟樓的修復快不了，涉及賠償方面的輿論壓力太大了，而個人觀念也不是一天兩天就能隨意改變的。」老田苦笑道，「從感情上來說，死了的人不可能再復活，但是活著的人卻不一定能馬上接受自己親人的離去，理由就這麼簡單。」

「跟我說說鄒小琴吧，黃法醫的助手，她為人怎麼樣？」童小川看似隨意地問了一句。

老田緊鎖雙眉，猶豫了一會兒後，這才說道：「那孩子，生活的壓力太重了，所以她後來辭職不幹也是情有可原的。」

童小川心中一動，深知老田是在刻意迴避自己的問題，便輕輕笑了笑：「田哥，你也是個聰明人，我今天突然來找你，而且不是選擇大白天你們所裡人多的時候，我想，你應該能夠明白我的良苦用心吧？」

老田沒有吭聲，只是嘴角微微抽動了一下，顯然他在拚命克制自己內心的起伏。許久過後，他把臉埋在雙手中，一聲長嘆，等再次抬起頭時，眼角已然有了一些淚光：「那孩子，我不止一次聽小黃講過，是個資質很不錯的好苗子，小黃一再強調要好好培養，因為我們基層的法醫實在是太少了。誰知，這話講過沒多久，一天晚上，也就是像現在這個時候，我前腳剛下班回到家，後腳便被小黃打電話叫了出去。在他車裡，他猶豫了半天，才跟我說無意中發現那孩子在做假鑑定。」

「假鑑定？」童小川突然感覺自己有些喘不過氣來，「等等，田哥，我知道你們基層法醫有時候也會應群眾或者單位要求，出面做一些非刑事案件方面的鑑定工作，但是這假鑑定……責任就太大了，你確定你沒聽錯？」

老田搖搖頭，苦笑道：「我聽了這話後，當時的表情和你現在的樣子是一個模子裡刻出來的，就連所說的話都差不多。可是後來，」說到這裡，他臉上的神情變得凝重起來，「我確信小黃沒有撒謊。那時候，我才意識到情況已經是非常嚴重了。」

「那為什麼不立刻上報並且停她的職？」童小川不解地問，他相信老田絕對不會犯這種愚蠢的錯誤。

「停職？沒有實際的證據，是絕對做不到的。」老田看了他一眼，沒有再繼續說下去。

童小川突然明白了老田那複雜的眼神，不禁愕然道：「原來這就是她要的東西啊。」

「誰要的？」老田警惕了起來，他做過多年的刑警隊長，如今雖然下放了，但是腦子裡那根弦卻始終都緊繃著。

「田哥，你也知道瞞不了我，咱畢竟是同一個系統的。」童小川若有所思地看著老田，「那我就直截了當地說了，你別介意。」

「說吧。」老田清了清嗓子，似乎早就知道這一刻必定會來臨，他把身體蜷縮排了燈光的暗影中。

「你的下放，應該不是上面的決定。如果真是那樣的話，那最多只是一次小小的處分，絕對不會降級下放這麼嚴重。要是我沒判斷錯的話，那是你對你自己的懲罰，而這懲罰，也並不全是因為黃法醫在案發現場時的意外去世，相反，是因為你知道凶手是誰，你卻沒有說出來，你受不了良心的譴責，故此，你才會做出後面的舉動。」童小川的話語中透露出隱隱的冰冷，「田哥，你當了一輩子的刑警，兄弟們都以你為傲。」說到這裡，他環顧了一下這間狹小潮溼的值班室，「我想，如今的局面，應該也不是你所願意面對的吧……」

話沒說完，讓童小川感到吃驚的一幕發生了，眼前的老田就像一隻受傷的獅子，縮在陰影裡嗚嗚地哀號了起來。男人的哭和女人的哭是不一樣的，那是一種緩慢而又沉重地從心中往外宣洩痛苦的過程。

半晌，他抬頭看著童小川，淚水順著臉頰無聲地滾落：「那天晚上在車裡，小黃對我說，那孩子還有救，因為她的假鑑定只做過一次，而且是出於同情，幫一個想擺脫自己家暴丈夫的女人打官司，申請司法保護。但是誰想到事情還是被小黃發現了，出於職業要求，他告訴了我，但是同時他又懇求我再給那孩子一次機會。我同意了，正如他所說那孩子本性並不壞。」

「你這麼做是在犯錯誤！」童小川無奈地說道，「做假鑑定犯法！」

老田默默地點頭：「這身衣服穿了三十多年了，我知道底線在那，誰都不能去觸碰，觸碰就必須付出代價。但是當我知道那個女人的特殊經歷後，我同情她。你知道嗎，童隊，一個雜種從她十二歲起就開始侵犯她，等她成年後就騙她結了婚，表面上做得毫無瑕疵，但是一關起門來就變成了可怕的惡魔。可惜的是那女的根本就沒有證據去徹底擺脫那雜種，走投無路之下便找到了黃法醫的助手小鄒，後來的事，你也就知道了。」

童小川突然意識到了什麼，便急切地追問道：「那這假鑑定總共做了幾次？」

「好像就那一次。」老田神情落寞地回答，「至於說凶手，正如你所說當時的現場一片混亂，煙很大，我看見有人從發現黃法醫屍體的地方跑了出來，身材瘦小像個女的，僅此而已，我沒有直接的證據去證實這件事，因為我沒有來得及看清對方的臉。事後，我找了小鄒，她卻對我避而不見，那時候我就知道該是我承擔責任的時候了，寫完案情報告後我便去找了上面，把這所有的事情都和盤托出。我的錯在哪我心裡有數，因為黃法醫的被害絕對不是一次簡單的工作過失，所以我當時請求的處分不是下放，而是瀆職，這是要被公訴的，最不濟也是被開除，但是上面在商量過後，卻因為證據不足而拒絕了，結果改成了下放。」

「證據不足？」童小川問。

老田點點頭：「除了現場那個模糊的身影，沒辦法證明黄法醫是被我們自己人所害，所以他的去世，最終被定性為凶手的附帶傷害，上面也對他的遺屬依法做出了賠償。」

聽到這裡，童小川的腦子裡不禁嗡嗡作響，他皺眉看著老田：「田哥，最後問你一個問題，那份假鑑定，你親眼見到過嗎？」

老田果斷地搖頭。

第三節　離惡不遠

1.

一陣急促的電話鈴聲撕破凌晨的寧靜。

「溪南社區 3 棟 202 發生疑似命案，請求支援。」

童小川剛去了別市，不可能及時趕回來，章桐也就只能自己叫車前往案發現場。凌晨的街頭清冷而又寂寞，等了幾分鐘卻讓人感覺已經過了半個世紀。

案發地址是再熟悉不過的了，章桐感到有些揪心，腦海裡不斷地閃過徐老伯的臉，她不禁有些自責。終於，計程車停在了案發現場的樓下，在給過車費後，章桐便急匆匆地向警戒線走去。

「誰報的案？」章桐問最先趕到現場的派出所民警。她注意到現場樓下並沒有市局的法醫現場勘察車。

「下夜班的租客，就住在死者家樓上，上樓的時候偶然發現門半開著，死者的右手伸出了門外，就好像在求救，」說著，他伸手指了指自己身後不遠處的救護車，不無遺憾地說，「最先通知他們，我們前後腳的工夫就都趕到了，但是那時候人已經沒了。」

「符合急性心梗的症狀，這個年齡層的老人半夜發病的機率很高。」隨車醫生顯得很無奈，他遞上了出車記錄表，「這上面所記錄的就是我們剛接手時的病人資料，已經沒救了，但是可以判斷出死亡時間在一個小時以內。屍展現在還是保持著最初發現時的姿勢，總體來看死者是想出門求救，可最終還是沒有了力氣，所以倒在門邊。」

「謝謝！」章桐心中算是放下了塊石頭，轉而對身邊的現場民警說，「既然是正常死亡，為什麼要通知我來？」

「前段日子這棟樓的 3 樓不是正好出了命案麼，案子還沒破，你們技術大隊的人又差點出事，我們所裡就加強了這裡的警戒，多裝了個探頭以防萬一，探頭是廣角的，正對著這棟樓。接到報案後，我們立刻查了監控資料，發現了這個，所以就打電話通知了市局值班室，他們說童隊緊急出差了，會通知當班法醫過來確認下。」說著，他從手機裡調出了一段監控資料，時長只有 58 秒，但是鏡頭卻是高畫質的，當畫面中出現那個身穿黃色連衣裙的年輕女人時，章桐長長地嘆了口氣：「果真是她！」

＊　＊　＊

302 室門口的封條完好無損，房間內外也沒有外人進入過的痕跡，而 202 室意外去世的徐老伯自然就成了明顯的疑點。

回到 202 室玄關處，門敞開著，屍體頭東腳西呈匍匐狀俯臥在地，顯然老人在去世前最後的念頭是爬出門呼救。房間裡床鋪有睡過的痕跡，電話機就在手邊，他卻並不選擇這個最便捷的方式，而寧可選擇可能性最低的出門求救，原因只能是老人的發病狀態來得非常突然。

章桐的目光在狹小而又凌亂不堪的房間玄關處來回仔細查看著，這是老式的 80 式居室，玄關處的地面是堅硬的水泥質地。她擰開了強光手電，幾處不明顯的痕跡呈現了出來。痕跡總共有三處，第一處是在屍體的小腿位置下方水泥地面上，另一處是旁邊的灰牆牆面，而最後一處則是在靠近門邊貼腳線的上方不到 30 公分的位置，略低於第二處，卻與它在同一個弧度上。目測老人的身高在 172 公分左右，他上身穿了一件藏青色睡衣，棉質的，睡衣的後背上有明顯的牆灰痕跡，也就是說曾經和玄關處的牆灰有過摩擦。章桐心中一緊，便又一次蹲在老人身邊，分開老人花白的頭髮，藉著手電光看去，血跡雖不多，卻在白髮中顯得非常刺眼。

「後腦有骨折的跡象，」章桐輕聲說，「死者應該是站在門邊給人開門的時候向後倒地的，後腦重重著地陷入昏迷，但是並沒有馬上停止呼吸。他事後有過短暫的甦醒，憑著直覺他坐了起來，卻已經沒有了力氣再次回到床邊用電話求救，死者便出於本能靠在這灰牆上。從這兩處血跡拖曳的方向來看，他有過想站起來的努力，但是最終卻失敗了，死者便向前匍匐，想爬出門去向鄰居求救，最終耗盡了力氣死在門邊。」

「這麼說真的是意外？」

章桐點點頭：「最好和家屬溝通一下，可以的話做個屍檢確認下結果。不過，這大半夜的，老人來到門邊只有一個可能，那就是幫人開門。對了，你找人問問，晚上有沒有人聽到明顯的敲門聲。有結果就通知重案組的于博文警官，他是專案內勤，童隊不在就由他負責。」

「沒問題，我這就去。」

只要能夠確認案發時間段有人敲門，那麼，徐老伯的意外就能和齊媛媛連繫起來了。想到這裡，章桐的心中感到一絲不安。齊媛媛重新回到案發現場樓下的目的只有一個，那就是找到鄒小琴留下的證據，可是，自己已經找遍了鄒小琴的屍體，根本就沒有證據的影子，為什麼齊媛媛那麼緊追不放呢？難道說自己有什麼地方疏漏了？

小九拎著工具包匆匆跟了出來，剛才在房間裡忙著查窗臺外的腳印痕跡，他沒顧得上和章桐打招呼，此刻，小九遠遠地叫道：「章主任，等等我，我們一起回去。」話音未落，耳畔便傳來一陣野貓的叫聲。章桐猛地轉身，呆呆地看著走到近前的小九，一把抓住他的肩膀：「快，回局裡，我知道東西在哪了。」

＊　＊　＊

早上 6 點剛過，李曉偉便開著車來到章桐家的社區樓下。在來的路上他順路買了熱氣騰騰的早餐，都是章桐愛吃的永和豆漿和剛出爐的芝麻包。李曉偉和章桐兩人之間的關係雖然還處在說不清道不明的階段，但是對章桐的家卻已經很熟悉了，畢竟來過好幾次，尤其是兩次她晚上發高燒，都是直接打電話給李曉偉，然後告訴他備用鑰匙在哪，並且答應他以後可以隨時使用這把備用鑰匙。畢竟再怎麼堅強的女人，一個人居住也會有脆弱的時候。

心疼章桐好幾天都沒好好休息，今天是禮拜天，李曉偉便打算來給她收拾下屋子、遛遛狗，至少讓她能夠多睡會兒。

停好車，拎著塑膠袋來到樓上，樓道裡靜悄悄的，畢竟時間尚早。李曉偉彎腰從門前的地毯下面摸出了備用鑰匙，輕輕打開門，生怕驚醒了此刻還在床上休息的章桐。在玄關換鞋的時候，他卻並沒有看到章桐的狗，正感到奇怪，耳畔傳來了腳步聲，他趕緊站起身，同時說道：「真不好意思，吵醒妳了……」

話音未落，等看清楚來人時，李曉偉驚得目瞪口呆，因為站在自己面前的年輕女人並不是章桐，而是一張陌生的面孔。這還不是讓他感覺最恐怖的——眼前這女人的身上穿著章桐的那套紫色小熊睡衣，正溫柔地衝著自己微笑：「你來啦？」

「妳是誰？」李曉偉頓時緊張了起來，他竭力克制住自己內心的不安，「章桐在哪？」

「你是不是睡糊塗了，連我是誰都不認識了？」年輕女人笑眯眯地伸了個懶腰，眉眼之間滿是魅惑，「這就是我的家呀，你認不出我來了嗎，李醫生？」

驚慌之際，李曉偉手中的塑膠袋瞬間掉落在地。

2.

「貓！」

「貓？」小九搖搖頭，「章主任，這貓的死因不是已經很清楚了嗎？」

「沒錯，」章桐戴上手套，從工具托盤裡找出鋒利的解剖刀，然後輕輕地劃開冰冷的貓腹，「死因確實是外力所導致的機械性窒息，這點沒有任何疑問。但是，那時候我們的注意力都集中在死者鄒小琴身上，卻忽視了最重要的東西，就是這隻貓，殺害這隻貓的凶手，我們理所當然地認為是齊媛媛，卻偏偏沒有想到是貓的主人鄒小琴。」說著，她放下解剖刀，伸手從貓腹中取出了一團黑乎乎的東西，這才輕輕鬆了口氣，「終於找到了。」

「這是什麼？」小九湊了上來，看了半天，驚訝地說，「怎麼像個微型隨身碟？」

章桐點點頭：「交給你了，我想，這裡面就是死者鄒小琴一直想保守的祕密。」

小九恍然大悟：「這沒問題，我清理過後就把它交給龍哥。只是這包得裡三層外三層的，還居然沒被腐蝕。」

「因為貓吞下這個後沒多久就被扭斷了脖子。」章桐一邊說著一邊摘下了手套，丟進腳邊的垃圾桶裡，轉身看著他，「貓的胃是單胃，食管是一條直管子，食管壁雖然短卻非常厚，因為缺乏足夠的胃酸，所以能夠很好地保護住這個塑膠包裝袋裡面的東西不被腐蝕。但是這主人也夠狠心的，直接就把牠擰斷了脖子。起先我還認為是齊媛媛做的，但是當我突然回想起齊媛媛的雙手雙臂上乾乾淨淨的，並沒有貓癬的痕跡，而她又那麼急切地想知道這個東西的下落時，我就推斷她要找的，必定是個類似於隨身碟的東西，很容易被藏在凶手最不可能想到的地方。你想想，在那種場合下，什麼東西能夠擺在眼前卻根本不會被你注意到？」

「可是，如果也被我們忽視了怎麼辦？死者的膽子也太大了吧？」小九感到無法理解。

章桐臉上的神情逐漸變得凝重：「是的，如果也被我們忽視了的話，那這個祕密就會和這隻貓一起被焚化了。」她記起徐老伯曾經提到過那隻貓有一天晚上突然不叫了，如今想來，鄒小琴在受到傷害後卻仍然能把貓叫過來，並且擰斷牠的脖子，那也只有自己親手養大的貓才會這麼聽話，「貓和狗不一樣，絕大部分的貓是拒絕被主人以外的人所觸碰的，而那時候也只有貓的身上才是最安全的。死者在知道自己已經沒有辦法逃脫後，她所做的第一件事也是最後一件事，就是親手殺死了自己的貓，然後端端正正地把牠擺在自己的腳邊，這樣一來，凶手哪怕找遍了整個屋子，都不會發現隨身碟的存在。」

「真夠狠心的！」小九低聲嘀咕，「她為什麼不直接通知我們警方？」

章桐輕輕一笑：「不到最後一刻，她絕對不會把這個證據藏起來，她捨不得毀掉，因為活著的時候這是唯一能牽制凶手的把柄，而自己都快死了，這個證據對她來說也就變得有些無所謂了。所以說，她希望我們找到，又不希望我們找到，聽天由命。至於說殺貓的行為，想來就更簡單了，小九，你說你會從一隻流浪貓的屍體上去尋找證據嗎？我們這裡那麼多流浪貓。」

「確實有些不太可能。」小九皺眉看著章桐，晃了晃手中的證據袋：「那她為什麼不乾脆把證據交給凶手，從而換得自己不死？」

「這不可能，因為無論交還是不交，她都會死。」章桐長嘆一聲，「鄒小琴就是殺害黃俊和法醫的凶手！」

「這……這不可能！」小九是個搞技術的專業警察，剛下基層沒幾年，似乎很難馬上就理解這種涉及人性的陰暗，「鄒小琴是黃俊和法醫的徒弟，我聽師父說過這個，她怎麼可能下得了手？」

章桐沒有回答，只是揮了揮手，示意他趕緊去，有時候答案就擺在自己面前，需要時間去慢慢領悟。

重新把貓的屍體放進冷庫後，環顧了一眼整個房間，章桐重重地嘆息一聲，便關燈走了出去。

＊　＊　＊

（與此同時）

李曉偉站在房間裡，暗暗吸了口氣，很快便恢復了平靜。他看著眼前這著裝與舉止都很怪異的年輕女人，職業的本能告訴自己對方肯定是病了。聯想起章桐曾經提到過的那個古怪女人，如今看來，一切都是真實可信的。顯然對方已經把自己的身分完美替換成了章桐，或者說，是章桐的人生。她為自己成功虛構出了一種近乎完美的人生，並且全盤接受，那麼她下一步所要做的，就是除去原來擁有這個身分的人。

自己之前從未遇見過這種病例，想到這裡，李曉偉不禁暗暗埋怨起了自己，要是平日裡多留心一點的話，或許剛才就不會顯得那麼尷尬了。只是不知道現在章桐在哪，她可不能出現啊。

想到這裡，李曉偉便拾起裝有食物的塑膠袋向廚房走去，邊走邊故作輕鬆地說道：「我去幫妳放在碗裡，妳盥洗一下過來吃。」

「你對我真好！」齊媛媛的臉上露出了由衷的微笑，「我這就去換衣服，你等我啊。」

看著齊媛媛的背影，李曉偉不禁一愣，暗暗苦笑，心想要真是章桐該多好，不枉自己這麼多年在她身邊的默默守候了。

偏偏就在這時，口袋裡的手機發出了一陣震動，李曉偉感覺自己的腦袋嗡嗡作響，他朝著臥室的方向看了一眼後，便匆匆走進了廚房，順手把塑膠袋放在砧板上。

電話是章桐打來的，剛接起來，李曉偉便聽到她驚訝的聲音：「這麼早你就來我家了？我怎麼在樓下看到了你的車？」

李曉偉驚出一身冷汗，他顫抖著雙手回覆道：「別回來，先別回來，家裡有人……」

就在這時，他聽到了門鎖轉動的聲音。

冷不丁地一回頭，齊媛媛正一臉茫然地站在自己身後。

3.

開了一夜的車，回到天長的時候已經是天光放亮，童小川把車停在高速公路收費口旁的休息區裡，去便利店買了包菸，然後靠在車門上抽菸提提神，順便理一下自己腦海裡紛亂的思緒。

死者鄒小琴作為黃俊和法醫的徒弟，對工作極為認真負責，不然的話，黃法醫也不會這麼愛惜人才而打算培養她，甚至在偶然得知鄒小琴做出了違背職業道德的事情後，還不惜為她隱瞞，希望她能及時懸崖勒馬，他對鄒小琴可以說是毫無防範的，所以才會導致她有機會殺害黃法醫。

可是，這作案動機又是什麼？如今這當事人都死了，也就沒有機會從他們口裡得到真相。童小川怎麼也想不明白一個本來有著大好前程的人，又極富有同情心，雖然說犯了一些錯誤，但這麼做最多就是個處分，至於上升到殺人的層面嗎？

還有就是，這黃俊和法醫的妻子齊媛媛又是因為什麼而殺害了鄒小琴？會不會也和 G 市的案件有關？

一輛砂石車快速通過童小川的身邊，因為路面顛簸的緣故，揚起的灰塵與渣土幾乎落了他一身，童小川懊惱地啐了兩口唾沫，擦了擦嘴，菸也已經快熄滅了，便打算上車繼續開回局裡。

此刻，電話鈴聲響了起來，是鄭文龍打來的。

「大龍，出什麼事了？」童小川鑽進警車，用力關上車門，「這麼急嗎？我在高速入城的地方，馬上就回局裡。」

「我終於知道齊媛媛殺人的動機了。」

「你？」童小川感到很意外，手指上的菸頭忘了熄滅，燙得他倒吸一口冷氣，趕緊掐滅菸頭，追問道，「難道說你們已經找到那份丟失的檢驗報告了？」

鄭文龍並不否認：「報告內容沒啥看的，只是檢驗對象的身分，你或許會感興趣。」

「誰？」

「丁小慧。」一整夜沒睡的緣故，鄭文龍的嗓音聽上去顯得異常沙啞。

「你說誰？」

「這是齊媛媛的本名，她在和黃俊和法醫結婚的時候，其實還沒有真正離婚，她用的是她已經去世的表妹的身分證。真正的齊媛媛則在老家農村被人用丁小慧的名字申請了死亡證明，死因是產後大出血。」說到這裡，鄭文龍不由得一陣苦笑，「我想，這個丁小慧本來想換個身分重新生活，結果卻被人認出來了，所以才不得不草草地和對方離婚，誰想到這潘朵拉盒子一旦被打開，就再也沒有機會被關上了。」

童小川邊說邊把警車駛離了休息區：「我還有 10 分鐘就可以回到局裡，對了，章主任在嗎？」

「她剛走，說回家換身衣服洗個澡。還真的多虧了章主任從貓腹中找到那個隨身碟，不然的話，這案子或許永遠都無法知道真相了。」鄭文龍絮絮叨叨地結束了通話。

窗外，隨著市區的逐漸臨近，陽光變得愈發燦爛了起來。睡眠本就不足，刺眼的陽光更是晃得童小川有些眼暈。他長嘆一聲，最終妥協了，騰出右手從儀表盤儲物箱裡摸出那副粉紅色鏡框的偏光鏡戴上，這是于博文妹妹送給他的生日禮物，于博文沒好意思戴，就隨手丟進了儲物箱。

＊　＊　＊

(與此同時)

門打開了，章桐臉上的笑容逐漸變得僵硬了起來，她看到了一身運動衫的李曉偉，還有就是身後穿著自己睡衣的齊媛媛，眼前這一幕讓她半天都沒回過神來。

而更讓她感到詫異的是，家裡的狗不見了：「『饅頭』呢？」

李曉偉沒有回答她，至少家裡沒有聞到血腥味，也沒有看到狗的屍體，多少也算是件好事。

「妳找誰？怎麼會有我家鑰匙？妳怎麼開門的？」齊媛媛一邊問著一邊不客氣地意圖繞過李曉偉到門口來，和章桐面對面說話。

李曉偉可不會這麼傻，他情急之下便一把抱住齊媛媛，然後對章桐使眼色，拚命搖頭，示意她趕緊走。

章桐吃驚地看著李曉偉，目光落在齊媛媛近乎扭曲的臉上，頓時恍然大悟，趕緊退出了房間。等門關上的時候，她心中不由得一震 —— 自己怎麼可以就這麼把李曉偉給丟在危險的狀況中？他雖然是個男人，但自己可是受過專門訓練的。想到這裡，她想童小川也該回本市了，便掏出手機發了條留言給他，然後定了定神，抬起右手按響了門鈴。

很快，細碎的腳步聲便在玄關處響起，開門的是齊媛媛，雖然和章桐已經打過幾次照面，只是此時的她似乎已經完全認不出章桐了。

「妳怎麼又來了？找誰呢？」齊媛媛不耐煩地看著章桐，目光中滿是濃濃的敵意。

「哦，我找李醫生，我是他醫院的同事，正好經過，來送一份工作登記表，需要他本人簽字確認。」這時候的章桐已經完全可以確認齊媛媛患上了嚴重的心理疾病，便找了個藉口，目光順勢看向了屋內。

「麻煩！」齊媛媛冷冷地嘀咕了句，隨即轉身向室內招呼道，「找你的，還是剛才那個女人，說什麼要你……」

就在這時，章桐再也不猶豫了，她看準機會猛地一拳砸在了齊媛媛的頸動脈上，瞬間便把她打暈了過去，癱倒在牆角。李曉偉應聲出現在門邊，見人事不省的齊媛媛，咧嘴說道：「妳這拳可真夠狠的。」

章桐疼得連連倒吸冷氣：「快快，把她捆起來，等等醒過來可就要我的命了。」

李曉偉趕緊找了根晾衣繩把齊媛媛結結實實地捆了起來。這才直起腰，對章桐說：「妳也不用下這麼狠的手啊，打死了怎麼辦？」

章桐瞥了他一眼：「你見過打死人的法醫嗎？」

第三章　尾聲

「我」不是我

1.

市警局刑警隊辦公室外的走廊上，章桐沉著臉，雙手抱著肩膀，一聲不吭地看著李曉偉。李曉偉該說的都已經說明白了，「饅頭」也在窩窩寵物店找到了，是牠自己跑去寵物店的，畢竟那是牠最熟悉的地方，算是萬幸吧。

「她是病人，我是醫生，哪有醫生打病人這種事的？」李曉偉自知理虧，卻還是搜腸刮肚地為自己找理由辯解。

「糾正一下，她是『危險』的病人，『危險』這個詞你懂不懂？」章桐一字一頓地說道。

「我當然知道，所以我才讓妳走啊，我一個人對付她就行了，誰想妳又回來了。」李曉偉開始碎碎念，「再說了，我是男人，妳是女人，這世界上哪有女人出面為男人打架的。」

「我親愛的李大醫生，她已經殺了一個人，而且她就像個定時炸彈一樣隨時都可能爆發，難道你還準備繼續給她唐僧唸經？」章桐沒好氣地看著他，「鄒小琴被她整整折磨了一個星期才死，我可不想你成為她的下一個目標。」

李曉偉聽了，剛想開口，刑警隊辦公室的門被重重地推開，童小川探頭出來，揉著布滿血絲的雙眼，沙啞著嗓門吼了句：「你們倆都吵了半個鐘頭了，有完沒完啊？快進來吧！」

童小川的辦公室裡滿是濃濃的菸味，桌上那包早上才買的菸已經快見底了，他一邊咳嗽著一邊示意兩人在辦公桌旁的椅子上坐下：「好了，我剛從醫院那邊得到消息，人已經醒過來了，沒什麼大礙，辦完手續後就準備帶回來。對了，李醫生，我的人找過齊媛媛，不，丁小慧的直系親屬，沒有一個願意來的，但是她的精神狀況有問題，等下審訊時你能陪在一旁嗎？」

李曉偉點頭：「沒問題。」

「那，你能不能跟我說一下目前來看，她精神方面都有些什麼明顯的症狀？」童小川問。

「首先一點，身分認知出了問題。」

「鳩占鵲巢？」童小川不解地問。

「和這差不多的道理，就是把自己的社會身分主觀地植入目標人物的生活中去，最後直接把對方擠走，或是乾脆殺死。而自己則以這種新的身分繼續生活下去。」

「她為什麼要竊取別人的身分？她應該知道自己不可能真正成為目標人物的啊。」章桐忍不住追問。

李曉偉笑了：「那是正常人的思維，但是她不一樣，我想，這種竊取別人身分的人應該有一個可悲的童年，原生家庭教育是完全失敗的。她與一般的精神分裂症患者不同，後者是在自我個體中分裂出不同的人格，做到自我保護的作用。但是她，卻是直接從外部去尋找新的讓她有安全感的身分，把自己想像成對方，最終，主觀意識上完全接受了新的身分，目標人物的存在就成了一種可怕的多餘。」說到這裡，李曉偉臉上的笑容漸漸消失了，他看了眼章桐，「這一點，妳應該比我更有體會，從今天早上的程度來看，她已經在主觀上完全占據了妳的身分。」

「你這一說，我倒是想起來了，她不止一次跟蹤過我，還在我門上留條，甚至從犯罪現場高空朝我頭頂扔菜刀，」章桐皺眉說道，「那時候我就覺得很奇怪，雖然也曾經想過是針對我，但是卻怎麼也想不明白凶手這麼做的動機。她為什麼要這麼做？我和她的生活軌跡根本就沒有交融的機會。」

一旁的童小川輕輕嘆了口氣：「有，她是黃俊和法醫的妻子，而妳，認識黃俊和法醫。黃法醫也許在她面前提到過妳，言語之間流露過佩服的意思，慢慢地，她就把妳當成潛在的目標了。」

「強烈的自卑感會徹底扭曲一個人的人格。」李曉偉沉聲說道，「這是一種很少見的外在型多重人格分裂，在這之前，我還只是在書上看到過，比起內在型的多重人格分裂來講，這一種根本就無法治療。」他抬起頭看向章桐，「怎麼說呢，妳不會是她第一個看上的，也不會是最後一個，只要她還活著。」

章桐臉色一變：「無差別性謀殺。」

李曉偉點點頭：「不是我危言聳聽，你們仔細翻翻那些未破的舊案，或者說某些特殊的『意外』，或許，會有一些意想不到的結果。」

「那，她本來的身分我們可能查得到嗎？」童小川指了指丁小慧的戶籍登記資料頁，「我想就連這個，或許都是假的。」

「不是假的，是別人的，至於說這個身分原來的主人，遇害的可能性就非常大了。」李曉偉的目光中充滿了同情，「從她第一次摒棄自己的原始身分的那一刻起，她就已經徹底迷失了真正的自己，像一條變色龍一樣完美地融入了他人的生活，直至把目標方徹底吞噬。」

良久，李曉偉一聲長嘆：「真沒想到，我竟然會在現實中見到活生生的例子！」

走出辦公室的時候，童小川想起了什麼，便叫住他們，順勢摸出手機一陣劃拉，終於找到那張相片，然後便把手機遞給了章桐，相片中正是鄒小琴：「派出所那邊昨天傳來的，找到了房東，說是這個人向他租了房子，但是周圍鄰居說只看見丁小慧在那房間裡進進出出，後來交物業費之類，也是她去交。而租房子的鄒小琴，卻沒再出現過。房東起先覺得有些奇怪，後來也沒再當回事。」

章桐腦海中浮現出早上在自己家裡見到丁小慧時，對方臉上所流露出的那種神情，竟讓自己產生一種「真的走錯了」的錯覺，現在想來，不禁心中陣陣發涼。

2.

傍晚時分，街頭車來車往，十字路口的紅燈亮起時，從停下的車裡傳出了天氣預報聲：「……第十九號颱風羚羊預計將會在今晚至凌晨時分於我市登陸，中心最大風級將為 16 級……」

因為已經過了下班的高峰期，公車站臺上顯得有些冷清，章桐獨自一人坐在公車站臺的等候椅上，她抬頭看著天空夢幻一般的紫色，不禁輕輕一笑，颱風是經歷過很多次，但是自己還真的從未見過颱風來之前的天空中有這樣的晚霞呢。

下午的審訊進行得磕磕絆絆，因為參與審訊的人不得不一次次提醒自己對面坐著的是一個「第三者」，而不是犯罪嫌疑人，他們只能用對方的思維模式來引導和發現事情的真相。

能在主觀與客觀思維之間做到遊刃有餘地隨時轉換，難度可不是一般的高。在李曉偉的幫助下，案情的真相才最終被呈現出來。

「丁小慧」果然不是她的最初身分，她只是「恰好知道」在丁小慧身上所發生的事情而已。在知道她的原始身分之前，也就只能用這個名字來暫時稱呼她了。

當丁小慧再次逃離生活而變成齊媛媛以後，一次偶然的機會，她看到了出現場的黃法醫，並且一見鍾情，她想盡辦法接近單身而又家庭條件不錯的黃法醫，兩人很快就結婚了。偏偏就在婚後沒多久，她在街上遇到了丁小慧的丈夫，一個知道自己過去的男人。對方認出了她，為了能徹底擺脫那個男人，丁小慧找到黃俊和法醫的徒弟鄒小琴幫忙，聲淚俱下請她出家暴證明，出於同情，鄒小琴同意了，做了違背自己職業道德的事情。丁小慧拿著那份家暴證明，又出了一筆錢，威逼利誘之下，對方同意離婚，帶著錢離開了。

紙包不住火，出假證明的事很快就被黃俊和法醫發現了，剛開始的時候，他還試著去理解自己徒弟是一時糊塗，但是後來，當他看到那份證明中熟悉的簽字時，才最終發現了自己妻子身上的祕密，他憤然提出離婚。而此時的丁小慧已經不甘心失去良好的生活環境，她找到鄒小琴，告訴她，黃俊和法醫準備向上面主管彙報這件事，而等待鄒小琴的將是永遠的工作上的汙點。而解決這一切的方法，就是利用機會讓黃俊和法醫徹底閉嘴。

＊　＊　＊

正胡思亂想著，眼前出現了一個熱氣騰騰的紙袋子，打開一看，是兩個剛出爐的紅糖手撕饅頭，章桐笑了，頭也不回地對身邊站著的李曉偉說道：「你怎麼知道我餓了？」

「心疼妳唄！」李曉偉笑瞇瞇地說，「走吧，我開車送妳回去。」他伸手指了指林蔭道那一頭的車。

章桐沒再反對，便站起身，兩人並肩向車走去。

「你說，死者鄒小琴最後意識到自己被人算計了後，會是什麼樣的心情？」章桐邊走邊問。

李曉偉搖搖頭：「信任是這個世界上最寶貴的東西，給別人的時候真的要小心，不然搭上的很有可能就是自己的命了。」

三分鐘熱風吹過，一片樹葉在空中旋轉著落下，這是一片黃色的法國梧桐樹葉，李曉偉趕緊伸手接住，心滿意足地笑了。

「你笑什麼？」章桐感到很好奇。

李曉偉眨了眨眼：「有個傳說，兩個人一起走在樹下，其中一個人如果能在樹葉落下之前就穩穩地把它接住，那麼這兩個人就能一直一起走下去，白頭偕老啊！」

故事三

Story Three

楔子

總是走在你身邊的第三個人是誰？

我清點人數時，只有你和我在一起

可是當我看向前方白色的路

總看見另一個人在你身旁

裹著棕色斗篷，套著頭罩，向前滑動

我不知道那是男人還是女人

—— 可在你另一側的那個人到底是誰？

—— T.S. 艾略特，《荒原》

＊　＊　＊

他又開始做夢了，一個莫名其妙的夢。

夢裡，天陰沉沉的，空氣潮溼而又悶熱，他獨自坐在家門口的臺階上，百無聊賴，一動不動地，任由汗水順著臉頰溜進自己的脖頸，那種感覺就像活生生地吞下了一隻討厭而又骯髒的蟲子。應該快要下雨了吧，空氣中一絲風都沒有，他大口呼吸著，儘管如此，卻還是感覺自己幾乎都快要窒息了。馬路上人來人往，看上去似乎和平時沒有什麼不同，只是每個人都像在夢遊一般，保持著前進的慢動作：抬腿 —— 邁步 —— 放下 —— 再次抬腿……哪怕彼此之間說話的時候，也都是顯得緩慢而又毫無生機。

他不明白周圍的一切為什麼會變成這個模樣，怪異的感覺還只是其次，那一色的灰濛濛卻讓他看到了不該有的沉悶與絕望。

「噹噹噹……」此刻，身後的家門中傳來了老式的 555 牌檯鐘報時的聲響。3 點了，他本能地回頭朝敞開的家門看了一眼，還是老樣子，一個人都沒有，可轉回頭看向街面時，一切都變了！

彷彿被按下了播放器的快進鍵，灰濛濛的底色消失了，車鈴聲、說話聲和腳步聲很快便占據了他的腦海，行人臉上的表情也不再是單一而呆板。他感到很吃驚，他死死地盯著眼前走過的每一個人，試圖看出為什麼會變得和先前不一樣。

終於，他看到了，但是周圍的人卻似乎並沒有看到，因為他們依舊保持著輕鬆的步伐，而對於那個突然出現在他們中間的踉蹌身影視若無睹。

從最初的小幅度挪動，幾次差點滑倒，到最後的乾脆癱倒在地，那人的右手自始至終都牢牢地捂著自己的脖子未曾鬆開。經過他身邊的人卻連眼皮子都沒有抬一下，只是腳步匆匆擦肩而過。

他心中一緊，就像一隻無形的大手把他的心臟牢牢地攥在手中，讓他透不過氣來 —— 他看清楚了那個倒地的人的臉，雖然布滿血汙，卻非常熟悉。

他不再猶豫，從臺階上站起來，發瘋似的，拚命擠過人群向前衝去，來到那個倒地的人身邊，雙膝跪下。噴湧而出的鮮血已經徹底染溼了那人的衣服，直至滲透進青石路面的縫隙。

「哥！哥！你怎麼了？哥，你看著我……」他徒勞地試圖用手去幫忙堵住那個還在往外滲血的窟窿。那窟窿，大得可怕。

隨著哥身體的漸漸冰冷，眼前那張熟悉的臉竟然在悄悄地消失，最終呈現在他面前的，只是一張白紙而已，一張被血染紅了的白紙。

夢境最終被定格在這張詭異的白紙上。這個夢無論出現多少次，結局都是這張詭異的白紙。

心跳加劇，一陣噁心襲來，他猛地驚醒，首先映入眼簾的是發黃的天花板和那盞搖搖欲墜的白熾燈，窗外是深秋呼呼的北風，乾枯的樹枝就像無數瘦骨嶙峋的手，在一次次用力拍打著玻璃窗。

這分明是大白天啊，窗外的天空為什麼依舊灰濛濛的，像極了那個夢中的詭異天空。

他站起身，就像個遊魂一般晃盪到洗手間，看著洗手檯上髒兮兮的鏡子，慘白的燈光下，他都不敢相信鏡中的那個人就是自己，尤其是那雙布滿血絲的眼睛，冷不丁看上去，他像極了一頭飢腸轆轆的野獸。

終於，他又控制不住了，噁心反胃的感覺一次又一次地襲來，比先前夢中的節奏愈發緊湊，緊接著便是渾身的冷汗。他放棄了抵抗，迅速拉開馬桶上的蓋板，然後便雙膝一軟跪倒在地，抱著散發著異味的馬桶拚命嘔吐起來。

應該是剛才那頓午餐吃壞了吧，他在心中憤憤然地念叨著，真不該相信那個笑瞇瞇的老闆，果然是便宜沒好貨。

＊　＊　＊

傍晚，在忙碌了一整天過後，他拖著沉重的步伐走出了單位大門。天空中早已經是一片漆黑，街面上的行人與自己擦肩而過，腳步匆匆。他卻一點都不急，因為除了工作以外，他幾乎無所事事。

就在這時，在他不遠處的林蔭道旁，陰影中竟然傳來了一個年輕女人尖叫的聲音，起先還只是尖叫，隨後便可以聽清了——「殺人啦，救命啊，殺人啦……」

緊接著，披頭散髮的年輕女人踉蹌著腳步跑了出來，她的右手捂著肚子，左手徒勞地伸向人群，嘴裡呼喊著：「救救我……救救我……」

腳下被石頭絆了一下，她瞬間跪倒在地，路燈光照射在她的身上，淺色風衣上沾滿了深棕色的汙漬，圍觀的人群中隨即爆發出了驚恐的尖叫，卻沒有一個人敢上前扶住她，也沒有人離開。

隔著人群，他遠遠地看到了這一幕，手腳瞬間冰涼，他拚命向人群中擠去，而這時候的圍觀人群，卻猶如鐵桶一般幾乎水洩不通。

終於，還有不到兩個人的距離，他眼睜睜地看著那個從陰影中慢悠悠地走出來的男人，他手中拿著一把長長的水果刀，神情傲慢，嘴裡罵罵咧咧地來到年輕女人身邊。奇怪的是，女人突然不哀求了，只是默默地閉上了雙眼，淚水滾落了下來。她似乎已經知道了自己的結局。

那個猶如來自地獄的男人凶神惡煞般抓起了女人的頭髮，露出了脖頸，在圍觀人群的又一次驚叫聲中，破裂的頸動脈向夜空中噴濺出殷紅的血液。

眼前一黑，他癱倒在地。

圍觀的人群瞬間四散奔逃，沒多久，遠處便隱隱傳來了警笛的聲音。

那個可怕的男人並沒有跑，相反，只是靜靜地坐在死去的女人身邊，絮絮叨叨地說著什麼。不遠處的他聽得清清楚楚——妳不該離開我的，真的，妳不該離開我的，妳看，這下好了吧，都怪妳呢……

夜晚的街頭，寒意刺骨。

第一章　只是一次意外

第一節　車禍中的女人

1.

人的生命是很脆弱的。

當撞擊還沒有發生的時候，周圍的一切都顯得那麼平靜。深秋的午後，街頭本就不多的車輛，行色匆匆的路人，偶爾啼哭的嬰兒，就連一片樹葉離開枝頭直至飄落地面，整個過程都顯得那麼無聲無息。誰都不會知道接下來的一秒鐘裡到底會發生什麼。

紅燈亮起，十字街頭東西方向的車輛依次停下，數量不多，也就那麼兩三臺。行人開始穿越馬路，南北方向的車流也開始啟動，幾輛公車緩慢通過路口。隨著紅燈倒計時即將結束，人行道上已經看不見有人走過了。還有 20 秒，東西方向等待的車裡，司機的右手準備去放下手剎，就等綠燈亮起的那一刻，車輛就能夠緩緩通過路口。

就在這時，遠處傳來一聲聲可怕的轟鳴，那是小型車輛發動機由遠至近的怒吼，輪胎與地面瘋狂地摩擦出了陣陣火星，一輛黑色雙排座越野車高速衝向了正前方，那裡有一輛正準備啟動並通過十字路口的白色比亞迪轎車 —— 一聲巨響過後，那輛可憐的白色比亞迪瞬間被撞得粉碎，而車內的兩個人則像兩個破布娃娃一般被狠狠甩過了一條街，重重地砸落在街對面的馬路邊上。一片驚呼聲中，不遠處的公車司機趕緊死死地踩下了煞車，這才避免了龐大的公車碾過那兩具早就已經沒有了生機的軀體。

驚魂未定的路面上已經沒有人再敢開動自己的車輛了，大家紛紛下車，開始圍攏上前查看那兩個飛出去的人，看他們是否還活著，結果當然是否定的，因為沒有人會以這麼一種詭異的姿勢來擺放自己的頭顱和雙腳。有人被嚇哭了，有人則趕緊打電話報警，膽子大的憤怒的，就開始四處尋找那輛後來被媒體形容為「砲彈一般飛行」的肇事車。

那車很快就被找到了，是一輛黑色的牧馬人，雖然經過了猛烈的撞擊，車輛整體卻並沒有受到太大的損害，因為慣性的緣故，直到最終撞上了最後那輛緊急煞車的公車的中部，才算是停了下來。而那輛白色的比亞迪就沒有這麼幸運了，車輛幾乎完全解體，所有的碎片布滿了整個十字街頭。如此慘烈的場面就連很快趕到現場的交警都驚得目瞪口呆。

而造成這一幕悲劇的，是一個女人，一個已經有些神志不清的年輕女人。

＊　＊　＊

警局法醫辦公室裡，難得的清閒時刻，章桐開始整理自己的工具箱。箱子已經用了很多年，邊角都有了些明顯的磨損，箱子上一任的主人還是自己的師兄。用了這麼長時間，章桐都不捨得更換，與其說是節儉，還不如說是想保留自己對這一份特殊職業的初心。

身後的門被用力撞開，顧瑜神色匆匆，滿臉蒼白地出現在門口，章桐剛想說話，卻立刻注意到了她的異樣——顧瑜在發抖。

「妳病了？要不要請病假休息一天？」法醫處全部人加上普通的技師在內沒有超過四個人，而真正能下結論的法醫也就只有她和顧瑜，所以章桐對生病很敏感。

誰想聽了這話，顧瑜卻只是搖頭：「不需要，不需要。」說話間，她順手拉過身旁的凳子，一屁股坐了下去，這才長長地出了口氣，「嚇死我了。」

下午的時候，顧瑜去檢察院送季度材料，這才剛回來，卻跟丟了魂兒一樣。

「到底出什麼事了？」

「主任，妳沒看新聞？」顧瑜很是詫異。

「我沒有看新聞的習慣。」

「好吧。」顧瑜妥協了，她語速飛快地複述起自己剛才噩夢一般的經歷，「我剛坐公車，經過人民廣場路口，那裡出車禍了，簡直是太可怕了。一輛黑色的越野車把一輛白色的小車給硬生生撞得飛了出去，都散了架了，我就坐在那最後一輛公車上，那輛就像砲彈一樣的黑色越野車最終撞在了我們那輛公車上才算是停了下來。我還好，坐在另一側的車尾，沒受傷。」

章桐心中一凜，這麼猛烈的撞擊，那輛白色小車中的人肯定凶多吉少：「那人呢？」

「你是說……」顧瑜的眼神中流露出了輕微的 PTSD 症狀，畢竟在目睹了那麼一場可怕的撞擊事故過後，能立刻跟上正常思維節奏的人是不多的。

章桐點點頭：「沒錯，那輛被撞擊的小車裡的人，怎麼樣了？」

顧瑜搖頭：「很慘，脖頸離斷傷，雙腿被破碎的車體切斷，只剩了一層表皮掛著，身體大面積失血，我看過，整個人幾乎跟車一樣都被撞散架了，現在應該被拉到殯儀館去了。」說著，她抬頭看了章桐一眼，「那速度，就跟砲彈一樣，交警看了監控回放，說至少有 200 碼。」

「在十字街頭開出 200 碼的速度，是不是瘋了？」章桐不敢相信自己的耳朵。

「正常的人在十字路口是開不出那種速度來的。」顧瑜皺眉看著章桐，「重案組那邊已經過去人了，希望真的只是個意外。聽說那個肇事者是個女人。」

「女的怎麼了？女的就做不出可怕的事情來了？按照機率上來講，女性可是更容易比男性衝動的。」章桐走到飲水機邊，接了杯熱水，遞給顧瑜。

兩人的目光不約而同地看向桌子一角那臺黑色的電話機，心中隱隱感到了不安。

就好像約好了似的，刺耳的電話鈴聲瞬間響起，顧瑜手一抖，杯子裡的水灑了一半出來，章桐沉著臉接起了電話。

電話那頭是童小川：「章主任吶，來趟第一醫院急診室吧，我們這邊需要你做個司法鑑定。」

「是不是剛才人民廣場那起交通肇事案？」

「沒錯，妳也知道消息了？」

章桐皺眉：「我馬上就到。」

2.

警車剛開進第一醫院的停車場，章桐便看見了李曉偉正站在不遠處的門診部臺階上踮著腳尖努力地向自己招手，或許是生怕自己看不到，他時不時地朝上蹦一蹦，那滑稽的表情像極了一個剛被打開盒子的彈簧木偶。

開車的小九也看到了這一幕：「那不是李醫生嗎？他在幹嘛？」

章桐感覺自己的耳根子有些發燙，便尷尬地低下了頭：「是嗎？哦。」在來的路上，她給李曉偉發了條留言，簡短地說了下人民廣場車禍的事，並且希望他如果有時間的話，能在一旁幫忙參考一下肇事司機的精神狀態。李曉偉回覆的速度幾乎可以用讀秒來形容。章桐當然明白這位李大醫生必定是在門診部值班時閒得無聊，才會這麼積極。

停下車，章桐打開車門鑽出警車，然後快步向急診樓方向走去。李曉偉趕緊跟了上來，順便跟身後的小九打了個招呼：「我剛才已經去過急診部了，那女的沒什麼大礙，只是斷了兩根肋骨。」

「那麼高速度的事故中只斷了兩根肋骨，她可真是走了大運了。」想起車禍中喪生的那兩個人，章桐的心情實在好不起來。

李曉偉當然聽出了章桐話語中的不滿，他略微遲疑後說：「話說回來她確實挺幸運的，因為這已經是她這輩子第二次死裡逃生了。」

章桐猛地停下腳步，身後的小九差點撞在她身上，兩個人就這麼直勾勾地瞪著李曉偉：「為什麼說是第二次？」

「急診室體檢的時候，發現她的肺部被切除了四分之一，我同事查了她的病史檔案，得知她曾經患過肺癌，早期的時候動過手術，大約半年前吧，那個手術難度很高。」李曉偉回答。

章桐當然知道患上肺癌到底意味著什麼，能夠被早期發現就已經是非常幸運的了，更不用說結果是被手術成功治癒。

章桐一聲不吭，雙眉緊鎖。

三人匆匆走進了急診部，穿過走廊，直接來到後面的急診病房。走廊上的于博文先看到章桐，便趕緊衝病房裡打了個手勢。童小川走了出來，順勢反手帶上了病房門。

「現在情況怎麼樣？」章桐問。

童小川有些發愁：「事故原因方面她什麼都沒說，目前也無法確定她是否認識那輛白色比亞迪裡面的受害者，我們已經聯繫了她的丈夫，很快就會趕過來。」他看著章桐，神情凝重，「章主任，我需要妳幫忙確認一下她此刻是否正處於吸毒或者精神類藥物控制的狀態。」

章桐聽了，點點頭：「這個容易，做下簡單的生物檢材提取，然後進行測試就可以了，」她轉頭看了下走廊牆上的掛鐘，「3 個小時之內就能出結果。」說著，她便拎著工具箱推門走進了病房，李曉偉則緊跟在身後。

因為案情特殊，這間本來能夠容納兩張病床的房間內，此刻只有一張床上有人。車禍中的年輕女人被一堆急救器械環繞著，靠在床頭，目光看向窗外。

「妳好，我是市局法醫，我姓章，我現在依法對妳做個生物檢材提取。」章桐一邊說著，一邊順手拉過屏風圍住了病床。

年輕女人對於章桐的出現似乎一點都不感到意外，她茫然地配合著。半晌，屏風拉開，李曉偉見狀趕緊站起身，看見章桐朝自己搖了搖頭，便知道不妙。趁章桐收拾所提取的證物之際，他上前對年輕女人柔聲說道：「妳好，我是李醫生，這是我的工作牌。」

年輕女人聞聲看了看他，微微點頭算是打了招呼。

「妳現在感覺怎麼樣？頭痛嗎？」

得到的回覆是微微搖頭。

李曉偉接著問道：「那妳還記得妳是怎麼來到這家醫院的嗎？」

她終於開口了：「車禍。」

李曉偉和章桐對視了一眼，又問：「能告訴我妳的姓名嗎？」

「朱悅。」

「那妳還記得自己的住址嗎？」

朱悅平靜地點點頭。

……

＊　＊　＊

走出病房後，李曉偉對童小川說：「除了因車禍引起的輕微的 PTSD 症狀外，她的精神狀態基本沒問題，最起碼能夠知道自己為什麼到這家醫院和自己的姓名、住址，並且回答符合一個正常人的邏輯思維。」

「但是這事故也未免太離奇了，市中心十字路口突然開出 200 碼的速度，難道說她要自殺？」童小川有點無法接受李曉偉剛才的回答，因為「一切正常」的結論放在這個案子中，明顯就是完全的「不正常」。

李曉偉想了想，說道：「從她的表現分析，目前看來不太像是自殺行為後的典型應激反應。我不排除有間歇性精神障礙的存在，這個還需要結合章醫生的檢驗結論具體分析才行。」

「間歇性精神障礙？」童小川沒聽明白。

「童隊，你可以理解為間歇性發作的精神疾病，不發作時和正常人一樣。」小九嘿嘿一笑，「跟發癔症差不多。」

「那能不能確定她就是車輛駕駛員？」

「這個可以，」章桐說，「她的左肩有車禍發生時所留下的保險帶痕跡，我回局裡會跟歐陽說下，在彈出的氣囊上應該能提取到與她相匹配的 DNA。」

＊　＊　＊

走出急診部，小九已經把車開了過來，章桐伸手攔住李曉偉，指了指他身上的白袍：「得了，你就別跟著了，回頭我打你電話。」說著，便打開車門鑽了進去。警車迅速開出了第一醫院。

看著天空中血紅的夕陽，章桐順手打開了車窗，想了想，對小九說：

「回去繞一下人民廣場，我想看下案發現場。」

「沒問題。」小九按下轉向燈，把警車開上了高架，這時候是下班高峰期，高架橋上的進城方向已經開始有了明顯的擁堵跡象。過了高架就是人民廣場，遠遠看去，一片車流在紅色的夕陽中緩慢前進著。

下午的那場慘烈車禍幾乎撞毀了人民廣場東西方向的隔離護欄，此時，雖然路面的車輛碎片已經被清理乾淨，但是依舊能夠看到那場車禍所留下的痕跡。

「聽說，那輛肇事車根本就沒有煞車，是全速撞向那輛白色車的。」小九喃喃地說道，「正常人做不出來，沒仇沒怨的，下這麼狠的手，這是做什麼呢？」

「人性是你永遠都無法看透的東西。」章桐微微皺眉，「而且讓人頭痛。」

「主任，妳說那女的為什麼要這麼做，難道真的只是一場事故？我想不通。」小九輕輕嘆了口氣，「當然了，我是見識過女司機開車的，但是這麼瘋的，還真是頭一回。」

「不只是你會這麼想，我想我們市每一個人知道這件事後，都會這麼想吧。你看童隊愁成那樣。」

在等紅燈的時候，從打開的車窗外飄來了隨車電臺的聲音：「……『關於人民廣場的車禍，請問這位聽眾你會怎麼看，是事故還是故意的？』『明顯就是故意的嘛，那麼狠，就跟一枚發射的砲彈一樣，那是人幹的事嗎？』……」

章桐突然覺得有些刺耳，便緩緩搖上了車窗。

＊　＊　＊

3 個小時後，結論報告出來了，毫無意外，一切都是正常的，也就是說發生那場車禍時，肇事女司機生理方面的原因已經可以完全排除。把結果通知了童小川，章桐這才疲憊不堪地回家。

坐在回家的公車上，看著窗外靜靜的城市夜景，霓虹燈與漆黑的夜空交映生輝，章桐的腦海裡卻一遍遍地在重複著監控影片中那車禍發生的一刻。她突然意識到，自己作為旁觀者，或許也不可避免地患上了輕微的 PTSD。但凡是個正常人，看到那種場面，心裡總會留下陰影，人的生命真的是太脆弱了。

＊　＊　＊

凌晨 3 點剛過，急促的電話鈴聲響起，是童小川打來的。

「我在樓下，給你 10 分鐘，我們馬上去醫院。」

「誰死了？」

「朱悅！」

第二節　殺意

1.

朱悅死了，死得很突然。

而且很詭異！

再次走進第一醫院急診部大廳時，章桐明顯感覺到了周圍氣氛的異樣，這倒並不是因為門外停著的那幾輛市局的專用車，讓章桐感到意外的是那個下午的時候還是滿臉笑意的小護理師，此刻卻是臉色慘白就跟見了鬼一樣，不只是她，另外幾個值班護理師更是背轉身去偷偷抹眼淚。

「到底是誰死了？」走過護理師站的時候，章桐小聲問童小川。

「接到的通知上就是『朱悅』的名字。」童小川晃了晃手機。說話間，兩人穿過走廊來到急診病房邊上，那裡早就已經拉起了警戒帶，先前趕來的派出所值班警員一見到兩人，沒開口就先長長地嘆了口氣，搖搖頭，表示局面的糟糕程度已經不是一般的了。

「市局難道沒有人值夜嗎？」章桐不解地問。

童小川一邊在于博文遞過來的現場記錄本上簽名，標上時間，一邊沒好氣地說道：「人手不夠，那個當街抹人脖子的案子這不還沒結案麼，文書工作就一大堆。再說了，這個車禍目前為止還沒定性為刑事案件，哪有人手再往這派啊？小于，死者家屬呢？」

「你說死者的老公？在那呢！」他伸手一指對面樓梯拐彎處，「派出所的老鄧正在陪他聊天。」

「聊天？」

于博文臉上露出了尷尬的表情：「他……嚇吐了，暈了過去，剛清醒沒多久。」

「那我去跟他聊聊。」童小川衝著章桐點點頭，便腳步飛快地向拐彎處走去。經過出事病房的門口時，他還是忍不住朝裡面看了一眼，只是一眼，他就立刻扭過頭去匆匆離開了。

章桐換上一次性手術服，戴好口罩和手套，然後拎著工具箱來到病房門口。果然，剛才那股來蘇水都無法掩蓋住的血腥味不是沒有來由的，死者仰面朝天躺著，就好像剛剛經歷了一場大手術一般，糟糕的大手術，因為房間裡一片狼藉。

「主任，我剛才聽護理師站的說了，好像死者的肺葉被全部摘除了……」剛剛趕來的顧瑜在章桐身旁小聲嘀咕。

章桐的目光順勢落在了急診病房床下那隻高腳痰盂罐上，痰盂罐上到處都是血，而地上的血跡形狀則各式各樣的都有 —— 滴落的、噴濺的……

「老歐陽來了嗎？」章桐問。這樣的現場，如果不先做血跡形狀固定的話，自己根本沒有辦法進去。

「已經來了，我進來的時候正和小九在車上拿工具呢。」顧瑜若有所思地說道，「真沒想到，明明是一場事故，轉眼之間就變成了凶殺案。」

想起李曉偉下午的時候曾經提到過的死者病史，章桐便轉頭看向顧瑜：「別太草率下結論，目前還不能確定人民廣場那邊就是一場事故。」

正說著，樓梯拐彎處的方向傳來了一陣激烈的爭吵聲 —— 「你們懷疑我？不是我幹的！我又怎麼可能……」情緒失控的正是死者的丈夫，他背對著走廊，一把薅住了童小川胸前的衣服，憤怒地咆哮著。因為隔著一道門，章桐這邊聽不太清楚後面說了些什麼，但是卻能看到童小川正竭力控制著自己的情緒，在不斷勸說。

死者的親人在案發現場失控以至於做出不理智的舉動是非常正常的表現，但是這麼直截了當地頂刑大的人可是頭一回。

「出什麼事了？」歐陽工程師和小九一起拎著工具箱走了過來。

顧瑜聳聳肩：「死者老公看來要揍童隊。」

「別管那麼多了，老歐陽，就等你們收工，我們才好進去。」章桐下巴朝病房內努了努，「裡面夠你們忙大半天了。」

老歐陽朝病房裡一探頭，不禁愣住了，嘴裡嘀咕：「怎麼會這樣？」

章桐幽幽地說道：「據說凶手取走了死者的肺葉，所有的。」

「難怪了，只有肺動脈血管破了，才會搞得房間裡這麼亂七八糟。」老歐陽突然想到了什麼，轉頭對章桐說，「小章啊，這裡是急救室，會不會是手術失敗造成的？」

「不可能。」章桐果斷地搖頭，「這是命案。」

說是這麼說，但是歐陽的話卻還是讓她感到了一絲疑慮，這急診病房人來人往，凶手又是怎麼做到順利完成殺人，又成功脫身的呢？

章桐的目光在走廊上掃了一圈。病人雖然斷了兩根肋骨，但是卻並不影響她的活動能力，面對凶手這樣的殺戮，她也不可能沒有反抗。但是為什麼屋裡亂糟糟的，她的臉部表情卻顯得那麼平靜，就跟睡著了一樣？

目光所及之處，章桐突然心中一動，死者的臉上是乾淨的！

「老歐陽，麻煩你看下死者的臉上有沒有壓痕？」章桐問道。

歐陽工程師聽了，便直起腰，湊上前，用小筆電照了下，片刻後回覆：「有。」

「壓痕新鮮嗎？在什麼位置？」

「面部區域，正好遮住了口鼻。」

章桐一聽，心中頓時明白了：「凶手使用了手動呼吸機器，裡面裝的是麻醉劑，所以死者在整個犯罪過程中才不會有任何反應。」

「為什麼要使用手動呼吸機？」顧瑜問。

章桐緊鎖雙眉：「用乙醚氯仿的話，中間很有可能會被疼醒，急診病房本就人多眼雜，這傢伙帶了一臺隨身用的手動呼吸機，直接把死者麻醉了。」

話音未落，看著歐陽工程師陰沉著臉用手指了指病床下的那個高腳痰盂罐，章桐瞬間明白了自己的推測是正確的。

「主任，妳說死者會不會是因為下午的事被人報復了？」看著痰盂罐中滿滿的內容物，顧瑜默默地戴上了口罩和手套，從口袋裡摸出了一個大號的證據塑膠袋，然後用力抖開。

章桐先是一愣，隨即喃喃說道：「下午剛發生的事，應該沒這麼快吧。」

此刻，身後樓梯拐彎處的爭執突然更新了，死者丈夫就像一頭發怒的獅子，冷不丁狠狠一拳砸在了童小川的臉上，小小的隔間裡頓時亂作一團。

2.

凌晨在醫院的時候，童小川雖然捱了揍，卻一時半會兒還感覺不到什麼，直到從現場收隊回到局裡，他這才痛得嘶嘶倒吸冷氣，等不及回自己辦公室便匆匆趕到技偵大隊法醫處找章桐求助。

「鼻梁骨折，並且已經產生明顯的鼻梁骨移位，」章桐深表同情地搖搖頭，「這一兩個月內是好不了的，去醫務室開點止痛藥先吃著吧，盡快去醫院五官科掛號去，看情形可能還得動手術。」

「有這麼嚴重嗎？」童小川心裡有點發虛，臉上卻還是擺出一副無所謂的架勢，「明明沒流多少鼻血啊，就是有點痛而已。章主任，妳可別大驚小怪了。」

章桐淡淡地掃了他一眼：「如果你這個移位不及時被糾正的話，發展下去就會直接影響你鼻子的通氣功能，甚至全部喪失都有可能，也就是說你以後或許就只能用嘴巴呼吸了。所以呢，好不好看還是次要的，要不要命才是最主要的。」

童小川聽了，臉色頓時一陣紅一陣白，神情也變得尷尬了起來。

「我說童隊啊，人家揍你的時候，你怎麼就不躲著點呢？」顧瑜湊上前來，上下打量了一番童小川鼻梁骨的傷勢後，嘿嘿一笑，「不過說實話這拳確實夠狠的，都夠得上專業級別了。」

童小川感到有些委屈：「論個子，他明明比我矮了差不多 10 公分，人又瘦，我怎麼知道這一拳打過來居然會這麼狠。再說了，他是死者家屬，當警察的，也總該理解一下對方的情緒吧，你說對不對？」

章桐見童小川還在死命維護著自己最後的一點自尊，便長嘆一聲：「省點力氣，你還是快去醫務室吧，再耽誤下去的話，發炎會更厲害，到時候可就麻煩大了。總之，你放寬心，屍檢結果出來我第一時間通知你就是。」

童小川這才點點頭，咧著嘴不斷地倒吸冷氣，灰溜溜地離開了法醫處。

「還是頭一回見童隊被人揍得這麼慘。」顧瑜說。

「他們刑大的，磕著碰著是正常事，今天這個局面也只能怪童隊自己，他太大意了。」

「對了，主任，妳說那死者丈夫為什麼要揍童隊？」顧瑜不解地問道。

「這是刑事案件處理時的機率問題，」章桐彎腰整理自己的鞋帶，「夫妻雙方中只要有一方遇害，並且沒有明顯的證據來排除和鎖定目標人物的話，那另一方成為嫌疑人的機率就能達到 60% 以上，所以童隊盯著對方問時只要有一兩句話沒把握好分寸，遇上脾氣暴躁一點的受害者家屬，那場面很有可能就會失控。」

「這倒也是，我聽小九說刑大那邊這兩天都連軸轉，一個案子沒來得及結案又上一個。」顧瑜伸手接過章桐遞給自己的工具箱，兩人並肩朝辦公室外走去。

「你說的是寶來廣場的那樁割喉案？」章桐問。

「沒錯啊。」

「人不是早就抓住了嗎？據說是死者的前男友，叫馮強，案子怎麼還沒移交給檢察院？」章桐感到不解，她伸手打開了解剖室的開關，房間裡頓時一片雪亮。米黃色的裹屍袋靜靜地躺在正中央的解剖臺上。

「沒那麼簡單。」顧瑜長嘆一聲，「凶手是當場被抓住的，這一點沒錯，但是他半年前剛做過肺移植手術，嚴格意義上來講正處在恢復期，寶來廣場出事後當晚就進了醫院，各項指標都不是很好。為了他的人身安全考慮，刑大還專門派了兩個人 24 小時在醫院看護他，以防萬一，所以呢，這個案子最終能否進檢察部門，那還得要看這凶手的身體恢復狀況。」

「難怪童隊的臉色不太好。」章桐小聲嘀咕。

「換誰心情都不會好。」顧瑜伸手摘下了死者登記簿，「死者姓名朱悅，體長 168 公分，體型中等偏瘦，營養良好，長髮，不戴眼鏡……」

章桐一邊聽著，一邊伸手打開裹屍袋，片刻後點點頭：「我們開始吧。」

＊　＊　＊

離太陽昇起的時候還不到一個小時，天空已經變得有些灰白，只是城市的路燈還沒有被熄滅，空氣中依舊充斥著午夜街頭所獨有的絲絲涼意。

他深深地吸了口氣，認真地打量起了眼前的場景 —— 早晨的人民廣場十字路口顯得格外荒涼，雖然已經經過了打掃和沖洗，但是這冷冰冰的地面與簇新的柵欄卻依舊透露著昨天下午那一場車禍的慘烈。他注意到新換上的柵欄中間不知道被誰給掛上了一束花，孤零零的黃色花瓣和白色綢帶在風中微微搖晃著，像是在哭泣，卻又像是在輕聲訴說著什麼。

那是一束秋菊，從它被擺放的位置來看正好在紅綠燈等候區上，應該是哪位有心的車主在經過時刻意放下的。

人，畢竟是善良的，尤其是看到生命逝去的時候，內心總會油然生出一絲同情。他完全能夠理解這位車主的行為，但這些人畢竟只是少數。

三分鐘熱風吹來，手中的菸蒂在暗灰色的晨光中忽明忽滅。

如果能夠多一絲同情，那麼，自己夢中的那張臉過了這麼多年就不會還是一片空白。

「慘啊，太慘了！」身旁傳來一位老者無奈的慨嘆。雖然並沒有多說什麼，但是誰都知道是為了昨天下午那場車禍而發。老者是清潔工，穿著橘黃色的工作背心，懷裡抱著一把長長的掃帚，一輛三輪清潔車停在他身旁，應該是結束了清晨的工作，卻放不下這檔子事，所以就想隨便找個路人聊聊。

他順手從口袋裡摸出一根菸遞給老者，微微一笑。

老者報以同樣的微笑，點燃了菸，長長地吸了一口。

「是怪慘的。」他小聲咕噥了句，「兩條人命。」

老者點點頭：「昨天晚上那死者的父母來了，哭啊，就在那裡，」他伸手指了指十字路口旁的安全島，「不讓設靈堂，就只能哭了。聽說那是個女的幹的，怎麼這麼狠心呢，你說是不是？」

他平靜地掃了眼安全島，三分鐘熱風吹過，那裡空蕩蕩的，什麼都沒有。他喃喃自語:「很快就會過去的,人們很快就會忘了這件事,不會記得的。」他本想說,因為人的心是世界上最殘酷的東西,可是轉念之間便把這句話生生地吞了回去。

老者聽了,微微一愣,剛想說什麼,此時,綠燈亮起,他便頭也不回地走過了十字路口。

遠處的天邊,一輪紅日緩緩升起。

第二章　尋找

第一節　要個說法

1.

早上 7 點剛過。

章桐被手機的提示音給驚醒了。最近這段時間裡，她發現自己的睡眠變得越來越少，還特別容易被驚醒，就像現在，只響了一聲，她便迅速抓過手機，順手揉了揉發酸的脖頸，身後的陽光穿過窗戶灑滿了大半個走廊。

打開聊天室頁面，提示李曉偉發來了一段影片給自己，影片裡，他正縮著脖子和「饅頭」一起站在社區的馬路邊上。「饅頭」脖子上繫著那條紅黑格子的三角巾，威風凜凜地搖著尾巴，而拿著鏡頭的李曉偉就慘多了，要知道早晨的街上是比較冷的，李曉偉身上卻還穿著單衣，顯然他嚴重低估了「饅頭」渴望外出撒歡的迫切心情，都來不及給自己裹上一件外套，但是儘管如此，他的臉上卻依舊笑得陽光燦爛。

章桐也不自覺地笑了，回覆說：「辛苦你了，這幾天還要義務幫我遛狗。」

「沒關係的，我正好順便鍛鍊身體。」

「等手頭不忙了，我一定請你吃飯。」

發出這條訊息後，抬頭正好看見童小川出現在門口，章桐便順手關上了手機頁面。童小川一臉沮喪地走進辦公室，隨意拉了張凳子坐下，長長地嘆了口氣。

童小川的鼻子上包著紗布，紗布下的鼻梁骨比平時高出了許多。

「去過醫院了？」章桐雙手抱著肩膀，靠在椅背上同情地看著他。

童小川點點頭，甕聲甕氣地說道：「打了封閉針，明天還得去，唉，得一個禮拜。」

「一個禮拜算最低要求了。」章桐指了指桌上的屍檢報告，她當然清楚童小川這剛從醫院回來就等不及找到自己門上的真正用意所在，「死因是失血過多合併臟器丟失引起的創傷性感染休克，好一點說就是她沒有再醒過來。」

「什麼意思？」童小川下意識地摸了摸自己裹著紗布的鼻梁骨。

「也就是說麻醉狀態還未解除，她就已經死亡了，因為整個過程中我都沒有發現明顯的抵抗傷，而且死者雙手十指指甲中也沒有發現旁人的DNA，再加上她的面部表情很平靜，所以走得還算是安詳。」

童小川仔細翻看著屍檢報告，沉吟片刻後說：「是不是專業的人做的？」

章桐腦海裡出現了那一片狼藉的急診病房，搖搖頭：「證據太少，所以不好說，目前還看不出來。我只是不明白為什麼要單單取走死者的肺葉。」

「有沒有可能是盜取……」

「不可能。」章桐果斷地否決了，「肺移植手術對供體要求非常高，氧合指數至少在 110 以上，而死者的肺部本身就有問題，曾經因為肺癌發現得早而被摘取過四分之一，所以根本就夠不上供體的標準。」

「那……這就奇怪了，如果說是那兩個死者的家屬為了報復而來，也不用摘取肺葉這麼複雜，最多就是衝動之下暴打一頓之類，怎麼會出現這種怪事？」童小川懊惱地順手揉了揉鳥窩一般的頭髮，愁眉苦臉地看著章桐，「昨天下午的那起車禍當命案處理了，不管怎麼說這死者畢竟是那起車禍的直接造成者。這下可好，車禍發生得稀裡糊塗，這人又死得不明不白，唉！」

章桐把「愛莫能助」四個字給端端正正地寫在了自己的臉上。

臨出門的時候，章桐突然想起了什麼，趕緊叫住童小川：「童隊，有個問題，朱悅的丈夫，也就是在醫院裡揍你的那個，你到底說了什麼把人家給逼急了？」

童小川一愣，隨即尷尬地清了清嗓子：「其實也沒什麼，我就問了句你妻子以前有沒有過自殺的傾向，他就跟我急眼了。真是搞不懂，一點徵兆都沒有，直接一拳就衝我臉上呼過來了。」

「那他還是堅持認為他妻子造成的車禍只是因為駕駛不慎？老歐陽他們可是已經調查清楚了，從車輛加速到車禍發生，那輛肇事車根本就沒有踩過煞車，是全速行駛的。」章桐感覺不可思議。

「那輛車整體被檢查過了嗎？」童小川問。以前有過車輛被控制的案例，所以一遇到這種匪夷所思的車禍，自然就會往那個方向去想。

「當然，每個零件都被仔細歸檔和檢查了。」章桐緊鎖雙眉。

童小川聽了，無奈地長嘆一聲：「不還是沒有答案嗎？」

等了半天，身後的章桐都沒有再說什麼，回頭看去，她似乎根本沒有聽見剛才童小川所說的話，只是呆呆地看著辦公桌上的資料夾陷入了沉思。

見此情景，童小川只能搖搖頭，拿著屍檢報告便轉身離開了法醫辦公室。

＊　＊　＊

傍晚時分，夕陽灑滿天空，踩著厚厚的落葉，他站在醫院樓下的轉角處，仰頭看向遙遠的天邊。那裡暮色已經緩緩聚集，要不了多久，黑夜即將到來，大街小巷也開始亮起了盞盞燈光。

他所站的位置是個風口，呼呼的風聲在耳邊從未停歇過。院子裡的落葉時而被風捲起，時而又匆匆落下，看久了，竟然有了一種莫名的親切感。手中的菸頭沒剩下多少了，再次拿起時，他愣了一下，隨即狠狠地吸了一口，在自己被徹底凍僵前，把菸蒂在水泥牆上熄滅，丟進公用菸灰缸，這才轉身準備離開。

「你說，這 92 床的裝病得裝到什麼時候？」擦肩而過，一個年輕的小護理師憤憤然地對身邊的同伴抱怨，在她的手中是個剛洗完的搪瓷飯盆，飯盆還在往下滴著水。

「這不有人看著麼，又不用你操心。」同伴似乎並不在意。

「你不明白，那傢伙明明已經各項指標都正常了，還一天到晚這裡不舒服那裡不舒服，我們主任對他又是得罪不起。不就是做過移植手術麼，把自己當大爺了，真是的。」先前那小護理師說著說著，愈發火冒三丈，手中的飯盆掄得高高的。

在拐進門廳的剎那，同伴突然停下腳步，她警惕地看了下四周，見沒人注意自己，這才神情嚴峻地壓低嗓門說道：「對了，我差點忘了提醒你，小心點，別離他太近！我聽精神科的李醫生說過，這種人，很危險的，你沒見過寶來廣場那場面，天吶，太沒人性了！」

「我說那人看人的眼神怎麼那麼奇怪，陪床的人也一臉冷冰冰的。幹嘛不早點通知我們當班的啊？要是出了事，誰能負責？」

同伴沒好氣地瞥了她一眼：「哼，告訴你們了，那誰負責 92 床啊？難不成叫你們護理師長負責？」

「我跟你說啊，她保準也會撂挑子的，因為她比我膽小。」小護理師臉上露出得意的神情。

就這麼你來我往地說著，話題很快就轉到了「膽小的護理師長」身上，兩人嘻嘻哈哈地一起走進了大樓門廳。

三分鐘熱風吹過，門廳外的角落裡早就已經空無一人，只有菸灰缸裡那枚新鮮的菸蒂，在風中最後發出了一點微弱的火光，很快便熄滅了。

＊　＊　＊

午夜，醫院大樓裡靜悄悄的，儘管急診病房區域裡時不時地傳來救護車的聲音，但是一牆之隔的住院樓卻彷彿是另外一個世界。一樓的監控中心房間內，值夜保全長長地打了個哈欠，雙眼微闔，靠在椅背上打算趁下次巡邏前小睡一會兒。

此刻，周遭的一切都顯得那麼平靜與自然。

沒多久，六樓最靠東頭的那間病房窗戶上突然亮起了詭異的綠色火光，火勢猛烈，伴隨著陣陣白煙冒起，房間裡淒厲的呼救聲與煙霧警報聲同時穿透了整座大樓。

十多分鐘後，遠在城市的另一頭，章桐家臥室的窗戶被一顆石子磕了一下，緊接著，又是一顆……「饅頭」瞅著窗戶，爪子緊緊地抓著地板，喉嚨裡發出了憤怒的低吼。章桐被猛地驚醒，她打開燈，愕然看著一顆石子重重地敲在窗戶上，發出清脆的玻璃聲響。

她氣沖沖地下床來到窗邊，伸手推開窗，一眼就看見了樓下沒有熄火的警車。于博文就像是個被抓了現行的孩子，見勢不妙便迅速鑽回了車裡，而駕駛座上的童小川則探出頭來，雙手一攤，衝著章桐做了個無奈的表情。

「該死！」她低聲咒罵了一句。

現在是凌晨 1 點 28 分。

2.

「哪裡出事了？我為什麼沒得到通知？」章桐晃了晃手機，自從有了上次的教訓後，自己手機裡的電量就沒有低於過 80%。

于博文從副駕駛座上次過身來，尷尬地笑了笑：「主任，我跟童隊也是在吃宵夜的時候才剛得到消防那邊的通知，說醫院裡突發無名大火，把我們的嫌疑人燒死在房間裡了。這不就順便把妳帶上，省得你再叫車過去嘛。」

「嫌疑人？誰？哪個案子？」章桐有些糊塗。

童小川看了眼後視鏡：「寶來廣場割喉案。」

「這……」一時之間，章桐不知道自己該說什麼才好，憋了半天結結巴巴地說道，「怎麼，怎麼這麼快？」

「主任，妳是說怎麼一下子兩個嫌疑人都死了，對不對？」

章桐衝著于博文點點頭：「是啊，雖然目前看兩個案子之間沒有關聯，但是這，這也未免太巧合了點。你們確定著火這起不是意外？」

童小川聽了，和于博文面面相覷：「你去了就知道了。」

說話間，警車已經開進了大學附屬醫院的住院部，看著車前方一字排列開的那幾輛鮮紅色的消防車，章桐心中隱約感到了一絲不安。

住院樓裡的明火已經熄滅，被緊急疏散的病人和護理師們正在有條不紊地返回病房。下車的時候，章桐注意到有幾輛消防車已經準備離開，只留下了一輛正在收拾裝備。

「火不大？」她隨口問道。

「是不大，燒毀了相鄰的兩間病房，同一樓層的病人也及時撤離了，這場火災的傷亡情況目前為止就是一死一傷。」醫院保衛科的工作人員回答道。

「那為什麼要通知我們？」

這時候，旁邊停下了一位消防人員，他用力解開自己胸前的防護服，摘下頭盔，臉上的神情有些異樣：「是我要求的，你們是市局刑偵大隊的人，對不對？」

童小川點點頭。

「你們的人受傷了，全身深三度燒傷，這家醫院沒有處理白磷燒傷的專門設備，所以人已經被接走了，去了第一醫院的燒傷科。別擔心，小夥子性命無憂，就是要吃些苦頭了。」消防員啞聲說道。

「白磷？」章桐皺眉，「你確定引燃物是白磷？」

「是的，」消防員掏出手機，「我把現場護理師無意中拍下的那段影片複製下來了，你看看，這就是當時的場景。據說起火很突然，病房裡沒有配備滅火器，病床上方的煙霧探測器的噴淋裝置壞了，火勢才會在一開始就沒有被控制好。不過你們值班的那位小夥子倒是很勇敢，就是有些經驗不足，不知道是白磷，直接就用水去滅火，後來試圖想打開銬子，這才會導致自己也遭了殃。房間裡總體過火面積不是很大，只燒毀了一些易燃物。不過，病人沒救了，當場死亡。」

看著手機螢幕中那段只有 8 秒的影片，綠色的火焰，白色的煙霧，伴隨著聲聲的爆燃和值班小護理師驚恐的叫聲，章桐的臉色一沉：「果真是白磷，醫院病房裡怎麼會有這種東西？」

中年消防員聽了，只是搖搖頭：「剛開始的時候是白磷燃燒，到後來引燃了房間裡的窗簾和隔離布簾以及床上的被褥之類的可燃物，火焰就變成了黃色，由於病房門是打開的，穿堂風導致火勢外延，這才波及對面的那間病房。」他接過手機，小心翼翼地塞進防護服的內襯口袋，「這就是我找你們來的原因，火是直接從 92 床的病人身上著起來的，我猜這不是一起單純的火災事故！」

白磷是白色或淺黃色的半透明固體，質地柔軟，冷時性脆，見光則色澤變深，一旦被暴露在空氣中，產生大量白色煙霧，只要溫度接近 40 攝氏度就會立刻著火，火焰呈現出綠色的磷光和白煙，如果不及時隔絕空氣，白磷的著火點根本不會停下來。章桐想到這裡，便追問：「死者身上最後穿的是什麼衣服？」

「當然是病號服了。」一旁醫院保衛科的人說，「這是我們醫院病人的統一裝束。」

「病號服上不應該有白磷。」童小川看了對方一眼，問道：「你們晚上一個樓層有幾個護理師值班？」

「就一個。另外每個科室配備一個住院醫師，同時負責兩個樓層，但是晚上值班的時候，住院醫師沒有需要是不會去病房的。」

童小川抬頭看向高高的樓頂，長嘆一聲：「小於，通知老歐陽和小九，他們該開工了。」

于博文點點頭，忙不迭地去一邊給痕跡鑑定值班室打電話。

章桐因為還沒有收到工具箱，便只是從口袋裡摸出隨身帶著的乳膠手套和口罩戴上，然後衝保衛科的工作人員出示了工作證件，說道：「請帶我去看看死者，我是法醫。」

＊　＊　＊

上午，天空碧藍無雲。

再一次步行經過人民廣場十字街頭的時候，他驚訝地發現安全島裡竟然異常熱鬧——兩根燈柱上掛著白色的橫幅，地上堆滿了菊花，三位白髮蒼蒼的老人在兩個年輕人的陪同下，跪地，神情悽然，其中一位老太太痛哭著，聲音沙啞死去活來，懷裡緊緊抱著的是那兩位死者的遺照。

他停下了腳步，隔著馬路遠遠地觀望著。他發現凡是經過安全島的路人，竟然都下意識地加快了腳步，似乎在躲避著什麼。

見他停下了腳步圍觀，一旁站著的交通協管員便忍不住長長地嘆了口氣：「唉，都哭了一上午了，怎麼勸都勸不住，就是不肯走。」

「不是聽說那肇事女司機已經死了嗎？」現在這年頭，消息傳得比風還快。

交通協管員是個年過五十的中年大叔，他無奈地搖搖頭：「沒錯，是聽說死了，但是這家屬不樂意啊，倆孩子好不容易養這麼大，這剛工作沒多久，聽說上週剛結婚了的。唉，總之這事擱誰身上誰都難受，接受不了也很正常。」

「你是說那所謂的間歇性精神障礙吧？」他隨口問道。

協管員一愣：「沒錯沒錯，是這名詞，挺拗口的，沒想到你還記住了，這就是死者家屬始終都不接受結果的原因，你看看那橫幅上寫的 —— 還我真相！唉，坑人喲！」

他聽了，苦笑著搖搖頭：「人死各有命，好好珍惜活著的人吧。」此時，綠燈亮起，他便衝著協管員點點頭，迎著綠燈穿過了馬路，身形很快便消失在人群中。

十多分鐘後，一個梳著馬尾辮，腰間繫著棕色圍裙的年輕女孩捧著一束菊花匆匆從馬路對面的商業街裡走了出來，綠燈亮起，她穿過馬路直接來到安全島上，把花輕輕地放在那兩幅遺像面前，然後從圍裙口袋裡掏出了一個信封遞給其中一位老者，「大爺，這是我們店裡的一個客戶剛才訂的花，裡面的錢是他指明要捐給你們的，總共一萬現金，您查收下。」

信封很厚，老者感到詫異：「誰？」

女孩沒有回答，只是從圍裙口袋裡又摸出一張小的心形慰問卡片，遞給老者：「客人想說的話都寫在上面了。」說著，她點頭告辭，隨即順著綠燈返回了來的方向。

幾位老人面面相覷，打開那張卡片一看，上面只有四個字 —— 好好活著。

秋日的陽光很耀眼，三分鐘熱風吹過，看著那束新鮮的菊花，沉默已久的老者已是滿臉淚痕。

第二節　不該活著

1.

快到中午的時候，童小川興沖沖地衝進法醫解剖室，一言不發，只是激動地在房間裡來回踱步。

「主任，童隊是不是吃錯藥了？」顧瑜小聲嘀咕。

章桐搖搖頭：「但凡能夠刺激到人類大腦中樞神經系統的藥物反應狀況都不是這樣的，我看他應該是聽到什麼好消息了吧，一時之間自我消化不了才會這樣，以前我聽李醫生說過這種狀況，叫什麼『輕度精神PTSD』，不用吃藥，很快就會恢復正常的。」

顧瑜點點頭：「原來如此。」

章桐手裡拿著解剖刀停在半空中，想了想，還是把刀放回了托盤：「童隊，有什麼你就說吧，憋心裡不好。」

「萬幸，真是萬幸啊！」童小川就像抓到了一根救命稻草，聲音沙啞，激動地揮舞著手臂，「我那負責看護病人的年輕下屬，不是深三度燒傷。我剛從醫院回來，那燒傷科的老教授說，嚴格意義上來講是淺二度和深二度之間，完全可以恢復，臉上不會留下疤痕。要知道那小夥子還沒談過戀愛呢，我昨天都擔心死了，在手術室外待到現在，要真是深三度的話，我真的無法原諒自己了……」

仔細看去，童小川的眼中竟然含著淚花，聲音還微微發顫。顧瑜剛想開口，章桐便伸手攔住了她，示意讓童小川繼續說下去。

「深三度恢復的可能性非常低，並且對病人以後的生活品質會有很大影響，而淺二度和深二度之間的話，最多一個月，只要沒有感染，就能痊癒。」章桐點點頭，說話的樣子突然像極了一個溫柔的大姐姐在安慰弟弟：「好啦好啦，說出來心裡的石頭就能放下了，童隊，現在心情好些了嗎？我這裡正好有事找你呢。」

「哦？」童小川雙眼放光，「說吧。」

「童隊，你確信不要休息一下，去瞇會兒？」顧瑜吃驚地看著雙眼布滿血絲的童小川，「模式切換好快！」

童小川擺擺手，看著章桐。

「跟我來吧。」章桐摘下手套，順手丟進腳邊的垃圾桶，然後走向小隔間，來到牆角的燈箱旁，一邊打開燈，一邊說，「你聽說過一種叫矢狀劈開截骨手術嗎？」

童小川茫然地搖搖頭。

「好吧，矽膠假牙？」章桐俐落地把兩張 X 光片放在燈箱上，頓時一目了然。

「他年紀不大啊，為什麼要裝假牙？」童小川不解地問。

章桐搖搖頭：「那我再換種說法，你應該就會明白了 —— 他做過整容！而且是非常專業的口腔整容！」

「你看，左面這張是顱骨的正面照，右面這張是解剖後的顱骨復原圖，怎麼樣，區別大吧？」章桐指著左面那張 X 光片，「完整地來說叫 —— 下顎骨升支矢狀劈開截骨術，之所以那麼截骨，是要避開下牙槽神經，把下顎骨升支從矢狀面劈開。這種手術的目的本來是解決下顎前突畸形，出血少，下牙槽神經損傷率低，但是術後需要四周時間來進行頜間固定，影響進食和發音時間長，操作不好的話，病人所受的痛苦也大。」

「這不是人臉矯正手術嗎？」

章桐點點頭：「是的，而且難度非常高，但是死者並沒有下顎骨骨骼畸形，他的臉型是完全正常的，他之所以這麼做，就是想徹底改變自己的臉部容貌和形狀，為此，他還加上了一排矽膠假牙，也就是說，你看著他是四十歲的模樣，其實他的真實年齡遠不止這些。」

童小川臉色一變：「可是，他被抓時的 DNA 在資料庫中並沒有找到匹配對象。」

章桐看著他，聳聳肩：「你能保證所有案子的犯罪嫌疑人生物樣本都被收集進了 DNA 資料庫嗎？」

「難怪了，當時看了案發現場圍觀群眾近距離拍下來的手機影片，我就覺得他下手特別冷靜和果斷，完全不像是第一次殺人，這麼看來，有可能他還真的有案底。」童小川喃喃說道，「當時抓人的時候，查他的身分證並沒有問題，看來，還是我們大意了。」

「你也別太自責，我會盡快做一個人臉還原，透過人像對比系統可以相當程度上縮小尋找範圍，盡快確定死者的真實身分。」章桐想了想，說道，「他在醫院賴著不走，肯定也是擔心這案子到了檢察院後，鬧大了，以前的老底就會被人揭出來吧。」

「還有人會記得他嗎？」

章桐聽了，咧嘴一笑：「給他做手術的人啊，可不是簡單的角色，而且，我想沒有一個口腔醫生會對自己五年內曾經做過的一起古怪手術那麼健忘的。」

正說著，于博文匆匆推門走了進來，先是跟章桐打了個招呼，隨即說道：「童隊，我正找你，朱悅車禍的事，有眉目了。」

兩人的目光齊齊看向他。

「朱悅的丈夫鬆口了，承認自己在外面有個小三，這事被朱悅知道了。」于博文嚥了口唾沫，接著說，「朱悅娘家家境本就不錯，人又清高好面子，所以本來想忍一忍。再說，她丈夫也跪下認錯了，本以為這件事就這麼過去。誰想那小三根本就沒打算放過這個大金主，便三天兩頭盯著朱悅逼她退出，還一天到晚發給她自己和朱悅丈夫在一起的不雅相片，不依不饒的，最後那次還竟然把相片放大了給直接貼在了朱悅單位的大門上，這就是案發那天上午發生的事。朱悅的工作單位離案發現場不遠，就轉個彎的距離，她直接開著自己的牧馬人就衝上街頭。她丈夫說朱悅最後打了個電話給他，表明想自殺。只是沒想到她自己活了下來，卻把無辜的人給害死了。」

章桐皺著眉：「童隊，難怪你會捱揍，你說中了他的心事，他當然要急得跳腳了。可如果這人民廣場的車禍案只是意外的話，那麼這朱悅又是因為什麼被人殺了？」

「報復？」童小川想了想，「除了這個動機，我還真想不出別的，主要是那現場，說句不好聽的，過度殺戮，跟屠宰場沒啥兩樣。」說著，他轉身拍了拍于博文的肩膀，「走，下一步得深挖朱悅的背景，說不準會有什麼收穫呢。」

兩人隨即告辭，離開了法醫處。

章桐掏出手機，撥通了李曉偉的電話：「我想問個問題。」

「隨時恭候。」

「對受害者實施過度殺戮行為的人，到底是什麼心態？」

電話那頭陷入了短暫的沉默，很快，李曉偉的聲音響了起來：「兩種，一種是針對不特定目標的過度殺戮，另一種則是針對相應特定目標，前者是發洩情緒，後者則是報復。前者的加害行為展現為在同一個區域不斷地重複一個單一動作，但是後者，簡單來說，是有特定攻擊對象目標，而為了達到這個目標，加害者不惜對受害者造成更多不必要的別的傷害，且沒有特定區域。」

「原來如此，我明白了。」章桐輕輕嘆了口氣，結束通話了電話。

2.

凌晨時分，寶來廣場金輝大廈頂樓的霓虹燈在瀰漫的霧氣中若隱若現。

廣場上空無一人，和白天的熙熙攘攘比起來，昏黃的路燈光下，這凌晨的街面上彷彿就是另外一個世界。他把車停在馬路邊上，關掉了所有的燈，包括手機螢幕在內，車裡一片漆黑，只有菸頭的火星在一閃一滅，彷彿這才是他依舊活著的標誌。

他知道自己不該抽菸，但是卻怎麼也戒不了這菸癮，努力過了很多次，最終還是放棄了。如今細想想，手中的菸對他而言其實也並沒有什麼太大的吸引力，只是自己感覺空虛的時候，自然而然就想到了它，就像一對過了大半輩子的夫妻，沒有山盟海誓，有的就只是默默相守罷了。

他還記得自己第一次抽菸的時候，就是那次噩夢中醒來，他滿臉淚水，雙手環抱著肩膀默默抽泣，屋外是瓢潑大雨，空氣中充斥著潮溼的霉味，他偶然抬頭，看見了桌上那個幾乎空了的菸盒。菸盒是鋁製的，端端正正地擺在桌案頭，上面似乎還有些溫度，但是菸盒的主人卻早就已經離開了。

他伸手抓過菸盒，顫抖著從枕頭底下摸出一盒火柴，學著哥哥的樣子，打開菸盒，抽出裡面僅有的一根，叼在嘴上。那副樣子真的一點都不酷，儘管他已經盡力在模仿，卻依舊無法完美地複製出哥哥的影子，他就是他，哥哥再也不會回來了。

火柴被點燃了，他貪婪地吸了一大口煙，嗆得胃裡一陣痙攣，鼻涕眼淚瞬間糊了滿臉，但是他很快就適應了，因為那是記憶裡最熟悉的感覺，他不再感到孤單。

透過車窗，他的目光落在了曾經那個女人倒下的地方，地面早就已經被清洗得乾乾淨淨，案發後的第二天，就沒有人再記得這裡發生過什麼了。只有他，怎麼也忘不了那女人最後被割開喉嚨的剎那，目光中所流露出的冰冷與絕望。

一個生命就這麼沒了，他本以為女人到最後的時候必定會哭泣，會哀求凶手放過自己，會發誓自己一生一世陪在他身邊，但是女人沒有這麼做，這才是讓人感到最痛苦的，因為女人臉上的表情竟然是平靜得猶如一張白紙，一張沾滿了血的白紙。

今天是慘案發生後的第七天，也是那女人的頭七，廣場上冷清得讓人感到濃濃的寂寞。菸抽完了，他把菸頭小心翼翼地在車載菸灰缸中掐滅，然後從副駕駛座位上拿起一束淡黃色的菊花，白色的飄帶猶如絲綢一般順滑。打開車門，他緩步走向那個位置，來到近前，他彎下腰把菊花放在地上，沉默了片刻後，便轉身悄然離去。

車開走了，寶來廣場上恢復了平靜，濃霧逐漸聚集，若隱若現的燈光下，一束孤零零的菊花躺在曾經流滿鮮血的地上。風吹過，花瓣微微顫抖，似乎在輕聲訴說著什麼。

＊　＊　＊

夜深了，身邊的「饅頭」趴在地板上早就已經沉沉睡去，因為上了點年紀，鼾聲不斷，不過還好能夠忍受。

右手邊的咖啡杯已經冰涼，吃剩下的半塊麵包被隨手丟在盤子裡，看上去根本讓人無法提起食慾。

章桐盯著電腦螢幕上的屍檢相片陷入了沉思，朱悅的傷勢明顯是屬於過度殺戮，目標是割取肺葉，得手後卻又把它丟進痰盂罐，這是一種對死者鄙視的表現。如果把凶手界定為單純的報復殺人，似乎沒有什麼不妥，可是朱悅生前的社交情況非常簡單，沒有什麼所謂的仇人，為什麼有人就偏偏要挑中她下手？而在這之前，醫院裡還從未出現過類似的疑似報復事件。

她的目光落在了屍體的一張正面照上。看著那清晰的刀痕，她突然心中一動。這看似雜亂的刀痕，其實卻是有規律的 —— 它完美地避開了幾條大動脈血管和心臟要害部位，這樣，死者就不會馬上死去，直到肺葉被成功摘取後，朱悅才最終因為肺動脈失血過多導致創傷性休剋死亡。而在此之前，自己之所以沒有注意到這點，那是因為肺葉摘取的手法太過於粗糙，形同屠夫。

現在看來，凶手分明就是一個有醫學背景的人！

點開火災現場的屍檢報告資料夾，章桐總有種感覺 —— 眼前這兩起命案之間存在著一種說不出的連繫。她看著病房裡火災過後的相片，想了想，點選滑鼠放大煙霧報警器，雖然有些燻黑了，但是這個煙霧報警器卻明顯是由內往外炸開的，病房裡當時的火勢還不至於產生這樣的效果，難道說……她抓過手機撥通了小九的電話，這個時候雖然打電話顯得有些不禮貌，但是對於「夜貓子」來說，也是習以為常的。

「小九啊，問你個事，你們查過大學附屬醫院著火病房頂上的那個煙霧報警器沒有？」章桐問。

「這倒沒有。」小九回答得很爽快。

「那你們最好查一查。」章桐一邊說著，一邊在草稿本上畫了張草圖，那是一張病床，病床正上方是煙霧報警器，「因為我懷疑那白磷的來源很有可能與這煙霧報警器有關。」

「白磷粉接觸空氣就會發出白色煙霧，」章桐下意識地在草圖上用筆畫了個圈，範圍包括了整張病床，「我問過醫院裡的人，都說死者的病號服在那天沒有更換過，而病房裡的空氣也是流通的，室內人的體溫是將近 37 攝氏度，但是病房內有各種儀器存在，溫度一般會接近 40 攝氏度，這是白磷的燃點。而一旦被白磷粉覆蓋燃燒，是很難用普通的方法撲滅的，所以倖存者才會有這麼嚴重的燒傷。我想過，只有這一種方法可以在案發當晚讓死者被白磷粉覆蓋，你們盡快去查一下煙霧報警器。」

結束通話電話後，已經是凌晨兩點，章桐靠在椅背上，看著窗外漆黑的夜空，心想如果凶手真的是如自己所料那般挖空心思想要殺害死者的話，那麼兩起凶案就有了一個共同的動機 —— 報復！

3.

醫生吃飯，無非就是談談自己的病人，要麼談病例，要麼就是談「典故」，目的都是一個 —— 氣氛輕鬆一點，吃飯的胃口就能好一點。

「一個人的恨到底要用長時間才能把它徹底忘記？」

輕描淡寫地問出這個問題的時候，他正笑瞇瞇地看著眼前這位與自己年歲差不多的年輕醫生。都說笑容能徹底讓別人對你放鬆警惕，為此他還曾經花過不少時間，站在鏡子前，對著鏡子中的自己，一遍又一遍地在臉上擺出笑容。

「恨？」坐在桌子對面的年輕醫生不免有些愕然。因為誰都不會在樓下餐廳中吃中午飯的時候突然問這麼高深的問題，人不論智商還是情商，只要肚子一餓，就都會隨之而大幅度下降，更何況自己現在可是飢腸轆轆。

在等待回答的時候，他的目光落在了對方的工作牌上，隨即點點頭，語氣虔誠而帶調侃：「李醫生，你可是我們市的精神科專家級別的人物，這麼簡單的問題應該不會難倒你吧？」

李曉偉感覺自己的耳朵根子有些微微發燙，他依依不捨地放下了手中的筷子：「專家級別不敢當。這，這怎麼說呢，你問的問題實在是太籠統了，我們人類的『恨』有很多種，因為程度不同，自然結果也不同，而每個人的心理承受能力更是不能用一定的標準來衡量的。總之，變數太多，我還真不好用一兩句話來回答你。」

聽了這話，他恰到好處地笑了，然後略帶慚愧地說：「李醫生別見怪，我只是開個玩笑隨便問問，你別往心裡去。」說著，衝另一個同事點點頭，「我先回。」便托著盤子離開了座位。走到門口的時候，他藉著拿餐巾紙的機會回頭看去，那個同事正和李曉偉交談著什麼，而後者臉上則露出了一副恍然大悟的神情。

他面無表情快步走出了餐廳，同時伸手從褲子口袋裡摸出了菸盒。

也不過如此嘛！

＊　＊　＊

大學附屬醫院住院樓的火災現場內，章桐抬頭看著那個已經面目全非的煙霧報警器，低聲對一旁站著的歐陽工程師說：「老歐陽，這明擺著就是從這裡搞白磷粉的，你看看這個位置，再看看你徒弟的那張檢驗報告。」

歐陽工程師神色凝重：「凶手應該是裝了個小型遙控觸發器，半徑範圍在 50 公尺之內，時間一到彈開煙霧報警器……也就是說，案發當晚凶手有可能就在這棟樓裡。」

章桐點點頭，她走到門外，招手叫來了等候已久的醫院保衛科負責人。因為上次火災，整層樓的病房早就已經空無一人，整個科室其餘住院的病人都被臨時調配到了別的樓層，只留下空蕩蕩的走廊，窗戶開著，呼呼的風聲充斥著整層樓。

火災燒毀了大半個煙霧報警器，由於無法確定煙霧報警器中是否有定時裝置，抑或只是單純的接收裝置，所以，很難確定案發時凶手所處的準確位置。

「我們這裡是醫院，不是監獄，保全也是一些老弱病殘，所以不可能完全限制大家的出入自由啊。」保衛科負責人焦頭爛額，他下意識地掏出手帕擦了擦額頭沁出的汗珠，「能防住一些來鬧事的人就已經是上上大吉了。」

「你們的監控不是遍布整棟大樓的？」說話間，于博文合上手中的工作筆記，抬頭看著他，目光中滿是疑惑。

「不瞞你說，有是有，但是因為經費問題，有些已經快要不能用了也沒辦法更換，現在好幾個地方的探頭就是個擺設，即使能錄入，也只是個模糊的人影。」負責人漲紅了臉，想了想，又小聲補充了句，「唬人的。」

「到底有幾個能用的？」于博文有些生氣了，「你也不早說，這得多耽誤事啊！」

「就，就三樓和七樓，還有進門處的大廳……」負責人結結巴巴地說著，用手帕不停地擦汗，「別的即使有，也都不是高畫質彩色，不只是畫面模糊不清，隱約能看見人就不錯了，更別提聲音了。」

「那可是 20 世紀的東西。」于博文悻悻然嘀咕了句，「太坑人了！」抱怨歸抱怨，圖偵組的還得一幀一幀地過，沒辦法，這是案發現場唯一的監控影片來源。

比起別的樓層好幾間的大通鋪而言，三樓和七樓都是屬於貴賓樓層，病房都是高級別單獨配置，每天的住院基本費用也高，服務自然就更好。

聽了這話，章桐和歐陽工程師不由得面面相覷，眉宇間盡是沮喪的神情，她嘆了口氣：「難怪消防提供的火災現場高畫質影片只能從護理師手裡拿。」

正說著，病房內突然響起了此起彼伏的手機鈴聲，幾個人的手機同時響起的話，這可不是什麼好事，章桐掏出手機一看，果然，來電顯示是市局的值班室 —— 有人在酒吧一條街自焚，火很快被撲滅，但當事人已經身亡。

「自焚？」章桐下意識地渾身一激靈，她看了看歐陽工程師。後者也正慢慢放下手機，神情凝重地說道：「聽說是個老人，去看看吧。」

＊　＊　＊

（半小時前）

酒吧一條街，從中午開始便是整個天長城裡最為躁動不安的地方，古怪的招牌，一直環繞的重低音 hip pop，其實不用等待夕陽降臨的那一刻，整條街上就已經摩肩接踵，到處都是精力旺盛的路人。

人群中只是隔著五六公尺遠的距離，卻彷彿隔著整整一條河，他看到了對方目光中所流露出的深深的絕望與悲哀。於是，他停下了腳步，站在這特殊的「岸邊」，就這麼雙手抱著肩膀，嘴角微微翹起，靜靜地觀望著不說一個字。

看著對方欲言又止，直至希望的火光微弱到最終熄滅的時候，他的臉上才露出了一絲得意的笑容，接著便是緩緩地搖頭，果斷而又堅決。做完這些事後，他便頭也不回，轉身匯入了遠去的人群。

沒走出幾步，突然，身後傳來了一聲異常的響動，緊接著便是民眾四散躲開時所發出的驚呼聲——「著火啦，著火啦，快打 119……」他沒有停下腳步，更沒有回頭，就彷彿身後所發生的那一幕悲劇與自己完全沒有絲毫的關係一般。

每個人不能選擇自己的出生，卻有機會去選擇自己死亡的方式，痛苦的或者不痛苦的……他對此毫無異議。在經過一家商店的櫥窗旁時，他注意到櫥窗內有一面鏡子，這才停下匆匆的腳步，探身看了眼，鏡子中的人是陌生的，臉部表情平淡如水，就像一張白紙，一張沾滿了鮮血的白紙。

他伸出指尖，觸碰了一下那冰冷的櫥窗玻璃，嘴角露出一絲苦笑，這才轉身匆匆離去。

4.

（半小時前，下午 1 點 16 分）

市局刑大辦案區審訊室裡，童小川已經在凳子上坐了十多分鐘，他皺眉看著坐在對面的朱悅丈夫王清河，順手摸了摸自己鼻梁上的紗布，甕聲甕氣地說道：「王清河，你這一拳確實夠狠的啊，往死裡揍啊？」

此時的王清河已經沒有了先前在醫院裡時的那副凶狠模樣，反而是涕淚橫流，苦苦哀求道：「我，我真的不是故意的，對不起了……誰知道你不躲呢，說實話，你這身板……一個揍我倆都夠啊。」

「我要是還手，那就叫互毆，你懂不懂？那可是犯錯誤的！」童小川悻悻然地哼了聲，「算了算了，這事我也不追究你了，也怪我那時候說話沒考慮周全。王清河，我們還是回到那個問題上，就是你妻子的那次肺葉切除手術，你能再講詳細一些嗎？」

一聽這話，王清河趕緊伸手在臉上抹了一把，抬頭激動地說道：「真的？真的不追究我啦？」

「什麼話！」童小川皺眉，「我是看你知道錯誤了，吸取了教訓並積極糾正，我才不追究你的。下次再因為打架的事讓我見到你的話，可就沒這麼容易了，你懂不？」

「懂，懂，懂，我當然懂，謝謝，謝謝！」王清河愈發結巴了起來。

「趕緊說說你妻子的那次手術，你是全程陪同的嗎？」身旁的同事強忍住笑，一臉嚴肅地接著問了下去。

王清河點點頭：「那是當然，大手術，需要我簽字的。」

「肺癌這東西啊，要麼別發現，一旦發現了，就是晚期。不過我老婆運氣好，因為肺結核住院，這一查還竟然就在陰影部位發現了早期癌變的病灶，就趕緊給切除了。」他邊說邊伸手比劃，「本來以為就那麼點大，誰想到手術足足做了四個鐘頭，出來以後告訴我說那麼大一塊，就跟那菜市場豬肉攤上賣的豬肝一樣，去了一半！」

「這麼嚴重？」童小川感到有些意外。

「是啊，有很多病灶，不打開看，你是根本發現不了的。我聽那老專家說，肺結核轉肺癌這病最難治，發現難不說，切除也難，手術的時候兩個主刀醫生都是用手剝離病灶的，真是太難了！」說到這裡，王清河不由得一聲長嘆，「唉，本以為撿了條命，現在看來，作孽啊！」

「等等，這麼說，你妻子的手術還是算有一定難度的，對嗎？」

「那是當然，」王清河用力點頭，「四個鐘頭，兩個主刀醫生，院長、專家親自到場監督指導，你說難不難？」

童小川不禁和同事面面相覷，因為死者朱悅恰恰是被人很粗暴地切除了肺葉的剩餘部分，這要說是巧合的話，那就太讓人無法理解了。

＊　＊　＊

示意一旁的警員帶走王清河後，童小川走出審訊室，正思索著該怎麼進行下一步方案的時候，文書急匆匆走了過來，遞給他一份傳真件：「童隊，這是內山市局剛傳過來的，證實了大學附屬醫院的死者就是他們轄區的在逃犯罪嫌疑人黃之鋒。」

「什麼案子？」童小川心中一動。

「人命案，因為感情糾紛，當街把一個年輕人的脖子給捅了個窟窿，受害者沒多久就死了，他卻跑了，案發至今一直都沒被抓到過。」文書臉上的表情顯得有些沮喪，「30 年前的案子，那時候根本就沒有條件收集凶手的 DNA，甚至當地警方手頭就只有一張他的小學畢業照，那時候人才多大？剛才電話中說了，要不是我們給出了兩份模擬畫像，他們還真的無法確定就是死者本人。童哥，你知道嗎，那老哥哥聽到這消息後，在電話裡都激動得哭了。」

童小川心頭一酸，他完全能夠理解，想想自己不也是有著同樣的心結。

「這麼看來，章主任的推論是正確的，這個叫黃之鋒的人做過整容手術，而他的作案手法也與以前的相類似。」他一邊翻看著手裡的傳真件，一邊說，「不排除他身上還有別的案子，只是他現在死了，了解起來會有些難度。這樣，你在網路上發個查詢函，就說未破的當街割喉案或者手法差不多的，盡量把案子都彙總過來，說不定會對我們這個案子能有些幫助。」

文書點頭，轉身快步離去。因為所有辦公區域都不准抽菸，童小川便想著偷空去洗手間抽根菸解解悶，畢竟連軸轉了好幾天，可前腳剛走進隔間，門還沒鎖上，菸盒還沒完全掏出口袋，耳根子邊就傳來了值班文書尖銳的嗓音：「童隊……你在哪？有案子要馬上出警！童隊……」

隨著腳步聲越走越近，童小川懊惱地狠狠瞪了菸盒一眼，這才依依不捨地把它又塞了回去，順手拍了拍，便悻悻然走出了洗手間：「哪裡的案子？」

「酒吧一條街，一個老人當街自焚。先期趕到現場的派出所輔警彙報說案子可疑，需要我們市局刑大盡快接管現場。」值班文書神情緊張地看著童隊，右手甚至還有些微微顫抖，這已經是他實習的第三週，卻還是改不了一接電話就神情高度緊張的毛病。童小川若有所思地看了他一眼，私底下還真有些擔心這個稚氣未脫的年輕人是否能撐完整個實習期。

「明白了，叫上人，我們馬上過去。」

＊　＊　＊

當章桐和痕跡鑑定師歐陽力一起趕到酒吧一條街現場時，當地派出所已經封閉了整條街道，圍觀的人群都被統一轉移到了街口，一塊藍色的防雨布被高高地撐起，遮蓋住了案發現場區域。

在出示過證件後，章桐便拎著工具箱走進了案發現場：「童隊還沒來？」

于博文點點頭：「我已經通知隊裡了，他們就在路上。我們離得近，所以先到。」

「什麼案子？」

「我剛看了監控，一位 60 多歲的老人當街把自己點燃了，從火勢來看，助燃物應該是汽油。」于博文一邊說著，一邊查看手機上的影片，再次確認自己的結論是否正確。

「自殺？」章桐停下了腳步，感到很詫異，「自殺的話，為什麼不直接叫殯儀館的車過來把人拉走？」

于博文搖搖頭：「姐，沒這麼簡單，妳看看這個。」說著，便把自己的手機遞給她，「我剛拍下來的，據說是死者的遺書。」

「遺書？」章桐滿腹狐疑地接過手機，乍看之下，字跡雖然工整，但是仍能看出寫下遺言的人內心的不安與焦急，尤其是最後幾個字的筆畫嚴重偏向一旁，顯然當事人已經沒有足夠的耐心了。

看文字，與其說是遺書，還不如說是自白書——

我叫秦海濤，現年 67 歲，家住市安東區鐵越衚衕 32 號院。為了向兩位被我殘忍奪去生命的病人負責，今天我決定用自焚的方式來承擔一切責任，包裡還有 5 萬元現金，請幫忙用於我的後事及受損商家的賠償問題。對不起，我不配活著，我給大家帶來麻煩了，最後深深地再次表示真誠的歉意。

最後還詳細地備註了兩位死者的名字和案發時間。

章桐抬頭，吃驚地看著于博文：「這是真的？」

于博文點點頭：「現場附近發現了一個老式公文包，棕色的，裡面是死者的身分證件和 5 萬元現金，現金 5 捆，都是百元鈔，上面還有銀行的封裝紙帶。兩個汽油桶，24 升裝，裡面都已經空了。」說著，他伸手指了指不遠處的石凳子，「東西就在那邊放著，端端正正的。有附近商家反映說，出事之前，老人在那裡足足坐了一個晚上和一個上午，好像在等什麼人，又好像不是，因為問他了，老人只是回答說自己出來呼吸下新鮮空氣，馬上就走。第二天早晨聞到了明顯的汽油味，接著中午剛過就出事了。」

「這酒吧一條街本來就是年輕人來瘋的地方，誰又會真正去注意一個老頭子呢，你們說是不是？」歐陽工程師長長地嘆了口氣，「不過能有人記得，也算是不錯了。」

「等等，我好像聽過這個名字，」章桐皺眉看著歐陽工程師，「老歐陽，你還記得上次在華悅豪萬酒店開的那次會議嗎？開了一週，來了好多專家，有人房間裡丟了東西，你們不是還派人專門去現場勘驗了嗎？」

歐陽聽了，恍然大悟：「一年一度的國際外科專家論壇。」

章桐的臉上露出了憂傷的神情，她伸手指了指于博文的手機：「秦海濤，這個名字排在胸外科專家欄的第二個。」

歐陽力臉上的表情僵住了，半晌，暗暗咒罵了一句：「該死！」

第三節　瘋狂的背影

1.

秋天的夜晚總是來得這麼悄無聲息，5 點剛過，濃濃的夜色便已經充斥著整個城市。

安東區屬於老城區，很多都還是很久之前的房子和小巷，所以每到夜晚，閃耀的主幹道霓虹燈背後便是縱橫交錯的巷道，一眼都望不到盡頭。

而這裡，還偏偏是城市的特色旅遊風景區，熙熙攘攘的人群不斷穿梭在小巷中，沿街遍布特色小吃店和服裝店，更是有好幾臺大型抓娃娃機吸引住了一些年輕情侶。

秋涼如水。

突然，幾聲怒斥，接著便是一聲年輕女人的慘叫，聲音未落，一陣急促的腳步聲便伴隨著驚恐的尖叫聲徹底打破了小巷中的喧囂。昏黃的路燈光下，路人還沒有來得及反應，腳步聲已經迅速遠去。

就在這時候，一個年輕男人的哀號聲響起，不遠處路邊那臺抓娃娃機前，他雙膝跪地，渾身是血地抱著懷中的白衣長髮女孩，哭聲撕心裂肺：「救救她，快救救她！求你們了，叫救護車，快救救她⋯⋯」

周圍的路人都被眼前這可怕的一幕給驚呆了，他們瞬間躲得遠遠的，目光中露出了本能的驚恐，也有人掏出手機撥打了報警和急救電話。

那年輕女孩顯然是已經沒有救了，整個人一動不動就像一具被丟棄在街頭的破布娃娃。這時候，圍觀的人群才注意到在她的左面胸口位置竟然插著一把刀，刀刃已經看不到了，只有刀柄露在外面。年輕男人則抱著失去知覺的女孩哭得死去活來。

終於，圍觀的人中有上了年紀的膽大的上前試著問道：「到底出什麼事了，小夥子？」

年輕男人抽泣著說道：「有人，一個男人，捅了小晴，我攔都攔不住……他瘋子一樣衝上來就扎了好多刀……」

「行凶的人長什麼樣，你還記得嗎？」匆匆趕來的巡邏警急切地追問道，「他朝哪個方向跑的？」

年輕男人顫抖著伸手朝巷子口一指：「那裡，就是那裡，他朝那個方向跑了……等等，那人我好像見過，是小晴的前男友馮強。對，沒錯，就是那王八蛋，就是他！」他越說越憤怒，情緒已經完全崩潰。

一聽這話，圍觀的人群中便響起了一陣低低的議論聲。而不遠處，警報聲已經越來越近。

巡邏警神色凝重地透過肩上的電臺接通了市局指揮中心，迅速彙報了眼前發生的情況。

「等等……你說哪裡發生凶殺案？」接警員似乎有些不太明白，「死者是個年輕女性，對嗎？」

「安東區月旦街，距離街口不到 100 公尺遠的抓娃娃機旁，娃娃機編號是 3278。對，是年輕女性，警察已經到了。」

「我們這邊顯示就在你通報之前三分鐘左右，有一通自首電話用手機打了進來，我們正在考核號主的身分，對方所說的位置和你現在的位置相同，你能確定此刻你的周圍沒有第二起相同的案件發生嗎？」接警員被要求處理事件時必須果斷專業而又沉著冷靜，很少像現在這樣說話。

周圍瞬間安靜了下來，巡邏警左右看了看，回覆說：「沒有，這裡此刻就發生了一起命案。」

「好，我已經通知市局出警，同時，剛才自首的犯罪嫌疑人此刻就在月旦街派出所警務室，你移交後就趕緊過去考核一下吧。」接警員匆匆說道。

自首？感情糾紛？巡邏警的心裡隱隱有種不安的感覺。

隨車急救醫生從死者身旁站起，摘下手套和口罩，衝著巡邏警無奈地搖搖頭：「通知法醫和家屬到場吧，這女孩已經沒有生命跡象了。」

＊　＊　＊

天長市局法醫解剖室裡，章桐皺眉看著顧瑜：「今天你來，我做副手。」

「主任，為什麼？」顧瑜有些不解。

「你總得獨立擔當一面，這人丁不旺，要是有個什麼意外，我分身無術。」章桐心事重重地看了眼解剖臺上的黃色裹屍袋，這是剛運回來的，「如果有疑問，我會讓妳知道的。」

顧瑜點點頭，也就不再推辭。

這時候門外走廊上突然變得很嘈雜，起初還只是爭執，很快便成了怒吼，夾雜著嚎啕痛哭的聲音。章桐匆匆走到門口，探身一看，竟然是于博文和一老一少兩個男人，老的跪在地上哀求，年輕的則在不斷地訴說著什麼，神情激動。

章桐走了上去，皺眉說道：「小于，別在這裡喧譁影響工作。」

于博文尷尬地搓著雙手：「這是死者李晴的父親李鳳山，還有她的未婚夫徐少華。他們一直鬧著不讓解剖屍體，我怎麼解釋都不聽。」

章桐的臉頓時沉了下來：「這是法律規定的，公民出現意外非正常死亡，屍體必須經過相關部門進行屍檢。」

「可是……」

死去女孩的未婚夫剛想開口說話，章桐的目光卻被他的雙手吸引住了，冷冷地說道：「請你站好，雙手向前伸，十指張開。」

走廊裡的喧譁瞬間安靜了下來，空氣中明顯充斥著一股緊張的氣氛。

對此要求，年輕男人一開始似乎有些猶豫，但最終還是照做了。章桐從工作服口袋裡摸出手套戴上，依次查看對方的手掌，一聲不吭地查看完後，轉身平靜地對于博文說道：「麻煩把他帶去你們刑大，請他留下配合警方工作。」

于博文頓時明白了章桐話中的意思，他不容分說便帶著兩人離開了。

匆匆回到解剖室，章桐對顧瑜說：「解剖工作先等一下，你現在馬上帶著工具去下刑大辦公室找小於，提取死者未婚夫的右手手掌虎口處的生物檢材樣本，尤其是那兩道挫裂傷，各個角度的相片都要拍。」

「明白。」

章桐想了想，又叫住了顧瑜：「還有，他身上的血衣，也要換下來。」

「主任，難道說你懷疑他才是真正的凶手？不是說凶手已經自首了嗎？」顧瑜有些詫異。

章桐皺眉：「不知道，我只是覺得那兩處傷口有些奇怪。」

＊　＊　＊

刑大辦案區審訊室外的走廊上，童小川身邊站著的是案發時第一個趕到現場的巡邏警：「你確定是裡面那個傢伙投案自首的？」

巡邏警點點頭：「是的，童哥，我趕去警務室的時候，這人正蹲在牆角呢，纏著我們輔警，死活賴著不走，說自己就是捅死那女孩的凶手。」

童小川是見過那女孩的相片的，人長得非常漂亮，屬於那種在人群中擦肩而過，你不得不回頭多看一眼的女孩。但是眼前這個犯罪嫌疑人卻是長得貌不驚人，臉色晦暗，說話帶喘，甚至給人一種久病纏身的感覺，落魄的穿著那就更不用說了。

「這傢伙像個癆病鬼啊。你確定是他？」童小川還是無法接受這自首的犯罪嫌疑人與死者曾經是一對戀人的事實，「他的家庭狀況怎麼樣？」

「一般，屬於中下水準。」

一聽這話，童小川的雙眉更是擰了起來，死者家境不錯，在本市還開了兩家私人工廠，這完全就是兩種不同的社會環境，難道說這就是所謂的「真愛」？

「無法理解！」童小川搖搖頭，剛準備推門進去，審訊室裡突然出現了怪異的一幕 —— 自首的犯罪嫌疑人呼吸急促，臉色發青，嘴唇發紫，最後右手捂著胸口，臉上露出了痛苦的神情，身體緩緩地倒向了一邊。

「不好！」童小川猛地推開門衝了進去，同時對下屬吼道，「快叫救護車！」

＊　＊　＊

夜色漸濃，他沿著酒吧一條街緩緩地向前走著，時不時身邊有喝醉的人搖搖晃晃地擦肩而過，他都不予理會。因為路燈昏黃，路面上樹影綽綽，所以沒有人能留意到他手中正拿著一束淡黃色的菊花，白色的絲帶迎風飛舞，就像兩隻無聲的蝴蝶。路邊的酒吧間裡傳來的音樂聲時而刺耳，時而勾人魂魄，他只是淡淡地一笑，腳步不會停。

拐過那個飛馬雕塑，就可以看到曾經的火災現場，那裡是他的目的地，此時，街面上的警戒隔離帶早就已經被撤出，青石板地面也被清潔工用水沖洗得乾乾淨淨，石磚都發白了。除了空氣中那依舊留存著的一絲煙火味外，似乎連那一刻的可怕記憶都被人給善意地抹去了。

他來到石凳上坐下，靜靜地仰望夜空，努力想像著那個已經逝去的生命在最後一刻的所思所想……應該不只是絕望吧？

「哎，兄弟，別坐那，你知道嗎？昨天晚上那老頭就是坐在你現在這個位置……太可怕了，真是太可怕了……」

他應聲轉頭看去，映入眼簾的先是一隻顫抖的手，眼前這個男人雖然竭力在用抽菸掩飾內心的不安，但這麼做顯然是愚蠢的，因為菸都幾乎快要拿不住了。

「是嗎？」他輕輕一笑，神情輕描淡寫。

「我可是親眼看見的，那老頭，火燒起來的時候，連叫都不叫一聲，太可怕了。」男人結結巴巴地比劃著雙手，終於，手中那半截菸掉落在地，他趕緊彎腰撿起菸，卻懊惱地發現菸頭已經被路面的積水熄滅，那是清洗路面的水，四周的路面都被洗得乾乾淨淨，這也是難免的。

男人無意中看到了石凳上的那束菊花，不禁一愣：「花？」

他微微頷首，臉上始終掛著淡淡的笑容，卻一言不發。

「你是個好人！現在這年頭，好人不多咯！」男人長嘆一聲，沮喪地返回了不遠處的酒吧，他是那裡的小店長。

仔細回味著對方的話，他臉上露出了釋然的神情，時間差不多了，他站起身，頭也不回地順著青石板路向街外的停車場走去。而那束菊花，則被他端端正正地擺放在石凳上，三分鐘熱風吹過，花瓣在月色中微微顫抖。

回到車裡，他順手關上車門，剛要開車，手機響了起來，那是新聞推送的聲音。他本不想看，因為實在是提不起興趣，卻又鬼使神差地從口袋裡摸出手機，只是一眼，他便愣住了 —— 月旦街殺人案自首犯罪嫌疑人身患重病急需心臟移植，現已找到匹配心臟，網民質疑此舉是否妥當。

這一刻，他感覺自己被硬生生地劈成了兩半，痛苦的淚水瞬間奪眶而出……

2.

痕跡鑑定員小九終於累得靠在自己的辦公椅上睡著了，報告只打了一半，眼皮就沉得像被掛上了兩塊重重的石頭。最初的時候，他只允許自己瞇兩分鐘，誰想這後腦勺一旦貼上椅子背，整個人就像被打開了一個特殊的開關 —— 他仰著頭，張著嘴，很快便進入了深度睡眠狀態。

歐陽工程師上下仔細打量了一番自己的下屬，神情複雜，半晌過後，他把一份檢驗報告的副本放在小九的桌案上，隨即便一聲不吭地轉身走出了痕跡鑑定組的大辦公室。

一旁的同事見狀暗暗鬆了口氣，聽腳步聲匆匆遠去了，這才趕緊上前搖醒了小九。

「怎麼了？」小九睡眼朦朧，目光在房間裡四處張望，他一時半會沒弄明白自己現在到底在哪裡。

「還迷糊著吶？剛才老大的臉離你的臉就只差了 8 公分不到的距離，足足盯著你看了 5 分鐘……」同事愁眉苦臉地咕噥。

話音未落，小九便一屁股滑到了地板上，他趕緊從地上爬了起來，緊張地追問：「他幹嘛呢？你怎麼不叫醒我？」

「我不敢吱聲，老頭臉色不太好。」同事小聲嘀咕，「這不案子一直都沒破麼，大家心裡頭都不是滋味。」

「心情再怎麼不好，也都不會把我的臉當被鑑定物看上整整 5 分鐘的啊，」小九急了，他總是跟著歐陽工程師出勤，當然熟悉他的一舉一動，「老大肯定有事……唉，他朝哪裡走了？」

「聽腳步聲是朝與電梯口相反的方向去的。」

那是法醫處的方向，老歐陽應該是去找章桐了，小九剛準備去追，可是轉念一想，自己的報告還沒打完，要挨訓，得先把工作做完了再說，老頭眼裡是最容不得偷懶的人了。

這時候，小九才發現自己面前的檔案堆裡多了一份指紋檢驗報告，雖然上面是常規的標記，但是等看完報告的時候，他的臉色卻變了——法醫解剖室送來的那把凶器水果刀上總共發現了兩組較為完整的指紋和兩個區域性掌紋，指紋和掌紋都被死者的血所覆蓋，也就是說，它們都是凶手留下來的，可是，掌紋的方向卻是相反的。

這意味著凶手行凶時中途換過拿刀的姿勢。

可是，刑大那邊卻早就已經說明那起凶殺案的發案時間非常短，凶手根本不可能在短時間內用兩種不同的握刀姿勢來對受害者進行攻擊，難道說，章主任的推測是對的？

想到這裡，頓時一陣冷汗順著脊梁骨冒了出來，他呆呆地轉頭看向身邊的同事：「阿坤，跟我說實話，如果你的女朋友在街上被人襲擊了，你會怎麼做？」

對面工位上的年輕同事一時之間沒明白小九問話的用意，本以為他是沒睡醒在開玩笑，可是小九臉上卻一點笑容都沒有，這才清了清嗓子，咢扭地回答：「我當然是找那傢伙玩命唄，對我女朋友下手算什麼玩意兒，還是男人不？」

「這才是正常男人該做的事啊！」小九嘀咕，他若有所思地看著面前的電腦螢幕，實在不願意在腦海中去再現那可怕而又陰暗的一幕。

＊　＊　＊

法醫辦公室裡，章桐手中捧著咖啡，皺眉看著歐陽力，遲疑了半晌，這才說道：「總共八刀，其中除了一刀直徑創面進深不到 1.5 公分外，剩下的，刀刀都是在 5 公分以上，正好是整個刀刃的長度，也就是說每一刀的目的都是一樣的，那就是要置人於死地。我那時就奇怪，為什麼八刀中有那麼一刀會與眾不同。我也曾經想過是因為犯罪嫌疑人剛開始的膽怯，這也是有過先例的。」

歐陽工程師點點頭：「我還記得那個案子，就是水泥廠職工宿舍樓那被捅死的年輕女工，三個月前的事。」

「但是差距沒這麼明顯。」章桐果斷地說道，「我剛開始時就懷疑月旦街這起是犯罪嫌疑人在克服行凶殺人時的膽怯，因為第一刀捅偏的機率非常大，後續會循序漸進，可是，差距擺在這，就讓人無法接受這種推論了。」

「看來得叫童隊往這方面摸排一下，看看那死者和她未婚夫之間會不會有什麼不為人知的矛盾在裡面。」說著，歐陽工程師順手拿過桌上的一支水筆，來回比劃了一番後，抬頭問，「對了，那自首的犯罪嫌疑人換心臟的事，你知道嗎？」

「我當然知道。」冷不丁地提起這個，章桐感到心裡有種說不出的鬱悶，她仰頭一口喝完杯子裡冰涼的咖啡，皺眉說道，「醫院的確有這樣的規定，重症病人是優先處理的，不管什麼身分，哪怕是個死刑犯，只要還活著，得了這個病，並且已經處於危重級別，透過正常管道申請，等評估結束後，就可以在等待移植的隊伍中往前挪動位置。而我們這個案子，現在還沒有足夠的證據，病人法律上來說還是個普通公民，又因為案件的緣故，自然也就上了移植名單的首位了。」

「這太不公平了！」歐陽工程師的臉色頓時沉了下來，「那麼多人苦苦等了這麼久，卻被一個殺人犯給搶了先。」

「你不樂意也沒有辦法，這就是規定。」章桐無奈地看了他一眼，「老歐陽，我再說一遍 —— 他還不算是真正的殺人犯。」

歐陽力就像是被電擊了一般，愣了會兒，隨即重重地嘆了口氣，走了。

手機鈴聲響了起來，章桐點開影片，李曉偉牽著「饅頭」站在街上，一副欲言又止的樣子。看那風塵僕僕的樣子，應該是剛遛狗回來。

「你說吧，憋著會出事。」章桐苦笑。

「換心臟的事，妳知道了？」李曉偉的目光中充滿了不安。

章桐點點頭：「你有情緒我可以理解，但是這事的發展不是我所能左右的。」

李曉偉聽了，卻只是搖頭：「我不是擔心這個。」

「那你想說什麼？」

鏡頭中的李曉偉猶豫了好一會兒，這才咬著牙說：「妳還記得那兩起殺人案吧，就是那個車禍案的肇事者，還有當街抹人脖子的那個？我都聽童隊說了，現在我很擔心，擔心這個要等著做手術的，會是第三個……」

震驚之餘，章桐手一軟，手機差點掉在地上。她非常了解李曉偉，因為這個男人總能注意到一些常常被自己忽略的案件要點。而他每次表達自己想法的時候都是經過深思熟慮的，從不說一些不著邊際的話。

「等等，你為什麼會這麼認為……還有，你什麼時候見到童隊了？」章桐不解地問。

李曉偉尷尬地清了清嗓子：「他，他昨天拉我去吃晚飯了，順便跟我聊了聊。」

「他是醉翁之意不在酒，你也太老實了，他就是要聽你幫他分析。」章桐啞然失笑，「童隊精明得很。不過，這個推論你到底是怎麼做出來的？殺人手法、殺人目標、作案動機都不一樣啊，完全是無差別殺人。」

「不。」李曉偉神情凝重地搖搖頭，「這是典型的仇恨式殺人，妳可別忘了，第一個死者的案發現場，你們在哪發現了那被割除的肺葉？我再問妳，這些死者生前，他們都做了什麼？」

辦公室裡的空氣瞬間凝固住了，章桐呆呆地看著手機螢幕，她清晰地聽到了自己的呼吸聲，一陣陣，越來越響，就像步步逼近的死神。不知過了多久，她喃喃地說道：「你是對的。」

＊　＊　＊

童小川只是靠在醫院走廊的長椅上打了個盹，他太累了，已經記不清自己多久沒闔眼了，眼前走過的人變得越來越模糊不清，說話聲更像是在空中飄忽，忽近忽遠。他知道自己需要休息，卻又不能休息。隔著那層玻璃窗，獨立病房內的犯罪嫌疑人雖然已經搶救過來，但那還只是暫時的。他記得很清楚那個高個子醫生對自己說的那番話——病人必須盡快進行心臟移植手術，不然的話，他都撐不過這個月。

移植？給一個當街殺人的混蛋？給了他活路，那誰又給現在正躺在法醫解剖室冷庫裡的那個年輕女孩一條活路？想到這裡，太陽穴一陣陣刺痛，童小川幾乎叫出了聲，他皺眉看著窗外的陽光，早晨了啊，又是一天，明明是陽光明媚的日子，為什麼自己心裡卻感覺那麼憋得慌？

就像一袋沉重的馬鈴薯，他歪著脖子癱坐在長椅裡，閉上了雙眼。

也不知過了多久，他是被一陣嘈雜聲驚醒的，再次抬起頭時，管床護理師正一臉焦急地看著他，劈頭就問：「病人呢？你們是不是帶走了？」

童小川迅速整理自己的思緒，他站起身，朝病房內張望 —— 病床空了！因為人手不夠，案子又重要，醫院裡也就只有自己守著，即使局裡來人在大庭廣眾之下帶走犯罪嫌疑人，也不可能不通知坐在門口的自己。

冰冷的事實就像一記狠狠的巴掌，童小川的臉上瞬間沒了血色。

第三章　蒼白的記憶

沒有心的男人

1.

大半個刑警隊的人都被抽調去了醫院，辦公室裡靜悄悄的。

隔壁，市局案情分析會議室裡，政委看著章桐依次擺在桌面上的幾張現場和死者的正面相片，另一邊則是相對應案件的死者相片，不由得微微皺眉：「殺人對象不同、時間不同、地點不同、手法不同，你能確定是同一個人做的？」

章桐點點頭：「並且他為了達到目的不惜一切代價。」

「可是案件受害者之間並沒有相互關聯啊。」政委和副局面面相覷，仍然心存疑惑。

「單從凶案角度來講，有關聯。」說著，章桐又拿出一張相片，相片中是一位 60 多歲的老者在主席臺上講話的情景，身後的牆上掛著一條橫幅 —— 世界外科手術論壇，「都和他有關，他叫秦海濤，67 歲，一名退休的著名外科手術專家。」

「他不是自殺的嗎？」副局問。

「他是自殺的，這一點沒錯，可是，他卻為人民廣場車禍案肇事者做過手術。而這位，寶來廣場割喉案的行凶者，他也做過大手術，雖然沒有辦法確定是不是秦海濤做的，但是有一點可以肯定，那就是他的被害與前面那位的被害是一樣的，都摻雜著明顯的報復成分在裡面。剛開始的時候，我也曾懷疑過是不是案件受害者家屬的報復，但是後來卻排除了這個嫌疑。」

政委探身問道：「因為什麼？」

章桐把朱悅的相片單獨取了出來：「她做過部分肺葉切除手術，而車禍案死者家屬並不知道這點，醫院也不可能向非直系親屬透露病人的病歷。所以，行凶者割除了朱悅的全部肺葉，任由她創傷性合併失血性休克而死，而他把死者的肺葉丟進病床下痰盂罐的舉動更是證明了一點，那就是 —— 憤怒，無法抑制的憤怒。試想，我們一般會把什麼東西隨手丟進痰盂罐？」

「由此可以看出，行凶者其實與受害者並無直接利害關係，他殺的，是那些在他認為不配在這個世界上活著的人，一個踐踏了他人生命的人。」她又伸手把白磷縱火案死者的相片拿到面前，「比起一般的縱火，與汽油不同，白磷更為殘酷。白磷燃點極低，一旦與氧氣接觸就隨時會燃燒，燃燒溫度可達一千攝氏度以上。它的危害性非常大，只要一點點，碰到物體後就會不斷燃燒，直到周圍的可燃物被燃盡。據我所知，我們那位小同事雖然已經算是幸運，但是仍然吃盡了苦頭，終身殘疾都有可能。而這一切，僅僅只是十克左右的白磷造成的後果。而這位死者的身上，背了兩樁命案。」

政委看了眼副局：「老夥計，熟悉嗎？」

副局點點頭：「當然，典型的『義務警察』風格，但是，」他轉頭看向章桐，「放下這兩樁案子暫且不論，這和那個老醫生又有什麼關係？他為什麼要認下所有的案子，難道他真的是凶手？」

「不，他不是。他在替別人頂罪。」章桐神情凝重，「我透過關係找到他們醫院曾經和他同一個科室工作過的護理師，得到回饋說秦海濤之所以這麼早就退休，因為他再也上不了手術檯了，剛動過心臟瓣膜手術，並且是危重級別。毫不誇張地說，在他周圍半徑兩公尺之內，有人如果使用手機的話，那很有可能就會導致他的心臟起搏器失靈，後果不堪設想。這樣的人，是不可能去做醫大附屬醫院的遙控定時器縱火案的。所以我推測，他之所以包攬了全部的罪名，理由只有一個，那就是用自己的死亡來讓那個人脫身。」

政委重重地嘆了口氣：「一開始的時候，我們就被動了。他的作案模式很簡單 —— 你殺了人，就不配擁有第二次生命。」

于博文說：「是的，政委。我們的人已經去走訪死者秦海濤的家屬，那個凶手和秦海濤的生活軌跡應該有相交之處，有結果我第一時間彙報給你們。」

章桐一邊收拾桌面上的相片，一邊說道：「我不知道月旦街殺人案的自首嫌疑人到底怎麼樣了，有沒有被找到，他現在所處的境遇非常危險。」她看了眼于博文，「那個受害者的未婚夫還在你們隊裡審訊室對嗎？」

「是的，傳喚的時間還有，我在等調查結果。章主任，妳為什麼會認為真正的凶手就是他？」

「應該說是兩個凶手合謀作案。」章桐從隨身公文包中拿出那張死者李晴刀傷處的相片，「八處傷口，一處非常淺，而且著力點有明顯的偏移，可以判斷為持刀行凶者因為害怕而沒有拿穩手裡的刀，但是剩下的七刀卻是刀刀致命，再加上刀柄上的發現，你說，什麼樣的犯罪嫌疑人會在瞬間改變自己的心理承受能力和作案方式？」

「而這個自首的嫌疑人已經病得很重，我相信他沒有力氣做到後面的揮刀捅刺的動作，而他真正的目的，是想得到心臟移植的機會。」章桐的臉上表情複雜，「因為他知道，只要同時符合『病情緊急』和『情況特殊』兩個要素，就能合法插隊，這是我們救治生命的原則。」

＊　＊　＊

用別人的命來救自己的命，天底下到底是什麼樣的人才會做出這麼可怕而又自私的決定？

一進醫院底下一層的廢棄手術室，他便動作嫻熟地脫去護工外衣，換上手術衣，在地上鋪上一層塑膠布後，立刻戴上口罩和手套，打開工具包，接著便開始操作那臺老式手術床，升降按鈕，卡扣一應俱全，最後就是挪動病人。

手術室裡沒有窗戶，隔音效果非常好，只是裡面堆滿了雜物而已，不過，反正沒有人會來，也絕對不會有人抱怨這裡的環境太差。

病人依舊昏迷著，就像一臺超負荷執行了很久的發動機，實在沒有辦法再反抗了，也就只能保持最低程度的執行直至徹底停止運轉。

操作臺上還有一個小型的醫用冰箱，裡面裝滿了冰塊和一個小時前他從一頭 180 斤重的健康的豬身上剛摘取下來的心臟，養豬場的年輕老闆一點都不懷疑他買豬卻只要活體摘取心臟的怪異要求，反正錢一分不少，這剩下的豬肉還能賣，所以絕對不會是一樁虧本的買賣。

「你不是要換心臟嗎？」他朝著迷迷糊糊快要醒來的病人粲然一笑，溫柔地說道，「你是要換心臟，對吧？供體已經準備好了，我們手術馬上開始。」

2.

門！門！門！

住院部大樓裡，童小川腳步匆匆，不斷地伸手去推開眼前這一扇扇房門，或是病房的，或是醫生護理師辦公室的，起先的時候，他還會做一兩句解釋，直到後來，耐心已經被逐漸消磨殆盡，童小川心急如焚，一旦遇到難纏的，他就毫不客氣地把工作證亮出來——「我是警察，執行公務！」

網安大隊的鄭文龍是第一個知道這個糟糕的消息的，他迅速查看了大樓外的實時監控，可以排除病人被轉送出去的可能。也就是說，此刻犯罪嫌疑人還沒有走出這棟大樓，可是，住院樓從上到下足足有 27 層，每個房間排查下來的話，即使把人找到，猜想也是涼透了。

「為什麼沒有裝監控？」在得知病人被帶走的消息後，童小川第一個反應便是憤怒地伸手指著牆角，衝護理師吼了句。

那裡真的就只有光禿禿的桿子，監控探頭已經被取走了，而從案發病房到樓梯口之間竟然一個能用的探頭都沒有。剛才大龍在藍牙耳機中還不無遺憾地告訴童小川——住院部兩部電梯裡的探頭也是裝裝樣子的，根本沒執行工作。

護理師被童小川的凶樣給嚇哭了：「病、病人隱私……」

話音未落，童小川早就朝樓道口的方向衝出去足足有兩公尺遠的距離，他沒有耐心再繼續聽當班護理師的辯解，一邊電話通知市局情報中心迅速派後援封鎖整棟樓及附近區域，一邊自己開始一間間病房尋找。

「大龍，幫我實時監控住大樓進出的兩個口子，一旦看到有嫌疑車輛或者嫌疑人進出，給我死死咬住別鬆口，明白不？」童小川果斷地吩咐道，他就怕凶手會把病人運走。

「沒問題。」自打前天的火災過後，全市所有正規公立醫院都被強制要求將監控設備與市局情報指揮中心相連線，這樣一旦出事，警方就能立刻介入並進行監控搜尋。

但是再考慮周全，也無法避免人的偷懶與自私。

童小川依舊一間間地進行地毯式搜索，醫院的保安部門也派出保全進行分樓層搜查，整個住院大樓裡瞬間變得有些人心惶惶。保衛科監控室裡，保安主任臉色慘白，滿頭是汗。突然，他靈光乍現般地伸手指著地下一層的標記，在步話機中聲嘶力竭地呼喚下屬：「快，快，快去地下一層，那裡……那裡有間廢棄的手術室，我突然想起來了，快去，快去，去晚了人就完蛋啦！快去……」

很快，童小川也得到了這個消息，他和身邊趕來的保全一起跑下樓，穿過兩道鐵門，直接衝進地下一層。因為不是走的電梯，所以，他們不得不繞過好幾堆建築廢料和拆下來的破門窗，最終，在汙濁的空氣裡，他看到了一間詭異的手術室，上面「手術中」三個字亮著紅燈。

「這是什麼地方？」

就連保全也感到很詫異，結結巴巴地說道：「手、手術室，這裡怎麼會有間手術室……」

話音未落，肩膀上的步話機裡頓時傳來了保安主任的叫罵：「還傻愣著做什麼？就是那裡，人就在那裡面！」

空氣中隱約飄浮著一股淡淡的血腥味，站在手術室門口的童小川突然感到一陣莫名的心悸，他茫然地回頭看著保全，不知道自己下一步該做什麼，而腦海中，那一幅早就應該被忘記的畫面竟然又一次清晰地浮現在了眼前。

他不得不用力甩了甩頭，驅趕走腦海中的影子，強打起精神語速飛快地問道：「這門……怎麼打開？」

「大哥，我、我只是保全，我也不知道，我從來都沒進過手術室。」年輕的小保全慌了，他連忙擺手回絕。

這時候，電梯門打開，帶頭衝過來的是醫院的保安主任，身後跟著很多下屬，最後面是已經趕到的市局刑警大隊的人。而童小川卻示意大家安靜下來，他伸手指了指，這時候周圍人才注意到手術室的門其實是虛掩著的。

童小川探身用手臂肘頂開了門，這樣避免在門鎖上留下不必要的指紋，接著，他便縮身鑽進了手術室。房間分裡外兩進，加起來總共約 10 平方公尺，用厚厚的塑膠布隔開，視線所及之處一片狼藉，地面是發黃的瓷磚，手術照明燈倒是亮著，透過塑膠布，隱約可見裡間的手術床上有一個黃色的影子，而空氣中的異味愈發濃烈了。

除此之外，房間裡似乎並沒有人走動。

童小川深深地吸了口氣，然後盡量靠著牆角邊緣接近裡間，越是靠近，他越是肯定裡間手術檯周圍並沒有腳步移動的跡象。

終於到了門邊，他猛地穿過塑膠布來到裡間，這時候才驚訝地發現房間裡除了手術檯上的病人，還有旁邊的一臺活動輪床外，卻再無第二個人。另一邊的操作臺上也是空空蕩蕩的，什麼都沒有。

病人還活著！

此時他已經醒了過來，嘴上套著簡易的供養設施，懷裡抱著個小氧氣瓶，目露驚恐，死死地盯著童小川。

「人找到了，但是凶手不在，繼續監控。」童小川匆匆結束通話鄭文龍的電話後，便上前一把摘下對方臉上的呼吸嘴，急切地追問道：「人呢？劫持你的人呢？他去哪兒了？」

病人竭力搖著頭，氣喘吁吁地啞聲說道：「跑了……跑了……」

見狀，童小川心中一動，他想起了章桐對自己的提醒，便直截了當地冷冷問道：「馮強，你跟我說實話，在月旦街上你到底捅了李晴幾刀？」

馮強顫抖著伸出一根手指，眼神中流露出了痛苦的神情，接著，他嘴裡囁嚅著，聲音宛如耳語：「那，那雜種騙了我，我不想，不想殺人的，小晴死了……」

「你怎麼知道李晴死了？」童小川警覺地問，要知道馮強自從被羈押後，即使在醫院裡，和外界之間的連繫也都是被嚴格切斷的，根本就不可能知道李晴後來所發生的事，而他自首的時候，筆錄上也只是記著「捅傷」兩個字。

「他，是他告訴我的，後來我……問他為什麼要，要殺我，他這才說出小晴當天就死了，怎麼可能？怎麼……」馮強再也沒有力氣繼續說下去了，心臟嚴重透支，臉憋得發紫，嘴唇發青，這是極度缺氧的狀態。童小川趕緊把呼吸嘴又給他套了回去，然後轉身匆匆走出了手術室。

直到鑽進警車，他這才清醒過來，明白手術室裡的異味到底是什麼，那分明就是人類排洩物的味道，由此可見馮強被嚇得不輕，但是至少他躲過了一劫。

警車開出醫院，迅速開上了通往環城高架的岔路，這時，章桐的電話打了過來。

「怎麼樣？人還活著嗎？」

「活著，鬼門關上走了一遭。」童小川的嘴角劃過了一絲苦笑。

「這……這怎麼可能？從前面的兩起案件手段來看，就根本不可能放過他啊，中間到底出什麼事了？」

童小川沒有馬上回答這個問題。

此時，警車的正前方是紅綠燈路口，兩輛小車因為剮蹭，車主正在大馬路中間上演著全武行，這使得東西方向的車流全被堵住了，即使紅燈滅了，換了綠燈也過不去。童小川皺了皺眉，他沒有心思去等交警來處理問題，便伸手打開了警燈開關，警報聲驟然響起，警車便迅速衝過了紅綠燈。

「你是對的，章主任，月旦街凶殺案，那傢伙只捅了一刀裝裝樣子，剩下的，都是後來那畜生幹的，是他殺了李晴！」童小川心中懊悔不已，「馮強根本就不知道李晴在案發當晚就已經死了。」

「我懂了。」章桐長長地出了口氣，「這就是為什麼這個犯罪嫌疑人現在還活著，因為真正殺害李晴的人並不是他，而是李晴的現任未婚夫，剩下的七刀都是那傢伙補的。而現在這個只剩半條命的卻是被人利用了，他只是想藉此機會去搏一搏，他根本就沒有錢為自己看病和做移植手術。」

片刻沉默過後，電話中再次傳來了童小川略帶沙啞而又無奈的嗓音：「是的，你猜測得完全正確。」

「童隊，我是小于，于博文，你還有多久到局裡？」于博文在電話那頭插話問道。

「大概還有 20 分鐘吧，出什麼事了？」童小川敏銳地察覺到了于博文口氣中的異樣。

「死者李晴的父親半小時前急火攻心，突然腦出血住進了醫院，因為他身邊沒有別的親人，徐少華便向我們申請去照顧老人了，就在三院……

不過你放心，我派人跟著他呢，應該不會出事的。」于博文不安地說道。

「你好蠢啊。」不過童小川並沒有把這句話罵出口，他知道，此刻那個躲在黑暗中的傢伙是絕對不會放過徐少華的。

他現在需要的是時間，所以，他只是匆匆地說道：「我馬上去三院。」

電話結束通話後，章桐無意中看到自己手機頁面上的一條簡訊，是小九從住院樓現場發來的 —— 章主任，我想這個妳有必要知道一下，病人已經送走了，這是他留下的一張紙條，是給我們警方的。

紙條上歪歪扭扭地寫了一句話 —— 他要幫我換心，我看見了，他隨身帶著的箱子裡有一顆心臟。

「這怎麼可能？」章桐驚得目瞪口呆。

第四章　影子的告白

第一節　是我，還是你？

1.

鐵越衚衕並不是一個真正意義上的衚衕，它是個別墅區，一棟棟小型的複式別墅整齊有序地排列在沿海的北辰山上，淺色的外牆在陽光下顯得有些耀眼。

在出示證件後，童小川把警車直接開進了社區，沿著筆直的通行小道，警車以 20 邁的速度向前龜速行駛著，尋找 32 號院。童小川邊四處張望，邊小聲嘀咕：「李醫生，這裡的房價應該很貴吧？」

「不貴，心內科的主任上個月剛買，一平方公尺兩萬塊錢左右。」李曉偉隨口答了句。

童小川聽了，咧著嘴連連倒吸冷氣：「我一個月全部到手裡才 8000 多，這兩個月還不夠買一個平方公尺的，唉，不能比不能比。」

「這房子是王主任的兒子買給他養老的，那孩子在外企做高管，月薪都趕上咱的年薪了，這才真的是不能比。」李曉偉瞥了他一眼，「所以呢，自己生活上過得開心就好，那麼介意做什麼？行業不同嘛。」

「對了，李醫生，那個秦海濤在醫學界背景怎麼樣？我怎麼沒聽說過。」童小川問。

「那是你不關心的緣故。打個比方吧，不鬧『非典』，你會知道『鍾南山』這個名字嗎？」

童小川乖乖地搖搖頭，這時候，前方 100 公尺不到的地方終於出現了 32 號院的指示牌。

「他相當於外科手術界的『鍾南山』。」說著，李曉偉略微頓了頓，「還真是可惜了，老人家以這種方式結束自己的生命。」

「不是他幹的！」童小川果斷地說道，他把車停在了 32 號院的院門外，一邊拔下車鑰匙，一邊打開車門，「但是他卻偏偏為這個而死，我真是想不通！」兩人順著門前的小道來到院內，在玄關前停了下來。

在來的路上童小川已經電話聯繫過了秦海濤的遺孀鄭女士，所以很快就有一位黑衣老婦上前開門。童小川的目光落在老人鬢邊的一朵白花上，見她面容憔悴，眼睛紅腫，深知剛做完法事，便在落座後跟著李曉偉一起表示了哀思。

這個舉動竟然讓老人有些愕然，老人搓著雙手，局促不安地說道：「你們……你們，真的謝謝你們，老秦走得太突然了……他的遺書，我……我真不知道說什麼才好，唉！」

「阿姨，節哀！」童小川輕輕嘆了口氣，「我們今天再次來打擾您，確實有兩個問題想請您幫忙補充一下。」

老人一聽，趕緊點頭：「我一定盡力而為，你們說吧。」

「上次我的同事來找您了解情況的時候，有些地方還不是很明白，所以阿姨，請您盡量回憶一下，秦老在世的時候，除了家人以外，有沒有什麼特別親近的人？也有可能不是現在，可能是以前。而這個人並沒有醫學背景，他可能是你們朋友家的孩子，或者親戚，但是曾經有段時間和秦老走得很近，所以即使你沒見過，但是會聽他說起過。請您仔細想想，看有沒有這樣一個人被忽略了。」這個問題是和李曉偉反覆商討過的，因為普通人的思維方式通常在直觀空間內去尋找答案，只要透過一定的誘導，那麼曾經被忽略的某個點便會徹底暴露出來。

果然，鄭老太皺眉想了想，緩緩說出了一件事：「我家老秦自從得知自己再也上不了手術檯後，就經常會念叨起一個人，還老說他可惜。」

李曉偉和童小川互相看了一眼，便小心翼翼地追問道：「誰？阿姨您還能描述出來嗎？」

「一個叫朱賓陽的年輕人，我這裡還有他的相片，但是……」老人沒有接著說下去，她站起身回到裡屋，沒多久就取出了一本相簿，回到沙發上坐下，直接翻到了自己要的一頁後，這才把相簿遞給童小川，「左上角那張和老秦的合影，右面那個年輕人就是朱賓陽，是老秦帶的研究生，最喜歡的弟子，一個各方面都很優秀的孩子，只是可惜，很早就去世了。我之所以記得他的名字，是因為老秦有幾次還流眼淚了，說早知道現在的結局，當初就不該放縱這孩子的任性，要知道現在這年頭，培養一位優秀的外科手術醫生有多難啊！」

李曉偉臉色一變：「等等，阿姨，您確定是朱賓陽？他後來是不是去做警察了？」

「是的是的，有一年冬天還來看過我和老秦，老秦氣得回醫院了，不願意見他，是我接待的。這孩子，唉，真的是一個很不錯的人，老秦是很想把他好好培養的。」老人邊說邊掏出手帕抹了抹眼角。

「那是什麼時候的事，您還記得嗎？」童小川問。

「1999 年，那年我小女兒剛考上研究生。他在我家吃了晚飯才走。真是可惜，據說來年開春，那孩子就沒了。」

「阿姨，那他的兄弟，您見過嗎？」李曉偉轉而問道。

老人果斷地搖搖頭：「他沒兄弟，只有個妹妹。小朱那孩子之所以改行，他跟我說了，都是因為他妹妹得病了，很麻煩的，而醫學生所需的費用和精力都是他承擔不起的，家裡爹媽死得早，沒有依靠，所以，無奈之下才改了行，這或許就是命中注定吧。」說到這裡，老人不由得一聲長嘆。

「最後一個問題，阿姨。」李曉偉向前欠了欠身子，神情專注地注視著老人，「你知道隔了這麼多年，秦老為什麼又會突然提起當年的這個學生嗎？」

誰想老人卻是無奈地搖了搖頭：「抱歉，我真的不知道原因，我問了幾遍老秦，他都刻意迴避了。說真的，這幾年來，老秦變了許多，尤其是去年開春後，他開會回來就變了，好像有什麼心事，常常坐在那裡唉聲嘆氣。我也年紀大了，管不了他了，多說幾句還會嫌棄我囉唆……」老人絮絮叨叨地回憶著自己丈夫在世時的一舉一動，漸漸地，淚水又一次盈滿了眼眶，最終，順著眼角無聲地滾落了下來。

＊　＊　＊

告辭離開後，童小川剛鑽進警車便詫異地說道：「怎麼會是女人？我記得章主任說過這『義務探員』可是男人啊，更何況有幾個現場我是親身經歷過的，光憑一個女人根本就做不到。那老太太是不是記錯了？」

李曉偉搖頭：「不可能，她的記憶力是超過一般同齡人的，尤其是像她這樣患有強迫症的老人。剛才從進屋到離開，我都仔細觀察著，老人把所有東西都分門別類收拾得非常好，尤其是那本相簿，你注意到沒有，邊上都是用不同顏色的標籤紙做出了歸類，標籤紙上還用電文縮略語標記了照相的大概時間和地點。」

「你說的是那些點點槓槓？我還以為只是老太太閒得無聊畫的花邊。」

「那是一種專門的電報文，沒有學過的人是看不懂的，學習這種文字的人需要有很高的記憶天賦。我恰好知道這種文字，那只是因為我的一個病人痴迷於這個，為了能和他順利交流，我不得不惡補了一段時間，現在算是初學者吧，十成看懂一成都不錯了。」言談之間，看著童小川無意中流露出的崇拜眼神，李曉偉越發極力掩飾自己的尷尬，他可是絕對不會告訴眼前這傢伙自己和病人交談時是多麼提心吊膽，那種重新回到學生時期的感覺簡直成了自己這輩子最大的噩夢。

「那，這老太太精神還正常吧？」童小川終於把車用龜速開出了別墅區，出來後，剛上大道，便一腳油門把速度拉到了 70 邁。

「當然正常。」李曉偉知道他是惦記上了剛才自己講的病人的事，便輕輕嘆了口氣，「童隊，我看你可別犯邏輯上的錯誤，不是說會這種文字的人就會精神有問題。我那個病人，一個月見一次面，他都能記得很清楚上次見面時，我摸了幾次鼻子！」

「這樣的話，那我信了。」他瞥了眼後視鏡，「真不知道醫管局檔案那裡，大龍查得怎麼樣了。」

「你們去查檔案了？」

童小川點點頭：「醫管局那裡的檔案是每天都有新的上傳的，既然章主任說不是醫生做的，那麼，能這麼清楚幾名受害者所在的位置和他們以往的經歷，就只有透過醫管局這條路了，說不定還能挖個『內鬼』出來。」

話音未落，一輛嚴重超載的砂石車風馳電掣一般超過了警車，直接向前開去，揚起的沙塵頓時從警車開著的窗戶裡颳了進來，童小川剛想罵，那輛砂石車早就不見了影。

正在這時，手機鈴聲響了起來，是章桐打來的，因為用了擴音，章桐略帶沙啞的嗓音便瞬間被放大了不少：「我想，我們的凶手說不定擁有兩套 DNA ！」

李曉偉一聽，心頓時被緊緊地揪住了，他急切地說道：「嵌合體？」

誰想章桐立刻否決了：「不，是純淨的，我在另外一個地方發現的。如果不是痕跡鑑定的現場報告表明這系列案件中只有一個凶手存在的話，我真的很想懷疑是兩個人合夥做的。」

＊　＊　＊

（與此同時）

市局對面的小吃街上，于博文在煎餅攤前耐心地排著隊，同時在手機上刷影片看直播打發時間。突然，他的手指停下了滑動，看著手機螢幕發呆，就連煎餅攤老闆的招呼聲都沒聽到。

「喂，年輕人，你到底要什麼啊？這後面還有那麼多人吶！」老闆不滿地抱怨，「你別堵著我的檔口不說話啊，我要做生意的。」

于博文這才猛地回過神，他一邊離開隊伍往警局方向走，一邊尷尬地連連說道：「不買了，不買了，抱歉哈。」

2.

法醫辦公室內，氣氛有些凝固。

「不止兩套 DNA。」章桐臉上的神情帶著一絲尷尬，她把手中的報告遞給童小川，「剛出來的，這是第三套，來源是死者門牙上的血跡和牙齒縫隙間的殘留物，已經排除是死者的血跡，可以確定是死前不久剛留下的。目標為一男性，年齡在 40 歲左右。」

「妳說他竟然還咬了凶手一口？」童小川驚愕地看著她，「位置在哪……等等，你不會告訴我說還有第四套吧？」

章桐伸手一指報告上的附圖，沒有回答。

「難道說這個人被群毆了？那麼短的時間內，那麼小的房間？」童小川不敢相信自己的耳朵，「那天的監控影片我可是一幀一幀複查的啊，案發現場進出根本就沒有那麼多人，更別提竟然還有個『女人』。」他說的女人是章桐在電話中所提到的第二套 DNA，相對應的是一位 20 歲左右的年輕女孩。

「小九跟我說過案發現場只有兩種鞋印，一種是死者的，另一種則是行凶者留下的。」章桐神情凝重，「所以，出現這種情況的話，不排除一種特殊的案例。」

一旁站著的李曉偉聽到這裡，不禁恍然大悟：「難道說是一個『不存在的人』？」

章桐點點頭，見童小川有些聽糊塗了，趕緊解釋：「我們說的可不是什麼鬼魂之類，從法律角度上來講，這人是存在的，但是從我們法醫的角度上來看的話，他或許已經不存在了，因為他的身上會同時存在幾種 DNA，而屬於他本人的 DNA 所占份額會越來越少，直至被忽略。之所以會出現這種情況，前提條件只有一種，那就是當事人必定經歷過一次或者幾次很大的外科手術，接受過不止一人的捐贈，所以不同位置會隨著捐贈而把原來主人的 DNA 帶過來。這個事在我們業內是有先例的，不過並不是發生在我們國內罷了。而這種人如果犯法的話，我們法醫就很難單純地從 DNA 角度來鎖定真凶。」

聽到這裡，童小川不由得心中一動，他轉頭看向身邊站著的李曉偉：「那個秦海濤，他就是外科醫生，而且是個很著名的外科手術專家。」

李曉偉點點頭：「童隊，你的意思是……」

「你還記得老秦的夫人特地提到說老秦在出事前一段日子不斷地提起朱賓陽嗎？」

「沒錯。」李曉偉臉上的神情變得凝重了起來，「但是老人又說朱賓陽只有一個妹妹，除此之外再無別的親人。」

章桐頓時明白了童小川想要表達的意思，不禁倒吸一口冷氣：「是啊，我怎麼就沒想到這點？我們在死者手指指甲縫隙裡所找到的 DNA 與朱賓陽的有一半連繫。按照常理解釋，就順理成章地推定為他的同胞兄弟所留。但是卻並沒有考慮到朱賓陽兄妹或許有隱性基因遺傳染色體變異，也就是說朱賓陽妹妹的染色體基因有可能是三部分組成，其中一部分與她哥哥是完全相符的，一部分是自己的，而另一部分卻出現了變異，直接包含了他們家族中的一套男性染色體基因。他的妹妹，不排除是個同時擁有兩套染色體基因的人，狀況類似於超雄綜合症。要想確認這點，我們只要查一下他妹妹的戶口，患有這種染色體變異症的女性一般很難有下一代，但是卻並不影響她進行醫學捐贈……小顧，小顧，你在哪？我要你幫忙查個東西……」章桐一邊大聲招呼著，一邊向裡屋實驗室走去。

見此情景，童小川和李曉偉面面相覷，便悄悄地退出了法醫辦公室，順著走廊向外走去。

「李醫生，我不是學醫的，但是有時候心裡也擱不住問題，」童小川瞥了他一眼，嘿嘿笑道，「能問你嗎？知道你們做心理諮商這一行的，脾氣都很好。」

李曉偉咧咧嘴：「那是你沒遇到脾氣差的，你運氣好。問吧，我知無不言。」

「那就好，那就好，其實我就想知道什麼情況下一個人會遺傳兩套DNA？通俗點就行，太深奧的道理我不懂。」童小川習慣性地伸手去褲口袋裡摸菸盒。

李曉偉想了想，臉上的表情有些怪異：「在排除其他所有已知或者未知的遺傳疾病前提下，那就只有一個可能了——本應出生的弟弟或者哥哥被這個女孩吸收了，所以她才會擁有兩套完整的DNA。」

童小川怎麼也不會想到會是這麼一個答案，他臉上的表情頓時僵住了，右手卡在褲口袋裡，整個人的架勢活生生就成了一個被驚呆的提線木偶。

「是你要問我的，我只是實話實說。」李曉偉雙手一攤，滿臉的無辜，「你應該聽說過一個名詞——寄生胎，咱這程度比這更嚴重就是了。」

童小川臉色一陣紅一陣白，正要爆發，身後傳來了一陣急促的腳步聲，有人邊跑邊喊：「童隊，童隊等等我。」

于博文人還沒到跟前，手先伸過來了：「你趕緊看看這段直播，我錄下來了。」

童小川一臉狐疑地看著他，伸手接過手機，皺眉看了兩眼：「這怎麼黑漆漆的？」

手機螢幕上只是看見隱約晃動的陰影，伴隨著嗚嗚的叫聲。走廊裡瞬間安靜了下來，童小川來回播放了幾遍後，臉色陰沉了下來，順勢把手機往于博文手裡一塞：「交給鄭工程師，告訴他，我一個小時以內要確定這段直播的IP方位。」

于博文轉身匆匆向二樓網安大隊值班室跑去。

看著他的背影，童小川緊鎖雙眉：「老歐陽跟我提到說有一個精神病患者失蹤一週了……我擔心……」

「童隊，你說的是田偉光？」李曉偉掏出手機，翻到工作筆記一欄，「你看，就是這個，當街把一女高中生活活用磚塊拍死，難道說這人就是剛才直播裡的那個？」

「不好說，憑直覺，我覺得有可能。」童小川看了看腕上的手錶，那是一塊老式的雙獅，有些年頭了，「走吧，我請你吃中午飯，咱好好聊聊，等下開個會和兄弟們碰頭，不能再讓這瘋子繼續下去了。」

見李曉偉的目光落在自己的手錶上，便轉而燦燦一笑：「是我朋友的老物件，捨不得丟。」說是這麼說，他的左手卻也下意識地順勢縮排口袋，似乎在迴避著什麼。

李曉偉的臉上露出了童小川最不願意看到的同情，憋了一會兒，童小川漲紅了臉，雙手舉得高高的，做出投降狀：「好好好，我服了你，這手錶是我戰友的遺物，他唯一留下的一個算是完整的東西。」

「他去世了？」李曉偉感到有些意外。

童小川聳聳肩，故作輕鬆：「三個月前，在邊境禁毒，毒販身上綁了炸藥，全炸碎了。我戰友父母沒了，妻子早就離婚了，無牽無掛，這塊錶就給我留個念想。」說著，他抬頭看向李曉偉，目光中閃過一絲亮晶晶的東西，「李醫生，說句實話，這人死了，其實不可怕，可怕的是死後被人忘記。我不怕死，但是我怕被人忘記，那樣的話，真的是太可憐了，你說呢？」

李曉偉無言以對，只能默默地伸手拍了拍他的肩膀：「走吧，兄弟，我請你吃飯。」

站在法醫辦公室門口，章桐手上拿著報告，她本打算上前叫住兩人，可轉念一想，便打消了這個念頭。

走廊上的大玻璃窗外，陽光明媚，雖已近冬季，卻感到一絲溫暖。

隔著馬路，遠遠地看著童小川和李曉偉走出警局，向這邊走來，他臉上露出了微笑，順手關掉了手裡的直播按鈕，這時候，那傢伙已經死了。

塵歸塵，土歸土。

第二節　清道伕

1.

人活著，總要有個目標。他當然也不會例外。

他很清楚自己該做什麼，也知道總有那麼一天，自己會為曾經所做的這一切而付出代價。可即使那樣又何妨？市場買棵白菜都是要花錢的，更何況將來，總會有人為此而感激自己，也總會有人記住自己，這些回報就已經足夠了。

他知道自己所做的一切都是值得的，而自從下定決心走上祭壇的那一刻起，他就再也沒有機會回頭了。

「你要記住，這是你報答我的唯一方式。」

記憶中，燦爛的陽光下，她最後伸手指了指天空，臉上露出了迷人的笑容：「如果你背叛了我的話，老天爺會看在眼裡，你會得到報應，而我的鬼魂也絕對不會放過你！」

這是她留在這個世界上的最後一句話，溫柔低沉的嗓音最終卻用生命的終止來畫上了句號。那迎著陽光的縱身一躍，對他來說似乎一點也不意外，也或許，他早就猜到了這個結局。在接下來的日子裡，他已經有很長一段時間沒有夢到這個場面了，除了今天。

靜靜地等待鬧鐘響過後，他睜開雙眼，茫然地看著值班室泛黃的天花板，心有餘悸。腦海中依舊一遍遍地在重複著當年那重重的墜地聲，這是他這輩子裡所聽過的最可怕的聲音，因為就在觸碰地面的剎那，她死了，死得像個破布娃娃。而他，就像此刻盯著天花板一樣盯著她一動不動的屍體，面無表情。也不知過了多久，圍觀的人越聚越多，他沒有哭，只是默默地轉身離開，然後把對死的恐懼深深地埋在心裡。

穿好工作服，別上胸牌，他推門走出值班室之前，對著鏡子中的自己認真地照了照。有時候，他覺得鏡子中的那個人才是真正的自己，因為現實中的他，早就已經不存在了。

他不相信這個世界上存在著地獄，但是他卻總覺得醫管局的檔案室就像是傳說中的地獄，而那資料庫中無數個跳動的亮點就是地獄的生死簿。

而他，是掌握這個生死簿的判官。

帶著慣常的笑容，他在自己靠窗的工位上坐下，打開電腦的那一刻，他深深地吸了口氣，心情像極了此刻窗外絢爛的夕陽。

「朱醫生，科長說他那裡缺一份今年四季度的各區精神病人人數彙總，包括等待安排住院的優撫人群，你今天什麼時候能夠做出來？」科長的小祕書臉上掛著發膩的微笑，討好地看著他。

他知道這丫頭心裡肯定又在盤算著什麼時候再次約他出去看電影。因為對於漂亮而又自傲的女人來說，只被拒絕一次是絕對不會打退堂鼓的。

「早就好了！」他同樣報以紳士般的笑容，然後右手優雅地在空中畫了個圈，變戲法一般把一個資料夾放在她面前，嗓音沙啞目光溫柔，「『醫生』二字可不敢當，我只不過是個給人拍 X 光片的，你叫我『小朱』就行了。」

「朱醫生，你就儘管謙虛吧！」小祕書笑瞇瞇地走了，那眼神意味深長。

就像一場戲的落幕，他臉上的笑容也隨之消失了。就在這時，耳畔隱隱傳來一陣耳語般的交談聲：

……

「馬姐，妳確定剛才來的是警察？」

「那是當然，聽說是來查我們的資料，可是這麼多資料，查到猴年馬月去啊，這不是瞎折騰人嗎……」

「不是說登入都有記錄嗎？」

「鬼啊，你信嗎？規定是規定，實行歸實行，兩者根本就是兩碼事！」

……

他一字不落地把這些話都記在了腦海裡，卻依舊面無表情。

打開電腦休眠螢幕的那一刻，他突然心中一動，在搜尋欄裡很快輸入一串指令，最後輸入的程式碼是 327，那是市局的程式碼。看著電腦上隨之而跳出來的一個個檔案，他的目光中跳躍著火花。

每個人都有隱私，但是在檔案面前，沒有人能留得住自己的隱私。

＊　＊　＊

(與此同時，市局刑警隊會議室)

「清道伕？」看著童小川寫在白板上的三個字，小九不解地問，「那不是鯰魚的別名嗎？」

歐陽工程師聽了，禁不住一皺眉，順手便在自己愛徒的腦門上敲了個「毛栗子」，疼得小九倒吸一口冷氣，摸著腦袋委屈地咕噥：「師父，幹嘛？疼啊！」

「叫你長長記性！我們做痕跡鑑定的，最忌諱的就是主觀武斷。哪怕是一個最細小的差錯都不行，更何況是這麼明顯的一個名詞性錯誤！」老歐陽在局裡「護犢子」出了名，但是一旦教訓起徒弟來，也是毫不留情的。

「誰跟你說清道伕就是鯰魚的？兩者雖然同屬於脊索動物門，但是外形以及生活環境完全不一樣，鮎魚，你懂不懂？生存水溫必須在 20 攝氏度以上。你這麼不負責任的話，以後出案子現場，能不出嚴重事故才怪。不懂就該虛心點，好好問！」

被激怒的老頭語速飛快，搞得一旁的童小川倒是不好意思起來，他尷尬地向章桐投去了求助的目光。

「沒事，習慣就好，嚴師才能出高徒！」章桐雙手抱著肩膀靠在椅背上，顯得一點都不在意。其實她的內心是完全能夠體會老歐陽的心情的，因為哪怕是一條小小的魚，也有可能是破案的關鍵所在。

終於，鄭文龍匆匆出現在門口的時候，會議室裡這才安靜了下來。

「來遲了，來遲了，真的很抱歉。」鄭文龍把一張地圖用吸鐵石固定在了後面的白板上，「這該死的直播網站對於 IP 是保護的，我費了老大的勁才挖出了真實的地址，就在這片山林裡。」說著，他用三角定位方式在地圖上標出了一塊區域，「不超過 10 平方公里。」

「這時候受害者活著的可能性不大了，」章桐說，「我仔細看了那段影片，應該是個改裝後的棺材，這樣的空間和氧氣，加上受害者的掙扎，消耗量是驚人的，十之八九直播結束沒多久就已經窒息死亡。」

「我也沒指望他還活著，只是必須找到屍體。」童小川說。

「那沒問題，我已經通知當地派出所帶熟悉路的鄉民上山進行搜尋，方位已經告訴他們了，」說著，他看了看腕上的手錶，「應該在太陽下山之前就會有消息，他們帶上警犬了。」

童小川點點頭：「醫管局那邊查得怎麼樣？」

鄭文龍重重地嘆了口氣：「真是規定歸規定，實行起來就完全是另外一碼事了 —— 他們的登入管理簡直就是一鍋粥，短期內根本就查不到異常的狀況，我也試過那幾個受害者的檔案，一天之內查詢就有 100 多次，總之，誰都能看。我聽他們裡面的員工說了，哪怕來個外頭人，在中午吃飯的時間，空無一人的辦公室裡也是來去自如的，根本就沒有人把自己的登入及時取消的習慣，還不都是嫌麻煩，唉！知道有內鬼也沒招。」

童小川緊鎖雙眉。

章桐從公文袋裡取出三份檔案：「朱賓陽做過骨髓捐獻，時間是他遇害前一年，而朱賓陽的妹妹朱愛琴，患有 PMD。」

「PMD ？」童小川沒弄明白，歪頭問李曉偉。

李曉偉神情凝重，小聲回答：「進行性肌營養不良，這是一種由遺傳因素所導致的原發性骨骼肌疾病，無法治癒，發病時間或早或晚，很痛苦。」

章桐看了他一眼，點點頭：「朱愛琴是在 32 歲被正式確診的，很可惜，病情已經被拖得太久了，33 歲的時候她選擇了跳樓自殺，所以，朱賓陽一家戶口本上已經沒有人了，唯一的一個遠親在山西那邊，十年前肺癌去世，家裡也沒什麼人了。」

「但是一個擁有朱家遺傳染色體的人卻在這裡殺了這麼多人，就像一個清道伕。」副局沉聲說道，「我們不能再讓他繼續下去了。」

章桐想了想，說道：「有一點很奇怪，我比對過凶手留下的染色體DNA，卻發現更接近於朱愛琴的遺傳特點，但是朱愛琴沒有生育能力，所以我現在更懷疑真正做過骨髓捐贈的，應該是朱愛琴，而不是朱賓陽！」

「她為什麼要頂替哥哥去做這件事？」童小川問。

大龍在一旁聽了，忍不住一拍巴掌，激動地說：「不奇怪，有人改了醫管局的檔案，我們現在所有的資料來源都是醫管局的檔案中心，如果有人就是想讓我們這麼認為的話，那這就是最直接的方法了。」

章桐欲言又止。

「小章，你想說什麼？」副局問。

「我擔心骨髓捐獻的時候，朱賓陽已經死了，所以朱愛琴頂替了哥哥，那時候醫療捐獻管理不像現在這麼嚴格……」章桐惴惴不安地看了眼李曉偉，「但是我不明白她為什麼要這樣做。」

2.

（半小時前）

煩躁，說不出的煩躁。

初冬的夜晚已經能讓人明顯感覺到徹骨的涼意，車內沒有暖氣，衣著單薄的他被凍得有些發抖，不得不豎起衣領攏起袖子，狼狽得縮成一團，可是雙眼卻仍然緊緊地盯著車前方不到兩百公尺遠的那棟灰色建築物。

建築物樓前是一個花園，種了很多花草。作為市裡唯一被允許收治精神障礙老人的托老中心，它的地理位置是極佳的，身後是天長山，左面有著一片很大的竹林，而前方就是天長湖，風景方面是沒得說的。

要想順利進入托老中心對他來說一點都不難，但他還得等一樣東西，或者說，是一種儀式的必經步驟。而在這之前，再冷，他都必須扛著，不過還好，寒冷能使他的頭腦保持足夠的清醒。

他要等的是一個老案子最後的那塊拼圖，在醫療檔案中他只是了解了那個案子的大概，但是其中的一句話卻讓他心中一動，就像嗅到了獵物的鬣狗，他感到興奮不已。

當第一縷晨光在東方逐漸透明的時候，沉寂了大半夜的手機終於響了起來，看著上面的資料，他小心翼翼地鬆了口氣，接著便關了手機螢幕，然後打開車門走了出去。

在他身後，黑暗褪去，天空逐漸透亮，微風陣陣拂過湖面，一切都顯得如此安逸。

＊　＊　＊

(現在)

早上 6 點。

法醫辦公室裡靜悄悄的，章桐靠在辦公椅上和衣而臥，卻怎麼也睡不著，她心中總感覺隱隱地不安。

她從不相信自己的第六感，卻又不得不私底下承認它的存在。而從昨晚案情碰面會後直到現在，章桐總覺得哪裡不對勁，她心裡慌慌的，上一次有這種熟悉的感覺都已經是多年前的事了。

她從椅子上坐了起來，隨手把身上的毛毯朝邊上一丟，寒意瞬間撲面而來。初冬的夜晚，辦公室裡的暖氣還沒有開，她感到兩腿痠疼，便乾脆站起身，在房間裡來回踱著步伐，希望能就此驅散一些寒意。

或許是聽到了辦公室裡的腳步聲，門被推開的剎那，一股濃烈的菸草味便湧了進來，小九探頭笑瞇瞇地招呼：「章主任，打擾了，我在三院火災現場又找到了一條線索……」

看著小九黑黑的眼圈和布滿血絲的眼球，章桐輕輕嘆了口氣，不禁小聲埋怨：「你這傢伙，昨晚肯定又熬了個通宵。」她伸手接過小九遞來的報告書和裝有兩根棉花棒的證據袋，邊看邊問，「這樣本是在哪找到的？」

小九嘿嘿笑了笑：「博文他們昨晚開完會後就得到個消息，是當地派出所那邊傳過來的，說走訪到該院的兩個小護理師，她們案發當晚在各自樓層值班。其中一個記憶力不錯，心也很細，對我們派去走訪異常情況的民警提到說，晚飯時在住院部門洞角落裡見過一個人，那人在抽菸，面生，而且行跡有點怪怪的，當時沒太在意，只是覺得這人的眼神直勾勾的，看著讓人感覺有點可怕。後來，案發前一個小時不到吧，她去案發樓層找自己的小姐妹玩，因為買了個新手機，晚上值班又沒什麼事，就開始炫耀了起來。無意中在案發病房的方向發現一個人正好走出來，那人就是自己在門洞裡見過的，看上去是沒什麼，因為對方穿的是套普通的維修工作服，只是出於護理師的本能，她對眼前發生的那一幕感覺有些不舒服，所以，才記住了那人的特別動作。」說著，小九誇張地做了個吐痰的姿勢。

章桐看著他，示意小九繼續說下去。她知道作為醫護人員，對於這種行為是有著發自本能的強迫性記憶的。

「先是抽菸，後是吐痰。我這不尋思著再不連夜趕去的話，可不就錯過了這個證據了。」小九拍了拍手，尷尬地清清嗓子，「本來隔了一天，我擔心他們醫院的清潔工會給打掃乾淨了，等到了現場，我才知道那小護理師說的『缺德』到底是什麼意思 —— 那傢伙一口老濃痰給直接糊牆壁上了！雖說被抹布擦過，但是那瓷磚縫隙可是挺大的，這也就有了足夠多的樣本提取。」

「沒被消毒劑清理過？」章桐有些擔憂。

小九搖搖頭：「姐，妳放心吧，我再三問過那老清潔工阿姨，她說都是用水擦的，因為薪資就那麼一千五百塊錢，雷打不動，就為了多摳幾個錢下來，她不得不偷工減料，這麼做已經好多年了。」

「那沒問題，我馬上就處理。」章桐轉身向後面的實驗室走去。

「那謝謝姐了，對了，結果出來直接通知童隊吧，他急著要。」

「他不在局裡嗎？」

「隊裡大部分人都去醫管局調查了。」小九伸了伸懶腰，順便打了個哈欠，「現在辦公室裡就剩一值班的，童隊走的時候可把狠話給撂下了 —— 再不把這傢伙給逮住，他們整個隊自願去街上巡邏維持交通，不幹刑警了。」

＊　＊　＊

很快，結果出來了，看著比對報告從列印機裡一點點地滾動顯示出來，章桐緊鎖雙眉，遲疑片刻後，她便果斷地掏出手機，撥通了童小川的電話：「DNA 比對結果出來了。」

電話那頭傳來了童小川急切的聲音：「有比對中的嗎？」

「有，對象是秦海濤的兒子，年齡在 25 歲到 30 歲上下的年輕男性。」章桐說。

「這不可能，我看過戶籍檔案，秦海濤只有一個女兒，他沒有兒子……」話還沒有說完，童小川突然停下了，電話那頭一點聲音都沒有。

「童隊，喂喂，你還在聽嗎？」章桐感到有些奇怪。

「謝謝，我知道怎麼做了。」童小川突然轉變話鋒，「對了，章主任，妳是不是有個母親住在托老中心？」

「沒錯。」章桐的心又一次感到了莫名的不安，「她、她出什麼事了？」

「沒什麼，我們在進一步落實情況，你等我電話吧。」說著，電話便結束通話了。

辦公室裡又一次恢復了寂靜，章桐呆呆地看著手機，剛想打電話給托老中心考核，轉念一思索，卻還是打了個電話給李曉偉：「是我，我感覺我母親好像有什麼事，你是她曾經的主治醫生，能幫我去看看嗎？」

「沒問題。」李曉偉回答得乾脆俐落，說話的時候，在他身旁傳來了兩聲清晰而又興奮的狗吠。這個時候，他應該在社區遛狗，章桐的心裡頓時感到暖洋洋的。

＊　＊　＊

早上 7 點 30 分剛過，李曉偉便把車停在了托老中心的門口，剛下車，便看到車前方停著的那兩輛警車，童小川正行色匆匆地從大樓裡走出來，朝自己的警車走去。李曉偉趕緊上前打招呼，童小川跟身邊的于博文低語了幾句後，便拉開駕駛座的門鑽了進去：「上車吧！」

李曉偉愣了一會兒，便乖乖地鑽進了副駕駛座，正繫安全帶，車就已經開動了：「童隊，去哪？」

童小川臉上神情陰鬱：「托老中心有人被綁架了。」

「難道是丁雅惠？」李曉偉吃驚地脫口而出。

一個急煞車，童小川避開了迎面而來的大貨車，他順勢瞥了李曉偉一眼：「李大醫生，你怎麼知道這個消息的？」

「是章桐告訴我的，她半小時前打了個電話給我，說很擔心自己的母親，說不出為什麼，只能解釋為是第六感。」李曉偉臉上誇張的神情消失了，「丁雅惠就是章桐的母親，她唯一的親人，我曾經是她的主治醫師。後來，隨著年齡的增加，年近八旬的老人又患上了嚴重的認知障礙，智商等同於 3 歲的孩子，毫無自理能力不說，就連自己親生女兒都認不出來了，所以才把她轉送到這，進行進一步治療。」

「除了你和章主任之外，應該是不會有太多人知道這件事吧？」

李曉偉點點頭：「是的，精神病人的狀況本就是屬於家屬的個人隱私，一般情況下是絕對不會對外公布的。」

「隱私？」童小川不由得一聲苦笑，「對了，你還記得秦老的夫人是怎麼提到她的女兒的嗎？你仔細想想。」

「……等等，她好像提到了『小女兒』三個字。」作為一名心理醫生，李曉偉的記憶力可不是一般的好。

「是的，可是戶籍上卻只有一個女兒，叫秦佳，在省立醫院工作。」童小川臉上神情複雜，「剛才章主任電話中通知我，犯罪嫌疑人身上有一組新的 DNA 被比對上了，與秦老有著不可分割的血緣關係，從年齡上看應該是他兒子。但這情況還不是最主要的，你還記得我們在那間客廳裡看到了很多相片，包括秦老的學生在內厚厚的一本，卻唯獨沒有看到男孩的相片嗎？從小到大一張都沒有。」

「你說得沒錯，只有朱賓陽的，而他作為秦老最鍾愛的弟子，這點無可厚非，可這個兒子到底去了哪？會不會出了什麼意外，或者不在這個世界上了？」李曉偉不解地問。

「不可能，我都查過，這傢伙還活著。」童小川冷冷地回答，「而且剛才托老中心的服務員提到說領走老人的是一個 30 歲上下的年輕人。」

李曉偉這才意識到童小川是在很短時間內就知道了托老中心出事的消息：「你是怎麼知道這裡出事的？」

「連夜去醫管局進行電腦摸排工作的大龍傳回話說查到一條很奇怪的指令，程式碼是 327，這個程式碼是我們醫療檔案的程式碼，上面最有可能的就只有章主任和她的母親丁雅惠女士了。」童小川沒有再繼續說下去，他心事重重地看著車前方。

遠處，鐵越衚衕別墅區在陽光下顯得格外刺眼。

3.

一陣刺耳的電話鈴聲響起的剎那，章桐手中的玻璃杯瞬間掉落在實驗室的木質地板上，很快便發出了沉悶的響聲。

還好沒事 —— 玻璃杯完好無損。

彎腰撿起的剎那，章桐看到了顧瑜投來驚訝的目光，這在以前是從來都不會發生的事，但是今天卻不一樣。

「主任，你沒事吧？」顧瑜關切地問。

章桐來不及回答，順手便拿起工作臺上的手機接聽：「我是⋯⋯哪裡？」

實驗室裡靜悄悄的，章桐臉上的神情逐漸變得凝重了起來，她放下手中的玻璃杯，冷冷地說：「你到底想說什麼？過去的事情都已經過去了，我警告你！你不准動我母親！」

電話那頭的人似乎依舊不依不饒，而章桐臉上也很快露出了不耐煩的神情。顧瑜見此情景，深知必定出了大事，便趕緊抓了手機匆匆走出實驗室，撥通了小九的電話。

「九，你在幹嘛呢？」顧瑜壓低嗓門，語速飛快，「法醫處這邊好像出大事了。」

小九接連值了好幾天班，睡意矇矓，顧瑜這個電話瞬間讓他清醒了過來：「你說什麼？出什麼大事了？你別急別急，我馬上過來……」話音未落，耳根子邊就傳來了一連串紙箱子被碰落地面的聲音，顯然，他的慌亂把庫房給搞得一團糟。

顧瑜尷尬地閉上了眼睛，嘴裡絮絮叨叨地埋怨：「你這傢伙，再搞亂東西你師父又得敲你腦殼了……我等你哈，你快過來吧……」

幾乎在章桐打開實驗室門的同時，小九氣喘吁吁地出現在了法醫解剖室的門口。見章桐的臉色不好看，他心裡就有了數：「章主任，出什麼事了？」

「是我母親，她被綁架了。」章桐也不隱瞞，她深深地吸了口氣，雙手緊握，竭力控制著自己的情緒，「綁架者剛才打電話給我，要我馬上去為我母親收屍，妳來得正好，通知隊裡，隨時等我電話。」

「這沒問題，但是妳……」小九不安地看了眼顧瑜，「姐，難道說妳要去見他？」

章桐無聲地點點頭：「我去見他，或許還能救下我母親。」

「那我開車送妳去。」顧瑜急了。

「不行，局裡必須有一個法醫留守。」章桐想了想，便又補充了句，「放心吧，他如果知道當年的案件真相，便不會對我母親下手的，我想和他談談，或許，能就此勸他自首。」

聽著腳步聲漸漸遠去，顧瑜回頭對小九說：「你快去副局那裡，把這情況彙報一下。」

「我這就去……等等，章主任母親是什麼案子？我怎麼沒聽說過？」小九一手把著門，回頭不解地看著顧瑜。

「九啊，你怎麼這麼笨，綁架她母親的人就是那個我們一直在尋找的殺人凶手，這還需要問嗎？」顧瑜雙手叉腰，擺出了一副橫眉冷對的架勢。

小九見狀，趕緊一溜煙地跑了。

＊　＊　＊

(與此同時)

看著鐵越衚衕秦海濤家冷冷清清的院落，李曉偉心中一驚，他低聲攔住了正要推門而進的童小川：「童隊，情況不妙，家裡好像出事了。」

「怪不得一路上電話都打不通。」

童小川準備聯繫社區保全，這時，對面門洞裡走出一個中年女人，穿著居家服，腰間圍著圍裙，她先是上下打量了一番這邊，猶豫了一下便直接走上前來打招呼：「你們是警局來的？」

童小川點頭，出示了自己的證件：「我們要找這家的女主人，卻怎麼也聯繫不上，請問你知道她去哪了嗎？」

中年女人感到很驚訝：「你們不知道嗎？昨天晚上她自殺了，就在老頭的屋裡，等警方趕過來已經來不及了，後來人直接被殯儀館給拉走了。」

一聽這話，童小川和李曉偉不禁面面相覷：「我們昨天來的時候還是好好的，怎麼晚上就出事了……是誰報警的？」

中年女人不由得一聲長嘆：「當然是她小女兒啦，昨天晚上剛從國外趕回來，聽說工作忙得連自個兒老爹的喪禮都沒趕上，過得這叫什麼日子喲！想想啊這回家進門前還跟我打招呼來著，那時候我正好遛狗回來，結果半小時不到，那丫頭就開始嚎開了，跟瘋了一樣。警察趕到後，我和我老公就去幫忙，本來就住得近嘛，雖然是獨門獨戶，但兩家抬頭不見低頭見，互相幫襯也是應該的，這冷不丁出了這檔子事，心裡頭還是怪難受的。」

李曉偉想了想，問：「你們和秦老一家認識多久了？」

中年婦女有些誇張地扭了扭腰：「有十多年了，我們是最早搬進來的一批人，關係不錯呢。」

李曉偉臉上露出了若有所思的神情：「那，大姐，能跟我說說他們家的事嗎？比方說平時除了這個小女兒，秦老的兒子有沒有經常回來？」

這看似很隨意的一句話，卻激起了讓人無法預料的反應，那中年婦女趕緊厭惡地擺擺手：「別提那傢伙！他就不配當個人！」

童小川雙眉一挑：「哦？怎麼說？」

中年婦女看了童小川一眼，嗓門瞬間壓低了下來：「有一回我上鄭姐那串門，她正好跟她家老頭吵架。鄭姐脾氣是出了名地好，結果那天被氣得不行了，尋死覓活的，我勸了老半天才緩過來，她哭著跟我說她家老頭當初就不該心軟救那小兔崽子。都自家兒子，當娘的說出這種話，那該是多傷心啊，你說對不對？」

「等等，秦老是做外科手術的……」

「是啊是啊，據說老頭子親自上陣為他兒子做了最後那臺手術，而且啊，這都已經是第三次手術了，這倔老頭為了救自己親生兒子的命，真是啥都願意做啊。可惜卻是一頭養不熟的白眼兒狼！」中年女人憤憤然地說道。

「這是什麼時候發生的事？」童小川問。

「兩年多前，中秋！」中年女人顯然記性不錯。

回想起鄭老太太那空洞的眼神，童小川心中感到不是滋味：「大姐，她們家到底出什麼事了？為什麼沒聽鄭老太提起過自己的兒子？」

「那小兔崽子早就跟了人家的姓了，迷上了一個比他大十多歲的女人，那女人也不是什麼好東西，病懨懨的。當然咯，這都是小道消息，鄭姐可沒跟我說，他們一家的嘴都嚴著呢，我是偶然聽我家老公說的。我見過那傢伙一次，活脫脫就是老秦頭年輕時的翻版，長得可像了。據說現在還找了一份體面的工作。」

李曉偉突然打斷中年女人的話：「他現在是不是姓朱？」

中年女人一愣：「你怎麼知道？」

「他是不是在醫管局工作？」李曉偉急切地追問道。

「這……我倒不清楚，沒聽說。至於說姓嘛，是保全說的。那次猜想是為了手術的事來找他爸，結果換了個新保全當值，沒認出他來，就讓他寫訪客登記簿，看上面寫著朱啥的，龍飛鳳舞，也看不清楚。保全本來沒當回事，結果老秦頭送他出來後，保全就多嘴問了句是不是朋友，老秦頭卻嘀咕是他兒子！你說說，兒子怎麼會姓朱？跟老子不同姓？」中年女人一臉神祕地看著李曉偉。

李曉偉心中一沉，匆匆告辭後，便拽著童小川向警車走去。

童小川透過車載電話通知了鄭文龍查實醫管局姓朱的工作人員，同時把警車向出口處開去。直到快開出別墅區，童小川看李曉偉依舊一言不發，便有些不解：「怎麼了？」

「我擔心這事態會失去控制，真沒想到會這麼嚴重……唉，我昨天就該看出來的。」李曉偉的目光中充滿了深深的懊悔。

「你是說鄭老太的情緒？」

李曉偉點點頭：「鄭老太記憶力超乎尋常，雖然年紀大了，但是對過去發生的事卻記得一清二楚。我們昨天問起秦海濤的相關情況，她之前本來就在懷疑，結果真被證實了，所以才會發生自盡的悲劇。我昨天就該意識到這點的，都是我太大意了！」

「你也別太自責。」童小川低聲安慰了句。

這時，鄭文龍的訊息傳了過來，看著手機頁面上的人員詳細履歷，童小川問：「只有一個叫朱文若的，李醫生，難道說他就是秦海濤的兒子？」

李曉偉緊鎖雙眉：「應該是。」

第二節　簡單的殺意

1.

他穿著白袍，胸口的工作牌恰到好處地向內翻轉著，這樣的角度就沒有人能夠看清楚工作牌上的具體工號。對著面前的穿衣鏡，他整理了一下頭髮，臉上努力擠出氣定神閒的笑容，臨了，還特意用口袋裡的手帕仔細地擦去臉上的汗水。他不習慣用紙巾，這麼多年來，他的身上始終都帶著一塊手帕。

把口罩拉上，伸手推開更衣室的門，迎面便是熙熙攘攘的一幅場景，廣播裡不斷播送著各種通知，走廊充斥著此起彼伏的高聲喧譁、低聲細語。經過時，看著那等候區裡一張張臉上陌生而又複雜的表情，他的心中突然有了一種倦怠的感覺。

穿過門診部與住院樓之間的廊橋時，身邊經過的人都是神色匆匆，心情鬱悶。推開住院樓的隔間玻璃門，這裡少了一分喧譁，卻多了一絲厭倦。條件再好，畢竟沒有人會真正把這裡當家，只是不得不住在這裡，自然房間裡的氛圍也會變得有些怪異。

尤其是腫瘤科的病房，一兩個病人在樓道裡緩緩散步，而躺在病床上的，要麼雙眼無神地看著窗外，要麼氣若游絲昏睡不醒。

327 號床病人李鳳山，名牌掛在門口，後面備註 —— B 級護理，防跌倒。這塊名牌新裝上去沒多久，病人剛住進來，具體的檢驗報告還沒出，但是已經可以確定是腦癌。他雙手插在口袋裡，站在病房外，隔著病房門上的那塊小玻璃窗朝裡看著：房間裡三張病床一字排開，病床之間都用粉紅色的圍簾布擋著，327 床就在靠門邊的位置，床上躺著人，蓋著被子，有一個年輕人坐在床邊，看不清臉上的表情。

他注意到有個人顯然與這房間裡的其他人都不一樣，他身體靠著衣櫃，與病床保持一定的距離。雖然他穿著普通人的衣服，但是光憑這坐的位置就已經表明他的特殊身分，再加上他那極其不合時宜地在身上斜挎著一個小黑包的打扮，就只差在額頭上表明自己的職業了。

他輕輕一笑，伸手推開了病房門，左手依舊插在口袋裡，大聲說道：「327 床李鳳山家屬，跟我來一趟醫生辦公室。」

但凡在住院樓裡，是沒有病人家屬會對這種要求做任何懷疑的，他們只會乖乖地跟在屁股後頭，抱著惶恐不安的心情。果不其然，那個叫徐少華的年輕人在安慰了幾句床上的老人後，便走出了病房，而那個斜挎著黑包的男人一開始也是打算跟著的，可是心想辦公室就在這棟樓層隔開不到 10 公尺遠的距離，所以便頭也不抬地繼續坐著了。

畢竟徐少華還沒有被正式拘留。

聽著身後急匆匆的腳步聲，他臉上的神情依舊很平靜，但是心裡卻非常高興。倒是身後跟著的徐少華嘴裡喋喋不休，讓他感到厭煩：「……醫生啊，我家老頭子到底還能活多久啊……」

「這個病的話，只要確診，如果是晚期也就三五個月的時間。」他雙手插在口袋裡隨口應付著，來到了樓梯口。這裡已經偏離了醫生辦公室所在的區域，徐少華根本就沒有察覺到正朝著自己步步逼近的危險。

「只能活這麼短的時間了？醫生啊，是真的嗎？」因為激動，徐少華的聲音微微發顫。

他不由得心中一沉，這麼迫切地想聽到一個人即將死去的消息可不是什麼好事，難道說這才是真正的作案動機？

或許是太激動了，徐少華毫無戒備地跟著他一直走進了樓道，直到到達底樓，他才感到有些遲疑，因為這個時候，樓道裡就只有他們兩人。

樓外的陽光已經漸漸散去，天空變得昏暗了起來，已近傍晚，空氣中滿是雨腥味和塵土相融合的味道，眼看著一場暴雨即將來襲。

「醫生啊，這是哪裡？你的辦公室嗎，我怎麼沒來過這裡？」徐少華感到了一些忐忑不安，他的腳步聲也變得不是那麼沉穩有節奏了，拖沓著步伐東張西望，就好像在尋找著自己的退路。

「哦，我的辦公室因為裝修，就搬到了樓下，是遠了點，抱歉啊。不過就在前面，很快就到了，檢驗報告剛出來，」他頭也不回地伸手朝前一指，「我們需要好好探討一下後面的治療方案。老爺子的病情應該是能夠被控制的，你放心吧，我們醫生也是需要家屬大力配合……」

「好的，好的，那就麻煩醫生你多費心了。」徐少華言不由衷地打斷了他的話。

他默默地轉頭看了徐少華一眼。

＊　＊　＊

晚上 7 點剛過，漫天的雨似乎就沒有停下來的意思。還好警官學院就在市局的隔壁，章桐沒再猶豫，直接就打通了李曉偉的電話：「我沒帶傘，能開車送我回家不？我今晚必須回去。」

知道章桐是牽掛家裡的狗子，李曉偉立刻答應了下來。沒多久，一輛棕紅色的比亞迪便開進市局大院，駕駛室的門打開後，他便撐著傘一溜小跑過來接章桐，兩人一起向車走去。直到鑽進副駕駛座後，章桐這才鬆了口氣：「狗子年紀不小了，最近我發覺牠的食慾已經大不如從前，我真的不放心牠自己在家。」

「沒錯，是該好好陪著牠呢。」

李曉偉一邊把車開出大院，一邊默默地點頭。他完全能夠明白章桐此刻的心事，一個沒有家沒有愛的人，是非常在乎自己身邊的每一個生命的，哪怕對方並不是人類。

「月旦街案子中的那女孩，是個小學美術老師，剛上班沒半年的時間就出了這事，唉。」停下來等紅綠燈的時候，李曉偉突然說道。

「是的，我聽說長得很漂亮，還很年輕，真是可惜了。」章桐沙啞的嗓音在霧氣朦朧的車窗玻璃上輕聲遊蕩著。人死了，和活著的時候是不一樣的，儘管是同一個人，卻長了一張不同的臉。

「網上已經開始流傳有關死者的一些流言蜚語了。」李曉偉微微皺眉，「把一個單純善良的女孩說得那麼不堪。」

章桐看了他一眼：「這就是我不喜歡玩社交平臺的原因，人的心思，實在是太複雜了。」

「沒錯，你說得對，」綠燈亮起，李曉偉鬆開搖桿，踩下油門，「現在社會上很多人都只願意相信自己早就已經在內心認可的答案，而面對事實真相卻寧可選擇視而不見。但是，就像眼前的這場雨，總有停的時候，你說對不對？人總要看到希望……」

「喲，灌心靈雞湯？」章桐終於笑了，她靠在鬆軟的椅背上，長長地伸了個懶腰，「我的李大醫生啊，你要知道，這個世界上我見到過的死人要比活人多，要是心理不足夠強悍的話，我早就打退堂鼓了。所以呢，你不用擔心我，再怎麼糟糕的局面，只要活著，我總是會挺過去的。」

「打開！」李曉偉似乎才想起什麼，下巴朝儀表盤下的儲物櫃方向努了努。

章桐聞聲一愣，滿臉狐疑地順著他的目光看了過去，見他依舊點點頭，這才伸手打開了小小的儲物櫃，那裡的空間剛夠並排擺放三個馬克杯。

「什麼？」

李曉偉微微有些臉紅，他一邊開車，一邊竭力掩飾著自己的表情:「那個紅色紙袋子裡的，送給妳。」

章桐感到驚訝，在儲物櫃中她果然找到一個紙袋，紅色的袋子上是金色的小星星，她不禁微微一笑，打開紙袋，呈現在她面前的是一個紫色的髮夾，髮飾上是一隻可愛的兔子。

「你把我當小孩哄啊，送給我的嗎？」章桐感到很意外，卻又很開心。

「我看妳工作的時候，瀏海總會掉下來扎眼睛，我想著就送妳這個。妳不是屬兔的嗎，又喜歡深紫色，我正好看到，就買了……」李曉偉絮絮叨叨地說著，漲紅了臉。

「謝謝你！我很喜歡。」章桐輕聲說道。

正在這時，手機鈴聲響了起來，章桐瞥了一眼手機頁面，臉上的笑容頓時消失了:「我是章桐，什麼地方出事了？」

「第三醫院底樓太平間裡發現死者徐少華的屍體。」略微停頓過後，指揮中心接警員的聲音變得有些莫名的猶豫，「章法醫，妳最好有個心理準備，童隊就在現場，他彙報說現場非常過分，還說什麼 —— 死者的心臟沒了！」

「這傢伙還是動手了啊，我馬上就去。」章桐默默地掛上了電話，神情憂鬱，「麻煩送我去第三醫院吧，越快越好。我今晚回不了家了。」

「妳放心，我會陪著『饅頭』的。」李曉偉心疼地看了一眼章桐，後者卻把臉轉向了窗外，車內的空氣瞬間冰冷了下來。

車窗外，大雨傾盆，遠處隱隱傳來一陣陣雷鳴。

2.

刺鼻的血腥味讓密閉房間裡的空氣變得愈發糟糕。章桐微微皺著眉，恢復了臉上的平靜。

「你真的確定這是豬心？」童小川臉上神情複雜。

章桐點點頭：「豬的生理活性基因雖然與人類的相似度高達 90% 以上，但結構上畢竟還是有一定區別的，只不過一般人不是那麼容易看得出來。」

「那你是想說這又是一個醫學瘋子做的？」

「不。」章桐果斷地搖頭，「如果真是一個有醫學背景的人做的，那麼，出於職業的本能，這條明顯的心臟主動脈和相對應的上下腔靜脈不會被切得這麼亂七八糟。」想了想，她又補充了句，「至少我做了這麼多年，就沒見過下手這麼粗糙的，和菜場的肉販子沒啥區別。」

童小川聽了，轉頭看了看淩亂不堪的案發現場，這並不大的房間裡，不只是手術檯，地上、牆上到處都是噴濺的血跡：「難道說，他是活著被……」

「是的。」章桐伸手用力在空中抖開裹屍袋，與顧瑜合力把屍體裝了進去，放上輪床，「死者體重 70 公斤左右，身體血液總量 5 到 5.5 公斤，換算成體積也就是大約 5500 毫升。你仔細估算下，牆上的加地面上的，還有這手術檯上的，有多少？不是全部也有八成了。而一個死人，是做不到這點的。」

「那死亡時間能初步給個範圍嗎？」

章桐環顧了一下四周，遲疑了一會兒：「從血跡的凝固度來看，結合房間室溫，我目前只能提供一個參考範圍，那就是不超過 6 個小時。」

「那顆豬心呢？有沒有什麼結論？」童小川見章桐要走，便趕緊上前追問。

章桐想了想，這才說：「儲存得很好，不是菜場買的。而且從心臟外形來看，血管分布均勻。整體而言這頭豬很健康，不是一般農家的養豬，脂肪含量不是很高，但是從心臟大小來看已經可以出欄售賣，對了，我們這邊周圍應該有養豬場吧？」

「應該有，那我這就安排人過去。」這時候，痕跡鑑定組已經到達現場。

童小川匆匆走出房間，他飛快地穿過走廊直接來到醫院大樓前的停車場，這才停下腳步，直至最終呼吸到了新鮮的室外空氣後，他懸著的心終於放下了。

于博文緊跟在他身後：「童隊，咱要不順道吃點東西，我看你臉色不太好。」

「吃？吃啥吃，你還有胃口啊？」童小川懊惱地瞪了他一眼，知道自己短時間內是無論如何都忘不了那顆豬心了，「趕緊通知下去，馬上回局裡做案情彙總，我們得趕緊抓住這個『義務警察』。」

上了警車，童小川還是感到有些心神不寧，他撥通了李曉偉的電話。

＊　＊　＊

看著警車一輛輛地依次駛離三院住院部前的停車場，他站在圍觀的人群中，面無表情，內心深處卻是一陣陣的激動。在他車後備廂裡，那個車載小冰箱顯得格外突兀。他已經打算好了，等下把車開出城的時候，經過那家室外養狗場，處理掉冰箱裡的東西根本就不用費心思，再說了，那種人的心，只配拿來餵狗！

想到這裡，他的臉上露出了一絲得意的笑容。現在是晚上，沒人會注意到自己。直到返回車邊，伸手剛要拉開車門把手，眼角的餘光突然看見自己的手背上有兩道細細的抓痕，抓痕已經見血，那是指甲劃過的痕跡，他的心便猛地沉了下去。

＊　＊　＊

凌晨時分，市局會議室裡坐滿了人，案發兩天來幾乎沒合過眼，每個人的臉上都帶著濃濃的倦意。

會議室中間的桌子上放著一臺打開的膝上型電腦，電腦揚聲器中發出清脆的「叮咚」聲，所有人頓時來了精神頭。

電腦螢幕上跳出法醫解剖室的畫面，章桐在工作臺邊坐下來，摘下了頭上的帽子，但還沒顧得上解下口罩：「死因出來了，外傷失血性休克所導致的死亡，這與摘取心臟的結果相吻合。不過，他應該沒有來得及經受後面的痛苦。」

「哦？」這有些讓人感到意外。

李曉偉點點頭：「他的心臟本身應該就有問題，對吧？」

「是的。」章桐回答，「剛才我的助手查了醫管局的病歷庫，上面顯示死者有心臟病家族史……」

「等等。」童小川打斷了章桐的話，回頭問身邊坐著的于博文，「那個等待心臟移植的馮強和這個死者徐少華，你去查一下他們之間是什麼關係。」

于博文點頭，站起身迅速離開了會議室。

鏡頭中的章桐接著說：「凶手雖然拿走了死者的心臟，但是我從他心臟部位的剩餘肺動脈血管中看出最近有壞死的跡象，所以推斷他在凶手行凶開始的剎那，應該就已經發生了嚴重的心臟冠狀動脈痙攣，這樣的後果是直接導致昏迷，同時誘發心源性猝死，後面所發生的事雖然有些慘，但是對死者來說，猜想是感覺不到了。只是我沒有看見死者的心臟，無法提供具體的解剖結果，死因這塊只能把這個作為疑似來推斷。」

副局聽了，皺了皺眉：「也就是說，不排除死者是被活活嚇死的。對了，那個病歷庫是怎麼回事，我怎麼沒聽說過？」

一旁的鄭文龍笑了：「這是最近大資料整合的結果，本身是為方便醫患之間的溝通與醫療事故鑑定的透明性設立的，要求市立醫院，包括民營的在內，每一份病歷的書寫都必須在庫內留存一份備份並且不能更改，而與我們警方的聯動是上週才開始的。」

「原來是這麼回事。」副局點點頭。

鏡頭中，章桐接過顧瑜遞給自己的一份化驗報告，邊看邊說：「死者的右手指甲縫隙內發現的皮屑殘留物顯示是一名男性，年齡在 30 到 35 歲之間，我想我們的受害者在臨死前終究還是做了反抗的，只是……」

章桐的目光停留在了中間那行有關 DNA 的標註上：「奇怪，我剛還想說在庫裡找不到相匹配的 DNA，但這份報告的備註上卻顯示在我們庫裡有，只是不是完整的，而是一半。」

「一半？」童小川問。

章桐點點頭：「沒錯，就是我們庫裡有他近親屬留下的 DNA。我馬上去查，有結果通知你們。」說著，她便關閉了通話鏡頭。電腦螢幕上恢復了市局的統一螢幕保護畫面。

「你們現場勘查結果怎麼樣？」童小川轉而看向桌子對面坐著的小九。原定參加會議的歐陽工程師因為腰痛的老毛病又犯了，不得不去了臨近的社區醫院急診室打封閉針。

「現場共發現兩組鞋印，一組42碼的皮鞋印，這與死者遺留在案發現場的那雙皮鞋相匹配，另一組是43.5碼的軍靴印，從足印的行進方向和血跡覆蓋的程度來看，能確定是凶手留下的。」說著，小九拿出一張放大的現場足跡相片，「問題是這雙軍靴印，由於材質特殊，光憑鞋印我們暫時無法判斷出凶手的大致身高。相關的資料庫資料顯示，這雙是進口的Danner特種戰術靴，由於價格不菲，目前在國內只是在軍迷範圍內流行，買的人不多，但查詢所有者也很不容易。因為這種靴子雖然少，但是大部分都是從境外非官方途徑流入的，不只是來源不清，還往往會倒手好幾次。所以我們目前只能推斷凶手是個資深軍迷，而且下手非常果斷。」

「軍迷？」童小川一愣，他迅速點開電腦螢幕，連線到法醫解剖室，很快章桐便打開鏡頭，這時候她已經摘下了口罩，鼻梁上那副新配的眼鏡在工作臺燈光下反射出淡淡的紫色光。

「我正好要找你們，你先說吧。」

「屍體的刀口是什麼樣的？」童小川問。

「有小部分鋸齒形，我仔細測量過，類似這個。」章桐順手拿起手機，點開畫面，然後遞到鏡頭前，「看，這就是最接近凶器的範例。」

是一幅軍用匕首的截圖。

「刀刃非常薄，有點像廚師刀，方便攜帶，屬於CQB類小直刀範圍，看來這傢伙擅長近身格鬥。」副局的臉色頓時陰沉了下來。

章桐愣了一下，接著說道：「這還不是最讓人頭痛的，剛才那個 DNA 我已經查到相關案件紀錄了，這就發到你們手機上，這個案子當年轟動了我們市。」

「什麼案子？」李曉偉好奇地湊到童小川的手機上一看，想努力克制，卻還是感到很驚愕，「城管被殺？這個案子我記得，凶手不是已經被判了死刑了嗎？都過去這麼多年了，難道是凶手家屬報復社會？」

「不，DNA 匹配上的不是凶手，是死者。」章桐輕輕嘆了口氣，「凶手可能是死者的男性近親家屬。」

童小川不解地看向李曉偉：「當年的凶手已經伏法，如果真是他幹的，這麼多年過去了，他現在到底想做什麼？」

3.

「人的夢境往往是最會騙人的……」他上下打量自己面前坑裡躺著的這個年輕人，嘴裡自顧自地絮絮叨叨，而後者的臉上則寫滿了恐懼。見狀，他微微一怔，轉而輕聲說道：「你怕什麼？我又不殺你。」

頭頂刺眼的燈光是直接打在對方的臉上的，所以他一點都不用擔心樣貌會被自己的獵物看清楚，再說，這傢伙也沒機會告訴別人了。

「你不用怕。」他輕輕一笑，「到死，我連一根指頭都不會碰你。不過，我真沒想到你的膽子竟然會這麼小，嘖嘖嘖，那天，當著那麼多人的面，你把人家小女生給活活打死的時候，怎麼就沒見你害怕過呢？」

一聽這話，被綁著的年輕人頓時意識到了什麼，瞬間臉色慘白，一股腥臭的排洩物氣味充斥了周圍的空間。從臉上哀求的表情可以看出，年輕人的情緒已經崩潰，嘴裡卻只能發出徒勞的嗚嗚聲。

他搖搖頭，伸手打開了鏡頭邊緣那個簡易的暗紅色開關：「我跟你說啊，今天是我最後一次來看你了，以後你就好自為之吧。這個鏡頭應該還能工作 72 小時，不要怪我沒提醒你，你接下來的一舉一動可都是被直播出去的，所以呢，你死的樣子別太難看。」

說完這些話後，不給對方任何哀求的機會，他的目光中閃過一絲冰冷，隨即果斷地伸手抓過一旁的鐵蓋子，嚴絲合縫地蓋住了自己面前的獵物。

警察當然會找到這個地方來，也會發現那個用假身分證購買的鏡頭以及無線發射器，但那已經是很久很久以後的事了。在這之前，這裡將會是死一般的寂靜。

有一點他撒謊了，微型鏡頭還只能工作不超過 35 個小時，但這已經足夠讓數以萬計的人得以觀摩他的「死刑」了，坑裡的氧氣還能支撐 8 個小時以上，後面還能活多久就要看他的造化了。

要想逃出來那是完全不可能的事，因為蓋子是被鎖死的，上面還被鋪上了一層足有 10 公分厚的泥土和砂石，總而言之，這就是那傢伙的墳墓。

隨著浮土被剷平，嗚嗚聲已經徹底消失了，耳畔恢復了深夜的山林中所特有的寧靜。他迅速下山，鑽進車裡的那一刻，一股熟悉的成就感讓他激動萬分。發動車子後，他摘下手套丟進儀表盤下的儲物櫃裡，接著把手機夾在方向盤上，打開了直播，看著螢幕上的評論從最初的一兩條，到後來越聚越多，速度越來越快，他的嘴角不禁上揚：「我早就跟你說過什麼來著，不要相信自己的夢境，因為夢裡的東西都是騙人的，你為什麼就不聽我的話呢？」

漆黑的盤山公路上，兩道孤零零的車燈柱由近至遠，逐漸消失在路的盡頭。

＊　＊　＊

（與此同時）

市局會議室門口，童小川從于博文手裡接過了那本舊卷宗，與他低聲交談了一番後，便又回到座位上，打開：「2000 年 5 月 30 日，我市發生了一起惡性殺人案，無證攤販方剛因為不滿時任所在轄區大隊 3 中隊的副中隊長朱賓陽對其實施了沒收三輪車的處罰措施，便懷揣西瓜刀來到城管中隊門口蹲守。當朱賓陽下班時，趁其不備上前進行捅刺報復，造成朱賓陽頸動脈破裂傷重不治身亡，歿年 29 歲，同時造成其同事趙傑重傷。犯罪嫌疑人方剛在數小時後被警方抓獲，因案件事實清楚且證據充分，犯罪嫌疑人方剛對自己的所作所為也供認不諱，這個案件很快便由開平區檢察院向法院提起公訴，當年 7 月分下的死刑判決。」

唸到這裡，童小川合上了手中的卷宗：「這就是那個被殺案，當時因為社會輿論上對死者家屬有些不理解，所以引起了一些不必要的風波。我已經安排人去戶籍科考核朱賓陽尚在世的家屬，畢竟過去了這麼長的時間，快 20 年了，找到他的家屬，或許就能找到作案動機。對了，剛才小於跟我說死者徐少華和那個需要換心的那傢伙是親兄弟，因為從小被過繼給了自己的堂叔，所以改姓徐。至於說心臟病家族史，我想他到死都不一定會知道吧。」

「他為什麼殺害李晴？」副局問，「動機呢？」

「錢！」童小川雙手一攤，「死者李晴是李鳳山的獨女，李鳳山名下有 7 間拆遷房，月旦街附近那地段，往少了說至少也有 500 萬吧。」

「那好好結婚不就行了，為什麼要害人性命？」政委在一旁陰沉著臉小聲嘀咕。

童小川聽了，苦笑著搖搖頭：「我手下的兄弟後來去走訪了醫院中的李鳳山老人和拆遷辦的值班人員，得知有 320 多萬已經在將近一年的時間內被徐少華以老人的名義偽造委託書給陸陸續續取走了，錢的去向方面應該也不是什麼祕密。李鳳山老人回憶說曾經兩次見過自己女兒右臉上有傷痕，他懷疑李晴遭到了徐少華的毆打，我在章法醫的報告中也看到了李晴右手手臂有陳舊性骨折的痕跡，這樣一來就不排除死者想與徐少華分手的可能。而對徐少華來說，只要除去李晴，然後再找機會除去已經是孤寡老人的李鳳山，那筆拆遷款自然而然就到了自己的手裡。至於說殺人，有人替自己背鍋就是。」

小九不由得倒吸一口冷氣：「媽呀，這人心思好毒辣，簡直壞透了。」

不知何時走進會議室的歐陽工程師忍不住探身上前拍了自己徒弟一巴掌：「你呀，就是太老實，好好聽聽，這活人的心思可比死人複雜多了，以後遇事多個心眼，別見人動不動就善心大發。」

小九知道老歐陽至今還在糾結自己被騙光了薪資那回的倒楣經歷，便漲紅了臉低頭不語了。錢不錢的是小事，自己徒弟身為警察還被騙子騙得沒飯吃，那可是丟人丟大了。

會議室裡的緊張情緒總算是得到了一些小小的緩和。

略微停頓過後，童小川把四個案子的剪板排在一起，神情凝重地提出了一個關鍵性的要害點：「他的動機是『義務警察』，可是，他到底是如何準確無誤地知道這些人的特殊經歷的呢？」

他拿起那份退休外科醫生秦海濤的自焚案剪板，衝著一直默不作聲的李曉偉笑了笑：「怎麼樣，李大醫生，我們明天走一趟？」

「沒問題。」李曉偉雖然心事重重，卻還是恰到好處地給了大家一個輕鬆的笑臉。

散會後，在走廊裡，歐陽力叫住了童小川：「童隊，我剛才在醫院急診室打封閉針的時候，無意中在手機上刷到一條新聞，感到有點不對勁，不知道是不是我多慮了。」

「給我看看。」

童小川接過老歐陽遞給他的手機，上面是一則案件追蹤報導——一個月前發生在我市精神病患者當街失手打死女高中生案後續有了新的進展，據知情人士透露，該名精神病患者已經失蹤一週以上的時間，至今下落不明。

「童隊啊，或許是我多慮了，但是這個案子，我可是很清楚的，我有個小徒弟就在該轄區的派出所工作，他說這個行凶者因為失戀而導致精神分裂，而家裡又沒錢，住不起精神病院，就只能在家吃藥，患病已經有大半年的時間了，時好時壞，案發前一個多月才轉變得和正常人差不多，於是家裡父母就擅自停藥了。結果一時沒看住，案發那天下午，他偷跑出去，無意中看到受害者經過，不知怎的，就上前下了狠手，活活用磚塊把人家正讀高三的小女生給打死了。後來啊，檢察院因為這傢伙是精神病患者，這案子就免於起訴了。」說到這裡，老歐陽臉上的神情變得凝重了起來，「我覺得這傢伙的突然失蹤有點蹊蹺，會不會……」

童小川聽了，略微沉吟了一會兒後，點點頭：「還是查查比較保險，我等下就安排人過去。」說著，他伸手指了指歐陽工程師的腰，「老歐陽，你趕緊去值班室休息下，別再嚴重下去了。」

歐陽力嘿嘿一笑：「我這把老骨頭沒那麼金貴，明天說不定就好了呢。」他順勢擺擺手，轉身離開了。

＊　＊　＊

李曉偉沒有馬上離開警局，他順著走廊來到底層一樓的法醫辦公室，遠遠地看見辦公室裡的燈還亮著，時不時地傳來腳步聲。快要走到門口的時候，顧瑜走了出來，一臉的疲倦，見是李曉偉，便笑著點點頭：「李醫生，來看我們章姐啊？」

李曉偉有些臉紅，正不知道該說什麼的時候，顧瑜已經自顧自離開了，這才算是輕輕鬆了口氣。

「你還不回家啊？」章桐問。

李曉偉不禁苦笑：「妳不也沒回家嗎？」

一聽這話，章桐便從裡間探出頭，微微一笑：「我今晚不回去了，你不用送我啦，趕緊回去補眠吧。」

「我，我沒事，我正好順路……」話還沒說完，他無意中看到章桐的頭髮上的紫色髮飾，心中一暖，說話也變得俐落多了：「妳也早點休息，我就先回去了，別擔心狗子，我一定會把牠照顧好的。對了，我明天醫院沒事，也沒課，正好陪童隊走走……」

「等等。」章桐走了出來，雙手插在工作服口袋裡，歪著頭看著他，「你說，這個嫌疑人到底是出於什麼動機才會這麼幹？」

李曉偉皺眉想了想，搖搖頭：「從表面上來看，是報復，但是我總覺得哪裡有些不對勁，因為當殺意變得太過於簡單的時候，就麻煩了。」

片刻沉默過後，章桐清了清嗓子：「好吧，我回頭再好好查查那幾個案子的屍檢報告，看看能不能連繫起來找出點什麼。」她轉身回了裡間實驗室，一句告別的話幽幽飄了出來，「明天見。」

李曉偉站在門口，卻總覺得自己有什麼話還沒說，他猶豫了半天，這才說道：「等等，我，我還有話說。」

章桐探頭出來：「什麼？」

「妳，妳戴上這個髮飾，很好看。」說完這句話，李曉偉真恨不得狠狠抽自己一嘴巴。

一個心理醫生怎麼也會有變傻子的時候？唉！

落幕

守夜者

他本來姓秦，但是現在的名字叫朱文若。

從決定改姓的那一刻起，他就徹底斷絕了回頭的念想。在有些人看來，一個人的名字等同於辨識符號，除此之外毫無意義，但是對他來講，卻意味著自己不同人生的角色選擇。

「我沒辦法回頭了。」他笑瞇瞇地看著自己面前坐著的老太太，心裡很清楚對方是不會明白此刻的危險處境的，因為她的靈魂與意識只生存在於自己的世界裡，完全與外界隔離了。

這情形讓他的心中變得有些猶豫。

陽光下，丁雅惠手中拿著一朵不知名的小野花，初冬的季節裡能夠在路邊找到一朵小野花是非常難的，所以看著野花，老人呆滯的目光中偶爾會閃過一絲笑意，是那種年輕女孩才會有的溫柔笑意。

「妳現在已經記不得自己幹過什麼了，但是這並不意味著妳就沒事了。」他依舊笑瞇瞇地看著眼前籐椅上的老人，口氣變得越來越冰冷，「家破人亡，妳女兒一輩子都得替妳背著良心債，妳心中難道就沒有一點愧疚嗎？」

老人搖搖頭，回覆他的，卻是蒼老的嗓音中所哼出來的一首兒歌。

他直起腰，略微思索後微微皺眉：「不不不，不是這樣的，妳不能就這麼躲避自己曾經犯下的罪責，不然的話對妳的小女兒太不公平了。」

身後的鐵梯上傳來了清脆的腳步聲，那是一個女人的腳步，急促而不沉悶，很快，腳步聲在他身後停了下來，相隔不到 5 公尺。

臨近正午，樓頂天臺上的風越刮越大，即使陽光耀眼，卻依舊無法改變這冬日所固有的寒冷。

他微微顫抖了一下，隨即站起身，因為背對著陽光，他看清楚了章桐臉上先是驚訝，隨即轉變成的憤怒。

「妳放了我母親，她病得很重，根本就不知道自己當初做過些什麼。」

朱文若輕輕嘆了口氣：「這不是理由。」他的右手始終都沒有放下來，一直僵硬地背在身後。

片刻死一般的寂靜，只有呼呼的風聲在空中迴盪。

章桐伸手指著自己的母親：「你睜大眼睛看看她，這一生中的大半輩子裡她都是這個樣子，難道就不是一種懲罰嗎？」

「妳的父親，妳的妹妹，都死了，如果不是她的背叛，妳們家會家破人亡？」朱文若的口吻平靜得就像在與人拉家常，而不是揭開別人的傷疤。

章桐呆了呆，片刻後，點點頭：「原來你都知道了？」

「檔案面前無隱私。」朱文若微微一笑，「我不僅知道這個，我還知道你不是你父親章肖欽親生的，妳是妳母親丁雅惠當年偷情留下的，對了，你的親生父親姓陳……」

「閉嘴！」章桐終於忍不住了，她臉色蒼白，皺眉看著朱文若，冷冷地說道，「夠了，我們家的事與你無關！」

朱文若一怔，他似乎有些意外，轉頭看了看身邊坐著的丁雅惠，又看看章桐。而離他不遠處就是半人高的天臺圍欄，這裡是老城區停滯開發的拆遷工地，環顧四周滿目荒涼。

「妳都已經知道了，那我也就不必費這個心思了。」朱文若瞇起雙眼，或許是出於激動，他一字一頓地重複了一遍自己剛才說的話，「我真笨，早就該猜到這一點。妳既然知道真相，這麼多年來，為什麼不找妳母親復仇呢？要知道妳是法醫，妳設的局，沒人能看透。」

風聲消失，空氣瞬間凝固了，章桐緩緩抬頭看著朱文若，目光若有所思：「她活著就是對她最好的懲罰。」

聽了這話，朱文若突然笑了，那笑聲就像一把尖刀在玻璃上不停地來回滑動所發出的刺耳聲。他笑得幾乎精疲力竭，但是他的右手卻始終都背在自己的身後，一動不動，彷彿僵硬了一般。丁雅惠顯然是被這突如其來的笑聲給嚇著了，她渾身顫抖，手中那朵小野花不知何時已經掉落在滿是塵埃和廢墟的地面上。

「你笑什麼？」章桐問。這時候，她已經用眼角的餘光環顧了一遍四周。沒有辦法，這是天臺，四層樓高，雖然能聽得到不遠處馬路上嘈雜的車輛喇叭聲，但這裡卻真的是一個被單獨隔離開來的世界。

好不容易止住笑聲，朱文若淡淡地看了她一眼：「你的內心和我是一樣的，只不過我去做了，而妳沒有。」說話間，他的右手終於露了出來，順勢搭在了老人的肩膀上，章桐看得很清楚，那個位置離頸動脈非常近。

「住手！你到底想做什麼？」章桐急了，卻又不敢上前一步，生怕會徹底激怒對方，「我父親都已經原諒我母親了，你還要怎麼樣？你的復仇到底有什麼意義？」

「等等，妳說什麼？」朱文若不解地看著她，目光散亂而又迷惑，「妳是不是在騙我？為什麼這麼多年來妳一直都不願意說出你父親的祕密？為什麼不告訴妳母親，好讓她早一點解脫……等等，原來警察的心也是挺冷的。」

看著朱文若臉上露出了鄙夷的神情，章桐憤然說道：「你別胡說八道，我父親根本就不願意被別人知道這件事的真相，他不願意我母親在自責中度過餘生，而我這麼做，只是信守對父親的諾言而已。」

「諾言？剛才還在心疼妳的母親，現在就口口聲聲說諾言，看看到底誰才是真正的虛偽！」

章桐愣住了，許久，她輕輕嘆了口氣，喃喃說道：「對不起，你放手吧，我母親已經快 80 歲了，也沒有多少時間了，我相信她這輩子都不會原諒自己，但是我和我父親、我妹妹，卻都早就已經原諒她了。你也該放下了……」

因為正對著陽光，章桐感到有些刺眼，便下意識地伸手去揉眼睛，她無意中看到一個黑影從朱文若的背後緩緩攀了上來，是童小川，他艱難地徒手勾住了天臺欄杆外圍的邊緣部分，藉此支撐住自己全身的重量，右手準備沿著廢棄的落水管爬上來。而這一切，朱文若一點都不知情。

「放下？怎麼放下？」朱文若的腦海中一遍遍地出現了朱賓陽臨死前淒涼的場景，他果斷地搖搖頭，啞聲說道，「這個世界太冷漠太虛偽了，根本就沒有人同情那些被無辜奪去生命的人。他們本可以擁有更加美好的生活，但是現在全毀了，你明白那種感受嗎？」

章桐一時無語。

「妳做法醫，面對那些受害者，妳的心裡就沒有一點同情嗎？別跟我說什麼『人命關天』，那些道理誰都懂。人民廣場的那場車禍，那兩個無辜被撞死的人，妳告訴我，妳會無動於衷？」眼淚無聲地從朱文若的眼角滾落了下來，因為激動，他下意識地在空中揮舞著自己的右手。

也就在此刻，章桐的心幾乎停止了跳動——她終於看清楚了朱文若手中的東西，那是一根針管，裡面裝有淡黃色注射液的針管！眼見到童小川已經爬上了天臺圍欄，正準備向前撲去，試圖控制住朱文若的雙手，章桐忍不住發出一聲驚叫：「小心！他手中有針管！」

與此同時，聽到風聲的朱文若猛地轉身，揮手就向童小川的手臂狠狠扎去。雖然不知道針管裡面裝的到底是什麼東西，但是本能告訴自己可不是什麼好玩意兒，童小川沒辦法後退，左手邊是嚇癱了的丁雅惠，他便只能扭轉身體順勢向右手方向斜斜地倒了下去。

躲得過一次，卻不一定能躲得過第二次。雖然身上穿著夾克外套，但面對尖尖的針頭，童小川很快便處於下風。見此機會，章桐趕緊上前一把抱住渾身瑟瑟發抖的母親，拉到一旁牆邊蹲下，低聲安慰的同時，雙眼緊張地注視著天臺上的殊死搏鬥。

鐵梯上響起了急促的腳步聲，李曉偉爬了上來，他見童小川根本就無法反制住對方，並且已經被逼到了牆角，身後毫無退路，他一著急，扯著嗓子大聲吼了句：「秦文若，你給我住手！」

沒想到這句話竟然發揮作用了，朱文若一呆，轉身憤怒地看著李曉偉：「你叫我什麼？」

「秦文若，這才是你的名字。」李曉偉在一旁的石頭上坐了下來，慢條斯理地說道，「不管你怎麼改名字，血脈傳承的事實你是無論如何都改變不了的。你父親為了你而自殺，死前替你背下了一切的罪過，我真是不明白，一個生你養你並且給了你第二次第三次生命的人，為什麼就那麼不值得你去好好珍惜和尊重！」

章桐緊緊地護著母親猶如篩糠一般的身體，吃驚地看著李曉偉：「他真的是秦海濤的兒子？」

李曉偉神情凝重地點點頭，轉而看著秦文若的目光中充滿了同情：「我想，他是被人強行灌輸了記憶。」

這時候，樓下已經不斷傳來警車的聲音。趁此機會，童小川又一次猛地撲了上去，這次他終於成功了，死死地壓住了秦文若的雙手，接著便大聲吼道：「後援呢，後援去哪了？該死的怎麼還沒來！」

話音未落，樓下凌亂的腳步聲已經越來越近。

被束縛住的秦文若猶如困獸一般在怒吼著，掙扎著，卻再也無法動彈。

看著懷中已然平靜下來的母親，章桐緊鎖雙眉。

＊　＊　＊

（6 小時後）

把母親重新在托老中心安頓好後，章桐走出大樓時已經是晚霞滿天。

童小川的車正停在大院內，章桐有些意外，見他衝自己招手，便加快腳步走了上去。

「童隊，怎麼是你來接我？」章桐一邊說著，一邊拉開後門鑽進了警車，用力關上門後，警車便開出了托老中心大院，沿著環湖公路向市區開去。

「那傢伙正在聽秦文若談心呢，沒時間，我案子交接完後，手頭暫時沒事了，副局就吩咐我來接你回去，以防萬一。」

「他……都招了嗎？」章桐問。

童小川點點頭，嘴角露出一絲笑意：「有我們這心理專家幫忙，就沒有拿不下的案子。不過，妳猜猜，真正的凶手到底是誰？」

車後座上半天沒有回覆。童小川感到有些意外，便瞥了一眼後視鏡，關切地問：「妳是不是累了？」

「我沒那麼弱不禁風。」章桐目光注視著窗外不斷掠過的電線桿，幽幽說道，「凶手應該是一個死人吧，對不對？」

童小川聽了，不禁啞然失笑：「看來真沒什麼難題能把你考倒的，確實是朱愛琴，也就是朱賓陽的妹妹。對了，我們的李大醫生是從心理學角度分析出來的，章主任，妳是怎麼看出來的？」

「心理上的問題我不清楚，但是從醫學角度上來講，不排除他的父母是近親結婚……」

童小川一個急煞車，轉頭看向章桐：「可是，秦佳是正常的啊。」

章桐笑了笑：「近親結婚的孩子遺傳畸形的機率不是百分之百，正常孩子也有出生的可能。我之所以會這麼說，是基於兩點：其一，他所經歷過的手術實在是太多了，簡直就是整個人大換血，我想沒有他父親的堅持，一般人是做不到的，而一般人也不可能這麼做，不只是經濟上的原因，更涉及心理上的承受力，唯一的解釋就是他父親在想盡辦法挽救他的生命，對抗基因缺陷所導致的自身多種遺傳性疾病，這些後續還要做進一步的確診。其二，就是他的臉型和臉色嚴重發育不良，尤其是眼白處，是明顯的淡黃色，呈現出典型的雙眼瀰漫性發黃，這種病多是因為膽汁代謝異常所引起的，也就是說，他的肝臟又出了問題。我猜想是多臟器功能失常綜合症，我會盡快證實我的推斷。」

「他的母親在昨天晚上自殺了……就在我們去拜訪了他們家以後沒多久。」童小川不禁重重地嘆了口氣，鄭老太的音容樣貌便再一次出現在他的腦海中，「老太太給人感覺非常精緻優雅，也非常有學問，李醫生還說老太太的記憶力很好，能記住很多東西。我們今天在得知她的死訊後感到很震驚，當時還不明白為什麼老太太這麼厭惡自己的兒子，甚至於秦老醫生出手救他，她都是極力反對的，現在看來，是有答案了。唉，真說不清楚這到底是誰的錯！」

說著，他伸手從擋風夾板中取出一張相片遞給章桐：「這是朱賓陽和他的妹妹朱愛琴，你不是一直想知道朱愛琴為什麼要頂替哥哥去做醫學捐贈嗎？」

章桐沒吱聲，對這種涉及個人隱私的問題，她一般都不輕易回答。

「朱賓陽遇害後，朱愛琴的心理發生了嚴重扭曲，她知道秦文若非常崇拜自己的哥哥，也經常去找他玩，便藉此接近心靈空虛的秦文若，把自己內心的陰暗與憤怒深深地扎根進了秦文若單純的腦海中。對了，李大醫生做了個比喻，這種情況就類似於傳銷洗腦。秦文若本就是一個幾乎被自己母親拋棄的孩子，他在自己家找不到人生的認同感，只有在朱賓陽的身邊，他才能感到被尊重。」

「我明白了，所以，他才給自己改了姓。」章桐輕聲說道，「他本以為能就此為自己重新選擇一個人生，卻怎麼也不會料到自己根本就無法擺脫那可怕而又簡單的殺意。」

「是啊，他在延續一個死者的憤怒。」

遠處就能看到市局高高的尖頂了，警車開上環城高架的時候，章桐突然說道：「對了童隊，你現在能順路帶我去個地方嗎？我要見個人。」

「誰？」童小川本能地問。

「一個故友。」章桐深邃的目光又一次看向了車窗外。三年了。剛才在托老中心精神疾病管理區時無意中接到的一個電話，讓她有些心神不寧，許久，她才嘆了口氣，「第七醫院。」

童小川沒再說什麼，便把車開上了通往城郊的岔路口。

記憶

1.

第七人民醫院位於市北門的胭脂山腳下，占地並不大，對外也只是掛著第七人民醫院的牌子，不知道的人還真的會以為這裡就只是一家普通的醫院而已，誰都不會多看一眼。

醫院裡靜悄悄的，因為前來就診的病患都是特殊人群，平時並不多，所以，很難在這裡看到別的醫院中天天都能見到的熙熙攘攘的場景。

向門衛出示完證件，章桐直接找到了醫務科，接待她的是一個中年婦女，自稱姓田，體型微胖，留著一頭齊肩短髮。說明來意後，章桐被帶到了第五病區等候室。

十多分鐘後，一個中年男人被帶到了章桐的面前，他身穿藍色長條紋病號服，異常瘦弱，臉色蠟白，頭頂稀疏，眼神呆滯，憔悴不堪，口角還不斷有莫名物質流出，面容還算平和，只是見到章桐的時候，眼神中閃過一絲異樣的神采。

章桐先是一愣，她呆了呆，剛想開口，目光落在對方的手上，卻見雙手指甲蓋上有一圈環狀的痕跡，而十指關節處，則有明顯的棕褐色物質環繞，位於皮膚下層，呈角質狀態。她不由得皺眉，因為這樣的環狀痕跡太怪異了，不應該出現在普通人的手指上。她迅速查看了對方的眼瞼，隨即心裡一沉，轉頭對身邊站著的護工說道：「馬上報警！他中毒了！」

「中毒？」護工嚇了一跳，「怎麼可能？我們這邊都是嚴格控制食物衛生的啊，怎麼可能會發生病號中毒的事件？妳可不能亂說話啊！」

章桐見護工還在糾結於盡快撇清自己的責任，她忍不住狠狠地瞪了對方一眼，轉而掏出手機，撥通了童小川的電話：「你馬上派人來第五病區，這裡有個病人疑似嚴重的化學物質中毒，我需要對這裡進行隔離處理。」正說著，章桐不經意地瞥了一眼中年男性病號的眼神。她吃驚地瞪大了眼睛，因為自己分明看到了一個正常人的目光，一改先前的呆滯，取而代之的是激動和淚花。緊接著，他的身軀軟軟地靠著牆滑落了下去。

＊　＊　＊

很快，病人就被轉到了第一醫院的 ICU 病房治療。站在病房外，童小川壓低了嗓門對章桐說：「什麼情況，妳為什麼不及時告訴我們？」

章桐滿臉愁容：「我根本就不知道情況會這麼嚴重，在過去的三年中，曾經有大半年時間裡，他天天早上一兩點打電話給我，也不說話，接通就結束通話。我反撥過去，但是因為第七醫院設定了呼入限制，所以一直沒有打通。直到剛才我在我母親那裡時接到醫院的一個電話，說第五病區的一個病人想見我，我這才來了。」

「那這個人你認識嗎？」

章桐搖搖頭：「我從來都沒有見過這張臉！」

「那你憑什麼認定對方是化學物質中毒？」童小川雙手插在牛仔褲的褲袋裡，目光緊緊地注視著 ICU 病房裡來來回回忙碌的護理師的身影。

「他的雙手十指指關節，還有他渾濁泛白的眼瞼，再加上他頭頂的頭髮異常稀少，嘴角的莫名物質……要是我沒有判斷錯誤的話，鉈中毒已經有很長一段時間了。」章桐若有所思。

「那，他還有救嗎？」童小川轉身對章桐說，「還有，他為什麼天天打電話給你？」

「我也不知道，等他穩定下來後問了再說吧。」章桐突然想到了什麼，繼而問，「他的身分，你查到了嗎？」

童小川點點頭，從手臂肘下夾著的資料夾裡拿出一張寫滿了字的紙，遞給了章桐：「妳自己看吧。」

這是一張病員檔案影本，章桐掃了幾眼後，不由得感到很疑惑：「天元國際投資有限公司？這是一個什麼公司？」

童小川目光複雜：「這個人的名字叫林力挺，之前是一個搞科學研究的，為天元國際工作。之所以進了第七人民醫院，是因為在工作職位上突然病發，難以控制。據我們了解，入院後，他的話就不多，一個月之前，身體狀況每況愈下。我真的不明白他為什麼要找妳，還有就是，他是從哪裡知道妳的私人電話的？」

正在這時，病房裡一個年輕小護理師推門走了出來，直接向章桐和童小川走了過來：「你們誰是章桐章法醫？」

章桐心裡一怔，瞥了一眼童小川，然後說道：「我是。」

「病人找妳。」想想，她又加了一句，「他清醒過來後，就拒絕治療，說要見妳一面。」

章桐把挎包遞給了童小川，然後接過小護理師隨手塞給自己的隔離服穿上，跟著就推門進了 ICU 病房。

＊　＊　＊

如果不仔細看病床旁的那些心肺功能監測儀的話，躺著的林力挺和一個死人幾乎沒有什麼兩樣。頭髮已經完全掉光了，肌肉嚴重萎縮，雙眼渾濁空洞，全身上下瘦得幾乎皮包骨。

在護理師的示意下，章桐走到床頭，彎腰靠近林力挺的臉，小聲說道：「我是章桐，你找我？」

林力挺點點頭，他艱難地睜開雙眼，乾裂的嘴唇抖動著，小聲吐出了幾個字：「我……我認識劉檢察官……他，他不該死的……」

儘管對於劉春曉的死章桐早就已經知道是被害而不是自殺，但是當自己再一次從別人口中得知這個消息時，章桐依舊手腳冰涼。她屏住呼吸，緊張地追問道：「林先生，你快說，為什麼？劉檢察官究竟為什麼被害？」

「他知道得太多了，所以，所以三年前，就被人滅了口。」林力挺掙扎著想坐起來，卻被身邊的護理師制止了。無奈他把頭轉向了章桐，一臉愧疚的神情，「我就是那個給你 QQ 號碼的人，劉檢察官找過我，想叫我出來做汙點證人，可是……可是我退縮了……」說到這裡，林力挺的目光中閃過了一絲痛苦的神情，「我很蠢……我把他找我的事情，告訴了公司裡的人，沒過多久，他自殺的消息就傳來了。章法醫……他真的不該死，是我害死了他啊！」

「那，那你的中毒，究竟是怎麼回事？」章桐焦急地追問，「你自己難道就沒有注意到身體上的變化？」

林力挺的臉上露出了一絲苦笑，他並沒有直接回答她的問題：「如果我現在不說的話，以後可能就再也沒有機會了。劉檢察官一直把我當朋友，可是我……我卻辜負了他。」

「是誰？是誰對你下的毒手？」

林力挺搖了搖頭：「我沒有證據，但是我知道，就是他們幹的。不過，反正我也不想活了，我做了太多的壞事。只是對不起，拖了這麼久，我才終於下決心找妳。我只有那個時候，才可以，自由一點，打電話給妳。」

林力挺長嘆一聲，又一次閉上了雙眼，「我好後悔，真的，我好後悔。當我知道我中毒了以後，就想到了用這個方法來引起，妳的注意。」

「那我的電話，你是怎麼知道的？」

林力挺的目光中閃過一絲狡黠：「有一次妳過生日，已經很晚了，還記得接到過一個電話嗎？劉檢察官打給妳的。」

章桐心裡不由得一酸，她當然記得，因為那是自己最後一次接到劉春曉的電話。

「原來是那次，你就在他身邊？」章桐疑惑地看著林力挺。

「沒錯，我記住了那個號碼，座機 8880003，很好記，不是嗎？我不想打手機，因為手機很容易會被竊聽。劉檢察官說妳是法醫，和他是同行。」林力挺輕輕地嘆了口氣，「我就知道妳是他生命中最重要的人，因為我從來都沒有在他臉上看到過那麼開心的笑容，只有在他談起妳的時候。」

聽了這話，章桐的眼淚都差點流了出來：「那你為什麼不報警？」

「報警？精神病院裡的病人打電話報警，你說這可能嗎？警方不會有人相信的。」說到這裡，林力挺不由得笑了，緊接而來的一陣劇烈的咳嗽卻幾乎讓他喘不過氣來。

「那證據呢？我要證據，直接指證對方殺人的證據！你有沒有證據？」章桐有些急了。

「我……我想，我就是證據……」林力挺掙扎著閉上了雙眼，緊接著心肺監測儀發出了尖銳的叫聲。ICU 病房裡頓時亂作一團，心事重重的章桐被小護理師毫不留情地推出了病房。身後迎接她的，是童小川複雜的目光。

＊　＊　＊

兩個多小時後，正坐在辦公室中發愁的章桐接到了童小川從醫院打來的電話，林力挺已經死亡，屍體正在運往局裡的途中。

章桐總算明白了林力挺所說的證據到底是什麼。他沒有辦法留下足夠的指證對方的證據，只有選擇犧牲自己，把最後的希望交到章桐的手裡，這也算是對劉春曉三年前信任的回報。

只是有些東西，是再也沒有辦法彌補的了。

2.

人的一生，從呱呱墜地的那一刻開始，就已經注定了最終將走向冰冷的死亡。塵歸塵，土歸土，沒有人能夠改變這個規律，也沒有人能夠真正操控自己的生命旅程。

章桐經常搞不清楚自己究竟是屬於哪一類人，看不見出生，卻只看得見死亡。有人說醫生是天使，但是章桐更願意相信同樣身穿白袍的自己是一個送信的「使者」，因為法醫的工作其實就是傳達逝者的死亡訊息——怎麼死的？又是為了什麼而死？

人的生命只有一次，在活著的時候，追名逐利，為了看得見的利益，可以放棄一切，包括自己的尊嚴，但是卻往往都想不到或許會在不久的將來，會付出更高的代價乃至於生命，來贖回自己曾經為了名利所放棄的人性。

林力挺的遭遇何嘗不是如此？此刻的他，形容枯槁，靜靜地躺在解剖臺上，再也沒有了活著的時候所要承受的病痛與折磨。他雖然已經不會再說話，但是章桐知道，他肯定是了無遺憾地走的。想說的都已經說了，而他留下的最後一句話，真的變成了現實——他的遺體就是證據！

＊　＊　＊

五樓會議室。

「鉈，是一種柔軟的銀白色金屬，在潮溼的空氣中很容易就被氧化，易溶於硝酸，不溶於鹼。它的化合物有劇毒，因為鉈能很快被人的皮膚和胃吸收，並且是一種累積性毒物，很難排出體外，它的溶液又無色無味，而最初中毒的現象也只是展現在會導致慢性或者急性的脫髮，所以很容易被人所忽視。」章桐看著手中的屍檢報告，耐心地解釋說。

張局不解地問道：「章主任，我記得妳說過，死者林力挺是一個智商極高的生物基因工程學方面的工程師，他也精通化工類，那死者應該能發覺自己中毒啊。可他為什麼卻寧願選擇一死呢？」

章桐輕輕嘆了口氣：「我查看過急診科病歷檔案，從死者的膀胱中所提取到的尿液樣本，經檢驗尿鉈含量已經超過 5~10mg/24h，這屬於急性重症中毒患者的症狀。在屍檢過程中，我發現死者的腎臟本身就患有先天性的囊腫病變，雙側腎有多個與外界不相通的囊腫，其中有很大一部分已經化膿病變，也就是說，死者一旦發現自己有中毒的症狀時，其實就已經沒有辦法挽救了。而死者本身就有足夠的醫學常識，所以，我想，他才選擇了和我聯繫。」

「第七醫院的紀錄顯示，死者林力挺是在一個月前出現的脫髮、渾身乏力症狀。我們刑警隊已經查過了所有來訪者紀錄，除了他妻子以外，並沒有人去看過他。」童小川低頭查看了一下記錄本，說道。

「他妻子多久會去探視一次？」張局問。

「每週一次，幾乎是固定的，帶點吃的和換洗衣服。我們已經派人對他妻子進行問詢。」童小川肯定地說道，「但是，我個人認為，即使是他妻子做的，也是無心的，她被人利用了。」

「為什麼這麼說？」

童小川看了一眼一聲不吭的章桐，猶豫了一會兒，隨即說道：「我已經把這個案件彙報給調查組，因為這個案件或許和三年前劉檢察官的被害有關，其中都牽涉到一個叫做天元國際投資的公司，而死者林力挺生前就在這個公司的研究部門工作，劉檢察官……」

「劉檢察官生前的最後一個案件就是有關天元國際的。」章桐打斷了童小川的話，她緩緩說道，「而林力挺曾經拒絕了劉檢察官的要求，他不願意做汙點證人，並且把這個事情告訴了公司高層，沒多久，劉檢察官就被害了。這些都是林力挺親口告訴我的。但是目前為止，我沒有任何證據能夠把林力挺的死和天元國際投資連繫在一起，我想，過了這麼久，他們也肯定已經銷毀了所有能夠指證他們的證據！」

會議室裡一片寂靜。

「我有辦法。」一直沒有開口的童小川突然說，「我有辦法把它們連繫起來。」

「真的？」章桐吃驚地看著童小川。

「鉈，我們都知道是以化合物形態見於少數礦物內，例如硒鉈銀銅礦和紅鉈礦，毒性極大，這些礦的周圍土壤中，汙染是不用說了。據我所知，為了避免運輸途中所產生的次生汙染災害，一般把它作為研究對象的生化公司都會按照慣例就近尋找來源，而不會橫跨整個歐亞大陸去國外採購。這在國際上也是不允許的！同樣兩種鉈的化合物，分子結構會有一定的差異，而相同的，則就像身分證一樣，很容易辨別。」

「你的意思是，只要我們把天元國際的鉈和死者身上所提取到的進行分子比對，就可以鎖定它們公司？」

童小川點點頭：「如果匹配上的話，他們就必須解釋這種有毒化合物為何會外流到自己公司一個前員工的身上，並且是在他離職後。而且，從下毒到死亡，持續了一個多月的時間。」說到這裡，他嘆了口氣，「我想，這也就是林力挺會說他自己就是『證據』的原因。他放棄求生，找章法醫，一方面，我猜，是對劉檢察官的贖罪，另一方面，他的遺體也是唯一的證據。而天元國際，是絕對不會想到一個人會用自己的生命來指證他們的所作所為！」想了想，他又補充道，「至少目前還不會料到！」

「那報告出來後，馬上交給上頭一份。他們需要備案。」張局說道，他看了一眼章桐，「我們這個案件因為和劉檢察官被害案件有關，所以必須上報。」

章桐沒有說話。

＊　＊　＊

毒物檢驗報告就放在童小川的面前，他緊鎖著雙眉，沉思半晌，隨即站起身，走出辦公室，來到歐陽力的辦公室門口。房間裡亮著燈，童小川伸手敲了敲打開的房門，不等歐陽回應，直接說道：「老歐陽，我擔心章法醫的安全。」

3.

好不容易擠下公車的時候，天空中早就已經是一片漆黑，社區中家家戶戶亮起了點點燈光。章桐感到空氣中有點悶熱，她邊走邊下意識地解開了風衣的領釦。

走進樓棟的時候，或許是因為過於疲憊，章桐並沒有注意到尾隨自己跨進電梯門的那個人無意中所表現出來的異樣的舉動 —— 他刻意躲開了電梯中監控探頭的視角範圍。其實，這也怪不了章桐，一整天都在想著那份鉈分子結構比對報告，還有那成堆的文案工作，她真的是太累了。

電梯很快就在四樓停了下來，章桐想也沒想，就走出了電梯。後面的人跟著也出了電梯，就像影子一樣，悄無聲息地跟在她的身後，並且始終保持著一公尺多的距離。

章桐皺了皺眉，在走過走廊的時候，她用眼角的餘光掃視了一下自己身後，卻因為光線的緣故，她根本就看不清楚對方的長相。

樓道裡很黑，靜悄悄的，本能促使章桐加快了腳步。雖然一層樓住了四戶人家，但是其中兩戶卻因為戶主年紀大了，搬去和自己兒女居住，所以長年空置。

章桐暗自埋怨自己，這麼明顯的跡象，為什麼卻偏偏被忽視了！

眼看著家門就在眼前，突然，身後傳來一聲低低的吼聲，緊接著，一條手臂就如同鐵鉗一般牢牢地夾住了章桐的脖子，讓她幾乎喘不過氣來。

「乖乖的，開門去，妳要是敢叫，我馬上叫妳死！」這是一個男人的聲音，儘管他刻意壓低了嗓門，但是卻異常冷靜。

章桐感覺自己的呼吸越來越困難，眼前一陣漆黑，她掙扎著將手中的鑰匙摸索著插進了鎖孔。

顯然，選擇反抗是不明智的！

門後傳來了窸窸窣窣的聲響，章桐的心不由得一沉 —— 狗子在家！自己怎麼偏偏把牠給忘了！

果然，當門被打開的那一剎那，一條黑影迅速出現在章桐的面前。她剛想出聲命令狗子離開，聰明的狗子卻已經感覺到了主人異樣的呼吸聲，雖然還沒有開燈，一向溫柔並且善解人意的狗子竟然衝著門口發出了低沉的怒吼聲。而這一切，顯然是在襲擊者的計畫之外的。他咬牙切齒地咒罵了一句：「把妳的狗叫進去，不然的話，我宰了牠！」

「你……你掐著我，我怎麼……開口……」章桐掙扎著吐出了這句話。

襲擊者用力把章桐朝房間裡推去。在此同時，章桐看到了他手中亮閃閃的彈簧刀，上面還帶著倒齒。

門在身後被用力關上了，客廳的燈隨之被打開。狗子低聲怒吼，弓起了後背，擺出了犬類原始的進攻姿勢，牠一邊吼著一邊時不時地轉頭看著章桐，等主人發出進攻的命令。漸漸地，怒吼變成了低沉的咆哮。

叫啊，章桐心想，這條傻狗，該弄出大動靜的時候終於到了啊，但是她不能開口，因為那閃著寒光的刀子正牢牢地抵著她的腹部。雖然和襲擊者從背靠背變成了面對面，但是危險並沒有解除。

襲擊者是一個 30 多歲的年輕男子，稜角分明的臉上，雙眼露出了凶光。

有時候，恐懼也會讓人發不出聲音，章桐對此深信不疑。她的目光投向了襲擊者的身後，唯一的逃生之門被眼前這個年輕男子牢牢地占據著。

「怎麼，想逃？」藉著屋裡的燈光，襲擊者咧著嘴笑了，「別做夢了，我今天來了，就不怕妳跑！」

「你到底想怎麼樣？」章桐憤怒地注視著對方，「你是誰？要錢的話，我的包裡有，你拿去，我不會報警的！」

「錢？」襲擊者笑了，顯得不屑一顧，「我要妳的錢幹嘛？再說了，等等我想拿多少都可以，不用妳現在施捨給我。」

「那你想做什麼？」章桐盡量使自己冷靜下來，她很清楚，自己一旦失控，場面將變得一發不可收拾。

年輕男子臉上的笑容突然消失了，他惡狠狠地說道：「我要什麼？我要妳的命！」說著，他揮起彈簧刀就朝章桐的腹部捅了過來。

藉著他向前衝的一股力量，章桐本能地向後退了一步。就在這時，狗子突然騰起身，瘋了一般向著襲擊者撲了過去。

完了！

章桐腦子裡頓時一片空白，因為可憐的狗子光顧著救主人了，牠是衝著明晃晃的彈簧刀撲過去的，而這一撲，幾乎傾盡了牠所有的力量。

一聲哀鳴，狗子重重地落在了地板上，襲擊者的彈簧刀毫不留情地刺進了牠的胸口。

章桐的眼淚頓時奪眶而出。

＊　＊　＊

電話鈴聲響了起來，一聲聲，急促而又刺耳。

章桐厲聲斥責：「你這個混蛋！無恥！」

她拚命地向襲擊者衝了過去，不顧一切地伸手死死地抱住了對方的腰，想盡辦法不讓他動彈，尤其是那隻拿著彈簧刀的手。

電話鈴聲不斷地響起。

襲擊者怒吼著：「快放手！不然我殺了妳！」

隨著他的怒吼，彈簧刀一下下地扎進了章桐的手臂，鮮血立刻流了出來。章桐卻一點都沒有感到疼痛，她仍然死死地抱著對方的腰，然後用力地向門口撞去，她要盡可能地弄出大的響動，如果可能的話，讓樓下的住戶能夠聽到，然後替自己報警求助。

一時之間，咒罵聲，喘氣聲，翻來滾去的拳打腳踢充滿了整間屋子。章桐聞到了自己身體流淌出來的鮮血所散發出的特有的鐵鏽味，還有自己的汗味。她拚盡全身的力量，不讓那把彈簧刀靠近自己的要害部位。

襲擊者做夢都沒有想到看上去柔弱的章桐反抗意志會這麼強烈，眼前的局面讓他手足無措。

他惱羞成怒，突然用力向後一翻，右手死死地掐住了章桐的下顎骨，寬大的手掌猶如鐵爪一般鎖住了章桐耳朵下方的部位。

章桐心裡一涼，熟悉人體結構的她知道，對方這個舉動扣住了她的頸動脈和頸靜脈，腦部血液一旦供應不上，不用兩分鐘的時間，自己就會失去知覺。

果然，黑暗迅速來臨了。

＊　＊　＊

再次醒來的時候，耳邊已經聽不到電話鈴聲，章桐發現自己正癱坐在沙發上，屋子裡已經被收拾過了。在她的身體下面，墊著一張沙發那麼大的塑膠紙。

鮮血還在不停地流淌著，而那張因為憤怒五官幾乎扭曲的臉上充滿了得意的笑容。隨著血液的貫通，章桐感覺到肢體末端的神經細胞正在逐漸恢復知覺。可是，隨著這種恢復而到來的卻是痛徹心腑的痛苦。她看到對方正拿著一把特殊的尖刀，在自己的四肢上不斷地劃著，每劃一刀，痛苦就加深一分。

章桐已經分辨不清自己臉上究竟是反抗產生的汗水還是因為疼痛和恐懼而產生的冷汗，她死死地咬著下嘴唇，不讓自己叫出聲來。

襲擊者一邊劃著，一邊嘴裡喃喃自語：「左面三刀……手腕一刀……」

他彷彿就像是在背誦一種特殊的口訣。

章桐猛然驚醒，自己面前的這個年輕人，正是殺死劉春曉的凶手！而他手中的刀，很有可能就是那個案件的凶器。

「你……你想做什麼！」由於失血過多，章桐的聲音聽上去有氣無力的。

「我？哈，妳還不知道嗎？」年輕男子的臉上露出了狡黠的笑容，「明天這個時候，你的朋友們就會發覺你已經自殺了，原因很簡單，因為過於思念三年前死去的劉檢察官！」

「你胡說！」章桐怒目圓睜。

年輕男子停下了手中的尖刀，微微皺眉：「怎麼？難道妳不想去陰曹地府見他？」

「你！……」

「我怎麼了？我也是替人辦事，妳和那個劉檢察官一個樣，知道得太多了！」

「天元國際派你來的。」章桐心裡頓時明白了一切。

「唉，本來不想動妳了，畢竟也是一條命，都過去三年了，妳卻還是榆木腦袋死咬著不放。不過，妳放心吧，我不會直接殺妳，我會讓你慢慢血流乾而死，就像那個姓劉的，你們都是一路貨色！」年輕男子更得意了，他把玩著手中的尖刀，「我不急，有的是時間……」

話音未落，一直靜靜地臥在沙發邊上，似乎早就沒有了生命跡象的狗子突然跳了起來，猶如一頭餓狼一般，在年輕男子還沒有反應過來的那一剎那，狠狠地一口咬住了他的手，尖利的牙齒毫不留情地刺入了他的手背之中。

由於難以忍受的疼痛，年輕男子發出了慘叫聲，他本能地想甩開狗子。可是，狗子的牙齒卻一點都不放鬆，牠一邊死死地咬著，一邊嘴裡發出了痛苦的嗚咽聲，目光直直地看著癱坐在沙發上的章桐。很顯然，牠想叫主人趕緊離開這個可怕的地方。

章桐淚流滿面，她拚死一腳踢向年輕男子，在他倒地之際，搖搖晃晃地向門口走去。那人的慘叫聲和怒罵聲不絕於耳，最讓章桐心碎的是，那一聲聲尖刀刺入肉體所發出的噗噗的聲音——狗子是用自己的生命在保護主人！

快點！快點！從客廳到門口只有短短的五六公尺距離，但是此刻卻彷彿被無形地延長了數十倍。

終於，章桐撲到了門上，與此同時，身後的嗚咽聲停止了。她的心一沉，痛苦地閉上了雙眼，狗子這次是真的死了。

她顫抖著雙手用盡最後的力氣拉開了門，淚眼矇矓中，她看到了一個熟悉的人影。

「救……」

童小川吃驚地看著幾乎面目全非的章桐。

＊　＊　＊

狗子只活了短短六個年頭零幾個月的時間，然後以一種極為慘烈的方式離開了這個世界。不知道是哪裡來的力量，讓牠在受了那麼重的傷的前提之下，還硬是生生地咬斷了襲擊者的右手。鮮血早就已經浸透了牠的身軀，尤其是背上，幾乎都被捅爛了。看到這幅悲慘的景象，章桐不顧自己的傷痛，無力地癱坐在地上，摟著狗子，嚎啕大哭起來。

襲擊者因為右手掌斷裂，痛暈了過去，儘管如此，童小川還是戴上了手銬。報警後，他接著就撥通了警方的電話。在等待救援的同時，看著眼前幾乎痛不欲生的章桐，童小川的眼淚悄然地順著臉頰滾落了下來。

「妳別哭了，章法醫，狗子已經走了。」童小川蹲了下來，笨手笨腳地安慰著章桐。他從口袋裡掏出手帕，遞給了她，「擦擦眼淚吧。」

章桐並沒有理會童小川的好意，她推開了手帕，猛地回頭，淚眼朦朧地看著童小川，痛苦地大喊：「你知道牠對我來說意味著什麼嗎？你知道嗎？三年了，我現在，我現在……我什麼都沒有了啊……」

章桐的哭聲，讓童小川心如刀絞。

他不想再壓抑自己內心的情感，於是默默地摟住章桐，讓她靠在自己的肩膀上哭泣。

「哭吧……哭出來就好了……」童小川喃喃地說道。

尾聲

章桐很少看報紙，這也怪不了她，因為她沒有這個閒工夫，可是，狗子走後的一個多禮拜裡，她卻幾乎天天看報紙，雖然只是匆匆地掃一眼，卻已經成了她每天必做的功課。表面看上去，章桐並沒有多大的變化，被張局勒令休假一週的時間裡，每天除了買菜做飯和收拾房間，更多的時候，就只是坐在沙發上看看法醫學方面的書籍，很少有娛樂活動。

章桐那看似平靜的外表下，內心卻在焦急地期待著什麼。她每天起床後的第一件事，就是查看門口的信箱。報紙每天都到，訊息也每天都不一樣，她在等待。

終於，一個晴朗的早晨，章桐呆呆地站在門邊，手中的這份報紙是她所期待已久的！

天元國際投資公司總裁 ××× 涉嫌僱凶殺人、倒賣人體器官，被市檢察院依法提起公訴。

章桐長長地出了一口氣，她的臉上終於露出了久違的笑容。

＊　＊　＊

今天是個特殊的日子，馬上要出門了，章桐從鞋櫃裡拿出自己的軟底皮鞋，同時習慣性地用眼角的餘光掃視著身後的客廳，可是，那裡靜悄悄的，沒有任何腳步聲。章桐知道，雖然自己已經花了一週多的時間把整間屋子裡裡外外地都打掃了一遍，可是，她卻沒有辦法洗去那早就已經滲透進地板裡的血腥味。尤其是靠近沙發邊上的那一塊，狗子就是在那裡嚥下了最後一口氣。牠到死，都沒有鬆開嘴裡的斷掌。

很多朋友都勸章桐搬家，好早一點忘記那痛苦的一幕。可是，都被她逐一拒絕了。

既然決定去面對，那麼就要做好準備去接受屋子裡的空蕩。章桐把狗子生前用過的所有東西都保留了下來，喝水的碗，裝狗糧的飯盆，甚至於玩具，她不想再失去這些寶貴的記憶。

環顧四周，章桐最後從玄關的桌子上拿起一束新鮮的菊花，旁邊那個小小的灰色瓦罐裡裝著的是狗子的骨灰。三年了，牠終於可以回到原來的主人身邊了。

屋外，陽光燦爛……

（全文完結）

法醫檔案——終結之語：
另類天使，死者通信！法醫從業者的半寫實懸疑小說

作　　者：戴西
責任編輯：高惠娟
發 行 人：黃振庭
出 版 者：崧燁文化事業有限公司
發 行 者：崧燁文化事業有限公司
E-mail：sonbookservice@gmail.com
粉 絲 頁：https://www.facebook.com/sonbookss/
網　　址：https://sonbook.net/
地　　址：台北市中正區重慶南路一段 61 號 8 樓
8F., No.61, Sec. 1, Chongqing S. Rd., Zhongzheng Dist., Taipei City 100, Taiwan
電　　話：(02)2370-3310
傳　　真：(02)2388-1990
印　　刷：京峯數位服務有限公司
律師顧問：廣華律師事務所 張珮琦律師

定　　價：520 元
發行日期：2024 年 08 月第一版
◎本書以 POD 印製
Design Assets from Freepik.com

國家圖書館出版品預行編目資料

法醫檔案——終結之語：另類天使，死者通信！法醫從業者的半寫實懸疑小說 / 戴西 著 . -- 第一版 . -- 臺北市：崧燁文化事業有限公司，2024.08
面；　公分
POD 版
ISBN 978-626-394-685-9(平裝)
857.81　113011830

電子書購買

爽讀 APP

臉書